U0519395

中国市民文学史

修订版

谢桃坊 著

四川人民出版社

图书在版编目（CIP）数据

中国市民文学史 / 谢桃坊著. —修订版. —成都：四川人民出版社，2015.6

ISBN 978－7－220－09370－8

Ⅰ.①中… Ⅱ.①谢… Ⅲ.①市民文学－文学史－中国 Ⅳ.①I207.23

中国版本图书馆 CIP 数据核字（2014）第 292949 号

ZHONGGUO SHIMIN WENXUESHI

中国市民文学史（修订版）

谢桃坊 著

责任编辑	谢 雪
封面设计	经典记忆
技术设计	杨 潮
责任校对	蓝 海
责任印制	李 剑 孔凌凌
出版发行	四川人民出版社（成都槐树街 2 号）
网 址	http：//www.scpph.com
E-mail	scrmcbs@sina.com
新浪微博	@四川人民出版社官博
发行部业务电话	（028）86259457 86259453
防盗版举报电话	（028）86259457
照 排	四川胜翔数码印务设计有限公司
印 刷	成都东江印务有限公司
成品尺寸	146mm×208mm
印 张	14.75
字 数	330 千字
版 次	2015 年 6 月第 3 版
印 次	2015 年 6 月第 1 次印刷
印 数	6001－9000 册
书 号	ISBN 978－7－220－09370－8
定 价	68.00 元（精）

《中国市民文学史》作者手稿（一）

的、也非近代的商品经济发达的市民社会，它是在古代社会商品经济发展到较高阶段上出现的与自然经济相区别的经济社会。它的形成宣告了在旧的封建社会中一个新的社会力量——市民阶层的兴起。中国历史上，市民社会的形成与市民阶层的兴起，应当是在北宋的初期，即公元十一世纪之初。这时欧洲也开始城市化运动并形成市民社会。我国的历史发展较为特殊，但都在这一点上与世界历史的发展进程是保持着基本的同步性的。

中国的封建社会自唐代中叶以后政治经济结构发生了变化，到了北宋时期渐渐趋于定型。它表明我国封建社会进入了后期发展阶段。北宋的政治经济和文化都呈现与前代相异的面貌，尤甚是在经济的发展方面达到了前所未有的水

《中国市民文学史》作者手稿（二）

目 录

中国市民文学史

自 序 ………………………………………………………………… (001)

第一章 中国的市民社会与市民文学 …………………… (001)

第一节 中国市民社会的形成及其特点 ……………… (001)

第二节 中国市民文学的发现与认识 ………………… (019)

第二章 中国市民文学的兴起 ……………………………… (037)

第一节 中国市民文学的历史渊源 …………………… (037)

第二节 宋代瓦市伎艺与市民文学的兴起 ………… (052)

第三章 中国早期市民文学 ………………………………… (070)

第一节 书会先生与早期市民文学 …………………… (070)

第二节 宋代流行的通俗歌词 ………………………… (086)

第三节 宋人话本小说的市民女性群像 ……………… (099)

第四节 中国文学“大团圆”格局的形成 ………… (117)

第四章　中国市民文学的发展 …………………………… (148)

第一节　元人杂剧的世俗题材 …………………………… (149)

第二节　元人散曲的市民趣味 …………………………… (162)

第五章　中国市民文学的繁荣兴盛 ………………………… (176)

第一节　中国四大古典小说的主旨 ………………………… (181)

第二节　明清艳情小说的文化意义 ………………………… (194)

第三节　明清时调小曲的文学性质与艺术价值 …… (236)

第四节　凤阳花鼓词的艺术特色 ………………………… (294)

第五节　晚清禁毁小说戏曲的历史经验 ………………… (316)

第六章　中国市民文学的尾声 …………………………… (342)

第一节　近世白话青楼小说的盛衰 ……………………… (349)

第二节　现代武侠小说与中国传统文化 ………………… (379)

第七章　尚　论 …………………………………………… (414)

第一节　中国市民文学社会化过程考察 ………………… (414)

第二节　中国市民文学受众心理分析 …………………… (431)

结　语 ……………………………………………………… (453)

后　记 ……………………………………………………… (457)

自序

中国存在市民文学吗？它是怎样的？这是我国学术界没有解决的问题；它也曾令我感到困惑。我从词学研究向中国市民文学研究领域的学术转移是有一个渐进过程的，而意念萌发之契机则是上海古籍出版社约写小册子《柳永》。1985年春天，我在研究柳永这位北宋著名词人时，直觉地注意到他与新兴市民思潮的关系，认为"他接受了都市市民思潮的影响"，"因科举落第而不可能进入统治阶级的上层社会生活，只得加入了都市民间通俗文艺的队伍，为下层民众写作"；"在人们的印象中柳永永远是多才多艺的、风流的，为市民群众喜爱的词人"。然而关于中国市民文学的概念和关于中国市民阶层的历史状况，我当时的确不甚了了，但却引起了一种学术兴趣。这年寒冬，宋词研究告一小段落，我试着去探索中国市民文学问题，形成了基本的观点：

北宋天禧三年（1019）重新建立户籍制度，其最重要的改革是在我国历史上第一次将城市居民与乡村居民分别开来，将城市居民列为坊郭户；在全国范围内按城市（镇市）居民的财产状况分为十等……标志了我国市民阶层的形成。

中国市民文学的兴起是以瓦市的出现为标志的。瓦市亦称瓦子、瓦舍或瓦肆。随着宋初坊制与市制的崩溃，在都市中形成了新兴市民的文化娱乐场所，这叫做瓦市……瓦市伎艺在我国封建社会后期是大众化的市民群众的主要娱乐方式。

1987 年春在杭州参加中国古典文学宏观研讨会期间，偶然产生了写作一部中国市民文学史的愿望。可是我在词学研究中正处于最佳的精神状态，无暇旁骛。这年底完成了《宋词概论》（1992 年由四川文艺出版社出版）初稿之后，又发现词学理论研究将会成为今后数年内词学界的热潮，遂决定集中精力以两年的时间写成《中国词学史》（1993 年由巴蜀书社出版）。这两部著作是我自青年时代以来词学研究成果的积累，它们的完成则意味着我在这个领域的研究基本结束，以后很难有新的开拓了。

许多学术问题都能使我产生浓厚的兴趣，然而有的问题却非我的能力所能解决。在学术史上凡是有成就的学者总是量力而行，知难而进，以便充分发挥自己的潜力和优势，尤其需有开拓与创造的意识。我趋向于接受学术新思潮，尤喜探索新的学术道路，去追求一种遥远的理想的境界。也许根据自己的知识结构与学术兴趣，在牢固的专业基础上略使研究园地扩大，向邻近的领域转移，这样可以保持新的感受与产生新的创造力，也就可能出现新的成果。因此，我自 1990 年初即全力转入市民文学研究，经过普查与初步收集资料后，发觉曾经形成的两个基本观点需要进一步论证，而这却使我感到许多困难。我读了北京师范大学经济系沈越先生在《哲学研究》与《经济研究》等杂志上发表的关于“市民社会”的系列论文，于是冒昧地向他请教：

(一) 中国封建社会后期自北宋以来由于城市经济的发展确实出现了“市民”；城镇坊郭户与乡村户在户籍上的区分，这是否可视为我国近世市民兴起的标志？

(二) 关于中国宋以来的“市民”有称为“市民阶级”和“市民阶层”的，是否可以按尊文所说的第二种意义称为“市民社会”更恰当些？

(三) 封建社会后期“市民社会”的出现，是否早于资本主义萌芽，则我国北宋市民社会的形成与资本主义因素的存在有直接的关系，而明清资本主义萌芽未能健康地发展也严重影响了市民社会向资本主义的转化？应如何理解这些问题。

沈越先生当时正研究马克思的市民思想，他热情而诚恳地复了我一封长信，表述了他的意见：

中国历史上的市民同西方的市民既有相似之处，又有重大区别，前者根源于市民都是商品经济和城市发展的产物，市民及等级、阶级、社会的成熟程度与工商业、城市制度的发展存在一种同步关系；后者则由各国经济社会结构、政治文化制度的重大差异……从历史发展的总趋势来讲，东西方市民还应该说是一致的……您所说的乡村居民同市民在户籍管理上的区分，这至少从一个侧面表明城市居民身份的变化。

"市民阶级"、"市民等级"、"市民社会"的称谓，我认为几种称呼都可以，它们都是指特定的社会集团，关键在于如何界定这些概念……中国的"市民社会"始终是一个地域性概念，仅指城市居民，而不像西方近代以来，把所有人都包括在内。

市民社会的形成无论从时间上讲还是从逻辑上讲都先于资本主义……在研究中国资本主义萌芽时更应持审慎态度，不用说"宋代说"，就是"明清之交说"也值得推敲。不过，您完全不必受这些观点的束缚，只要将"因素"和"萌芽"的意义规定明确，便可自立其说。

这些宝贵的学术意见，解决了我在理论上的困惑，也在方法论上受到启示。

《文学遗产》杂志编辑部曾预见到90年代将出现一个中国文学史研究的高潮，于1990年10月在桂林召开了文学史观与文学史学术讨论会。我应邀参加了会议，并在会上表述了如下意见：

文学史不仅是记录下浩繁的现象和事实，不仅是向人们介绍古代的知识，而是因对现在生活的兴趣才引起人们重视过去的历史，去发现和认识我们民族的文化精神，并由此体现我们的价值取向和时代的理论水平。

研究文学史时，由于观点、方法和具体对象的差异，都可能对中国文学的特质有不同的认识。中国文学的本质绝非纯粹的或单一的，不同时期，不同文体所体现的都可能有差异。中国文学中的异质是服从文化整合的目的，它们虽然被整合而又顽强地保持其特质，并在不同的方面显示出中国文学的特征。诗歌、散文、词曲、小说、戏曲等文学，它们都对民族和时代的特点有深刻的表现。虽然从文学里得出的结论是片面的、偏激的、特殊的，可以说没有实用的价值，然而它的抽象价值便在于表达一个民族的文化精神。我们有了关于民族文化精神的认识，便可进行自觉的历史选择，以此帮助我们走出误区，形成新的文化精神。

阐释文学史是表现了每个时代的人们对于文学遗产的态度与选择；这是每一个时代文学研究者的权利和义不容辞的责任。历史的阐释是没有终端的，正如历史的无限时间性一样。每一个时代的人只能以自己的尺度和自己的方式来观察历史和重新阐释历史。

这是我研究中国市民文学史的指导思想，但在具体写作时关于整体结构的考虑是几经反复，尝试着改变思维定式，另辟蹊径。

自20世纪80年代以来，我国通俗文学随着社会文化背景的变化而勃兴；就其发展的趋势来看，绝非一种短暂的文化现象，而是现代文学大众化的必然。它具有什么性质，它与市民文学的关系是怎样的，能从历史经验中总结出某些规律并进而探究其深层的文化原因吗？只有解决了这系列的问题，才可能对当前的通俗文学有所认识，也才可能给予引导以满足广大人民的文化需要与审美需要。这应是促使我写作中国市民文学史的动机。然而由于市民文学的种类与形式复杂多样，资料浩繁而散乱，历史线索模糊，尤其是有许多待开垦的“土地”，因此对每一学术问题的探索都是十分艰辛的。我所面临的研究对象是宋以来流行于都市的各种通俗文学，如话本、歌词、诸宫调、戏文、杂剧、散曲、传奇、花部、时调小曲、花鼓词、弹词、子弟书、拟话本，以及历史演义小说、神魔小说、艳情小说、青楼小说、武侠小说等等。若要对其中每一种文学进行深入研究皆非易事，需要阅读大量的作品，收集有关的资料，进行考辨分析。这样，每一个问题都得耗费大量的时间与精力，常常令我疲惫不堪。如果要全面地和较详地去写一部市民文学史，显然远非我个人能力所及。我只有舍弃一些内容，仅对每个历史时期最具典型形态的和最富艺术创新意义的市民文学进行研究，力求把握研究对象的特质，突出重点，于是形成了史论式的格局。书稿中百分之八十以上的章节都形成了论文在国内外杂志陆续发表了的，当整理书稿时则又作了较大的改动。读者虽然不能于此见到完备而详赡的中国市民文学发展过程，但毕竟可以见到一个粗线条的轮廓，可以见到其所体现的中华文化精神，可以见到某些具有个性的学术意见，也许还可以引起学术界对这新学术园地的兴趣；这样，我就应该感到欣慰了。

通俗文学作品与通俗文学研究，它们二者在现实中的命运迥然相异。关于此点，我并不感到可悲，并不影响我对学术的信念。德国古典哲学家费希特谈到学者的使命时说：

> 他应当尽力而为，发展他的学科；他不应当休息，在

他未能使自己的学科有所进展以前，他不应当认为他已经完成了自己的职责。只要他活着，他就能够不断地推动学科前进：要是他在达到自己的目的之前，他遇到了死亡，那他就算对这个现实世界解脱了自己的职责，这时，他的严肃的愿望才算完成了。

我愿去完成一个学者应尽的职责。在学术探索中我感到快意，这也是生命的体验。

此稿的写作自 1990 年初开始，断断续续进行了七年，现在终于完成了。在写作过程中，北京师范大学经济系沈越先生就“市民社会”问题提供了理论与方法的意见，浙江艺术研究所洛地先生对明清时调小曲的音乐系统等问题的处理作了合理建议，安徽凤阳中学校汤明珠先生寄来了关于凤阳花鼓词的珍贵资料，四川人民出版社和我院科研组织处给予了大力支持；兹谨于此表示诚挚的谢意。在写作过程中，友人的热情的鼓励，使我不致气馁，令我永远难忘。本稿属草创之作，凡疏漏与错误之处尤盼读者批评指正。

谢桃坊

于四川省社会科学院文学研究所

1997 年 5 月 24 日

第一章
中国的市民社会与市民文学

市民社会是在封建社会后期城市商品经济发展到一定阶段而出现的，相应地随即产生了为市民阶层所喜爱的和表达市民思想意识的都市通俗文学，即市民文学。中国市民社会是在北宋特定的历史条件下形成的，随之也产生了中国市民文学。由于中国市民文学长期以来为正统文学家所排斥，以致其思想意义与文学价值在近世才逐渐为学者们所认识。

第一节 中国市民社会的形成及其特点

"市民社会"这个用语有三种含义：一是经济基础的近义语，指一切时代的物质生活的总和；二是指不同于自然经济社会和未来社会的整个商品经济社会；三是指近现代西方发展的商品经济社会。马克思和恩格斯关于第二种含义的说明是："市民社会包括各个个人在生产力发展的一定阶段上的一切物质交往。它包括该阶段上整个商业生活和工业生活。”① 这一含义里所概括的物质交往是指独立商品所有者之间的社会关系而且将自给自足型的自然经济排除在外。② 这种并非泛指一切历史阶段上的、也非近代的商品经济发达的市民社会，它是在古代社会商品经济发展到较高阶段上出现的与自然经济相区别的经济社会。它的形成宣告了在旧的封建社会中一个新的社会力量——市民阶层的兴起。中国历史上，市民社会的形成与市民阶层的兴起，应当是在北宋的初期，即公元 11 世纪之初。这时欧洲也开始城市化运动并形成市民社会。我国的历史发展较为特殊，但在这一点上与世界历史的发展进程是保持着基本的同步性的。

中国的封建社会自唐代中叶以后政治经济结构发生了变化，到了北宋时期渐渐趋于定型。它表明我国封建社会进入了后期发展阶段。北宋的政治经济和文化都呈现与前代相异的面貌，尤其是在经济的发展方面达到了前所未有的水平。可以说，北宋时已初步具有了资本主义萌芽的物质条件，或者说具有了资本主义的若干因素。这促使劳动分工的新变化：城市与农村分离。因此，我国市民社会在北宋的形成是有其社会经济发展的必然性的。

宋以前我国古代的城市基本上是属于以政治为中心的郡县城市，在经济上不存在与乡村分离的情况。当城市商品经济发展到一定程度时，便出现了新的变化：“一切发展了的以商品

① 《马克思恩格斯选集》第一卷第 41～42 页，人民出版社 1977 年版。

② 参见沈越：《市民社会辨析》，《哲学研究》1990 年第 1 期；《马克思市民经济思想初探》，《经济研究》1988 年第 2 期。

交换为媒介的分工，都以城市与乡村分裂为基础。”① 宋代的城市与以前比较已具有了若干新的特点，主要特点是：市场制代替了坊市制，镇市和草市上升为经济意义上的城市，与旧城连毗的城郊的经济意义非常突出。唐代两京及州治被划分为若干里坊，每个里坊以高墙围着。里坊既是行政管理单位，也是一个独立的商业区。里坊内设有固定的东、西、南、北等市。市内商店以商品种类分行营业，而且有的是定期的市。市内一切营业时间以早晚坊门的开闭为准，日没时坊门关闭便停止营业。经过五代的战乱，城市的里坊遭到不同程度的破坏与变迁，在宋初已难复旧观。北宋太平兴国五年（980），京都开封的商业活动已出现侵街现象，突破了时间与区域的限制，标志着旧的坊制开始崩溃了。自此，商店可以独立地随处设置，同业商店的街区可见到跨行的现象，以致交通便利的埠头、桥畔、寺观等处亦成为商业活动的场所，尤其是出现了各种各样的夜市。“由此可知，当时都市制度上的种种限制已经除掉，居民的生活已经颇为自由、放纵，过着享乐的日子。不用说这种变化，是由于都市人口的增加，它的交通商业的繁盛，它的财富的增大，居民的种种欲望强烈起来的缘故”。② 北宋至道元年（995）和咸平年间（998~1003）虽然两次曾经试图恢复旧的坊市制，但都以失败告终；到了仁宗初年，坊市制度彻底崩溃而为市场制所代替了。这种不以统治阶级意志为转移的变化过程，正体现了一种城市经济发展的客观规律；它以不可阻挡

① 马克思：《资本论》第一卷第 424 页，人民出版社 1975 年版。

② ［日］加藤繁：《中国经济史考证》第一卷第 277 页，商务印书馆 1962 年版。

的力量冲击着封闭的自然经济。由此使都市的性质渐渐有所改变，并使都市活跃起来，面貌为之一新。北宋末年的都城东京已是“人烟浩穰，添十数万众不加多，减之不觉少。所谓花阵酒池，香山药海。别有幽坊小巷，燕馆歌楼，举之万数”（《东京梦华录》卷五）。宋代镇市和草市发展很快。镇市具有经济意义，凡较大的居民聚居地而不够设置县的则设镇市并置监镇官以管理税务。北宋熙宁年间全国镇市已将近两千个，而南方诸路则有一千三百个。草市是乡村的定期集市，为农村贸易交换之所，有的发展为相当规模的经济贸易点。北宋政府鼓励发展镇市和草市，因为它们的商税额已占全国商税额的百分之十八（据熙宁十年商税计算），在整个国民经济中具有不可忽视的意义。它们的发展表明社会商品经济的活跃，大大推动了商品交换，有利于商品经济的繁荣。[①] 同时，新商业市区的形成也逐渐改变着旧的郡县城市的性质。北宋城市经济的发展还突破了城郭限制，往往在旧城的附近开设店铺、作坊、贸易场所，渐渐出现了新的商业区域。如鄂州城外的南市，“沿江数万家，廛闬甚盛，列肆如栉，酒垆楼栏尤壮丽，外郡未见其比。盖川广荆襄淮浙贸迁之会，货物之至者无不售。”（《吴船录》卷下）北宋初年京都附近商业市区的发展非常迅速。太宗至道元年（995）京城设八厢行政区。“大中祥符元年（1008）十二月置京新城外八厢。真宗以都门之外居民颇多，旧例惟赤县尉主其事，至是特置厢吏，命京府统之。”（《宋会要辑稿》兵三之二）城内城外各设八个行政区，正反映了新的商业区促

---

① 参见邓广铭、漆侠：《两宋政治经济问题》第185～190页，知识出版社1988年版。

进了京都性质的改变，它不再仅仅是政治的中心，而且在经济上也居于显著的地位。熙宁十年（1077）东京的商税比旧额已增加三分之一。市场制的确立、镇市和草市的发展、旧城附近新商业区的形成，使北宋城市面貌发生新变化，反映了商品经济的发展达到一个前所未有的阶段。

城市的新变化又表现在出现了一个城市化的过程。城市化是指人口向城镇或城市地带集中的过程。[①] 北宋时人口增长较快，太祖开宝九年（976）全国共三百多万户，到徽宗大观四年（1110）增长了将近七倍，总人口超过了一亿。这百余年间，每年户口数以千分之十一的增长率增加。人口的蕃衍表现了社会生产的发展和经济的繁荣。其中城市人口的增加是极快的。太宗太平兴国年间（976～983）开封府主客户合计十六万八千余，至徽宗崇宁年间（1102～1106）合计二十六万余户，东京城市总人口达一百四十万左右，是当时世界上人口最多的大都市。[②] 城市人口的增长可从商税的增加间接地反映出来。潍州、徐州、襄州、晋州、扬州、楚州、杭州、越州、苏州、润州、湖州、婺州、明州、常州、温州、衢州、秀州、虔州、吉州、潭州、衡州、江陵府、福州、广州、韶州、英州等处，熙宁十年（1077）的商税额比旧额增加一倍甚或五六倍。这些州治所在的城市人口大约也以相应的速度增加着。农村人口向城市大量移入，为城市提供了劳动力，加速了城市经济的发展。北宋政府鼓励人们（包括农村人口）出外经商，“营求资

① 北京市社会科学研究所城市研究室选编：《国外城市科学文选》第1～2页，贵州人民出版社1984年版。

② 吴涛：《北宋都城东京》第35～37页，河南人民出版社1984年版。

财者，谓贸迁有无，远求利润”，在刑法上是不作逃亡罪或浮浪罪论处的（《宋刑统》卷二八）。政府准予商人及手工业者经商与迁徙的自由。农村里地主与农民之间普遍实行租佃契约，这相对削弱了佃户对地主的依附关系。佃户在契约期满后可以从事别的职业或离乡背井。北宋在户籍上将常住的有固定产业的编为主户，而对无固定产业的外来户编为客户。客户的增加，表明人口有较大的流动。宋初太平兴国年间（976～983）开封府主户九万二百余，客户八万八千余，主客户的比例相差无几。以汀州为例，城市主户二千八百余，客户二千三百余；其乡村主户九万九千余，客户四万五千余（据《临汀志》，《永乐大典》卷七八九〇）。汀州乡村客户比主户少一倍，而城市主客户数目则基本上相等。这可说明城市的客户大大多于乡村的客户。城市客户的比例很大，体现了城市人口大量增加的趋势。城市除了在籍的客户而外，还有往来的客商、手工业工匠、个体手工业者、小商贩、船工、流民、民间艺人等等浮浪流动之辈。这些涌入城市的移民，由于职业、财产、社会地位等的区分，形成了社会的各种利益群体。其中最值得注意的是商人和手工业者的社会利益群体。

商业和手工业的各行都有同业行会组织，“行”也称“团”；各行业推举经济势力雄厚者为“行首”或“团头”。这虽然是前代之制，但在北宋时行业的分工更为细密，行会组织更加健全，尤其在社会经济活动中显示出重要的意义。孟元老《东京梦华录》里关于北宋京都各行的情况及行会的作用均有一些记载，如说“西宫南皆御廊杈子，至州桥投西大街，乃果子行”；“北去杨楼，以北穿马行街，东西两巷，谓之大小货行，皆工作伎巧所居”；“马行（街）北去，乃小货行”；“朱雀门外及州桥之西，谓之果子行。纸画儿亦在彼处，行贩不绝”；“凡雇觅人力、干当人、酒食、作匠之类，各有行老供雇”。南宋时吴自牧说：“市肆谓之‘团行’者，盖因官府回买而立此名，不以物之大小，皆置为团行，虽医卜工役，亦有差使，则与当行同也。然虽差使，如官司和雇支给钱米，反胜于民间雇倩工钱，而工役之辈，则欢乐而往也。”（《梦粱录》卷十三）行会组织的作用在于：可以根据市场的变化统一商品价格，以便获得更多的利润；可以保护本地区商业利益，限制外地商人进入市场贸易；可以调节与官府的关系，在保护商人利益的原则上应付官府的科索和劳役。行会组织在社会经济生活中的作用的发挥，充分体现了城市商人和手工业者由于职业和经济地位的共同利益而结成了社会利益群体。它的意义在于：“行会控制资本并管理劳动；它们支配生产分配；它们规定价格与工资。但在它们的组织里，也有着一种社会的影响。行会的目的部分是社会性的，部分是互相性的。商业行会和手工业行会，即使非完全同样，几乎都是在早期出现的。它们组织的目的中的一个巨大因素，是互相保护与保证，无论在国内或国外。行会尤其是手工业行会，在初期是具有显著的民主精神的；从学徒到匠师这一条路，开放给所有合乎资格的人们。”① 商人和手工业者利益群体的出现，标志着在封建社会结构中产生了新的成分，预示着一个新的社会阶层的兴起。

从北宋城市出现的新变化，移民向城市提供大量的劳动力，商人和手工业者社会利益群体的形成，这一都市社会经济发展过程中基本上构成商品经济与自然经济的分裂，城市与农

① ［美］汤普逊：《中世纪经济社会史》第438页，商务印书馆1963年版。

村的分离，从而随之形成了一个熙熙攘攘、追逐财富、充满物欲、自私自利的市民社会。

宋代的社会结构是由官户阶层、乡村户阶层和坊郭户阶层构成的。北宋政府首先将享有统治特权的品官之家与被统治者区分开来，在户籍管理上区分官户与民户。市民社会的主体是市民阶层。北宋初期在民户中将坊郭户和乡村户区分开来，以户籍形式将全国普通居民分为城市居民和乡村居民。坊郭户的单独列籍定等是中国历史上市民阶层兴起的标志。

五代战乱之后户籍散乱或佚失，而全国人口又出现了很大的变化和流动。北宋政权建立以来的三十余年间，户籍管理仍然紊乱，未能形成良好的制度。这给行政管理、赋税收入、科配和买等都带来了很多困难。太宗时随着经济的逐渐恢复和人口的蕃衍，户籍管理问题便非常突出。淳化四年（993）三月太宗下诏：

> 户口、税赋、账籍皆不整举。吏胥私隐税赋，坐家破逃，冒佃侵耕，鬼名挟户。赋税则重轻不等，差役则劳逸不均。所申户口，逃移皆不件析，田亩税数，无由检括。斯盖官吏因循，致其积弊。今特释前罪，咸许上言。诏到，知州、通判、幕职、州县官，各具规画。（《宋会要辑稿》食货一二之二）

太宗至道元年（995）六月正式下诏，令全国重造户口版籍。这一工作进行了数年之久，到真宗咸平五年（1002）完成，“诏三司取天下户口数置籍较定以闻”。显然重造户籍过程中发现城市与乡村户籍混编一起在行政管理与经济管理方面出现种种不便和困难。这种旧的户籍制度已不能适应社会经济发展的新形势，于是酝酿着试行新的户籍制度，即将城市与乡村户口分别列籍定等。真宗“天禧三年（1019）十二月，命都官员外郎苗稹与知河南府薛田，同均定本府坊郭居民等。从户部尚书冯拯之请也”（《宋会要辑稿》食货六九）。于是先在洛阳试点坊郭户定等，稍后按其房地课税额和经营工商业资本的数量，以财产为标准分为十等而成为定制。这在我国社会与经济发展史上是有非常重大的意义的。

北宋时期全国京府四、府三十、州二百五十四、监六十三、县一千二百三十四，均有数目不等的坊郭户。天禧五年（1021）都城东京（河南开封）坊郭户人口城内外共约五十万以上；元祐五年（1090）杭州城内约计四五十万；北宋末年建康府约十七万。各地坊郭户与乡村户的比例甚有差异，但就全国而言，乡村户是占绝大多数的，估计坊郭户的数目，可能占全国民户的百分之五左右。① 按此计算，哲宗元符二年（1099）全国民户共计为一千九百七十余万户，其中则有坊郭户九十八万余户；每户以五口计，则坊郭户人口约有五百万之众，它自成为一个新的市民社会的主体。

坊郭户的定等标准各地不一致，但都定为十等。欧阳修说：

> 往时因为臣寮起请，将天下州县城郭人户，分为十等差科。当定户之时，系其官吏能否。有只将堪任差配人户

① 参见王曾瑜：《宋朝的坊郭户》，《宋辽金史论丛》第一辑；周宝珠、陈振：《简明宋史》第138页，人民出版社1985年版。

> 定为十等者；有将城邑之民，不问贫穷孤老尽充十等者；有只将主户为十等者；有并客户亦定十等者。州县大小贫富，既各不同，而等第差科之间，又由官吏临时均配，就中僻小州县，官吏多非其人，是小处贫民，常苦重敛。（《乞免浮客及下等人户差科札子》，《河东奉使奏草》卷下）

虽然定等出现这些问题，十等之分并不一定很准确，但大体是能反映城市居民的社会经济地位的。宋人又习惯将十等人户分为三类，即上户、中户和下户；大致上户是豪强之家，中户为中产之家，下户为贫苦之家。

坊郭上户为一、二、三等人户。其中一等户又称高强户，包括居住在城市中的大地主、大房产主、大商人、高利贷者、大手工业主、赋税包揽者，他们构成城市剥削阶级。中户为四、五、六等人户，包括一般中产的商人、房主、租赁主、手工业主。下户为七等以下的人户，包括小商、小贩、小手工业者、工匠、雇佣、自由职业者、贫民。欧阳修曾建议对一般州县的第八、九、十等人户免去差配，因为他们仅能维持较低生活水平，无力负担政府下达的差配任务。坊郭户内贫富悬殊很大：富者“不知稼穑之艰难，而粱肉常余，乘坚策肥，履丝曳采，羞具、居室过于王侯”（《乐全集》卷十四），贫者“食常不足”，而且往往“役作中夜始息”。他们在都市生活中因职业与经济状况的不同而形成种种社会利益群体，如商人群体、工匠群体和雇佣群体。这些社会利益群体都依赖于都市经济，共同参与都市经济生活，因而在封建社会中构成一个较大的新的社会阶层。北宋政府将这一阶层从编户中分出专列定等是从统治阶级利益和社会经济发展的客观需要而决定的。封建统治阶级很重视坊郭户在经济上与政府的直接利益关系。如苏辙说："城郭人户虽号兼并，然而缓急之际，郡县所赖。饥馑之岁，将劝之分以助民；盗贼之岁，将借其力以捍敌。故财之在城郭者，与在官府无异也。"（《制置三司条例司论事状》，《栾城集》卷三五）与乡村户比较起来，政府同坊郭户的关系颇为密切。它可以帮助政府解决一些困难的经济问题，更是政府商税的负担者。因此，北宋政府在对待坊郭户方面是给予了某些优于乡村户的待遇的，使其在民户中显得较为特殊。

在民户中坊郭户与乡村户比较，其社会地位特殊之处主要表现为定等、科配和劳役方面与乡村户的差异。乡村户以财产状况分为五等，而坊郭户则分为十等。在宋代文献里没有关于其原因的说明。据欧阳修所说"往时因为臣寮起请将天下州县城郭人户分为十等差科"，这是指天禧三年户部尚书冯拯的建议，分等之事即成为定制。这显然反映了城市商品经济已发展到较高阶段，坊郭户之间的经济状况复杂，而且贫富悬殊很大，为了赋税征收与科配更为合理，于是比乡村户的分等细致。坊郭户对政府负有完成科配——包括和买的义务。官府向坊郭户征购和配卖物品称为差配、科买、科率、科卖、配卖等。凡由政府置场招诱商人按市价或高于市价将物品入纳者为和买，官府将多余的物资配卖与商人为科配。[①] 中唐以来科配与宫市实质上是对工商业者无偿的掠夺。北宋至和五年(1056)，宫市完全废除，按市场价格的科配制度普遍施行。孙

① 参见魏天安：《宋代的科配和时估》，《河南师范大学学报》1982 年第 2 期。

升说："城郭之民，祖宗以来无役而有科率，科率有名而无常数。"（《续资治通鉴长编》卷八九四）这样使政府对坊郭户存在一种经济上的密切关系，而科配因按时估市价进行，对于坊郭户并无多大的经济损失，有时在价格方面还优于市场价格。坊郭户与政府之间的这种经济联系，使政府较关注坊郭户的社会经济利益，所以他们长期以来享受免役的待遇，而各级政府的义务劳役全部由乡村户负担。自王安石熙宁变法，坊郭户与乡村户都限交免役钱。苏辙说："徭役之事，议者甚多。或欲使乡户助钱而官自雇人，或欲使城郭等第之民与乡户均役，或欲使品官之家与齐民并事。此三者皆见其利不见其害者也。"他主张对坊郭户仍实行免役，以为："方今虽天下之事，而三路刍粟之费，多取京师银绢之余配卖之。民皆在城郭，苟复充役，将何以济？故不如稍加宽假，使得休息。此诚国家之利，非民之利也。"（《制置三司条例司论事状》，《栾城集》卷三五）元祐时期，苏辙再次上疏论差役之事。他说："坊郭人户，熙宁以前常有科配之劳。自新法以来，始与乡户并出役钱，而免科配，其法甚便。但所出役钱太重，未为经久之法。今若全不令出，即比农民反为侥幸；若依新法以前科配，则取之无艺，人未必安。今二月六日指挥，并不言及坊郭一项。欲乞指挥并官户、寺观、单丁、女户，并据见今所出役钱裁减酌中数目。"（《论差役五事状》，《栾城集》卷三七）这个建议基本上被采纳了。坊郭户即使停止科配而出免役钱时，政府也予以适当减少。以上都可说明坊郭户的社会地位是较优于乡村户的。政府在政策上对它采取了一些保护措施，以便促进都市的发展。

北宋初期对坊郭户单独列籍定等，将它与乡村户区分开来，这表明我国封建社会发展到一定程度，商品经济冲击着旧的统一的自然经济，而以城市与乡村的分离使之表面化了，于是出现了这种情形："在这里居民第一次划分为两大阶级，这种划分直接以分工和生产工具为基础。城市本身表明了人口、生产工具、资本、享乐和需求的集中；而在乡村里所看到的却是完全相反的情况：孤立和分散。"[①] 因此，完全可以说：坊郭户的出现标志着我国封建社会中一个新的社会阶层——市民阶层的兴起。当然这绝不是意味着坊郭户完全等同于市民阶层。显而易见，坊郭户所包含的社会利益群体是十分复杂的。市民阶层的基本组成部分不是旧的封建生产关系中的农民、地主、统治者及其附庸，而是代表新的商品生产关系与交换关系的手工业者、商人和工匠。坊郭户中的地主、没落官僚贵族、士人、低级军官、吏员，以及城市的统治阶级附庸，都不应属于市民阶层的；只有手工业者、商贩、租赁主、工匠、苦力、自由职业者、贫民等构成坊郭户中的大多数，他们组成了一个庞杂的市民阶层。市民阶层在城市经济活动与社会生活中发挥了巨大作用，处于城市劳动的中心地位，成为城市文化的创造者。欧洲经济史家脱尼斯说：

> 无论城市的实在起源是怎样，就它的生存讲，它必须看作一个整体，而它所由成立的单个社员和家庭必然依赖这个整体。这样，城市挟着它的语言、习惯及信仰，和挟着它的土地、建筑物和财宝一样，它是一个硬性的东西，虽有许多世代的嬗变，这东西仍然长久存在，并且半由它自身，半由它的市民家庭的遗传与教育，总是重新产生大

① 《马克思恩格斯全集》第三卷第 57 页，人民出版社 1965 年版。

致相同的特质和思想方法。[①]

自从市民阶层登上历史舞台后，城市社会具有前所未有的新特点，而实质上是市民社会。这个社会的世俗享乐方式、等价交换原则、充满物欲的活力、利己主义的精神等等，都对旧的封建主义文化采取了消极抵制的态度，为封闭的社会打开了一个窗口，迎来了人本主义的一线曙光。

我国市民阶层的兴起是以公元1019年（北宋天禧三年）坊郭户单独列籍定等为标志的，这在世界历史进程上恰恰与欧洲市民的出现基本上是同时的。欧洲社会经济史家亨利·皮雷纳说：

城墙不仅是城市的象征，而且也是当时用来现在仍然用来称呼城市居民的名称的由来。正因城市是筑垒之地，所以城市成为城堡……商人聚居地称为新堡，以别于原来的旧堡。从而新堡的居民最迟从11世纪初期得到市民（burgenses）这个名称。据我所知，这个词于1007年第一次出现在法兰西；1056年出现在佛兰德尔的圣奥梅尔；以后经莫泽尔河地区（1066年出现在于伊）传入神圣罗马帝国。因此，新堡即商人城堡的居民，得到了或者可能是他们为自己创造了市民这个名称。[②]

---

① 转引自［德］伟·桑巴特：《现代资本主义》第一卷第112页，商务印书馆1962年版。

② ［比利时］亨利·皮雷纳：《中世纪的城市》第93～94页，商务印书馆1985年版。

中国的坊郭户和欧洲的市民都同时出现在公元11世纪之初，这绝非历史的巧合，而是体现了东方与西方有着大致相似的历史文化进程。这个进程也表现为城市的发展与城市人口的大量增加。北宋时京都的城市人口在百万以上，杭州有五十万，建康有十七万，此外洛阳、江陵、潭州、隆兴、平江、福州、泉州、广州等的城市人口也约在十万以上。[①] 在欧洲中世纪，“大的都市人口又一次出现了。巴勒摩在12世纪约有五十万人；佛罗伦萨在13世纪有十万人，在威尼斯和米兰有十万人以上，阿斯提有六万到八万人；巴黎在12世纪末有十万人，在13世纪可能有二十四万人；杜埃、里尔、伊普雷、根特、布鲁日各有将近八万人；伦敦有四万到四万五千人”。[②] 古代城市化的过程，中国与欧洲也基本上是同步的，然而中国在世界文明进步中确是居于领先的地位，宋都东京是当时世界上规模最大和人口最多的城市了。尽管中国与欧洲历史进程在这方面是同步的，然而由于历史文化及地理环境的诸差异，中国市民社会的形成与市民阶层的兴起却又有自己特殊的道路，并由此使中国市民阶层具有某些特点。这些特点是只有将它与西方参照才可能见到的。

宋王朝结束五代十国的封建割据局面，再度建立了封建中央集权的国家并使中央集权制稳固发展。这在中国历史上是一个重大转折，在世界历史进程中也是一个特殊的现象。公元10世纪之末中国封建中央集权的建立给市民阶层的诞生制造了一

① 王曾瑜：《宋朝的坊郭户》，《宋辽金史论丛》第一辑。

② ［法］P. 布瓦松纳：《中世纪欧洲生活与劳动》第206页，商务印书馆1985年版。

个非常不适宜的环境，这决定了中国市民阶层具有坎坷而软弱的命运。皮雷纳说：

> 城市的自然倾向是成为城市共和国。毋庸置疑，如果城市有力量的话，城市是会成为国中之国的。然而只有在那些国家政权无力与城市力量相抗衡的地方，城市的这种理想才能实现。①

在欧洲，许多城市的这种理想是实现了，由于封建势力软弱与分散，或是在王室与封建领主矛盾的城市，市民们经过由自发到自觉的斗争取得了城市的自治权。“当城市宪章终于获得之后，它就是一件重要文件……这样一来，城市居民就成为自由民了，‘市民权’这个名词是由此得来的。到了13世纪，实际上每个市民是一个自由人。当时流行着一句话说：‘城市空气使人自由’。”② 这种自由城市，“它能够行使一种接纳法权。为了取得完全的市民特权，只有在一个市镇内住了一年零一天，在那里结了婚，在那里完全保有一份价值不高的不动产，或者仅仅保有一份能在法庭上作为担保物的地租就够了”。③ 欧洲市民阶层的兴起是较自觉的自下而上的运动。中国市民阶层的兴起则是由封建中央集权政府自上而下的从户籍上使其独立。坊郭主户可以被看作是获得正式市民资格者；坊郭客户经过三年

---

① ［比利时］亨利·皮雷纳：《中世纪的城市》第140页，商务印书馆1985年版。

② ［美］汤普逊：《中世纪经济社会史》第426页，商务印书馆1963年版。

③ ［法］P.布瓦松纳：《中世纪欧洲生活与劳动》第200页，商务印书馆1985年版。

一次的列籍定等，如果他有了房产权便可列入主户的籍内。中国市民阶层从民户中独立并取得某些社会权利都不是自己经过斗争获得的，而是被动地被承认，虽然这是城市经济发展的必然结果。

由于欧洲中世纪特定的历史环境，市民阶层从兴起之日即勇敢顽强地登上了政治舞台，表现出不可遏止的前进力量。“那在封建世界几百年来有效的契约原则应扩充到非封建世界。平民也要求‘权利’与‘自由’来执行自己的司法、征税、铸市、市场管理等，像封建王公在他们领地上所做的那样；而且在这些有关切身利益的地方事务方面，他们不再愿意服从封建主的权力。他们要求在封建统治内的而非在封建制度下的一个地位。他们并不完全排斥领主的权力，而愿继续负担服役和缴纳赋税，但这些捐税的性质和程度应有严格的限制和确定性。由城市而非领主，来课征赋税。城市应有它的行政官，它的团体印章，它的市政厅，它的钟塔。这一切都是它独立的象征”。[①] 这种独立的城市，有市民参政的行政机构，它不可能在中国出现。宋代的城市即使是经济意义很大的城市仍由封建中央集权统一控制。市民阶层对强大而集中的封建势力只能采取依附的态度，以争取得到有限的合法的生存与发展，根本无法实现参政的梦想。例如熙宁六年（1073）六月肉行徐中正等向政府要求，“乞出免行役钱，更不以肉供诸处”，政府诏令在京市易务与开封府录司“同详定诸行利害”（《续资治通鉴长编》卷二四）。不久实行免行法，根据各行利润，按月或按季交纳免行钱，政府所需肉品，不再向肉行勒派。熙宁十年（1077）

① ［美］汤普逊：《中世纪经济社会史》第425页，商务印书馆1963年版。

四川彭州堋茶场因反对官府压价收购，五千茶农喧闹彭州官府，但很快便平息了。[①] 南宋淳熙二年（1175）湖北茶贩赖文政等起义，横行数路，打死官军将领数十人，但数月之后为辛弃疾率官军击溃。[②] 这类局部的小事件并未产生重大政治影响，也未为市民争得什么权利。中国市民阶层无论在兴起之初或是在稍为壮大之后，皆从未登上政治舞台。

欧洲的市民在中世纪里创造出新的都市文明。“这些商人和工匠也认识到并重视这个小小自治城市故乡的伟大，因为在这里，他们终于得到了自由和权力。由于他们才产生出了一种都市文明，这种文明在一切领域内，在社会的、学术的和艺术的领域内都表现出来了。它使得慈善机构、学术中心蓬勃兴起，它们的鼓舞力量主要是资产阶级”。[③] 例如欧洲的市民文学就表现出坚决的反封建主义的和反蒙昧主义的人本主义精神，而且采取了嬉笑怒骂的、辛辣嘲讽的方式，充分体现了市民鲜明的思想意识。中国市民阶层虽然也对城市文明发生着重要影响，但并未在社会的、学术的和艺术的领域鲜明地表现出反封建的思想，尤其是与统治思想和迷信思想很难划清界限；因而通常是采取消极的病态的方式表现被压抑扭曲的人性。这都由于中国市民阶层未能形成一支独立的政治力量所致。

中国市民社会的形成和市民阶层的兴起是在封建社会后期城市商品经济发展的较高阶段上，而又是在封建中央集权的重建的历史条件下，因而虽然有着世界上人口最多、经济繁荣的

---

① 吕陶：《奏为官场买茶亏损园户致有词诉喧闹事状》，《净德集》卷一。

② 邓广铭：《辛稼轩年谱》第 43～46 页，上海古籍出版社 1979 年版。

③ ［法］P. 布瓦松纳：《中世纪欧洲生活与劳动》第 206 页，商务印书馆 1985 年版。

城市，却不可能产生自治的独立的城市；虽然市民阶层应顺了客观的社会经济发展规律而以单独列籍的形式出现并得到发展，但却对封建统治阶级有很大的依附性，不可能获得参政的机会，始终未能登上政治舞台。中国封建社会的漫长与封建制度的超稳定结构，致使市民阶层像一个病弱的儿童，步履艰辛，命运多乖，不能健康地成长和顺利地发展，而且它的精神也带着病态的特征。从公元 11 世纪起，曾有一段时期，中国与欧洲的历史进程基本上是一致的，但是中国历史的发展却又保持着自己特殊而曲折的道路。中国曾有过领先于世界的都市文明，可惜未开放出绚丽耀眼的花朵，也未结出丰硕的果实。尽管如此，中国市民阶层在北宋时代的兴起及其后来缓慢的发展，则又是客观的历史事实。

第二节　中国市民文学的发现与认识

自北宋以来，在中国文学史上出现了一种新的现象，即小唱、诸宫调、话本、杂剧、戏文、小说、时调小曲等都市通俗文学的兴起并获得迅猛的发展。它受到社会下层民众的喜爱与欣赏，甚至封建统治阶级也暗中将它作为世俗文化娱乐的内容而接受了。这种新兴文学的基本特点是商业性和娱乐性。它是以文化服务的方式向普通消费者提供娱乐和消遣的；其内容主要是社会现实的世俗生活，或者是经过世俗化了的历史、传奇、神魔等离奇惊险的故事，表现出对旧传统的反叛精神。自它兴起之后即显露出旺盛的生命力和广阔的发展前景，以强烈的社会效应和众多的接受群众而与典雅的正统文学分庭抗礼，平分秋色。由此改变了以往文学的大统一的局面，使中国文学变得丰富多彩，生气蓬勃。当我们追溯都市通俗文学的历史命运时，却不得不承认：其命运多乖，总是遭到排斥、压抑、诅咒和禁毁，未能正常地发展。可是它却又顽强地生存下来，尽管许多作品散佚和禁毁了，但至今流传的和保存的仍然汗牛充栋，多种多样，其繁杂零散令人难以整理，甚至难以编目著录。由于儒家思想深厚的文人们对它持偏见和鄙视的态度，致使关于这些文学的理论探讨与其他正统文学相比较则显得薄弱而贫乏了；即使某些笔记杂书有少许评论，或在某些序跋里表示一点见解，但基本上属于经验性的批评和知性的认识。这种情况，我们是完全可以理解的，而且也是可以谅解的。

将北宋以来的都市通俗文学作为学术的对象和文学史的对象进行审视，这是在近世中国新文化思潮的推动下，学术研究进入了新阶段之后。令我们感到惭愧的是，最初将这种文学写入文学史的不是中国的学者。俄国汉学家瓦西里耶夫（1819～1900）著的《中国文学简史》于1880年出版，其中论及长篇社会小说《金瓶梅》，以为它所反映的中国明代社会生活很真实，而戏剧等类的作品是做不到这一点的，因为它们不能提供同样的细节。英国汉学家翟理思（1845～1935）著的《中国文学史》，1897年列为《世界文学简史丛书》第十种首先在英国出版，1900年伦敦威廉海纳曼出版社出版单行本。它对中国文学发展作了系统而稳健的介绍，包括了中国古典小说戏曲的翻译和介绍。[①] 日本学者笹川种郎（1870～1949）著的《历朝文

① 参见王丽娜：《中国古典小说戏曲名著在外国》第152、398页，学林出版社1988年版。

学史》于1903年由上海中西书局翻译出版，其中论及金元时期小说与戏曲的发展、明代小说与戏曲、清代小说与戏曲及批评。[①] 我国学者林传甲仿照日本早稻田大学的中国文学史讲义而编著的《中国文学史》于1910年由武林谋新室出版。在这第一部我国学者著的文学史里仅驳杂地泛叙正统文学，兼及经史小学。王梦曾编著的《中国文学史》于1914年由商务印书馆出版，其中简述了小说和戏曲。此后宋以来的都市通俗文学引起了许多具有新文化思想的学者的重视。他们分别从民间文学、白话文学、俗文学或平民文学的视角来进行研究，试图认识这种复杂的文学现象。可以说，他们在各自的文学史体系里的论述都有其合理性，但并未真正把握这种文学的特质，忽视了它产生的特定历史文化条件，将其融于一般形式序列，或只是攫取了其部分属性。因此，长期以来，我国古典文学研究者曾准备对它作新的探索与认识。

人类的文明进程虽然有着民族、地理、传统等因素而呈现差异，表现为参差不齐的状态，但在先进的民族里又体现着同步性，以致某些现象竟惊人的相似，也许可以认为是历史的巧合。公元11世纪之初，在中国北宋和欧洲的西部诸国，几乎同时诞生了市民阶层并出现了市民文学，或称城市文学。马克思主义经典作家论及西欧市民的兴起时说：

> 在中世纪，每一城市中的市民，为了保证自己的生活，都不得不团结起来反对农村贵族；商业的扩大和交通

---

① 参见陈玉堂：《中国文学史旧版书目提要》第128～129页，上海社会科学院出版社1985年版。

道路的开辟，使一些城市知道了另一些捍卫同样利益、反对同样敌人的城市。从各个城市的许多地方性居民团体中，逐渐地、非常缓慢地产生出市民阶级。各个市民的生活条件，由于他们和现存关系以及为这种关系所决定的劳动方式相对立，便成了他们共同的、不以每一个人为转移的条件。市民创造了这些条件，因为他们脱离了封建联系；同时他们又是由这些条件所创造的，因为他们是由自己同既存封建主义的对立所制约的。随着各城市间联系的产生，这些对他们来说都是共同的条件发展为阶级条件。同样的条件、同样的对立、同样的利益，一般说来也就应当在这一切地方产生同样的风俗习惯。①

这个新兴的社会阶层，不但因许多相同的条件而形成了其风俗习惯，而且还相应地出现了以他们为服务对象的文学艺术。法国学者 P. 布瓦松纳说：

对知识的好奇心在这些蒙昧的人民大众中已经醒悟过来……创造了一整个文学来满足这些城市人民的求知的欲望，如为游行诗人和沿街卖唱者宣读的叙事诗和传奇故事，虔诚的、神秘的剧曲和讽刺的滑稽剧或讽刺的喜剧，短篇小说的讽刺对句，歌谣与富于感情的或嘲笑的歌曲。城市人民喜欢野宴、国事典礼、游行、化装跳舞会，以及

① 《德意志意识形态》，《马克思恩格斯全集》第三卷第 60 页，人民出版社 1965 年版。

马上比武和竞技所提供的伟大的场面。[1]

自此以后，西欧的重要商业都市里都有适应市民趣味的、有强烈现实性的、乐观精神的，描写市民生活或关于社会问题的各种各样通俗文学，而且获得较正常的发展。它成为照亮中世纪黑暗的火光，导致了欧洲近代的伟大的文艺复兴。我国都市通俗文学的兴起与发展在主要方面与欧洲市民文学所走过的道路大体是相似的。这样便可将东方和西方两种同时的、性质相近的文学进行比较研究。捷克汉学家普实克于1974年发表的论文《都市中心——通俗小说的摇篮》认为：

> 约略在公元13世纪，位于欧亚大陆两端的中国和西欧竟然几乎同时实现了文学的城市化。这就使得以新方法写人、以新眼光观察人的本质存在成为可能。中国宋元时职业说书人的作品话本和意大利14世纪作家薄伽丘的《十日谈》均系环境类似、大致同代的产物，均系试图如实反映人生的同一体裁（都市小说）的代表。[2]

日本学者铃木修次在论及宋代俗文学时也认为“由于市民阶层参与了文艺世界，遂使新的文艺体裁形成，市民文学诞生了。”[3] 事实上在本世纪40年代，我国著名文学家茅盾已系统

① ［法］P.布瓦松纳：《中世纪欧洲生活与劳动》第226～227页，商务印书馆1985年版。

② 江原：《捷克学者普实克谈话本小说与〈十日谈〉》，《古典文学知识》1986年第3期。

③ 转引自《文学研究动态》1981年第2期。

地研究中国市民文学了。

1940年茅盾曾有延安之行。他在晚年写的回忆录里说：

> 在鲁艺我住了将近四个月，从六月上旬至九月底……我就在鲁艺文学系讲了五六次课，总题目叫《中国市民文学概论》。当时我写了详细的讲稿，可惜这份讲稿已经丢失，大概是焚于香港战争的炮火中了。现在，我自然记不得四十年前那讲稿的内容，不过，前面提到的那篇《论如何学习文学的民族形式》，大致反映了我在延安谈论中国市民文学的基本观点。

这篇论文是茅盾在延安各文艺小组会上的讲演稿，1940年7月在吴玉章主编的《中国文化》第一卷第五期发表。茅盾在回忆录里介绍此文的基本观点说：

> 我认为学习民族形式一要向中国民族的文学遗产去学习，二要向人民大众的生活去学习。而前者就有“剔除其封建性的糟粕，吸收其民主性的精华”的问题。我又认为我们民族的文学遗产“几乎百分之九十九是奉诏应制的歌功颂德，或者是‘代圣立言’的麻醉剂，或者是‘身在山林，心萦魏阙’的自欺欺人之谈，或者是攒眉拧眼的无病呻吟”。它们“和人民大众的利益、思想感情，全不相干”。只有剩下来的百分之一，“数量虽则太少，可是或多或少是代表了极大多数人民大众的利益，表白了人民大众的思想情感、喜怒爱憎的作品”。这百分之一“才是我们民族的货真价实的文学遗产”，“这百分之一中间，才有我

们的文学形式，或文学的民族形式。”我给这百分之一起了一个总名，即“市民文学”。①

在《论如何学习文学的民族形式》里，茅盾用了主要篇幅论述了中国市民文学的发展过程。他以为在战国时代市民阶级已经出现，西汉中期市民阶级的势力空前巨大，但却未留下文艺作品，是因为被统治阶级消灭了。魏晋南北朝时期民间文学发展起来，那些充满反封建意识的乐府民歌还没有创造新的形式。唐宋两代，中国经济再度繁荣，市民阶级壮大，市民文学得到发展。唐人传奇虽然披上幻异的外衣，但是颇多描写人情世态，市民以主人公的身份在作品里出现了。茅盾特别指出，现存的唐人传奇中还见不到市民阶级自己的作家作品。他认为：

> 真正的市民文学——为市民阶级的无名作者所创作，代表了市民阶级的思想意识，并且为市民阶级所享用欣赏，其文字是“语体”，其形式是全新的、创造的，其传播的方法则为口述（所谓“讲评”是也），这样的东西是到了宋代方得产生而发展的……这是市民阶级站在自己立场上，用文艺的方式，表示了对古往今来、人生万象的看法和评判；同时亦作为“教育他们本阶级，以及和封建贵族地主阶级进行思想斗争的武器。这一种新内容新形式的市民文学的发源地和根据地，大概就是宋朝的都城汴京，而由所谓‘说话人’者（作家，同时又是出版家，职业的宣传家）口头传播于各处——当时市民阶级占有势力的北

① 茅盾：《延安行——回忆录》，《新文学史料》1985年第1期。

方各大城市”。①

茅盾虽然关于“市民阶级”概念的理解、关于中国文学遗产的评价、关于市民文学与民间文学的区别、关于宋以前市民文学的论述，等等，都存在偏颇的不成熟的见解，但是他敏锐地在中国文学史上发现市民文学的存在，并将它提高到文学的民族形式来认识，尤其是认为真正的市民文学是产生于宋代的：这些光辉的论点为中国市民文学的研究导乎先路，其筚路蓝缕之功是永不磨灭的。自此，市民文学的研究在中国文艺界和学术界引起了人们的关注和兴趣。新中国建立之后，冯雪峰对中国市民文学给予了很高的评价。他说：

> 宋以后的这个时期，在文学上，特别是南宋和元及其以后，有一个比过去非常显著的不同，即文学已不是只为皇帝官僚和士大夫阶级服务，并且也为平民服务（其实发轫于唐代），即为商人、差吏和兵士、城市手工业者和平民服务，市民文学或平民文学开始发展起来（农民文学不在内，他们另有民歌和传说等等，以后还有地方戏）。这时期中，中国文学的中心移到词、散曲、说书（说话）、鼓词、弹词、小说和戏曲等。这时期中国思想界也有近代民主思想的萌芽与显著的表现；而在人民间还有农民社会主义思想的产生。这时期以市民文学为中心的现实主义，

① 《茅盾文艺杂论集》第843～859页，上海文艺出版社1981年版。

就不仅在中国是空前的发展，而且赋有近代的性质和色彩。①

郑振铎长期从事中国俗文学研究，这时也开始具有市民文学观念。他在50年代论述中国小说的传统说：

宋朝的小说是市民文学，是在瓦市里讲唱的，是真正出于民间为广大市民所喜欢的东西，不同于唐朝的传奇。瓦子好像现代的庙会，是个易聚易散的地方，以讲史、小说为主要演唱的东西，这些都是第二人称的。②

由于市民文学研究关涉到一些重要的理论问题，其历史的线索尚待探寻，其内容涉及的方面很广泛，尤其是许多文献资料散存未能认真地整理和发掘；这样给研究工作造成很大的困难，因而没有学者去从事专门的深入的研究。60年代之初，有学者感叹说："对'市民文学'这一名词的解释，没有人作过正面的、详尽的、妥善的说明。这个名词的科学性还可讨论。"③ 时间又过了三十年，在新的历史时期，中国古典文学界仍在呼唤开展对中国市民文学的研究，如一位青年学者说："'市民文学'在西方文学史上是一个十分熟悉而又辉煌的字眼，毋庸讳

① 冯雪峰：《中国文学中从古典现实主义到无产阶级现实主义的发展的一个轮廓》，《文艺报》1952年第14号。

② 郑振铎：《中国古典文学中的小说传统》（1953），《郑振铎古典文学论文集》第308页，上海古籍出版社1984年版。

③ 邓允建：《谈在"三言""二拍"中所反映的市民生活的两个特色》，《文学遗产选集》第三辑，中华书局1960年版。

言在中国文学史上则是一个比较陌生而又黯然的词汇。'市民文学'研究的命运在中国便不问可知了。茫茫书海，泱泱神州，竟无一本关于中国市民文学及市民文学史的专著，虽说是一个可以理解的缺憾，但不是一个不急需弥补的缺憾。"①

公元 11 世纪中叶，约在北宋至和元年（1054），首先在都城东京，继在各地重要都市里出现了民众文化娱乐市场——瓦市。瓦市伎艺深受市民的欢迎，它标志着中国市民文学的兴起。这种服从商业利益的、以消费娱乐为基本特征的文学在南宋时得到了初步的发展。今存早期市民文学作品如话本、诸宫调、戏文等都是宋金时期瓦市伎艺的脚本。元代的杂剧和散曲表现了浓厚的市民趣味，对世俗题材有了进一步的开拓；长篇话本小说和长篇白话小说逐渐出现。然而从 14 世纪中叶到 16 世纪之初，即明代建立以后的百余年间，由于封建统治的加强，商品经济和思想意识受到压抑，市民文学曾一度陷入低谷而衰微了。明代中期以后商品经济又活跃起来，在中国出现了资本主义萌芽，市民阶层得以壮大发展，市民文学走上繁荣兴盛的道路，而且一直延续到 19 世纪中期，即鸦片战争前夕。这表现在传奇以成熟的戏剧表演方式在都市中普及，反映市民生活的拟话本大量问世，涌现一批表现新的伦理观念和社会观念的长篇艳情小说和世情小说，最能表达市民思想情趣的时调小曲在都市广泛流传，凤阳花鼓、鼓词、弹词、子弟书、说书在都市文化市场中十分活跃，地方花部以生动通俗的表演占据了戏剧舞台，市民文学受到某些文人的重视并产生了有关的理

① 毛德富：《从"三言""两拍"看中国市民的心态》，《学术百家》1989 年第 5 期。

论著述：它们都不同程度地表现了反封建主义和反传统文化的新的市民意识。由于明代以后我国历史命运的曲折坎坷，萌芽的资本主义未能正常发育，而在市民阶层中也未产生近代的资产阶级，以致中国历史虽然进入近代阶段，但与西方社会的发展相比较则远远落后了。在这种文化条件下，近代市民文学明显地误入歧途，带着病态特征而趋没落。20世纪之初，新文化运动开展以来，尽管都市的文化市场基本上仍为旧的市民文学所占据，但都表演传统的节目，丧失了创新的能力。这个时期适应市民新的审美趣味而出现了鸳鸯蝴蝶派小说，其中的白话青楼小说兴盛一时后遂为现代武侠小说所取代，造成了经久不衰的“武侠热”。这可算中国市民文学的余绪了。

我们从近千年的市民文学发展过程中可以见到：自从我国市民阶层兴起之后，为了满足与适应它对文化娱乐的需要而出现了一种新的市民文学。市民文学的存在是一个不容否认的文学现象和历史事实。这种文学是通过都市文化娱乐市场而为市民群众服务的，它的服务对象是具有一定消费能力的城市普通民众，所以也可以称之为都市文学。古代的市民大都是不识字的，少数市民仅具有初等文化，能够记账和运算。因而为他们服务的文学作品必须是通俗的，民众喜闻乐见的，以表演形式为主的，这样才可能被接受与欣赏。这种文学所反映的主要是社会世俗生活，普通市民成了作品的重要人物，市井的悲欢离合故事与小人物命运受到了充分关注，新兴市民的意识情感得到充分表达；因而它与市民群众有着内在的精神联系，使他们产生共鸣，从中受到感动、教育和鼓舞。市民喜爱通俗的历史故事，可以学得历史知识，吸取历史经验；他们对传奇题材感到兴味，那些才子佳人花前月下结为佳偶的故事，牵动着他们善良的心愿；他们从武侠的惊险故事里满足好奇心理和发泄对于社会不公平的义愤；他们很同情公案故事中的势单力弱的小人物，盼望有包公一样的青天大老爷洗雪奇冤；他们对神仙道化和妖魔鬼怪的故事感到神秘莫解、半信半疑，而又能产生种种超现实的幻想。这些文学作品的情节曲折、离奇、惊险、紧张，对受众有很强的吸引力，可以使他们在精神上消除疲劳，忘却烦恼，从而得到休息和娱乐，所以他们喜爱这些文学。市民文学在其兴起之日即在文化娱乐市场中以商业方式向市民提供消费服务，因而必须迎合市民的审美趣味和审美理想。它既具有极为强烈的市民反封建的意识，而又包含有一些小市民低级庸俗的成分。因此可以说：中国市民文学是在封建社会后期市民阶层兴起之后流行于都市的、通俗的、表现市民社会的和受市民喜爱的文学，它具有明显的商业性和娱乐性的特点，表达了市民的反封建意识。

如果将市民文学与我国正统文学相比较，二者的区别是显而易见的；但与俗文学、白话文学、平民文学和民间文学相比较，则它与它们在概念和对象方面存在部分叠合的关系，然而却又不能互相取代和混淆。关于俗文学，郑振铎说："俗文学就是通俗的文学，就是民间文学，也就是大众的文学。换一句话，所谓俗文学就是不登大雅之堂，不为学士大夫所重视，而流行于民间，成为大众所嗜好，所喜悦的东西。"① 市民文学就其通俗的表述形式而言，在概念上与俗文学部分叠合，它的外延没有俗文学广阔，仅限于城市流行的市民喜爱的通俗文学，而且有其反封建的性质。关于白话文学，胡适说："我把'白

① 郑振铎：《中国俗文学史》第1页，商务印书馆1938年版。

话文学’的范围放的很大，故包括旧文学中那些明白清楚近于说话的作品。我从前曾说过，‘白话’有三个意思：一是戏台上说白的‘白’，就是说得出，听得懂的话；二是清白的‘白’，就是不加粉饰的话；三是明白的‘白’，就是明白晓畅的话。”[①] 市民文学的语言都是白话的，在这点上与白话文学概念部分叠合，但它比白话文学的范围狭窄些，而且强调其特定的服务对象。关于平民文学，曹聚仁说：“其由平民的智识阶级所创作，取材于乡间陋巷，渗透于全民众之内心者为平民文学……平民文学者，不期然而然，出乎人之口，深入人之心，人格亦与之抱合焉。”[②] 平民即普通人民大众，是与统治阶级或权力阶层相对的概念。市民自然包括在平民之内，但它却是古代商品经济发展到相当程度时以商人和手工业者为主体而形成的一个新阶层。所以这两种文学的服务对象是有区别的。关于民间文学，乌丙安说：这个学术名称起源于外国，“‘五四’时期，我国学者将这个名词译作‘民俗学’，同时又具体地译为‘民间文学’，即专指‘民俗学’当中口头艺术部分……民间文学是从古以来就已产生的，广大劳动群众所创作、所传播的口头文学作品。”他特别反对将“市民阶级的俗曲、说唱文学等也都当成了研究对象”。[③] 市民文学的某些形式确实源自民间文艺，但它一般不是劳动人民的口头创作，而是书会先生等为商业利益的需要而编写的伎艺脚本或是书贾们组织下层文人编印的通俗文学读物。这两种文学的区别也是非常明显的。尽管市

① 胡适：《白话文学史自序》，《胡适古典文学研究论集》第 184 页，上海古籍出版社 1988 年版。

② 曹聚仁：《平民文学概论》第 1～2 页，上海梁溪图书馆 1926 年版。

③ 乌丙安：《民间文学概论》第 1～3 页，春风文艺出版社 1980 年版。

民文学与俗文学、白话文学、平民文学和民间文学等存在一定的渊源关系或横向联系，但市民文学自有其产生的特定的历史文化背景，有其特定的对象和范围，因而在中国文学研究中是一个独立的分支学科，也是一个亟待开发的新的学术领域。

城市是一个国家或一个地区的政治、经济和文化的中心，也是人们实现各种需求和消费享乐的集中场所；它最能体现一个国家或一个地区的文化特征和文明程度。自从我国市民文学诞生以来，便长期占据了都市文化娱乐市场。这种文化现象的真正意义非常值得我们深思。市民文学是封建社会后期出现的文化现象，一般来说，随着近代资本主义社会的确立，它即为新的文学所代替了，但它在我国现代都市仍有相当广泛而深厚的社会基础。40年代，关于中国文学民族形式的论辩，周扬曾经注意到城市通俗文学——市民文学在文化市场中的绝对优势。他说：

> 旧形式具有悠久的历史，在人民中间曾经，现在也仍然是占有势力，这是中国封建社会长期停滞及半封建的旧经济旧政治尚在中国占优势的反映。但同时中国已早有了资本主义，基于这个新的物质基础，就发生了新的民主主义的意识形态；但这个新的意识形态的形成，曾经大大感受了西洋文化思想而来的刺激与帮助，并吸收了适合于中国民主要求的东西，因此作为这新的意识形态之一种形式的新文艺就如此深刻地蒙上了西洋文学的影响，以致显得和中国旧的文艺形式仿佛已没有了多少血脉相承的关系。经济政治发展的不平衡就造成了新旧形式并存的局面，他们各有其不同的活动范围，领有各自不同的读者与观众；

但是因为旧经济政治尚占优势，所以旧形式在人民中间的强固地位并没有被新形式取而代之。不但在新文艺足迹尚极少见的农村，就是在新文艺过去的根据地，过去文化中心的大都市旧形式也并不示弱。没有一本新文艺创作的销路，在小市民层中能和章回小说相匹敌。①

新中国建立后渐渐改变了这种“严重的现象”，新文学完全取得了胜利。可是从 80 年代开始城市流行的充满小市民趣味的通俗文学再度呈现勃兴之势，“慢慢夺走了严肃文学的许多读者。使后者逐渐冷落起来”；“改革开放以来，人们工作、生活节奏加快，没有更多时间看那些深刻的、理性色彩和探索性很强的文学作品，紧张的社会生活之余需要调剂休息，因此一些消遣性、娱乐性、一看而过的通俗文学就应运而生了”。② 都市通俗文学的复兴有其深刻而复杂的文化原因，不能不引起我们历史的反思，进而重新审视市民文学，从中总结历史的经验。

每一个时代的文学，如楚辞、汉赋、唐诗、宋词和元曲，它们体现的文学精神是相异的。可以认为，在中国文学史上确实存在过几种不同的文学模式。中国文学正是由漫长的历史、浩繁的作品、特殊的文体和多样的模式所构成的具有民族性格的文学。近代欧洲文学批评家勃兰兑斯在研究欧洲 19 世纪文学时认为：

---

① 周扬：《对旧形式利用在文学上的一个看法》，《中国文化》第 1 期，收入胡风主编《民族形式讨论集》，重庆华中图书公司 1941 年版。

② 刘嘉陵：《通俗文学的历史、现状及其发展方向——繁荣通俗文学座谈会述介》，《文学评论》1990 年第 5 期。

> 文学史，就其最深刻的意义来说，是一种心理学，研究人的灵魂，是灵魂的历史。一个国家的文学作品，不管是小说、戏剧还是历史作品，都是许多人物的描绘，表现了种种感情和思想。感情越是高尚，思想越是崇高、清晰、广阔，人物越是杰出而又富有代表性，这个书的历史价值就越大，它也就越清楚地向我们揭示出某一特定国家在某一特定时期人们内心的真实情况。①

文学不像其他艺术如音乐、舞蹈、绘画、建筑那样受着时间与空间的种种限制，它能历史地、具体地、自由地表现人们的情感。文学也表现人们的思想，但它不像哲学、伦理学、社会学那样以抽象的方式表现社会一般的思想，而是通过形象以感性的方式表现极为生动的、具体的、特殊的思想；这种思想剥去了饰物，是人的最真实、最活跃的意识。因此，一个国家的全部文学是能够从一个方面表现其情感和思想的一般历史的。虽然从文学里作出的结论可能是片面的、偏激的、极为特殊的，而且完全没有实用的价值，然而它的抽象价值便在于表达了一个民族的文化精神。文化精神是代表一定民族特点的精神风貌、心理状态，思维方式和价值取向等精神成果的总和。如果我们有了关于民族文化精神的认识，便可进行自觉的历史选择：选择积极的文化精神，舍弃消极的文化精神。这样可以帮助我们走出误区，接受优良的文化传统，形成新的文化精神。

在悠久的中国文化传统里，诗教说、言志说、载道说和神

---

① ［丹麦］勃兰兑斯：《十九世纪文学主流》第一分册引言，人民文学出版社1980年版。

韵说等支配了创作主体的意识；典雅的、华美的、豪放的、婉约的、平淡的风格相继为各个时代所崇尚；文学的价值取向大致追求与儒家思想相关的中和之美，努力达到美与善的和谐统一的境界。当然，这是我国优良的传统，无可非议；但与此同时，我们还应见到中国文学传统存在着某些异质，例如通俗文学、白话文学、平民文学、民间文学和市民文学的文学精神。它们作为正统文学的异质面曾服从文化整合规律而加入了中国文学传统，却又顽强地保存着自己的特质。自然界生物某些遗传的变异是某种特质的偶然显现，由此可能导致新的变化，培育出新的品种。社会文化现象也是如此，文化中的某种异质，往往是最能体现其特质的。市民文学所关注的是下层社会民众的日常生活真实，但因其商业性的需要，也为了生活的真实而有浓厚的小市民趣味，甚至有些庸俗恶烂的东西。在思想守旧者的眼光中，市民文学所描述的文化圈里，人们自私成性，尔虞我诈，寡廉鲜耻，唯利是图，被种种物欲驱使着，抓着人生的各种机会寻欢作乐，蔑视传统价值观念，违反封建礼教，无所不为。这个文化圈里，没有崇高的思想和伟大的抱负，也没有优雅的情趣和细腻的心理；然而这里却有普通人活跃的生命与平凡而真实的生活。他们在纷纷攘攘的现实洪流里奋斗着、挣扎着，艰难地追寻普通人的素朴的生命意义。从市民文学的关于世态的描写与世俗情感的表现里，我们不难见到人的生命意义的新发现：强调性格的独立发展和个人精神生活的形成。因此，它就某方面而言，表现了我们民族文化精神的最具潜在活力的一个部分，而且是最富于近代色彩的。美国学者汤普逊研究欧洲中世纪经济社会史后，他在其著作的结论里说：

近代社会的根源是深深地扎根于中世纪时代的历史里。中世纪历史是近代所承袭的遗产。不应该认为它是与我们无关的东西。它的文明在各方面已渗入了我们的文明里。①

中国市民文学所表现的民族文化精神的某些部分，是否也渗入到我们近代文明与现代文明中呢？它有积极的意义吗？它能供我们在进行新的文化选择时作为参照吗?！这都促使我们去认真地探索。

① ［美］汤普逊：《中世纪经济社会史》第458页，商务印书馆1963年版。

第二章

中国市民文学的兴起

市民文学当然与中国源远流长的文学传统有着种种历史渊源关系，但其最直接的历史渊源应从唐代通俗文艺里去寻找，否则便可能使历史线索模糊。市民文学的兴起自然有种种的文化条件，但宋代瓦市伎艺的出现应是其兴起的显著标志；如果忽视其性质与重要性便难以找到市民文学历史的起点。

第一节　中国市民文学的历史渊源

文学的发展同其他意识形态的发展一样，某种新的东西的出现都有一个准备的或渐进的过程。这过程中具备了进一步发展的条件时便可能产生质的变化，出现飞跃的现象。北宋中期市民文学的兴起，在中国文学发展过程中是一个飞跃，但在此以前仍存在渐进的过程，它为新文学的诞生做了准备。当然，我们如果追溯市民文学的渊源，则宋代以前的俗文学、白话文学、平民文学、民间文学等都与之有一定的关系，例如古代的民间歌谣、神话传说、民间故事、汉魏乐府、南朝民歌、志怪小说、唐人声诗等等，它们都应是产生市民文学的深厚而肥沃的土壤。然而我们从市民文学的都市世俗内容、通俗文艺形式和消费娱乐形态来考察，则它最直接的渊源是唐代后期以来的通俗文学、民间艺人活动和庙会文艺。这三者共为一种文学的世俗化趋向，与传统文学走着相异的道路，有着自己特殊的社会化过程。此种趋向体现为必然性，促使中国市民文学的诞生。

公元755~763年的安史之乱，将唐代历史分为前期（初唐和盛唐）与后期（中唐和晚唐）。这不仅是唐王朝由盛到衰的转折点，也是我国整个封建社会前期与后期的分界线，中国文化自此发生着显著而深刻的变化。此次历时八年的战争对古老的政治、经济和文化起到了残酷的破坏作用，因而当战争结束后重建社会政治经济结构时出现了许多重大的变化：封建中央集权大大削弱，藩镇势力强盛；贵族趋于没落，新的庶族利益群体取得优势；旧的均田制完全崩溃，新的庄园经济迅速发展起来；旧的租庸调法已难施行，国家为保证赋税的收入而采取了两税法；庄园经济的分工、农业中经济作物的增加、手工业生产的扩大，加速了工商业的发展，商业比以前更为活跃。当社会动荡、新旧交互的时代，人们的价值观念与审美观念变化着，欲望强烈起来，特别是商人以及平民渐渐形成一种不可轻视的社会力量。这表现在文学领域内也有鲜明的变化：那种雄浑豪迈、自然韵胜、富于理想的盛唐气象消失了；作家们的视角一方面转向现实人生，提倡文学的政治教化与讽喻功能，促使儒家道统与文学结为亲缘，另一方面又试图退避社会，寓情于田园山水和香奁樽前，去追求个人生命的意义。从文学发展过程的观点来审视，唐代后期传奇小说的繁荣、变文的兴起与曲子词的流行是文学发展中的异质，正体现了一种新的社会审美理想和审美兴趣，而且表明文学的世俗化已是时代的潮流了。

传奇小说虽然是在六朝志怪小说的基础上发展起来的，但已有人物形象的塑造、故事情节的展开和场景的描绘，其篇幅长者达五六千字，可算是严格意义的小说了。它的兴盛繁荣是在唐代后期，即大历（766）至咸通（873）的百余年间。宋人赵彦卫说：

> 唐之举人，先借当时显人，以姓名达之主司，然后投献所业，逾数日又投，谓之"温卷"，如《幽怪录》《传奇》等皆是也。盖此等文备众体，可见史笔、诗才、议论。（《云麓漫钞》卷八）

在唐人文献里，没有关于"传奇"为"行卷"或"温卷"的记载，例如陈子昂、王维、白居易和朱庆余等都是以诗歌为当时显人或主司赏识而得以考中进士的。据宋人晁公武说，牛僧孺的《玄怪录》（《幽怪录》）十卷乃是"僧孺为宰相有闻于世而著此等书"（《郡斋读书后志》）。《李娃传》乃因"汧国夫人李娃，长安之倡女也，节行瑰奇，有足称者，故监察御史白行简为传述"（《太平广记》卷四八四）。可见这两种传奇的作者都是在入仕后作的，它们并非"温卷"。唐人传奇专集如《玄怪录》《集异记》《甘泽谣》《山水小牍》《宣室志》等有四十余种，今尚存有数百篇之多。它们在当时被认为是"驳杂之说"而排斥于正统文学之外。文人们创作传奇小说并无什么功利目的，而是这种新的体裁可以较为充分和自由地表达他们新的观念，而这种观念又是不宜以诗文表达的。传奇故事能在社会上广泛流传，甚至为普通民众所喜闻，这是促使其繁荣的重要原因。我们如果剥去传奇文言的外衣与某些超现实的表现方式，则不难发现它的世俗内容。所谓“传奇”并非志怪搜神，乃是传人世之奇事，而士子、倡女、商人、奴婢、市井男女等的悲欢离合的奇妙故事成了主要的题材。这些作品里表达的新伦理观念与封建主义思想是不相容的，例如倩娘的逃婚表示了对家庭的反叛，以事实婚姻而使社会得以承认；李章武与市井妇女消除了阶级局限与生死隔离，真诚地相恋；霍小玉对情感真挚追求，对负心男子则残酷地报复；妓女李娃节行高尚，有操烈之品格，最终得到上层社会的谅解与称赞；贵族小姐莺莺敢于违反礼教，与张生相爱而西厢酬简；崔生倾心于贵宦家妓红绡，由家奴设法盗取，终于达到了目的；官吏武公业之妾非烟与邻居书生偷情，在私情败露后坚贞不屈，以死相殉。尽管唐人传奇有一些超现实的虚幻情节，甚至看来是荒诞不经的东西，但其世俗性是很突出的，这是以往正统文学里罕见的。

如果说传奇小说是以文言的外衣包裹着世俗的内容，而新兴的通俗歌赋，特别是变文，则表明宗教文化向世俗的迁就或转移。这表现为通俗的形式和非宗教的内容。佛教在唐代获得社会性的发展，中国佛教形成了宗派。为了使这外来的佛教文化与中国传统文化相结合，为了使佛教信仰成为广大民众的精神需要，佛教徒们利用了文学形式宣传教义、感化众生；只有这样才可能在儒、佛、道三教竞争中稳固自己的地位。敦煌佛曲如《禅门十二时》《太子五更转》《太子入山修道赞》等以中国民间通俗韵文方式表现宗教思想。敦煌变文如《降魔变文》

《大目乾连冥间救母变文》《八相成道变文》等是以通俗的韵散相间的讲唱方式叙述宗教故事的。佛教徒们在讲唱或诵念这些宗教内容的作品的同时，也创作了世俗内容的作品，以便于吸引普通民众，如《女人百岁篇》《董永行孝》《季布骂阵词文》《韩朋赋》《燕子赋》等通俗歌赋，《伍子胥变文》《王昭君变文》《舜子至孝变文》《张义潮变文》等讲唱文学是宣扬传统忠孝节义观念的。“以宣传佛教为内容的变文，一般说来，因它思想内容的落后、贫乏，人民对这类作品是不大欢迎的，但是接近人民的佛教故事、历史故事和以现实生活为题材的变文，则为人民所欢迎而广泛地流传于后世”。[①] 这样可以使佛教文化与中国文化互相渗透而易于为中国民众所接受。唐代后期开始的宗教文学活动，在文学史上的意义大大超越佛僧们的主观愿望。特别是变文以白话语言、民间表述方式、生动的故事情节、复杂而宏伟的结构，创造了一种新的通俗文学形式，而且有极广泛的社会受众。

自隋代以来由于外来音乐——以印度系的西域龟兹乐为主的音乐，经过华化而与我国原有的民间音乐相结合而产生了新的燕乐。这种新音乐热烈活泼，繁声促节，最为动听。它的歌词以词调为单位而体式多样，句式复杂而富于变化，语言通俗易懂，长于主观抒情，有强烈的艺术感染力。唐人称这种有定格的长短句的律化的新文学样式为“曲子词”，意即配合乐曲的歌词。现在可考的最早的词是初唐两首无名氏的《献忠

---

① 徐无闻：《我对变文的几点初步认识》，《敦煌变文论文集》上册第 333 页，上海古籍出版社 1982 年版。

心》[①]；但词体引起社会的重视和较为流行，而且产生了较多的作品，还是在唐代后期。敦煌曲子词基本上是唐代后期在社会上广为流传的作品。它与同时期的文人词比较，则其语言是通俗朴素的，作者的社会性相当复杂，很多作品表现了普通民众的生活与情绪。例如“想君薄行，更不思量，谁为传书与，表妾衷肠”（《凤归云》），“泪珠若得是真珠，拈不散，知何限，串向红丝应百万”（《天仙子》），“当初姊妹分明道，莫把真心过与他”（《抛球乐》），“胸上雪，从君咬”（《渔歌子》），“心专石也穿，愁甚不团圆”（《送征衣》）：这些词句纯用口语，不假雕饰，真是妇孺能解的。其作者有“我是曲江临池柳”（《望江南》）的妓女，“为国竭忠贞，苦处曾征战”（《生查子》）的士兵，“淼淼三江水，半是儒生泪”（《菩萨蛮》）的落魄士人，“身披蓑笠执渔竿”（《浣溪沙》）的渔翁，“差匠见修宫，竭诚无有终”（《菩萨蛮》）的工匠，“金丝线织成鸳凤”（失调名）的织女，“语即令人难会”（《赞普子》）的番将，“此是三伤谁识别”（《定风波》）的医生。其中很多作品表现了下层民众的生活与情绪，如“移银烛，猥身泣，声哽噎，家私事，频付嘱，上马临行说”（《别仙子》）写妻子送丈夫应征的别情；“夫妻在他乡，泪千行”（《秋夜长》）诉说颠沛流离的痛苦；“聚尽萤光凿尽壁，不逢青眼识，终日尘驱役饮食”（《谒金门》）表达穷书生的悲哀；“生灵苦屈青天见，数年路隔失朝仪”（《望江南》）是边地人民在战乱年代渴望和平的愿望；“尘土满面上，终日被人欺”（《长相思》）是游子的辛酸之情；“一头承侍翁姑，一畔又刍傅男女，日夜不曾闲，往往泪如雨”（失调名）

---

① 详见谢桃坊：《宋词概论》第 6 页，四川文艺出版社 1992 年版。

道出了普通家庭妇女的困难处境：这些都是我们在文人词里不可能见到的。从幸存的敦煌曲子词可以肯定：词体是一种新的通俗文学样式，在民众中有很多的爱好者，不仅流行于都市，而且流行于西北边地。

唐代后期出现或盛行的传奇小说、通俗歌赋与变文，以及燕乐歌词，它们是迎合世俗的文学，或是产生于世俗社会的文学。这些文学受到统治阶级的排斥，也遭到守旧文人的鄙薄，在20世纪之初被发现与整理，其真正的文学价值才呈现出来。我们如果将这些文学现象合观，则不难见到：在唐代后期由于社会政治经济的变化，特别是城市商业的发展，民众产生了对文化生活的需求，因而文学从题材内容与艺术形式的世俗化正是适应了这种需求。由此形成了一种文学创作的世俗化倾向。

文学与歌舞相结合并以劳务的形式而走向商业化，这也是在唐代后期较为明显地出现的。此种情况与民间艺人的活动紧密相关。唐代本是官妓与家妓盛行的时期，在唐代后期的文献里才有一些关于民间私妓活动的记述。孙棨的《北里志》泛论三曲中事云：

> 平康里入北门东回三曲，即诸妓所居之聚也。妓中有铮铮者，多在南曲、中曲；其循墙一曲，卑屑妓所居，颇为二曲轻之。其南曲中者，门前通十字街：初登馆阁者多于此窃游焉。二曲中居者，皆堂宇宽静，各有三数厅事，前后植花卉，或有怪石盆池，左右对设；小堂垂帘，茵褥帷幌之类称是。诸妓皆私有所指占。厅事皆彩版以记诸帝后忌日。妓之母多假母也，亦妓之衰退者为之。诸女自幼丐者有，或佣其下里贫家，常有不调之徒，潜为渔猎。亦

有良家子，为其家聘之以转求厚赂，误陷其中，则无以自脱。初教之歌令而责之，其赋甚急，微涉退怠，则鞭扑备至。

这些私妓以卖艺为主，也兼卖身；假母以她们而获取特殊的商业利润。大历年间的霍小玉实际上也是此种性质的私妓。她很会唱歌，书生李益与她相识后，“母女相顾而笑，遂举酒数巡。生起，请玉唱歌。初不肯，母固强之。发音清亮，曲度精奇”（《霍小玉传》，《太平广记》卷四八七）。在这些地方追欢买笑的王孙公子、官商大贾，其费用是惊人的。荥阳公之子认识妓女李娃之后，“日会倡优侪类，狎戏游宴，囊中尽空，乃鬻骏乘及家童。岁余，资财仆马荡然”（《李娃传》，《太平广记》卷四八四）。唐末张读记述了富人王氏破产之事：

胜业坊富人王氏……性俭约，所费未尝过分。家有妓乐，端丽者至多，外之炫服冶容，造次莫回其意。一日与宾朋过鸣珂曲，有妇人靓妆立于门者。王生驻马迟留，喜动颜色，因召同列者，置酒为欢……访之，即安品子之弟也。品子善歌，是日歌数曲。生悉以金采赠之。众甚讶其广费。自此舆辇资货，日输其门，未经数年，遂至贫匮。（《宣室志》卷六）

唐代的宫廷及贵族之家均有音乐歌舞等艺人供奉他们文化娱乐。安史之乱，北方重要都市及京城长安相继沦陷，皇室及贵族纷纷逃难，传统文化经历一场浩劫。战乱年代中不仅梨园子弟星散，贵家乐舞艺人也大都流落天涯。严酷的现实逼迫他们走向社会，卖艺为生。宫廷歌手李龟年在安史之乱后，“流落江南，每遇良辰胜赏，为人歌数阕。座中闻之，莫不掩泣罢酒”（《太平广记》卷二〇四）。著名的皇家宜春院歌女永新，其情形更为悲惨。段安节在《乐府杂录》里记述云：

开元中，内人有许和子者，本吉州永新县乐家女也；开元末选入宫，即以永新名之，籍于宜春院。既美且慧，善歌，能变新声……洎渔阳之乱，六宫星散，永新为一士人所得。韦青避地广陵，因月夜凭阑于小河之上，忽闻舟中奏水调者，曰：“此永新歌也。”乃登舟与永新对泣久之。青始亦晦其事。后士人卒与其母之京师，竟殁于风尘。及卒，谓其母曰：“阿母钱树子倒矣！”

这些艺人流落民间，促进了通俗文艺的发展，在中国文化史上开始了民间艺人自由卖艺活动。当时甚至有以家庭式的小型流动班社，在民间卖艺。范摅《云溪友议》卷九记述：

乃有俳优周季南、季崇，及妻刘采春自淮甸而来，善弄“陆参军”，歌声彻云……《望夫歌》者，即罗唝之曲也。采春所习一百二十首，皆当代才子所作，五六七言，皆可和者。其词曰：“不喜秦淮水，生憎江上船，载儿夫婿去，经岁又经年。借问东西柳，枯来得几年？自无枝叶分，莫怨太阳偏。莫作商人妇，金钗当卜钱；朝朝江上望，错认几人船。那年别离日，只道往桐庐，桐庐人不见，今得广州书。昨日胜今日，今年老去年；黄河清有日，白发黑无缘。闻向江头采白蘋，常随女伴赛江神，众中不敢分明语，暗掷金钗卜远人。昨夜黑风寒，牵船浦里安，潮来打缆断，摇橹始知难。”采春一唱是曲，闺妇行人，莫不涟洏。

这个班社的表演活动是非常成功的。刘采春所唱的《望夫歌》表达了商人妇对丈夫的思念之情，真挚感人，以致妇女和旅人听了都为之泪下。这也侧面反映了唐代后期商业的活跃，出外经商者多了，人们对商人妇也表示深深的同情。刘采春的女儿周德华原在江湖卖艺，后为贵家所取，因地位不同，不再歌唱艳曲，而歌“近日名流之咏”的“杨柳之词”；但其影响所及，“豪门女弟子，从其学者众矣”（《云溪友议》卷十）。五代人范资记述了一则唐末夫妻卖艺之事：“南中有大帅，世袭爵位，然颇恣横。有善歌者，与其夫自北而至，颇有容色。帅闻而召之，每入则与夫偕，至更唱迭和，曲有余态。帅欲私之，妇拒而不许。”（《玉堂闲话》）可见卖艺女艺人是经常可能遭到权贵和豪门欺侮的。还有一些艺人更为可怜，他们卖艺行乞，以维持人的最简单的温饱需要，如“大历中有才人张红红者，本与其父歌于衢路丐食”（《乐府杂录》）。唐末的蓝采和虽为后来的人们神化了，但他实为卖艺行乞者，情形可笑而又可怜。沈汾说：“蓝采和不知何许人也。常衣破蓝衫，六铸黑木腰带阔三寸余；一脚著靴，一脚跣行。夏则衫内加絮，冬则卧于雪中，气出如蒸。每行歌于市乞索，持大拍板，长三尺余，常醉踏歌，老少皆随看之。机捷谐谑，人问应声答之，笑皆绝倒。”（《续仙传》）唐末黄巢起义，社会又发生巨大动荡，皇室播迁，再度逼使为皇室及贵族服务的艺人们浪迹民间。孙光宪记述：

唐昭宗劫迁，百官荡析，名娼妓儿，皆为强诸侯有之。供奉琵琶乐工号关别驾，小红者，小名也。梁太祖求之，既至，谓曰："尔解弹《羊不（阳下）采桑》乎?"关伶俯而奏之；及出，又为亲近者俾其弹而送酒。由是失意，不久而殂。复有琵琶石潨者，号石司马。自言早为相国令狐公见赏，俾与诸子涣、沨，连水边作名也。乱后入蜀，不隶乐籍，多游诸大官家，皆以宾客待之。一日，会军校数员饮酒作欢，石潨以胡琴擅场。在坐非知音者，喧哗语笑，殊不倾听。潨乃朴槽而诟曰："某曾为中朝宰相供奉，今日与健儿弹而不蒙我听，何其苦哉?"于时识者亦叹讶之。（《北梦琐言》卷六）

关小红与石潨皆因没有勇气走向民间为民众演唱，以致遭到军阀及军校等的取笑羞辱，而感到世无知音，走投无路。但是许多面对现实的艺人却因此而向民众演唱了。

自唐代安史之乱后，艺人在民间的卖艺活动将文艺引向了商业化，它成为以劳务形态存在的文艺消费品了。文学在艺人们的劳务过程中以美的形式给人们提供艺术享受。普通的人民群众成为文艺消费的对象。这种文化现象在文学史上具有很大的意义，体现了文学发展的一种新动向。

早在北魏时曾出现过以寺庙作为民众娱乐场所的庙会。杨衒之记述洛阳景乐寺的庙会情形说："至于大斋，常设女乐。歌声绕梁，舞袖徐转，丝管寥亮，谐妙入神。"这些庙会除音乐歌舞而外，还有百戏演出，"士女观者，目乱睛迷"（《洛阳伽蓝记》卷一）。因当时战争频繁，庙会仅存在了很短暂时间。作为招徕施主和吸引普通民众接受宗教影响的庙会，在唐代后期甚为封建统治者和佛教僧侣所重视，以便通过文艺表演宣传教义、弘扬佛法。于是庙会在京都长安及各地定期举行，这成为当时的一种群众性娱乐了。“长安戏场多集于慈恩，小者在青龙，其次荐福、永寿；尼讲盛于保唐”（钱易《南部新书》）。佛教僧侣利用庙会进行传教活动的方式主要是俗讲。佛教中讲述经典的称为经师，为使一般民众能理解教义而以美妙的声音宣唱的为唱导师，对民众以通俗方式讲解法理的为俗讲师。[①]俗讲盛行于唐代后期，得到统治者的提倡。文宗开成六年（841）“乃敕于左、右街七寺开俗讲。九月一日敕两街诸寺开俗讲。五月奉敕开俗讲，两街各五座。”“令云花寺赐紫大德海岸法师讲《华严经》；保寿寺令左街僧录三教讲论赐紫引驾大德体虚法师讲《法华经》；菩提寺令招福寺内供奉三教讲论大德齐高法师讲《涅槃经》……会昌寺令由内供奉三教讲论赐紫引驾起居大德文溆法师讲《法华经》，——城中俗讲，此法师为第一”（日僧圆仁《入唐求法巡礼行记》）。俗讲师们将佛经通俗化，这样产生了变文。今存《八相变文》卷末有讲师的一段收场白：

> 况说如来八相，三秋未尽根源，略以标名，开题示目。今具日光西下，坐久迎时。盈场皆是英奇仁，阖邦皆怀云雅操。众中俊哲，艺晓千端，忽滞掩藏，后无一出。伏望府主允从，则是光扬佛日。恩矣！恩矣！

① 参见［日］镰田茂雄：《简明中国佛教史》第 196 页，上海译文出版社 1986 年版。

讲完后，希望听众信从佛法，而且还要劝谕善男信女，随缘捐舍造寺资的。俗讲师中最负盛名的是文淑（溆）师。赵璘说：

> 有文溆僧者，公为聚众谭说，假托经论，所言无非淫秽鄙亵之事。不逞之徒，转相鼓扇扶树。愚夫冶妇，乐闻其论。听者填咽寺舍，瞻礼崇拜，呼为和尚教坊，效其声调以为歌曲。其氓庶易诱，释徒苟知真理及文义稍精，亦甚嗤鄙之。（《因话录》卷四）

这则记述说明俗讲中已有世俗的内容，而且“无非淫秽鄙亵之事”；因为这些世俗故事特别吸引民众，受到欢迎。虽然佛教僧侣在主观上为了宣扬教义，积资输物，但普通民众则是借此聚会并寻求文化娱乐。妓女们也以听俗讲为由，前往进行职业活动；这样庙会就更吸引青年男女了。孙棨说：

> 诸妓以出里艰难，每南街保唐寺有讲席，多以月三八日相牵率听焉。皆纳其假母一缗，然后能出于里。其于他处，必因人而游，或约人与同行，则为下婢而纳资于假母。故保唐寺每三八日，士子极多，盖有期于诸妓也。（《北里志》）

妓女们宁愿以金钱贿赂假母而去听俗讲，她们取得暂时的自由；士子们也准备在庙会上与妓女相遇。可惜文溆师所讲的具体内容已不可详考了，而民间模仿其声制成的歌曲《文溆子》则广为流传。

在唐代后期临时性的或定期的群众性文艺表演可能有种种

方式，除庙会外，例如殡仪行业也曾举行挽歌表演比赛。白行简在《李娃传》里描述了荥阳公之子流落长安街头参加凶肆挽歌比赛的情形：

二肆之佣凶器（殡葬用具）者，互争胜负。其东肆车舆皆奇丽，殆不敌，唯哀挽劣焉。其东肆长知生妙绝，乃醵钱二万索顾焉。其党耆旧，共较其所能者，阴教生新声，而相赞和。累旬，人莫知之。其二肆长相谓曰："我欲各阅所佣之器于天门街，以较优劣。不胜者罚直五万，以备酒馔之用，可乎？"二肆许诺。乃邀立符契，署以保证，然后阅之。士女大和会，聚至数万。于是里胥告于贼曹，贼曹闻于京尹，四方之士尽赴趋焉，巷无居人。自旦阅之，及亭午，历举辇舆威仪之具，西肆皆不胜。师有惭色，乃置层榻于南隅。有长髯者拥铎而进，翊卫数人，于是奋髯扬眉，扼腕顿颡而登。乃歌《白马》之词，恃其夙胜，顾盼左右，旁若无人。齐声赞扬之。自以为独步一时，不可得而屈也。有顷，东肆长于北隅设连榻。有乌巾少年，左右五六人，秉翣而至——即生也。整衣服，俯仰甚徐，申喉发调，容若不胜。乃歌《薤露》之章，举声清越，响振林木。曲度未终，闻者歔欷掩泣。

此外，又如一富豪陈氏，"每年五月，值生辰，颇为破费。召僧道启斋筵，伶伦百戏毕备。斋罢，伶伦赠钱数万"（《太平广记》卷二七五）。在民众文化生活极端贫乏的年代，像富豪之家举办的这种盛大斋筵，有许多优伶表演百戏，民众自然会前去围观的。

这些群众性娱乐的主办者是出于宗教的或世俗的考虑，并未顾及演出对象的文化生活需要。其娱乐的效果是偶然的，而且不很集中。它的受众尚未具备自觉的娱乐需要，也不具备文化消费观念。所以唐代后期出现的庙会等文艺活动仅是娱乐场所的萌芽形态，但它昭示了一种远大的发展前景。

唐代后期文人传奇小说描写现实社会世情、宗教宣传采取的通俗文学形式和燕乐歌词在社会的广泛流行，这都表明文学的世俗化倾向；安史之乱后宫廷与贵家的艺人散落民间，开始卖艺活动，以劳务方式为社会民众服务，这是文学商业化的起步；庙会文艺和其他群众性文艺活动的出现，这是文化娱乐市场的雏形。这三种文化现象都发生在唐代后期，它们之间并非孤立的，而是有一种内在的文化联系，使得文学不再禁锢于一个封闭的体系内，而适应广泛社会阶层的文化需求，面向广大社会，与劳务结合并寻求商业化的出路。我们可以说，这是文学在严格意义上的社会化，或更确切地说是文学的世俗化。所谓世俗化，即是适应社会现实中普通民众的观念、习俗和文化要求的一种倾向；这是相对于宗教的和封建贵族的文化而言的。当然，这种世俗化并非唐代后期整个文学发展的倾向，而是少数文学的倾向，但它是非常值得注意的。因为它表现为发展的必然性时，便成了定势。此种定势的文化原因是复杂的，与我国封建社会从前期到后期的转型有关。在这过程中由于城市经济的发展与商品经济的渐渐活跃，给予了整个社会以潜移默化的影响，人们的观念及意识形态为了适应现实而具有了世俗化的特点。

唐代后期文学中的世俗化倾向为中国市民文学的兴起作了必要的准备。例如传奇故事对以后的书会先生编写文艺演出脚本在题材上有所启发，变文直接影响了以后的说经和诸宫调等讲唱文学，曲子词则导致了下一时代文学——宋词的繁荣，民间的卖艺活动和庙会终于发展为文化消费市场——瓦市。从唐代后期开始的文化转型，经五代战乱之后，到公元10世纪后期北宋政权的建立而渐趋定型。文学的世俗化倾向也是在北宋政权建立后定型的，最终在北宋中期以瓦市伎艺为标志而诞生了中国的市民文学。这应是唐代后期文学世俗化定势所收获的硕果。

第二节　宋代瓦市伎艺与市民文学的兴起

在北宋都市发展的过程中，随着旧的坊市制的崩溃，商店可以在城内外沿街设置，高大的酒楼耸立起来，商品经济空前活跃，同时开始出现了都市文化娱乐市场——瓦市。宋人称瓦市又为瓦肆、瓦舍、瓦子。这大约分别指其市场性质、建筑形态及习惯的称谓。孟元老在《东京梦华录》里记述北宋都城东京（今河南开封）的瓦市有：新门瓦子、桑家瓦子、朱家桥瓦子、州西瓦子、保康门瓦子和州北瓦子。关于东角楼街附近的桑家瓦子，孟元老追述云：

> 街南桑家瓦子，近北则中瓦，次里瓦。其中大小勾栏五十余座。内中瓦子莲花棚、牡丹棚，里瓦子夜叉棚、象棚最大，可容数千人。自丁仙现、王团子、张七圣辈，后来亦有人于此作场。瓦中又多有货药、卖卦、喝故衣、探博、饮食、剃剪、纸画、令曲之类。终日居此，不觉抵暮。（《东京梦华录》卷二）

从这段记述可见瓦市的基本特点：瓦子里面又有二三小瓦子，其建筑形式是由竹木席等搭成的棚，棚内有勾栏界定为伎艺演出场地，最大的棚内可容数千人，经常有艺人在勾栏内作场（演出）；瓦子内同时有饮食等服务行业，医生、相士及都市游民也在此进行种种江湖谋生活动；这里很吸引民众，他们在此消费娱乐，流连终日。因此可以说，瓦市是宋代的都市游艺场所，实即文化娱乐市场。为什么宋人称之为瓦市呢？南宋时耐得翁解释说："瓦者，野合易散之意也。不知起于何时，但在京师时，甚为士庶放荡不羁之所，亦为子弟流连破坏之地。"（《都城纪胜》）稍后的吴自牧补充解释说："瓦舍者，谓其'来时瓦合，去时瓦解'之义，易聚易散也。"（《梦粱录》卷十九）这种解释较为通俗而确切地表明了瓦市娱乐的性质。市民社会各个群体的人们，也有一小部分贵家及士族子弟，为了文化娱乐从都市各个角落里来，暂时在瓦舍聚于一处观赏各种民间伎艺。他们之间除偶尔相约一二友人而外，彼此都不相识，此后也无法断定是否会再聚于一处，而这似乎完全没有必要去关心的。他们是被各看棚内某些表演所吸引，而且由于欣赏兴趣的多种多样使勾栏看棚内的观众聚散无常。这正同瓦片野合易散的情形相似。① 瓦市里表演

---

① 日本学者加藤繁不赞同南宋人的说法，认为"应该另求正确的解释"（《中国经济史考证》第274页，商务印书馆1962年版）；周贻白认为瓦子"实则指为旷场，或原有瓦舍而被夷为平地"（《中国戏曲发展史纲要》第72页，上海古籍出版社1979年版）；谢涌濠认为"是简易瓦房的意思，其含义即指百戏杂陈、百行云集的娱乐兼商贸市场"（《艺术研究论丛》第301页，同济大学出版社1989年版）；友人洛地函示："'互市'即'瓦市'，或者'互市'中有一类或一部分演化而被称为'瓦市'；自'互市'演化为'瓦市'后，'互市'专用于两国之通商了。"以上均可备一说，然宋人的通俗解释当是"瓦市"之本义。

的伎艺内容丰富多彩，形式生动活泼。孟元老所述的北宋京都瓦市伎艺有小唱、嘌唱、杂剧、杖头傀儡、悬丝傀儡、上索杂手伎、球杖踢弄、讲史、小说、散乐、舞旋、相扑、影戏、弄虫蚁、诸宫调、商谜、合生、说浑话、杂班、叫果子、装神鬼等。它们非常适合都市民众的艺术欣赏趣味，也能满足赏心悦目的娱乐需要。这种都市世俗娱乐是违背儒家传统观念的。儒家反对单纯的满足感官之欲的娱乐，总是将娱乐与礼教和政教联系起来，以为："先王之制礼乐也，非以极口腹耳目之欲也，将以教民平好恶而反（返）人道之正也……礼、乐、刑、政，四达而不悖，则王道备矣。"（《礼记·乐记》）宋人以为瓦市在其最初形成之时即为民众及一些士人"放荡不羁之所"，也是年轻人"流连破坏之地"。民众似乎在这里无视礼法，任情享乐，以放荡的态度在消费中寻求感官的刺激，致使他们接受了新的世俗享乐意识而改变淳朴的精神状态，尤其年轻人所受的影响最为严重。我们可以从其否定的意义理解为都市民众人本意识的觉醒。他们将满足情感活动和形式快感的艺术需要作为人的基本动力之一而给予高度重视，于是追求一种新的生活方式。在北宋的社会条件下，瓦市正是可以相对满足都市民众艺术需求和世俗娱乐的地方。

宋代文献里关于"瓦市"的记载，最初见于《东京梦华录》。此书的作者孟元老曾于宋徽宗崇宁二年（1103）入都，寓居京都二十三年。北宋灭亡后，他于高宗绍兴十六年（1147）完成了这别开生面的缅怀故都繁盛的记述之作，以寄托故国之思。瓦市这种民众文化娱乐场所原本为士大夫们不屑于记述的，在南宋初年特定的历史背景下竟成了中州盛日的文化象征了。令人遗憾的是，孟氏未曾言及瓦市出现的时间，或许并未注意去考察，以致后来的耐得翁及吴自牧更无法知道它起于何时了。瓦市出现于北宋时期是无疑义的，它自然有一个形成与发展过程。[①] 从孟氏的记述，我们可间接地推测其出现的大致时间。

《东京梦华录》卷二“东角楼街巷”条谈到桑家瓦子曾有丁仙现“于此作场”，又卷五“京瓦伎艺”条内谈到的艺人有孔三传和张山人。这三位艺人在京都从事卖艺活动的起始时间，即应是瓦市最初出现或早期的发展阶段了。丁仙现自北宋中期以来在教坊数十年。宋人蔡絛说：“熙宁初，王丞相介甫既为当轴处中，而神庙方赫然，一切委听，号令骤出，但于人情适有所离合。于是故臣名士往往力陈其不可，且多被黜降，后来者乃寖结其舌矣。当是时，以君相之威权而不能有所帖服者，独一教坊使丁仙现尔。”（《铁围山丛谈》卷三）可见神宗初年（1069）丁仙现已任教坊使，曾偶尔到瓦市勾栏作场。王灼说：“长短句中作滑稽无赖语，起于至和，嘉祐之前，犹未盛也。熙丰、元祐间兖州张山人以诙谐独步京师，时出一两解。泽州孔三传者，首创诸宫调古传，士大夫皆能诵之。”（《碧鸡漫志》卷二）据此，则张山人和孔三传皆于熙宁、元丰（1068～1085）已在京都从事伎艺活动[②]，其活动

① 加藤繁认为“瓦子开始发生的时间不详，但我们必须认为它的发展成长，是宋代的事情”（《中国经济史考证》第272页，商务印书馆1962年版）；张庚、郭汉城认为“瓦舍形成的过程虽不可考，它最初出现的确切年月也难知道，但是汴京瓦舍的出现无论如何恐不迟于11世纪的后半叶，大约在熙宁年间（1068）”（《中国戏曲通史》上册第40页，中国戏剧出版社1980年版）。

② 王国维谈到诸宫调起源时，引述王灼之语，认为孔三传与张山人俱在熙宁、元丰间在京瓦卖艺。见《宋元戏曲史》第40页，商务印书馆1944年版。

场所应在瓦市。张山人名寿，其在京都卖艺的时间是在熙宁之前。北宋王辟之云："往岁，有丞相薨于位者，有无名氏嘲之。时出厚赏，购捕造谤。或疑张寿山人为之，捕送府。府尹诘之。寿云：'某乃于都下三十余年，但生而为十七字诗，鬻钱以糊口，安敢嘲大臣。纵使某为，安能如此著题。'府尹大笑遣去。"（《渑水燕谈录》卷十）王氏的《渑水燕谈录》成书于元祐四年（1089）以前，此则记述置于熙宁元丰诸公轶闻之间。张寿自谓来京师三十余年卖艺为生，甚合王灼所说的"长短句中作滑稽无赖语起于至和"之说。此"滑稽无赖语"即指张寿所创之十七字诗。张寿死后有人也为他作了一首十七字诗："此是山人坟，过者应惆怅；两片芦席包，敕葬。"（洪迈：《夷坚志》乙卷十八）从仁宗至和元年（1054）下推三十年则是元丰七年（1084）。据此，张寿来京卖艺时当是至和元年或前此数年。他长期在京都瓦市勾栏说诨话，其初来卖艺地点当然也是瓦市了。至和年间应是京都瓦市发展的初期，到了北宋末年孟元老在京都所见瓦市伎艺已臻于繁荣兴盛了。南宋时瓦市有所发展，都城临安（今浙江杭州）的瓦市有南瓦、中瓦、大瓦、北瓦、蒲桥瓦、便门瓦、候潮门瓦、小堰门瓦、新门瓦、荐桥瓦、菜市瓦、钱湖门瓦、赤山瓦、行春桥瓦、北郭瓦、米市桥瓦、旧瓦、嘉会门瓦、北关门瓦、良山门瓦、羊坊桥瓦、王家桥瓦、龙山瓦，共二十三座。[①] 其余各地重要都市也有多少不等的瓦市，如明州（浙江宁波）有旧瓦子和新瓦子，镇江丹徒县有南瓦子和北瓦子，建康（江苏南京）有新瓦子，湖州乌程县有北瓦子，开

① 据《咸淳临安志》卷十九，《武林旧事》卷六。

封上元驿瓦子，真定县（河北正定）南门左右各有瓦子。[①]由此可推测以上地区在北宋亦有一些瓦子存在，但规模比南宋时要小一些。北宋仁宗初年坊市制彻底崩溃而为市场制所代替，瓦市恰恰出现在市场制兴起不久；它是北宋都市文化开放出的鲜艳之花所结成的一个鲜美可爱的果实。

自唐代安史之乱后，一些原为宫廷和贵家服务的艺人散落民间，在各地卖艺。我们可以推测：在瓦市出现之前，宋初的民间艺人活动已有所发展，不断涌现了一些伎艺水平很高并深受民众喜爱的艺人。随着北宋都市的发展，市民阶层的兴起，新的市场制的确立，都市人口的增加，在都市空阔的地方逐渐自发地聚结了种种民间伎艺及相应的服务性商业点，为都市民众提供一个娱乐消费的文化市场。它因适应了城市文化的客观需求而得以固定下来，以致规模慢慢扩大，终于出现了像东京桑家瓦子那样巨大的文化消费市场。瓦市里集中了各种各样的伎艺，它们在演出的竞争中求得生存和发展，因而非常有利于伎艺水平的提高。在瓦市里的艺人必然加入某种营业组织或伎艺团体才可能卖艺，这自有江湖的种种规矩。当然也有一些伎艺水平较低或未加入团体组织的艺人，不能在瓦市作场，便在都市的茶肆、酒楼或街头卖艺。周密说："或有路歧（艺人）不入勾栏，只在耍闹宽阔之处做场者，谓之'打野呵'，此又艺之次者。"（《武林旧事》卷六）北宋东京普通酒店里"有下等妓女，不呼自来，筵前歌唱，临时以些小钱物赠之而去，谓'札客'，亦谓之'打酒座'"。在较高级的酒店里，"必有厅院，

① ［日］加藤繁：《中国经济史考证》第 271～272 页，商务印书馆 1962 年版。

廊庑掩映，排列小阁子，吊窗花竹，各垂帘幕，命妓歌笑，各得稳便”（《东京梦华录》卷二）。每年三月一日东京开金明池，许民众观赏，“不禁游人，殿上下回廊皆关扑钱物、饮食、伎艺人作场，勾肆罗列左右”（《东京梦华录》卷七）。这是赶会的短期伎艺演出。南宋都城临安“执政府墙下空地，诸色路歧人，在此作场，尤为骈阗。又皇城司马道亦然。候潮门外殿司较场，夏月亦有绝伎作场。其他街市，如此空隙地段，多有作场之人”（《都城纪胜》“市井”条）。“尚有独勾栏瓦市稍远，于茶（肆）中作夜场”（《西湖老人繁胜录》）。说书艺人多在这种茶肆的夜间讲史和小说。这些情况都说明以瓦市为主的伎艺在都市中的普及。

孟元老记述北宋崇宁、大观（1102～1110）时的京都瓦市伎艺的情形云：

> 崇观以来，在京瓦肆伎艺：张廷叟《孟子》书主张；小唱，李师师、徐婆惜、封宜奴、孙三四等，诚其角者；嘌唱，弟子张七七、王京奴、左小四、安娘、毛团等；教坊减罢并温习张翠盖、张成，弟子薛子大、薛子小、俏枝儿、杨总惜、周寿、奴称心等般杂剧；杖头傀儡，任小三，——每日五更头回小杂剧，差晚看不及矣；悬丝傀儡，张金线、李外宁；药发傀儡，张臻妙、温奴哥、真个强、没勃脐；小掉刀筋骨上索杂手伎，浑身眼、李宗正、张哥；球杖踢弄，孙宽、孙十五、曾无党、高恕、李孝详；讲史，李慥、杨中立、张十一、徐明、赵世亨、贾九；小说，王颜喜、盖中宝、刘名广；散乐，张真奴；舞旋，杨望京；小儿相扑杂剧掉刀蛮牌，董十五、赵七、曹

保义、朱婆儿、没困驼、风僧哥、俎六姐；影戏，丁仪；瘦吉等弄乔影戏；刘百禽弄虫蚁；孔三传耍秀才诸宫调；毛详、霍伯丑商谜；吴八儿合生；张山人说诨话；刘乔、河北子、帛遂、胡牛儿、达眼五重明乔骆驼儿；李敦等杂扮；外入孙三神鬼；霍四究说三分；尹常卖五代史；文八娘叫果子。其余不可胜数。不以风雨寒暑，诸棚看人，日日如是。教坊、钧容直，每遇旬休按乐，亦许人观看。（《东京梦华录》卷五）。

京瓦伎艺里如杂手伎、球杖踢弄、相扑、弄虫蚁、叫果子、装鬼神等属传统百戏，与文学无关。另如商谜与合生属于赌博性文字游戏，大约在勾栏里穿插其他伎艺中以调节观众的趣味。此外与文学关系密切的伎艺有小唱（包括嘌唱）、说书（讲史、小说，包括说诨话）、诸宫调、杂剧（包括散乐、杂班）、傀儡戏和影戏；它们都是市民群众喜闻乐见的通俗文艺形式，乃瓦市伎艺的重要组成部分，具有很高的文学价值。

小唱是由简单的方式演唱流行的通俗歌词。宋词中的绝大多数作品便是供小唱艺人演唱用的。南宋时耐得翁说："唱叫小唱，谓执板唱慢曲、曲破，大率重起轻杀，故曰浅斟低唱，与四十大曲、舞旋为一体。"（《都城纪胜》）这是最早关于"小唱"的界说。耐得翁是想说明：在京瓦伎艺中专门从事歌唱的艺人，其职业为"小唱"；她们执拍板唱词，大致起音重而结尾轻柔，以便低唱侑觞；其与大曲的表演和舞旋属于同一艺术门类。稍后吴自牧说："更小唱、唱叫，执板，慢曲、曲破，大率轻起重杀，正谓之浅斟低唱。若舞四十六大曲皆为一体。"（《梦粱录》卷二十）这是抄袭耐得翁的解释而有不少错误，如“小唱、唱叫、执板、慢曲、曲破”的概念间关系不明，语意淆混；将“重起轻杀”改为“轻起重杀”失低唱之义；“若舞四十六大曲皆为一体”于义更不通了。近世学者认为，“大曲歌舞相合，小唱则歌而不舞”①，或认为小唱是“进行清唱，唱时用板打着拍子；歌唱中充分运用强弱的变化来加强抒情的效果”。② 我们从宋代有关文献发现，以上的解释都是较为片面或错误的。宋人观念中的“小唱”，主要是指女艺人执拍板清唱小词，也可伴以一二简单乐器，或者在简单乐器伴奏下既唱小词又随之舞蹈。宋人要求小唱艺人色艺俱佳，而且风流多情，以便在浅斟低唱时得到精神与感官的愉悦。③ 瓦市、歌楼及流浪的小唱艺人使用的唱本，有的是文人如柳永、秦观、周邦彦等人的应歌之作，但大多数则是书会才人等编写的歌词。它们以抒情的方式最能表达市民群众的情感和愿望，尤其是当女艺人语娇声颤，字真韵正地演唱起来，还能产生特殊的美感效果。所以在北宋京瓦伎艺里小唱是居于首要地位的。北宋政和年间街市上流行《侍香金童》词，因当时科举考试严禁挟书，举子们将这首词改动了十五个字成为“怀挟词”：

> 喜叶叶地，手把怀儿摸。甚恰恨出题厮撞着。内臣过得不住脚。忙里只是看得斑驳。　骇这一身冷汗，都如云雾薄。比是年时势头恶。待检又还猛想度。只恐根底，

① 陈能群：《论宋大曲与小唱之不同》，《同声月刊》第一卷第9号，1941年8月。

② 杨荫浏：《中国古代音乐史稿》第303页，人民音乐出版社1980年版。

③ 详见谢桃坊：《宋词演唱考略》，《文献》1990年第4期。

有人寻着。

此调的原词已不存，将改动之词若除去十五字表现怀挟内容的，显然原是一首写市井男子前去与情人幽会的情形，怕被人撞着，担心私情败露，骇出一身冷汗。因其词语粗俗，内容滑稽，表现了市民争取恋爱自由的愿望，所以传唱很广。还有一首政和间“都下盛传”的《踏青游》词：

识个人人，恰正二年欢会，似赌赛六支浑四。向巫山重重去，如鱼水，两情美。同倚画栏十二，倚了又还重倚。两日不来，时时在人心里。拟卜卦，常占归计。拚三八清斋，望永同鸳被。到梦里，蓦然被人惊觉，梦也有头无尾。

这是一首游妓馆之词，意趣低下。这两首词都可能先在瓦市演唱而得以广为流传。小唱的演唱简便，除了瓦市勾栏，酒肆中也常有来“打酒座”的妓女。宋人话本《金明池吴清逢爱爱》讲述了一个酒店的小唱情形：

北街第五家，小小一个酒肆，到也精雅。内中有个量酒的女儿，大有姿色，年纪也只好二八……上得案儿，那女儿便叫：“迎儿，安排酒来，与三个姐夫贺喜。”无移时酒到痛饮。那女儿所事熟滑，唱一个娇滴滴的曲儿，舞一个妖媚媚的破儿，掐一个紧飕飕的筝儿，道一个甜嫩嫩的千岁儿。

市民们很喜欢这种浅斟低唱的娱乐方式。"嘌唱"也可视为小唱的一种方法，其特点是"驱驾虚声，纵弄宫调"的花腔唱法。

说书在北宋京瓦伎艺里主要为"讲史"与"小说"两家。市民群众通过听讲历史故事以获得历史知识，增加社会生活经验，而且由此形成某种特殊的或奇怪的文化观念："言其上世之贤者可为师，排其近世之愚者可以戒。"宋代的讲史最常见的有《三国志》《前汉书》《秦并六国》《武王伐纣》《七国春秋》《五代史》等长篇话本。讲史者"试将便眼之流传，略为从头敷演；得其兴废，谨按史书；夸此功名，总依故事"(《醉翁谈录·小说引手》)。历史事实经过说书人的敷演夸张并使之生活化、世俗化，使市民群众听起来非常有兴趣。"小说"与"讲史"比较，它所讲的同市民现实生活的关系更为密切。小说的内容有灵怪、烟粉、传奇、公案、朴刀、杆棒、妖术、神仙。其中烟粉、传奇、公案是讲述世俗现实故事，表达市民种种愿望和情感。余如灵怪、杆棒、神仙等故事则以离奇惊险的情节满足市民的好奇心理。南宋人罗烨在《醉翁谈录》里记录了宋人小说话本名目一百零八种，许多都是直接或间接表现新兴市民社会生活的。例如《红蜘蛛》讲述侠士郑信于犯罪后入一怪井探险，遇到红白两蜘蛛精，都化为女子和他作配。红蜘蛛送他一张神臂弓。他帮她将白蜘蛛射死，重到人间，将弓献给种师道，照样仿造以供军用。他因功而官至节度使。这是发迹变泰的主题，表达了市民渴望改变自己命运的意念。《鸳鸯灯》讲述北宋天圣时，张生在京师某寺拾得一个香囊，上有细字，约明年元夕往会，以鸳鸯灯为记。生果如约而往，得与贵人李公之妾私会。后来张生别娶一妓，李氏诉之于官，得断以团圆——其时贵人已死，李氏自由了。这歌颂了妇女为追求自己的幸福，摆脱礼法的限制，终于达到目的。《八角井》讲述宋仁宗时登州崔长者有子崔庆，又收刘英为养子。他忽梦神示：东宫张皇后失落一玉印在后宫八角琉璃井中，可遣崔庆往报，当得高官。崔长者之妻因不愿放独子离去，遂由养子刘英代往。刘英至京果得印，遂冒功被招为驸马。崔庆入京探兄，反被毒打，关入狱中。长者自往，亦被驱出，即投开封府告状。府尹包公终于审清此案。[①] 这反映了商品经济发展起来之后的一种尔虞我诈、唯利是图的人与人之间的社会关系。这些世俗的故事是都市普通民众颇为熟悉的，虽然情节有些巧妙离奇。它们能帮助民众认识现实社会，鼓励他们充满生活的希望去迎接未来。恩格斯谈到民间故事的作用时说："民间故事书的使命是使一个手工业者的作坊和一个疲惫不堪的学徒的寒碜顶楼小屋变成一个诗的世界和黄金的宫殿，而把他矫健的情人形容成美丽的公主。"[②] 北宋时许多工匠、雇匠、苦力、贫民在瓦市或茶肆里听说书也可能产生这类美好的联想，遂忘记了现实的劳累与痛苦。

诸宫调是说唱文艺形式，为北宋中期孔三传所创，"编撰传奇、灵怪入曲说唱"。其"说"的部分用散文，"唱"的部分集若干宫调的曲子以演唱。诸宫调所说唱的都是长篇的故事。今存《西厢记诸宫调》与残本《刘知远诸宫调》，它们虽流行

---

① 以上三个故事参见谭正璧：《宋人小说话本名目内容考》，《话本与古剧》，上海古籍出版社 1985 年版。

② 恩格斯：《德国的民间故事书》（1839），转引自《民间文学概论》第 16 页，春风文艺出版社 1980 年版。

《清明上河图》中之说唱场面

于金代北方，但完全可以肯定是北宋艺人的传统唱本。这种说唱方式，唱时还伴以笛子、琵琶和筝，比说书更为生动有趣。唐代张生与崔莺莺的故事和五代汉主刘知远的故事，在说唱艺人那里已按照世俗的观念改变得适合市民们的欣赏趣味了。如前者改变为大团圆的结局，后者描述李三娘受苦的情境，他们特别能感动社会下层的善良人们。

杂剧的出现标志我国真正戏剧的诞生。它是音乐、歌唱、文学、表演等艺术的综合形式，具有了角色分类和基本的戏剧结构，表演各种故事。耐得翁说："杂剧中末泥为长，每四人或五人为一场，先做寻常熟事一段，名曰艳段；次做正杂剧，通名为两段。末泥色主张，引戏色分付，副净色发乔，副末色打诨，又或添一人装孤。其吹曲破断送者，谓之把色。大抵全以故事世务为滑稽，本是鉴戒，或隐为谏诤也。"（《都城纪胜》"瓦舍众伎"）在南宋"官本杂剧段数"和金代"院本名目"里确有许多"以故

宋人绘杂剧演出图

事世务为滑稽”的剧目，例如《老姑（孤）遣旦》可能是一个老官吏和一个年轻女子之间的喜剧；《急慢酸》可能是两个性格不同的穷酸秀才闹出的滑稽故事；《眼药酸》和《黄丸儿》是表演卖假药的江湖医生治病无效的闹剧。又如《还魂酸》表演一士人寓居佛寺，与前郡倅马公之女绚娘鬼魂私合，绚娘得以复生。《绣箧儿》表演北宋人朱文恋旅店女子一粒金，女赠以绣袋，内有太平钱二十四文。朱文将袋遗失，为女子父母所知，好事几被破坏。两人私逃，终为夫妻。《闹平康》表演宋太祖赵匡胤未显达时，一日醉后在汴梁城御勾栏观女伶大雪、小雪扮演杂剧；后惹下祸事，索性又入御勾栏将二雪杀死，遁往他处。《刘三》表演一个乡民发现“汉高祖”原来就是嗜酒的刘三。他曾偷夺其麻豆，借欠其米麦，皆未还清，因此气愤不已。[①] 这些大都是北宋

① 参见谭正璧：《宋官本杂剧段数内容考》与《金院本名目内容考》，《话本与古剧》，上海古籍出版社 1985 年版。

宋人绘杂剧演出图

瓦市伎艺中的传统剧目，它们涉及的社会生活层面是较广的。“杂班”又名杂扮，是取杂剧中最有趣或最精彩的一段。北宋京瓦伎艺里常以杂班形式“借装为山东、河北村人以资笑”，因“村人罕得入城”（《都城纪胜》），入城市后闹出许多笑话。这反映了都市经济发展之后，市民对乡村户所具的一种社会优越感，非常典型地表现了市民趣味。

傀儡戏和影戏，它们是以木偶和皮雕人形表演杂剧或话本的故事，它们所用的演出脚本是经过改编的剧本和话本。这在北宋瓦市伎艺里也是颇受民众喜爱的文艺形式。

从北宋瓦市伎艺的小唱、说书、诸宫调、杂剧、傀儡戏和影戏的基本情况可以看出：这些伎艺与文学存在血缘的亲密关系，它们都以文学作品为演出的脚本，使文学以艺术表演的形态为广大不识字或识字很少的民众所欣赏和接受。瓦市是城市市民的文化娱乐市场。瓦市伎艺的服务对象主要是市民阶层，它的出现标志了市民文学的兴起。

中国市民文学从其兴起之时，即作为一种享受消费品而进入文化娱乐市场——瓦市。按照市场学的观点，一切消费品从其用途可分为生存消费品、发展消费品和享受消费品。[①] 在我国北宋时期商品经济发展到一定程度时，促使文学实现社会化和商品化，改变了文学仅在狭小的文人文化圈传播的情况，也改变了文学原来的高雅品格，而与社会普通消费者相结合了。马克思说：

> 消费本身作为动力是靠对象作媒介的。消费对于对象所感到的需要，是对于对象的知觉所创造的。艺术对象创造出懂得艺术和能够欣赏美的大众，——任何其他产品也都是这样。[②]

市民文学的社会化与商品化过程是由市民文学作品和市民文学消费者的双向过程完成的。

瓦市伎艺所使用的唱本、话本、剧本、说唱本是由都市的下层文人们编写或创作的。最初如张山人、孔三传等人可以自编自演，或者演唱其他文人的通俗歌曲。当瓦市逐渐扩大与发展，艺人增加，消费需求强烈，便出现了都市通俗文学的专业作者，人们称他们为书会先生或才人。大约在北宋后期形成了市民文学创作的行业组织——书会，负责编写或刻印各种伎艺脚本，可能某些先生还担任教练与编导工作。艺人们的演出是属于消费服务的，使文学创造的价值进入劳务过程。张山人自

---

① 庄德钧、胡正明：《市场学》第 28 页，山东大学出版社 1987 年版。

② 《马克思恩格斯选集》第二卷第 206～207 页，人民出版社 1977 年版。

言其卖艺是“鬻钱以糊口”；酒肆中当筵歌唱的妓女是为了得到“些小钱物”；贾耐儿“本路歧小说人，俚语诙谐，以取衣食”（《金史》卷一〇四《完颜寓传》）；市井女子庆奴“唱得好曲”，“买个锣儿，出去诸处酒店内卖唱，趁百十文把来使用”（《金鳗记》）。瓦舍勾栏里的收费如《水浒传》第五十一回所述：

> 白秀英唱到务头，这白玉乔按喝道：“虽无买马博金艺，要动聪明鉴事人。看官喝采是过了，我儿且回一回，下来便是衬交鼓儿的院本。”白秀英拿起盘子指着道：“财门上起，利地上住，吉地上过，旺地上行。手到面前，休教空过。”白玉乔道：“我儿且走一遭，看官都待赏你。”

艺人们每当表演到精彩处或讲到悬念处，便停下来讲几句江湖套语，拿着盘子向观众或听众收费；虽是随喜赏给些小零钱，但也可向某些体面的观众多索要的。每场演出，一般总得收几次钱。当然，瓦市艺人的演出收入，须付一部分给书会先生和场地经营者，以及其他参加演出的劳务者。由书会先生、瓦市艺人、场地经营者联合向城市市民提供文化消费服务，构成文学商品化过程。

公元11世纪中叶，中国北宋至和（1054）前后，首先在都城东京形成了市民群众的文化娱乐市场——瓦市。瓦市伎艺是中国市民文学兴起的标志。中国市民文学一开始即具有商业化的特点，它以通俗的文艺形式、世俗的内容、消费娱乐的形态而受到新兴市民的喜爱，以致获得迅速的发展。的确，从文学的价值、社会普及状况和商品化过程来看，中国市民文学与欧洲市民文学相比较，它们虽然“产生于相似的土壤中，有许多共同点，只是中国的土壤更富饶些，准备得更好些”。[①] 这富饶的土壤自然是北宋时期的文化高潮和中国优秀的文学传统了。

① 普塞克语，引自《都市中心——通俗小说的摇篮》，见《文学研究动态》1981年第4期。

第三章 中国早期市民文学

从北宋至和元年（1054）瓦市伎艺渐兴以后，到南宋祥兴二年（1279）宋亡，这二百余年是中国市民文学的早期发展阶段。今存早期市民文学作品有通俗歌词、话本、诸宫调和戏文，其中大都是南宋时期的。从这些幸存的作品中，我们可见到素朴生动的城市通俗文学特色和市民群众人本意识的觉醒。中国叙事文学“大团圆”结局模式的形成也在这个时期，它对后来的小说与戏曲发生了深刻的影响。

第一节 书会先生与早期市民文学

在宋人文献资料里留下一点关于书会先生的线索，在宋代的唱本、说唱本、话本和戏文里可见到书会先生编写伎艺脚本的某些痕迹。这些不知名的书会先生是中国早期市民文学的作者。他们是中国文学史上非常特殊的文人群体，它的出现与我国市民阶层的兴起、文化娱乐市场的形成和都市通俗文学的发展有密切关系。这是一个很值得探讨的学术问题，所以在20世纪30年代郑振铎先生曾说："所谓'书会先生'的人物，至今似乎还是一个谜，正有待于我们去发现。"[①] 近年学者经过考辨，认为书会最初是蒙童教育的民间组织，后来书会先生出于生活的需要，渐渐从事伎艺脚本编写活动。[②] 然而有些问题仍待考辨。

宋代瓦市艺人所用的演出脚本是由书会先生编写的，演出的成功与否同书会先生提供的脚本有很大的关系，如后来元杂剧《蓝采和》的唱词云："这的是才人书会划新编"，"依着这书会社恩官求些好本领。"话本小说《张生彩鸾灯传》《简帖和尚》《合同文字记》《陈巡检梅岭失妻记》，都在结尾处有说书人的套语："话本说彻，权作收场。"这表明说书人是依据了"话本"讲的。《西厢记诸宫调》引辞云"裁剪就雪月风花，唱一本儿倚翠偷期话"；艺人表演诸宫调也是根据说唱本的。话本《简帖和尚》讲到故事将完结时说：

> 当时推出这和尚来，一个书会先生看见，就法场上做了一只曲儿，唤做《南乡子》。

这曲《南乡子》表现了作者对故事的评论意见，话本当然也是这位书会先生所作的了，如历史家在史传后所作的传论一样。话本《刎颈鸳鸯会》于结尾处云：

---

① 《郑振铎古典文学论文集》第373页，上海古籍出版社1984年版。

② 参见吴戈：《书会才人考辨》，《上海师范大学学报》1988年第4期；郭振勤：《宋元书会考辨》，《河南大学学报》1991年第5期。

在座看官，要备细，请看叙大略，漫听秋山一本《刎颈鸳鸯会》。又调《南乡子》一阕于后。

说书人在此申明：这个话本乃“秋山”所编。“秋山”自然是某书会先生的别号。戏文《张协状元》引辞云：

《状元张协传》，前回曾演，汝辈搬成。这番书会，要夺魁名。

这个戏文是“九山书会编撰”的，显然已有流行的旧本，故书会先生声称：此新编必定胜过旧本，定当名驰东南。书会先生编写伎艺脚本之外，还可能负责编导、教练、刻印等工作，为早期市民文学的发展做出了重大的贡献。

宋人的行业意识很强，各行各业都有自己的同业行会组织。这种行业意识影响着南宋文人和艺人结为各种各样的“社会”。艺人们的“社会”有：演杂剧的绯绿社，唱赚词的遏云社，唱耍词的同文社，表演清乐的清音社，小说艺人的雄辩社，影戏艺人的绘革社，表演吟叫的律华社。[①] 各社会都有自己严格的社规社条。南宋陈元靓编的《事林广记续集》卷七保存有遏云社的社规社条：

〔遏云要诀〕夫唱赚一家，古谓之道赚。腔必真，字必正。欲有敷亢掣拽之殊，字有唇喉齿舌之异；抑分轻清重浊之声，必别合口半口之字。更忌马嚣镫子，俗语乡

① 据吴自牧：《梦粱录》卷十九；周密：《武林旧事》卷三。

谈。如时圣案，但唱乐道，山居水居清雅之词，切不可以风情花柳、艳冶之曲，如此则为渎圣。社条：不赛筵会吉席；上寿庆贺不在此限。假如未唱之初，执板当胸，不可高过鼻。须假鼓板撺掇，三拍起引子，唱头一句……此一定不逾之法。

这个社的宗旨是以《水调歌头》表示的：

八蛮朝凤阙，四境绝狼烟。太平无事，超烘聚哨效梨园。笛弄昆仑上品，筛动云阳妙选，画鼓可人怜。乱撒珍珠迸，点滴雨声喧。　韵堪听，声不俗，驻云轩。谐音节奏，分明花里遇神仙。到处朝山拜岳，长是争筹，赌赛四海把名传。幸遇知音听，一曲赞尧天。

赚词是集一宫调之若干曲，合之以成一体，配以唱词；其声韵极美。〔遏云要诀〕里关于唱赚的渊源、唱法、配乐、演唱姿势、禁忌，均有规定，不得违反。此社还以歌曲阐明自己的艺术水平高超及其社会作用。其他的各种社规大致也是如此的。书会是维护都市通俗文学专业作者利益的行会组织。显然它可以从伎艺演出中保证书会先生的经济收入，可以限制脚本的使用范围，有权编写或刻印各种脚本并确定价格。

戏文《张协状元》第二出有一段艺人引辞云："精奇古怪事堪观，编撰于中美。真个梨园院体，论诙谐除师怎比？九山书会，近日翻腾，别是风味。"艺人申明：这个故事是传奇中最美的，具有真正的戏剧体式，而且诙谐无比；它是九山书会最近改编的新戏。"九山"是永嘉（浙江温州）的地名，书会即以所在地为名的。南宋时“都城内外自有文武两学，宗学、京学、县学之外，其余乡校、家塾、舍馆、书会，每一里巷须一二所。弦诵之声，往往相闻”（《都城纪胜》“三教外地”），有的书会也兼教育蒙童，编印启蒙读物。书会同当时的官私学校一样众多，它有自己的名称，或如元代戏曲文献里的“古杭书会”、“武林书会”、“玉京书会”等。宋人文献中对书会先生姓名有明确记载的是周密《武林旧事》卷六：

> 书会：李霜涯（作赚绝伦）、李大官人（谭词）、叶庚、周竹窗、平江周二郎（猢孙）、贾廿二郎。

这六位都是武林（杭州）有名的书会先生。其中的李霜涯擅长作赚词，李大官人长于作谭词，周二郎会编写猢孙戏文。周密记述武林“诸色伎艺人”时将宫廷艺人排在最前，继而便是书会先生，其后才是讲史、说经、小说、影戏、唱赚、小唱、杂剧、诸宫调、傀儡、合笙等艺人。这样的排列并非任意的，而是体现了“书会”在各种伎艺的首要地位。可惜这六位先生的事迹已不可考了。

书会先生大都是科举考试失意的下层文人。他们长期流落于都市，习染都市的下层的世俗生活；因仕途绝望而有愤世嫉俗的心情，对生活持以放浪态度，最后由于经济的缘故与个人的兴趣爱好而选择了从事都市通俗文学创作的道路。戏文《张协状元》引辞《水调歌头》便是一位书会先生的自我表白：

> 韶华催白发，光景改朱容。人生浮世，浑如萍梗逐西东。陌上争红斗紫，窗外莺啼燕语，花落满庭空。世态只

如此，何用苦匆匆。但咱们，虽宦裔，总皆通。弹丝品竹，那堪咏月与嘲风。苦会插科使砌，何吝搽灰抹土，歌笑满堂中。一似长江千尺浪，别是一家风。

他感到人生虚无，岁月匆匆，应以玩世的态度生活。他自称是宦门之后，乃夸张以自高身份；而实为没落文人。他自诩精通各种伎艺，甚至可以搽灰抹土扮演滑稽戏中的丑角，笑傲人生。这是与传统文化相异的一种新型文人。《西厢记诸宫调》引辞是书会先生的生活态度的更为鲜明的表述：

吾皇德化，喜遇太平多暇，干戈倒载闲兵甲。这世为人，白甚不欢洽？秦楼谢馆鸳鸯幄，风流稍是有声价。教惺惺浪儿每（们）都伏咱。不曾胡来，俏倬是生涯。携一壶儿酒，戴一枝儿花。醉时歌，狂时舞，醒时罢。每日价疏散不曾着家。放二四不拘束，尽人团剥。打拍不知个高下，谁曾惯唱他说他？好弱高低且按捺。话儿不提朴刀杆棒，长枪大马。曲儿甜，腔儿雅，裁剪就雪月风花，唱一本儿倚翠偷期话……

俺平生情性好疏狂，疏狂的情性难拘束。一回家想么，诗魔多爱选多情曲。比前贤乐府不中听，在诸宫调里却着数。

他以为得遇时代升平，应当恣意风流放荡，任性逍遥，不顾忌旁人的批评指责。当其兴之所之遂编了一个“倚翠偷期”的唱本，它必定会受到听众们的喜爱，因而感到一种创作的喜悦之情。这种放荡不羁的生活态度是文人消极病态的反抗情绪的表现；我们在书会才人的先驱者北宋词人柳永的《传花枝》和后来元曲作家关汉卿的《南吕·一枝花·不伏老》中皆可见到此种浪子精神。其实他们并非真正的浪子，仅是玩世不恭的文人而已。他们表面放浪，却潜悲辛，因为他们都是很有才华的人物。

都市通俗文学创作必须将社会效益和经济效益结合起来，就此而言，它比一般正统文学的创作还有特殊的困难之处。为适应文化市场的需要，要求都市通俗文学的作者具有非常博杂的学识和丰富的生活经验，而且还得精通专门伎艺的表现技巧，如罗烨在《醉翁谈录》的“小说开辟”里谈到话本小说作者的修养时说：

> 夫小说者，虽为末学，尤务多闻。非庸常浅识之流，有博览该通之理。幼习《太平广记》，长攻历代史书。烟粉传奇，素蕴胸次之间；风月须知，只在唇吻之上。《夷坚志》无有不览，《秀莹集》所载皆通。动哨、中哨，莫非《东山笑林》；引倬、底倬，须还《绿窗新话》。论才调有欧（阳修）、苏（轼）、黄（庭坚）、陈（师道）佳句；说古诗是李（白）、杜（甫）、韩（愈）、柳（宗元）篇章。举断模按，师表规模，靠敷演令看官清耳。只凭三寸舌，褒贬是非，略咽万余言，讲论古今。说收拾寻常有百万套，谈话头动辄是数千回。说重门不掩底相思，谈闺阁难藏底密恨。辨草木山川之物类，分州军县镇之程途。讲历代年载兴废，记岁月英雄文武。

从现存话本作品看来，此说并未夸张失实。书会先生具有一般文人的文学修养，娴熟诗文技巧，博览普通典籍，却又有特殊的知识结构和专业技能。他们熟悉民间故事、传奇小说、通俗笑话，懂得历史、地理、博物等各科常识，掌握通俗文学程式，认识历史与现实的真面目。这些都是闭门读书、以举业为重、迂阔不达时务的传统文人所难具备的学识。可见，他们确非“庸常浅识之流”，因而受到民间艺人和广大民众的敬重。

在中国文学史上，书会先生开辟了一条新的创作道路。他们有自己的同业组织——书会，以编写都市通俗文学脚本为专门的职业而赖以维持生活。所以其创作目的不是为了“经国之大业”或“不朽之盛事”，而是服从现实的商业利益。他们必须向艺人提供脚本或刻印脚本以取得合理的报酬，这样才能在都市里维持中等以下的生活消费。由此使文学走上了商业化的道路。自都市通俗文学产生以来，封建统治阶级内也有不少人乐于接受这种世俗的文化娱乐方式，如有“官本杂剧”和“御前应制”的诸色艺人；但这种新文学的服务对象主要是新兴的市民阶层，所以它在本质上是市民文学。这决定了它必须表现新兴市民阶层的审美理想和审美趣味，而且不可避免地还得去迎合小市民的某些庸俗的趣味。在这一点上，书会先生和传统文人的创作也表现出根本的分歧。从商业利益和服务对象出发，书会先生必须认真考虑去适应市民群众的接受能力，以实现文学的社会化过程。为此，他们在总结艺人演出经验的基础上，摸索到通俗文学表达形式的基本规律，从而形成了文学程式化。这表现为：一方面作品的各体，如诸宫调、话本、戏文等均有各自独特的结构，如杂剧有角色、场次、段数之分的规定；另一方面，作品故事情节的发展是按各种套路进行的，如悬念设置、复线展开、情节奇变、大团圆结局等，都被巧妙地纳入某种程式。文学的程式化是通俗化的内容之一，它使受众按照已形成的思维定式进入较为低级的审美境界而易于接受。

由于封建统治阶级和守旧文人对市民文学排斥、压抑，致使许多早期作品随着岁月的流逝与兵燹的损毁而散佚了。在宋人文献里保存了一些早期市民文学目录，为我们留下一些可以追寻的历史线索。

南宋书坊刻印的《类分乐章》二十卷、《五十大曲》十六卷和《万曲类编》十卷，都是属于通俗歌词选集。它们很可能是由书会先生编辑的，曾在都市里流传。

罗烨《醉翁谈录》“小说开辟”里记录了南宋说话人常用的话本小说一百零八种，分为灵怪、烟粉、传奇、公案、朴刀、杆棒、妖术、神仙八类，现存十八种，内容可考者二十二种。[①] 其中如《李达道》《红蜘蛛》《太平钱》《锦庄春游》《莺莺传》《爱爱词》《鸳鸯灯》《惠娘魄偶》《王魁负心》《牡丹记》《李亚仙》《三现身》《八角井》《十条龙》《粉合儿》等都是表现市民意识和反映市民社会生活的作品。

周密《武林旧事》卷十记录了南宋“官本杂剧段数”二百八十本。这种“杂剧”实际上包含有杂耍、歌舞、说唱、短小闹剧等等。“官本”，当是指宫廷和官府里常演的剧目，如宋理宗诞辰的天基圣节，宫廷排当乐次有杂剧《君圣臣贤爨》《三京下书》《杨饭》《四偌少年游》等。南宋统治集团接受了世俗娱乐方式，所以在官本杂剧里也有不少反映市民思想情趣的段数。从名目可知《厨子六幺》《骰子六幺》《赌钱望瀛府》《食店梁州》《看灯胡渭州》《打地铺逍遥乐》《诸宫调卦册儿》《门

① 谭正璧：《话本与古剧》第 13~42 页，上海古籍出版社 1985 年版。

子打三教暴爨》《醉青楼爨》《老姑遣旦》《眼药酸》《风流酸》《赖房钱啄木儿》《三姐醉还醒》《双卖旦》等，这些都是滑稽幽默，取材于小市民日常生活的小剧。

元人陶宗仪的《辍耕录》卷二十五保存了金代行院通用的杂剧《院本名目》六百九十四种。其中如《货郎孤》《花酒酸》《哭贫酸》《闹浴堂》《白牡丹》《调双渐》《闹平康》《风流药院》《拷梅香》《错打了》《你你嗔》《调贼》《月明法曲》《烧香法曲》《上坟伊州》《金明池》《隔年期》《还魂酸》《绣箧儿》《蔡奴儿》《师婆儿》《黄丸儿》《鸳鸯笛》《月夜闻筝》《变柳七爨》《憨郭郎》等，是表现市民趣味和传奇故事的小剧，流行于妓院歌楼等处。

今存元初戏文《宦门子弟错立身》第五出里，女伶王金榜介绍流行的戏文二十九种，它们都是出自宋人之手的。[1] 王金榜唱道：

〔排歌〕听说因依，其中就里。一个《负心王魁》；《孟姜女千里送寒衣》；脱像《云卿鬼做媒》；《鸳鸯会》，卓氏女；郭华因为《买胭脂》；琼莲女，船浪举，《临江驿》内再相会。

〔哪吒令〕这一本传奇是《周孛太尉》；这一本传奇是《崔护觅水》；这一本传奇是《秋胡戏妻》；这一本是《关大王独赴单刀会》；这一本是《马践杨妃》。

〔排歌〕《柳耆卿栾城驿》；《张珙西厢记》；《杀狗劝夫婿》；《京娘四不知》；《张协斩贫女》；《乐昌公主》；《墙头

① 参见钱南扬：《戏文概论》第77页，上海古籍出版社1981年版。

马上》掷青梅；《锦香亭》上赋新诗，契合皆因手帕儿；《洪和尚错下书》；《吕蒙正风雪破窑记》；杨实遇韩琼儿（《锦香囊》）；冤冤相报《赵氏孤儿》。

〔鹊踏枝〕《刘先主跳檀溪》；雷轰了《荐福碑》；《丙吉杀子立起宣帝》；《老莱斑衣》；《包待制上陈州粜米》；这一本是《孟母三移》。

这二十九种剧取材于历史故事和唐宋传奇，是市民喜爱的传统剧目。

以上诸家记录的早期市民文学作品，除罗烨所记话本小说十多种而外，其余皆散佚，甚至连许多作品的内容也无法考知了。从这些作品目录，我们尚可想象当时市民文学之繁盛情形。

经历了几番沧桑，蒙受了数次浩劫，我们现在从尘封蠹损的文献里刮垢磨光，能再见到一些幸存的中国早期市民文学作品。关于通俗歌词还可从宋人笔记杂书里寻找到线索，以考知两宋时流行于都市的作品。话本存有长篇的《梁公九谏》一卷，《大唐三藏取经诗话》三卷，《大宋宣和遗事》前后集和宋人旧编元人增益的《五代史平话》二卷；短篇话本存有三十七种。戏文存《张协状元》一种。诸宫调存有金朝的《刘知远诸宫调》残卷和《董解元西厢记》八卷。其他伎艺如杂剧、说诨话、影戏、杂班、散乐等脚本，都荡然无存了。从幸存的作品中，可见到它们在艺术上的早熟，重现了早期市民社会图景。

当我们通观今存早期市民文学作品时，不难发现作者对历史故事和现实故事的鲜明态度，在劝善惩恶的评论中经常表明作者的价值观念。虽然书会先生们的各自具体情况千差万别，但将他们表达的价值观念合观，则又可见到一种共同的倾向，这自然由其特殊的文化圈所决定的。历史观念与伦理观念是书会先生们表现得最为突出的。他们希望在历史故事里发扬忠义，希望在现实生活故事里表达人们躁动的情绪。《醉翁谈录》有两首小诗对此作了形象的说明：

破尽诗书泣鬼神，发扬义士显忠臣。
试开戛玉敲金口，说与东西南北人。
春浓花艳佳人胆，月黑风寒壮士心。
讲论只凭三寸舌，秤评天下浅和深。

可是他们在主观上却自觉地成为统治思想的维护者，宣扬了错误的历史观念和封建的伦理观念。

书会先生是儒家历史唯心观念的宣扬者，首先从定命论出发强调严格的等级观念。他们认为："自古以来，分人数等。贤者清而秀，愚者浊而蒙。秀者通三纲而识五常，蒙者造五逆而犯十恶。好恶皆由性情，贤愚遂别尊卑。""好"与"恶"，"尊"与"卑"都是命定的，历史便由这两类人来扮演，而人们只有将希望寄托于贤明的君主了。书会先生说：

太极既分，阴阳已定，书契已呈河洛，皇王肇判古初。圆而高者为天，方而厚者为地。其人禀五行之气，为万物之灵。气分成形，道之与貌。形乃分于妍丑，名遂别于尊卑。于是有君有臣，从此论将论相，或争权而夺位，或诛暴以胜残……须赖君王相神武，庶安中外以和平。（《醉翁谈录》"小说引子"）

因此，在书会先生看来，古今的治乱兴衰完全是由于封建帝王个人心术邪正所致；如果恶人当道，小人得势，便会造成国家的动乱衰亡。历史大致如此：

> 茫茫往古，继继来今，上下三千余年，兴废百千万事，大概光风霁月之时少，阴雨晦冥之时多，衣冠文物之时少，干戈征乱之时多。看破治乱两途，不出阴阳一理。中国也，君子也，天理也，皆是阳类；夷狄也，小人也，人欲也，皆是阴类。阳明用事底时节，中国奠安，君子在位，在天便有甘露庆云之瑞，在地便有醴泉芝草之祥，天下百姓享太平之治。阴浊用事底时节，夷狄陆梁，小人得志，在天便有彗孛日蚀之灾，在地便有蝗虫饥馑之变，天下百姓流离之厄。这个阴阳，都关系着皇帝一人心术之邪正是也。（《宣和遗事》前集）

尽管这个立论以阴阳为据，而却只见到极表层的历史现象，而且所列的某些现象之间是无内在联系的，反而淆乱了历史发展的本质原因。这里所表现的历史观念是受了当时理学思潮的影响，它是封建统治阶级所提倡的，实质上是维护封建最高统治者的。书会先生又是封建伦理思想的说教者，主张压抑人欲，使行为符合封建社会的道德规范，如说：

> 祸福未至，鬼神必先知之，可不惧欤！故知士矜才则德薄，女炫色则情放。如能如执盈、如临深，则为端士淑女矣，岂不美哉！惟愿率土之民，夫妇和柔，琴瑟谐协；

有过则改之，未萌则式之，敦崇风教，未为晚也。（话本《刎颈鸳鸯会》）

此外还表现了不少宿命观念和迷信思想，如："只因我前生欠宿债，今世转来还"（话本《菩萨蛮》）；"万事乘除总在天，何必愁肠千万结"（话本《拗相公》）；"莫道浮萍事偶然，总由善德感皇天"（话本《冯玉梅团圆》）；"铁树花开千载易，坠落阿鼻要出难"（话本《五戒禅师私红莲记》）。书会先生还常常劝告人们谨慎处世，以避难远祸，求得个人安全，如说："只因世路窄狭，人心叵测，大道既远，人情万端。熙熙攘攘，都为利来；蚩蚩蠢蠢，皆纳祸去。持身保家，万千反覆。"（话本《错斩崔宁》）他们所讲的故事最后也归结到封建性的劝善惩恶的意义上去。

为什么书会先生要摆出一副统治思想维护者的面目呢？这固然与他们所受传统文化熏陶有关，可能还有一个原因是为使其作品得到统治阶级的容许，以获得合法的演出，于是不得不采取一种伪装的保护颜色。南宋初年曾有说书艺人以口舌罹祸的例子。李心传《建炎以来系年要录》卷六十一载："百姓张本，杖脊送千里外军州编管，坐念诗讥讽及谈说本朝国事为戏也。"张本是一位讲说时事的说书艺人，所说的可能是"新话说张（浚）、韩（世忠）、刘（锜）、岳（飞）"之类的话本。当时秦桧当权，主张和议，认为所讲中兴四大名将之事乃讥讽时政，于是乃对张本严处。[1] 所以书会先生为谨慎起见，他们俨然是维护封建统治思想的和宣扬封建伦理思想的。然而他们描

① 参见胡士莹：《话本小说概论》第60页，中华书局1980年版。

绘的历史人物和讲述的现实生活故事却创造了客观而生动的艺术形象。正是这些艺术形象才使他们的作品为市民群众所喜爱，从而成为社会新思潮的表现者。

每个时代的新思潮都是最先在社会伦理观念的变化方面体现出来，而最鲜明地反映在两性的关系上。书会先生们认为：

> “情”、“色”二字，此二字乃一体一用也。故色绚于目，情感于心；情色相生，心目相视。虽亘古迄今，仁人君子，弗能忘之。（话本《刎颈鸳鸯会》）

在两性的追求中，人们表现出巨大而强烈的欲望。在话本中皇帝宋徽宗被写成像普通市民一样，当他见到名妓李师师时“直恁荒狂”。五戒禅师守戒多年，一见少女红莲，“一时差讹了念头，邪心遂起”。普通市民女子如周胜仙和爱爱，她们遇到自己喜爱的男子便一见钟情，为之相思而死。富家女子刘素香在元宵遇见书生张舜美，遂设计一起私奔。杭州城郊姑娘蒋淑英，“自幼心中只好些风月”，最后同商人朱秉中同赴鸳鸯会时，被丈夫张二官双双杀死。这些人受到强烈的欲望驱使，根本不顾忌传统的道德规范、家庭门第和社会地位了。

都市商品经济的发展给市民阶层提供了许多个人发展的机会。人们渐渐摆脱宿命观念的束缚，反对封建等级制度，努力与环境斗争，试图改变自己的命运。为此，他们不惜付出重大的代价。发迹变泰的主题引起了人们的兴趣。市民文学作品中的刘知远由乡村的雇工，不数年便成了权力阶层的人物；史弘肇本是城市流浪汉，瞬间成了名将；侠士郑信偶然得铁臂弓之助，很快当了节度使。书会先生笔下的许多小人物，特别是妇女，他们为改变个人命运而斗争的故事尤为感人。崔莺莺在唐人传奇里是悲剧性人物，而董解元在诸宫调里却将她描绘成敢于斗争的女性；她为了爱情幸福，离家私奔，以既成的婚姻事实逼使家庭让步。新荷为了争取自由而不择手段地诬陷善良的可常和尚。秀秀为了与崔宁建立一个美满的小家庭而主动追求崔宁。市民女子庆奴一直被恶劣的命运缠住，为了生存而在污浊的社会底层挣扎。这些小人物大都难以改变悲剧的命运，然而他们的个人意识觉醒了。

社会下层的人们对生活大都持以最现实的态度。市民阶层是很讲究现实利益的，并且有个人主义的特点，儒家的那些礼义廉耻似乎在现实中没有实际意义。刘知远虽然感到妻子李三娘的情深义重，却在太原答应了岳司公女儿的亲事。万秀娘为了复仇，只得顺从强盗苗忠而做了扎寨夫人；刘大娘子为保全自己性命也顺从强盗为妻。这里个人安全的需要大大胜过了贞操的意义。书生张协为了个人的仕途顺利，杀害于他有恩的妻子贫女，其个人主义的原则在情变中表现最为突出。

从书会先生作品中所创造的艺术形象的真实而言，他们又不愧是新的市民思潮的表现者。书会先生有自己的局限，往往在统治思想与市民思想间矛盾徘徊。这种情形大大限制了其作品思想的深化，而且使得市民反封建的思想难以明确地表达。如果将我国早期市民文学与欧洲同时的城市文学相比较，我国市民文学的高度艺术水平与思想局限都是显明的。虽然如此，我国早期市民文学的成就与都市通俗文学创作道路的开辟，仍应归功于这些无名的书会先生。

第二节　宋代流行的通俗歌词

今存宋代词人的作品绝大部分是在社会上层文化圈内流传的，由家妓或官妓在花间樽前为官员、士大夫和文人们演唱；一些特别典雅的与不谐音律的作品则只能供文学欣赏而不能付诸歌喉。令我们感到非常遗憾，宋代著名词人里只有柳永和周邦彦的某些词才流行于瓦市、酒楼、歌馆，为广大市民群众所欣赏。我们可以推测，还有其他著名词人的作品也曾在这些地方演唱过，但已缺乏可靠的文献线索了。

柳永（987~1057），原名三变，字耆卿；排行第七，也称柳七；福建崇安县人。这位风流才子曾在青年时代，因科举考试数次不第，流困京都，不能长期在歌楼舞榭挥金如土，最后只得为教坊乐工和民间歌妓填写新词，以备他们演唱而求得经济资助。当时正值市民阶层兴起，柳永敏感地受到社会新思潮的影响，为流行歌曲填写表达市民情绪而又通俗的歌词。[①] 它在内容上描绘都市的繁华，备述羁旅行役之苦，诉说男欢女爱，抒写离情别绪，同情被遗弃的下层妇女，赞美民间歌妓的色艺。这些词是以新起的长调制作的，在艺术表现上铺叙展衍，曲尽形容，层次清楚，结构完整；听起来通俗易懂，有头有尾。柳永是后来书会才人的先驱者，小唱艺人都爱唱他的词，他还得到了她们的友谊与爱情："艺足才高，在处别得艳姬留"（《如鱼水》）。以小唱为职业的女艺人虽然社会地位卑

① 详见谢桃坊：《柳永》，上海古籍出版社 1986 年版。

下，在爱情上却是自由的。因为柳永能同情她们，尊重她们，为她们创作新词，便能得到她们的爱情。这位词人同时是歌妓们才艺的权威性品评者，歌妓们希望赢得他的赞美。宋人罗烨说："耆卿居京华，暇日遍游妓馆。所至，妓爱其有词名，能移宫换羽，一经品题，声价十倍。妓者多以金物资给之。"(《醉翁谈录》丙集卷二）这样，词人不得不遍游京都歌馆，而且还漫游江南，辗转于苏州、杭州、扬州等城市，创作了大量表现市民生活情趣的通俗歌词，展示了一种崭新的艺术面貌。南宋学者洪迈说："唐州倡马望儿者，以能歌柳耆卿词，著名籍中。"(《夷坚志》乙卷十九）宋末词学家张炎说："昔人咏节序，不惟不多，付之歌喉者，类是率俗，不过为应时纳祜之声耳。所谓清明'拆桐花烂漫'，端午'梅霏初歇'，七夕'炎光谢'，若律以词家调度，则皆未然。"(《词源》卷下）其中"拆桐花烂漫"指柳永的《木兰花慢》，"炎光谢"指柳永的《二郎神》。这两首咏节序的词虽不为雅正的词家赏识，却在南宋末年为民间广泛传唱。

柳词中最具反传统思想的，是那些为统治阶级所深恶痛绝的"淫冶讴歌之曲"。它们表现了市民阶层争取恋爱自由和争取个性解放的思想意识；其中包含了对封建门第观念、等级观念、封建礼教和传统道德规范的否定。这类作品是最受市民欢迎的。宋初词人同五代的花间词人一样，也有许多描写男欢女爱的作品，它们符合封建士大夫们的雅趣，并未受到统治阶级的指摘。可是柳永的这类作品却一直遭到社会舆论的非议，其原因就在于它们表现了具有反封建的市民思想意识。如柳永入仕后因吏部不放改官而去质问宰相晏殊时，晏殊便指出他不该作《定风波》这类词，有失体统。那首《定风波》的词是：

自春来、惨红愁绿，芳心是事可可。日上花梢，莺穿柳带，犹压香衾卧。暖酥消，腻云亸。终日厌厌倦梳裹。无那，恨薄情一去，音书无个。早知恁么，悔当初、不把雕鞍锁。向鸡窗、只与蛮笺象管，拘束教吟课。镇相随，莫抛躲。针线闲拈伴伊坐。和我，免使年少，光阴虚过。

传统诗词中以弃妇伤春为题材的作品不少，但像柳词那样表现妇女对爱情热情追求的却不多见。闲拈针线，伴着丈夫读书，形影不离，在她看来是幸福和愉快的事，情感上得到了满足，青春也就算未虚度了。事实上这是我国古代许多妇女最朴素、最合理的要求，然而在晏殊等士大夫看来，却是太大胆了：男子竟由妇女“拘束教吟课”，还要“针线闲拈伴伊坐”，这是有违妇道和礼教的。但是从市民的观点来看，柳词正是如实地表达了他们的生活情趣和正当愿望。柳词中还有不少对爱情生活的大胆描写，如“洞房饮散帘帏静，拥香衾，欢心称。金炉麝袅青烟，凤帐烛摇红影，无限狂心乘酒兴”（《昼夜乐》）；“愿奶奶兰心蕙性，枕前言下，表余深意，为盟誓，今生断不孤鸳被”（《玉女摇仙佩》）；“须臾放了残针线，脱罗裳，恣情无限”（《菊花新》）。这些就更被统治阶级视为“浮艳虚华”有伤大雅了。柳永下第后作的《鹤冲天》提出“忍把浮名，换了浅斟低唱”，即表示了对传统思想和家庭教育的背叛。烟花巷陌的浪荡子弟，在封建统治阶级看来是偏离了传统道德规范的、不成器的子弟，对封建社会是具破坏性的；这必然会受到社会舆论的谴责。然而柳永不仅置之不顾，反而以此为荣，感到满足。

明刊《诗余画谱》宋柳永词佳人图

这种思想情感，他曾在词中多次流露，如“红颜成白发，极品何为？……画堂歌管深深处，难忘酒盏花枝”（《看花回》）；“筵上歌笑间发，舄履交侵。醉乡归处，须尽兴、满酌高吟。向此免、名缰利锁，虚费光阴”（《夏云峰》）；“长是因酒沈迷，被花萦绊”（《凤归云》）。这种鄙弃功名利禄、沉迷花酒、留恋坊曲的浪子思想在其《传花枝》词表现得更为集中，更为突出，可以说它是一曲封建时代的浪子之歌：

> 平生自负，风流才调。口儿里、道知张陈赵。唱新词，改难令，总知颠倒。解刷扮，能咶嗽，表里都峭。每遇着、饮席歌筵，人人尽道：可惜许老了。阎罗大伯曾教来，道人生、但不须烦恼。遇良辰，当美景，追欢买笑。剩活取百十年，只恁厮好。若限满、鬼使来追，待倩个、掩通著到。

柳永此词抒写的正是城市通俗文学作者的思想情感，或准确地说是他的自我写照。词以俚俗而泼辣的语言和游戏之笔，表现了通俗文学作者多才多艺，风流自负，老大落魄的境遇。他以乐观放达的态度对待人生，具有不伏老的精神，宣扬及时行乐思想。这首词对后来元代散曲创作是很有影响的，著名戏曲家关汉卿的套曲《南吕·一枝花·不伏老》便是一个突出的例子：“你便是落了我牙，歪了我口，瘸了我腿，折了我手，天与我这般儿歹症候，尚兀自不肯休。只除是阎王亲令唤，神鬼自来勾，三魂归地府，七魄丧冥幽，那其间才不向烟花路儿上走。”柳永、关汉卿等人与烟花之地的关系是颇为特殊的，他们这种浪子式的反传统思想是以病态出现的，它实际上表露的却是封建社会下层知识分子的悲哀和他们对于现实社会不满的偏激情绪。

周邦彦（1056～1121），字美成，号清真，钱塘人。元丰六年以太学诸生上《汴京赋》，被命为学正。晚年曾以知音并有词名提举大晟府。他在青年时代到京都，曾有一段青年才子的冶游生活。南宋遗民张炎《国香》词序云："沈梅娇，杭妓也。忽京都（元代大都）见之，把酒相劳苦，犹能歌周清真《意难忘》《台城路》二曲"。《台城路》实为《齐天乐·秋思》，因首句有"绿芜凋尽台城路"，此词是较雅的。《意难忘》是周邦彦青年时期在北宋都城赠某歌妓而作的：

> 衣染莺黄，爱停歌驻拍，劝酒持觞。低鬟蝉影动，私语口脂香。檐露滴，竹松凉，拼剧饮淋浪。夜渐深、笼灯就月子，子细端相。 知音见说无双。解移宫换羽，未怕周郎。长颦知有恨，贪耍不成妆。些个事，恼人肠。试说与何妨。又恐伊、寻消问息，瘦减容光。

这赞美妙龄歌妓娇憨的形态，也表现了他们的私情。词的语言通俗，形象生动，故一直传唱到元代初年。南宋文人陈郁所说的"贵人、学士、市儇、妓女知美成词为可爱"（《藏一话腴外编》），大致是指《意难忘》这类词。周邦彦主要生活在北宋后期，当时市民文学已经兴起，他的部分俗词是受市民喜爱的，尤其是其音律特别谐婉而最为艺人们所称赏。宋人毛幵说："绍兴初，都下盛行周清真咏柳《兰陵王慢》，西楼南瓦皆歌之，谓之'渭城三叠'。以周词凡三换头，至末段声尤激越，惟教坊老笛师能倚之以节歌者。"（《樵隐笔录》）词云：

柳阴直，烟里丝丝弄碧。隋堤上、曾见几番，拂水飘绵送行色。登临望故国。谁识，京华倦客？长亭路、年去岁来，应折柔条过千尺。闲寻旧踪迹。又酒趁哀弦，灯照离席。梨花榆火催寒食。愁一箭风快，半篙波暖，回头迢递便数驿。望人在天北。凄恻，恨堆积。渐别浦萦回，津堠岑寂。斜阳冉冉春无极。念月榭携手，露桥闻笛。沉思前事，似梦里，泪暗滴！

此词抒写离情别绪，细腻含蓄，优美平易，音节和谐，于拗怒之中自饶柔婉，是宋词中的典范之作。它在南宋初年流行于都城临安的瓦市，当然为普通民众所喜爱。市民们能领略它的美妙吗？也许由小唱艺人表演唱时，市民们是能受到某种艺术感染的。

小唱这种伎艺本是世俗文化生活方式之一，最初流行于城市的酒楼歌馆，但很快为上层统治集团乐意接受了。他们有充分的物质条件和闲暇时间来享受这种浅斟低唱的乐趣，以满足审美的需要和感官的愉悦。宋代中央及各级地方政府，均有数目不等的官妓为官府歌舞侍宴；士大夫家里有家妓供他们在政事之余歌舞娱乐；在宫廷里有教坊艺人的歌舞表演，而且宫女们也有擅长小唱伎艺的。所以，社会上流行的新歌词，竟会很快在上层社会传播。[①] 书会先生编写的唱本和坊间书贾编选的通俗歌词集，它们大都散佚了，然而在文人编的词集和官方文

---

① 参见谢桃坊：《宋代歌妓考略》，《中华文史论丛》1983 年第 4 期；《宋词演唱考略》，《文献》1990 年第 4 期。

献里还保存了一些流行于两宋的通俗歌词。

北宋诗文革新运动的领袖欧阳修（1007～1072），字永叔，号醉翁，晚年号六一居士，江西南丰人。其词集流传两种：一为《近体乐府》三卷，实存一百四十二首；一为《醉翁琴趣外篇》六卷，收词二百零三首。《醉翁琴趣外篇》中见于《近体乐府》者一百二十五首，此外的七十八首大都属于通俗的艳词，而这两部分词中又混有五代及宋初词人的作品。这个词集为欧阳修编集自己所作之词兼收入社会上流行的通俗歌词，它是供家妓和官妓习唱用的脚本。[①] 北宋时期曾流行的《家宴集》和《时贤本事曲子集》都属这种性质的词选集。我们从《醉翁琴趣外篇》里可以发现一些作品是流行于都市下层社会的通俗歌词，即被文人们称为浮艳之作的，例如《千秋岁》：

画堂人静，翡翠帘前月。鸾帷凤枕虚铺设。风流难管束，一去音书歇。到而今，高梧冷落西风切。 未语先垂泪，滴尽相思血。魂欲断，情难绝。都来些子事，更与何人说！为个甚？心头见底多离别。

这是代言体的词，表述女子的离情别绪。她所思念的对象是风流荡子。她怨自己命运不好，“心头见底”的人多是抛弃了她。显然她不是良家妇女，而是风尘中的女子，曾经喜爱过的男子都很快离去。词正表现了风尘女子这种深深的痛苦情绪。《醉蓬莱》是描述市井青年男女幽会的情形：

---

① 参见谢桃坊：《欧阳修词集考》，《文献》1986 年第 2 期。

> 见羞容敛翠，嫩脸匀红，素腰袅娜。红药栏边，恼不教伊过。半掩娇羞，语声低颤，问道“有人知么?”强整罗裙，偷回波眼，佯行佯坐。　更问“假如，事还成后，乱了云鬟，被娘猜破。我且归家，你而今休呵。更为娘行，有些针线，诮未曾收啰。却待更阑，庭花影下，重来则个。”

这大胆妄为，不顾礼法，蔑视贞操，而且还得做些针线活计的女子，绝不是名门闺秀，只能是市井女子。《宴瑶池》是抒写市井男子心态的词：

> 恋眼哝心终未改，向意间长在。都缘为、颜色殊常，见余花、尽无心爱。　都为是风流煞。至他人强来厮坏。从今后、若得相逢，绣帏里，痛惜娇态。

这男子所眷恋的是歌楼妓馆的女子。他心情矛盾困恼：因其美丽异常，令人无心再爱其他的女子；又因其风流成性，致引来破坏他们的关系者。他决定后来若有机会，一定要好好爱怜她了。以上所举的三首词，无论从通俗的语言、世俗的内容和粗率的情感方式而论都是城市下层流行的作品。市民们对这些词是会感兴趣的。

北宋政和七年（1117）二月，邻邦朝鲜使臣奉高丽国王之命，请求宋王朝赐给雅乐、燕乐及大晟府乐谱歌词，得到了宋徽宗的允许。北宋大晟府整理和制撰的歌词，在靖康战乱中丧失，幸好赐赠高丽王朝的大晟府习用歌词一卷，至今见存于朝鲜《高丽史·乐志》内。[1] 这一卷宋词共六十余首，其中有歌颂皇朝熙盛的，也有晏殊、柳永、苏轼等词人的作品，最值得注意的是有十余首市井流行的淫冶讴歌之曲。例如《感皇恩》：

和袖把金鞭，腰如束素。骑介驴儿过门去。禁街人静，一阵香风满路。凤鞋宫样小，弯弯露。　蓦地被他，回眸一顾。便是令人断肠处。愿随鞭镫，又被名缰勒住。恨身不做个，闲男女。

词写一个下层官吏在繁华的都市里遇见风骚的骑驴妇女，被她引诱而失魂落魄，心情矛盾。他设想自己若是个普通的人，便可去尾随调情，但又顾忌失去官职禄位。从语意的油滑粗俗来看，它不是文人之作，当是民间的戏谑性的小词。还有一首《风中柳》，其意趣就更低下了：

爱鬓云长，惜眉山，寻乍相见，一时眠起。为伊尚验，未欲将言相戏。早尊前会人深意。　霎时间阻，眼儿早巴巴地。便也解、封题相寄。怎生是款曲，终成连理。管胜如旧来识底。

这里所表现的是市井男女之间粗率的情意。抒情者是个烟花浪子，与其所识的女子是谈不上真正的感情的。这是典型的市民阶层对两性之间关系的现实态度。《千秋岁》虽然表现了市井

---

① 参见谢桃坊：《〈高丽史·乐志〉所存宋词考辨》，《文学遗产》1993 年第 2 期。

男女的真情，却是为礼法所不容的：

> 想风流态，种种般般媚。恨别离时太容易。香笺欲写相思意，相思泪滴香笺字。画堂深，银烛暗，重门闭。似当日，欢娱何时遂？愿早早相逢重设誓。美景良辰莫轻拌，鸳鸯帐里鸳鸯被，鸳鸯枕上鸳鸯睡。似恁地，长恁地，千秋岁。

此所表述的市井男子与某富家女子偷情后，若再幽会则较为困难，因此产生强烈的性爱要求。这卷宋词中最后一首是《解佩》：

> 脸儿端正，心儿俏俊。眉儿长，眼儿入鬓。鼻儿隆隆，口儿小，舌儿香软。耳垛儿，就中红润。项如琼玉，发如云鬓。眉如削，手如春笋。奶儿甘甜，腰儿细，脚儿去紧。那些儿更休要问。

我国传统诗词中赞颂女性美的作品很多，但从市民的审美观念全面而详尽地叙述女性身体各部分之美并包含性感暗示的作品实属罕见。这些词是与封建统治阶级固有的音乐理论、文艺理论和伦理思想相违背的，理应受到排斥或禁止；但出乎我们意料，它们竟在朝廷演唱，为上层集团成员所乐听，并由朝廷以国家的名义转赠邻邦。这奇特的文化现象深刻揭示了封建统治者对待文艺的矛盾态度。

宋以来的笔记杂书及词选集里保留了一些流行于两宋都市的通俗歌词。相传柳永在少年时代读书时，偶然得到一首流行的歌词，调名为《眉峰碧》，词云：

> 蹙损眉峰碧，纤手还重执。镇日相看未足时，忍便使，鸳鸯只。　薄暮投村驿，风雨愁通夕。窗外芭蕉窗里人，分明叶上心头滴。

这是一首抒写离情别绪之词，其真挚而强烈的情感是通过朴质的语言和生活细节，委婉而自然地流露出来，具有很高的艺术水平。柳永将此词书于墙壁上，反复琢磨，终于悟出作词方法。宋徽宗也读到此词，他亲书其后云："此词甚佳，不知何人作，奏来。"命曹组去了解其作者，当然毫无结果[①]，但可说明它在北宋末年仍很流行。

南宋初年陈晔曾将都市流行的谑词编集成帙，如其中取笑馋客在席上吃粉条的情形，调名已佚，词云：

> 妙手庖人，搓得细如麻线。面儿白，心下黑，身长行短。蓦地下来后，吓出一身冷汗。这一场欢会，早危如累卵。　便做羊肉燥子，勃推饤碗，终不似引盘美满。舞才遍，无心看，愁听弦管。收盘盏，寸肠暗断。

词的上阕描述粉条制作过程；下阕叙述食客贪馋状态，他希望盛一大盘粉条，吃个痛快，无心看舞听歌，待收去盘盏时尚未吃饱，于是暗地发愁。又如《浪淘沙》写小市民吃水饭时的心理活动：

① 见王明清：《玉照新志》卷二；沈雄：《古今词话·词辨》卷上。

> 水饭恶冤家，些小姜瓜。尊前正欲饮流霞，却被伊来刚打住，好闷人那！　不免著匙爬，一似吞沙。主人若也要人夸，莫惜更搀三五盏，锦上添花。①

水饭即用开水和饭，《东京梦华录》卷二："出朱雀门，直至龙津桥，自州桥南去，当街水饭。"它是民众喜吃的一种便餐。词中的小市民——或者是店员、工匠之类的，主人请他吃饭，本想先饮酒的，谁知是平素厌恶的水饭与咸菜。他虽感到闷气，但为饥饿所困，仍狼吞虎咽。他希望主人慷慨一些，再给三五盏酒，就算美食一餐了。这两词都是表现下层民众日常生活情趣的，谈不上什么社会意义，仅仅反映了小市民趣味。

明人陈耀文《花草粹编》卷三引宋人杨湜《古今词话》云："蜀中有一寡妇，姿色绝美，父母怜其年少，欲议再嫁。归家有喜宴，伶唱《菩萨蛮》，妇闻之，泣涕于神前，欲割一耳以明其志。其母速往止之，抱持而痛，遂不易其节。"伶人唱的词是：

> 昔年曾伴花前醉，今年空洒花前泪。花有再荣时，人无重见期。　故人情义重，不忍营新宠。日月有盈亏，妾心无改移。

普通人家喜宴上伶人唱的这首词，自然是当时社会上流行的。其词语浅近明白，表达了妇人深深的念旧之情，以至感动了这

① 词存洪迈：《夷坚三志》己卷七。

位姿色绝美的寡妇，尽管词义偶然地强化了其封建道德观念是无足取的。

南宋末年士人郑文在临安太学攻读，其妻思念不已，寄上《忆秦娥》词以见意：

> 花深深，一勾罗袜行花阴。行花阴，闲将柳带，试结同心。日边消息空沈沈，画眉楼上愁登临。愁登临，海棠开后，望到如今。

据说“此词为同舍见者传播，酒楼妓馆皆歌之”（李有《古杭杂记》）。词细致深婉，出自女性之手，表达了苦苦的相思之情，竟流行一时。

这些幸存的通俗歌词，其作者有著名文人、书会先生、下层士人、普通市民。它们在艺术风格上有含蓄婉约的、浅近深切的、粗率自然的和庸俗谐谑的。可见市民群众的审美趣味是丰富多样的，而且他们的欣赏是有选择的。那些典雅晦涩的名家作品，是他们无法领略其美妙的。宋词繁荣的坚实基础应是社会广大的市民群众，可惜我们很难认识通俗歌词的真实面貌及其社会化过程了。

第三节　宋人话本小说的市民女性群像

宋人话本小说是早期市民文学中最重要的部分，它展示了广阔的社会生活，最能体现市民阶层的思想意识。南宋说话家数中，“说经”所讲说的是宗教内容，“讲史”所叙是历史故事，只有“小说”一家，无论其是“烟粉”、“灵怪”、“传奇”、“公案”[①]，它们基本上是宋代社会现实生活中的故事，因而这一家特别兴盛，所流传下来的话本最多。今存宋人话本小说三十七种[②]，讲述本朝故事的即有二十一种；而涉及家庭、婚姻、恋爱故事的即有三十种。可见题材的现实性与日常生活化是宋人话本小说的主要特点。它与以前的文学相比较，其对象为城市的普通市民群众，所讲述的是流行于都市的、通俗的、表现市民社会的或市民喜爱的故事，其传播方式是以细致的讲述和劳务的形态出现的。城市的富商、小商贩、工匠、店员、手工业者、妓女、贫民、流浪汉等成为了话本小说的主要人物。他们形形色色的、日常的、感人的、离奇的生活，犹如宋人张择端的《清明上河图》一样，为我们展现了宋代市民生活的巨幅画卷。当我们读了这三十七种话本时，不难发现许多市民女性在故事中扮演了举足轻重的角色，如秀秀（《碾玉观音》，《京本通俗小说》卷十）、新荷（《菩萨蛮》，《京本通俗小说》卷十一）、小夫人（《志诚张主管》，《京本通俗小说》卷十三）、刘大娘子（《错斩崔宁》，《京本通俗小说》卷十五）、蒋淑英（《刎颈鸳鸯会》，《清平山堂话本》卷三）、庆奴（《计押番金鳗产祸》，《警世通言》卷二十）、爱爱（《金明池吴清逢爱爱》，《警世通言》卷三十）、万秀娘（《万秀娘报仇山亭儿》，《警世通言》卷三十七）、周胜仙（《闹樊楼多情周胜仙》，《醒世恒言》卷十四），她们都很具代表性，组成了宋代市民女性群像。

---

① 宋人说话实仅“说经”、“讲史”和“小说”三家。参见皮述民：《宋人说话分类的商榷》，《北方论丛》1987 年第 1 期。

② 胡士莹在《话本小说概论》（中华书局 1980 年版）里考证宋人话本小说今存四十种；然《梅杏争春》《王魁》《钱塘梦》当除去，则实存三十七种。

她们有强烈的欲望，对爱情大胆地追求，为摆脱苦难的处境而与命运进行顽强的搏斗，而且为了达到目的可以义无反顾，不择手段。这些女性同话本小说中那些男子比较，她们的个性更为突出，形象更为鲜明，态度更为坚决，尤其最能代表新兴市民阶层的意识、情感和愿望。她们的形象是我们在宋以前的文人文学、通俗文学和民间文学里所罕见的或不能见到的。如果说宋人话本小说是通过对市民社会的描述表达了一种新的社会观念，那么确切地说则是市民女性是这种新观念的代表者。她们那些喜怒哀乐、离合悲欢的世俗故事，因有新观念的照耀，也就显得色彩绚丽了。书会先生们以之"编成风月三千卷，散与知音论古今"。它们是能令受众觉得有无穷兴味，并受到感动和鼓舞的。现在，我们从这些市民女性群像，仍然能见到它们所蕴含的永久的生命意义，而且在某些方面还体现了我们传统文化中积极的因素。

无论书会先生或说书人出自什么目的在话本小说里试图劝善惩恶，对市民女性主人公或褒或贬，毕竟为她们塑造了较为生动而鲜明的形象。作品的形象永远大于作者思想，而忠实于生活的作者总是创造出客观的艺术形象，甚至可能并不完全认识到它们的意义。

周胜仙是为追求爱情死而复生，生而又死的市民女性的光辉形象。她十八岁，"生得花容月貌"，春日在北宋都城东京金明池茶坊遇见了青年酒店主范二郎，他们一见钟情。周胜仙很巧妙地借与卖糖水的小贩争吵，而在公共场合里让范二郎知道其姓名、年龄、住址和待字闺中。这虽然表现出对婚姻对象自我选择的要求，而且他们争得两家同意订婚，但由于父亲经商归家后坚决反对，胜仙因失望而当场气死。故事情节的曲折是在胜仙死后展开的。父亲周大郎是很富裕的，给女儿陪葬之物甚丰，却草草安埋。盗墓人朱真盗了墓中财物，在尸奸过程中周胜仙奇迹般地还阳转来。她受制于无赖汉朱真，“夜间离不得伴那厮睡”，之所以忍辱含垢，不顾贞操，为的是去见到范二郎。当有机会逃离朱家，她便问路直奔樊楼范家酒店。范二郎对爱情的态度并无周胜仙坚决，他以为白日见鬼，惊恐之际以汤桶儿打死了胜仙。如果他的爱是真诚的，固可忘记阴阳界限。可怜周胜仙为他而死，死而复生，最后却被自己所爱者打死了。这实际上是市民之间一种进步的观念与世俗势利观念的冲突。范二郎在势利观念的支配下葬送了本来即可得到的婚姻幸福。这件人命案自然使范二郎身陷囹圄；即使如此，胜仙仍不怨他，其鬼魂来到狱中与之欢会数日，了却一段相思之债。案情清楚后，范二郎被释放了，“欢天喜地回家”，另娶了妻子。说话人评论云：“若把无情有情比，无情翻是得便宜。”周胜仙大胆地追求爱情，坚贞勇敢，是女性意识的觉醒，表现了个人意志，闪耀了生命的火花。范二郎的圆满结局带着一种讽刺的意味，更增强了周胜仙的悲剧意义，产生了强烈的对比。爱爱与吴清的故事与此颇有相似之处。吴清是开封府一富商子弟，风流博浪，在街北小酒店里调戏量酒女子爱爱。这在吴清本是一次逢场作戏，谁知“娇娇媚媚，妖妖娆娆”的女子爱爱此后竟因相思死去。一年之后，爱爱的鬼魂与吴清欢聚。在爱爱的冥冥帮助与指引下，吴清终与另外一个也叫爱爱的富家女子结成良缘。这两个话本都是以无情的市井男子的美满婚姻结束的，而两个多情女子则成无辜死去的冤鬼了。

明天启兼善堂刊本《警世通言》卷七《陈可常端阳仙化》插图

蒋淑英是被性爱欲望驱使而走向毁灭的女子。她本是杭州城郊的乡村姑娘，生得标致、聪明、机巧，“心中只好些风月，又饮得几杯酒”。在二十余岁时，婚姻不就，她希望引人注目，于是“描眉画眼，傅粉施朱，梳个纵松头儿，着件叩身衫子”，风流艳冶。尽管这是青年女子正常心态的流露，结果遭到邻里的鄙视。她感受到社会新思潮的影响，不同于深受儒家礼教的闺秀，不愿压抑个人的欲望，而是让它发泄。她的婚恋都是很不幸的，先同邻家少年私通，继而被邻村一个四十余岁的庄稼汉娶为妻，同时她与这家的塾师有私，夫死后再嫁与城内行商张二官。在其所接触的男子中，不是太少，便是太老，而张二官又常常在外经商，他们都未能满足她对性爱的要求。淑英在其新的狭窄的小市民圈子里，不可能遇到理想的男子。她的对门店中商人朱秉中“约三十上下年纪，姿质丰粹，举止闲雅”，常“在花柳丛中打交”，是一个风流浪子。他们门户相对，眉目传情，终于在淑英家多次偷情，双方的性欲都得到充分满足。在长期的封建社会里，女性的性欲是被压抑与否定的，认为那是与妇德不相容的东西。淑英表现对性爱的要求，反映了当时市民阶层女性的人的基本需要。她完全蔑视封建礼法，以个人放浪的行为向传统伦理道德挑战，为了满足欲望而无所顾忌。如果从人的自然需要来看，她并没有什么错处，然而封建制度下的礼法、法律、社会舆论都视其行为是危险和有害的，必定加以无情的惩罚。蒋淑英与朱秉中通奸之事，渐为张二官怀疑，他诈言出外经商，安顿好行李，买一口尖刀，连夜奔回，趁二人“做鸳鸯会”之时，结果了双双性命；似乎只有这样才能洗雪其妻子所带来的耻辱。当淑英被丈夫捉住时仍表现得勇敢无畏，毫不后悔，因其在短暂的人生中得到了应得到的东西，所以她“自分必死，延颈待尽”。一般说来，话本小说故事都是有头有尾的，只有这个话本以“一对人头落地，两腔鲜血冲天”而结束。张二官犯下两条人命，难道社会舆论不谴责他，国家法律不追究他吗？这些问题，说话人便不再说下去了，显然舆论和法律是站在维护封建秩序一边的。说话人自始至终是将蒋淑英作为否定人物处理的，尽管讲出了她许多委屈和不幸遭遇，却无丝毫的同情，而是以之劝谕世人“琴瑟谐协”、“敦崇风教”。奇怪的是，说话人在结尾的词里云：“玉损香消事可怜，一对风流伤白刃，冤！冤！惆怅芳魂赴九泉。”那么，这对鸳鸯又死得冤枉了。蒋淑英的形象是具有典型意义的，我们可从后来的市民文学里见到类似的极端的女性。

小夫人是希望建立一个普通幸福家庭的女性。她的身世和姓名都不详，大约原是贫民女子被卖入官员王招宣府里为侍妾，人称“小夫人”。后来，她“只为一句话破绽些，失了主人之心，情愿白白把与人”。可见她虽入王府，实犹奴婢一般低贱，偶不如主人之意，即遭到遣逐。小夫人年轻貌美，又有几万贯随身私房钱，理应再嫁一个如意郎君，组织美满家庭；然而在媒人的欺骗之下，阴差阳错，竟嫁与开封府开绒线铺的老商人张士廉。她小张士廉三四十岁，洞房之夜，“看见员外须眉皓白，暗暗的叫苦”。这样，现实又毁灭了小夫人的愿望。绒线铺内有一个勤谨忠厚的店员张胜，三十来岁。小夫人慢慢对他产生了好感，悄悄地赠他金钱和衣物。张胜也约略知道了小夫人的情意，但他是个具有奴才性格的本分人，对于主人无比忠诚，循规蹈矩，于是主动采取退避态度，一个多月不到店里去。小夫人当时离开王府曾将府内宝物一串一百单八颗西珠偷走，案发后，张士廉下狱，小夫人畏罪自缢而亡。

明天启兼善堂刊本《警世通言》卷十六《小夫人金钱赠年少》插图

我国通俗故事是习惯以超现实方式表达人物的遗愿，试图构成一个虚幻的满意的结局。小夫人“生前甚有张胜的心，死后犹然相从”，可惜所遇非人，未有满意的结局，依然含恨。这些变化，张胜一概不知，偶于元宵游玩时，被小夫人鬼魂招至酒楼，谎言张员外假银事犯，她只身逃出，特来投奔张胜家。张胜是个胆小的市侩之徒，最初避嫌不愿收留，而见到了那串宝物，为金钱利益所动，遂与小夫人归家相处，并由此开了一个绒线铺。小夫人渴望得到爱情，屡次相缠，都被张胜拒绝了。直到后来，张胜遇见旧主人，才知小夫人是鬼，到王府中了结此案。小夫人的追求落空了。她是一个非常不幸的女人，从未品尝过生活的甘美，即使最朴素最平凡的愿望也未能实现。表现了她不屈服于命运的精神，其对张胜真心实意的追求是很感人的，理应为善良的人们所理解。张胜虚伪畏缩，势利无情，亦理应引起人们的憎恶。说话人通过这个离奇的故事，意在歌颂张胜，赞美他对主人的忠诚，以其“立心至诚，到底不曾有染，所以不受其祸，超然无累”。这正是一个谨小慎微的小市民的典型，虽然“超然无累”，却缺乏人性，在传统道德规范下已经麻木不仁。他对金钱财物甚有兴趣，乐意接受了，而对小夫人真挚的情意却毫无所感。从这里我们又可见到城市商品经济发展后所带来的人的物化。秀秀的故事与小夫人颇为相似。她本是裱褙手工业者的女儿，被临安咸安郡王看中买为养娘，在王府绣作。她暗地爱上王府的碾玉工匠崔宁，郡王也答应将来期满嫁与他。一夜王府偶然失火，秀秀随着崔宁逃出，暂到崔家住下。秀秀主动提出：“比似只管等待，何不今夜我和你先做夫妻?”崔宁胆小怕事，不敢答应。秀秀威胁说：“你知道不敢，我叫将起来，教坏了你。你却如何将我到家中？我明日王府去说。”崔宁在软硬兼施、威逼利诱之下只得答应了。秀秀是那种泼辣的市民女子，为争得个人的幸福而是足智多谋、精明能干的；在其努力下终于得到了崔宁。此后他们逃到远地潭州开店碾玉，过着安宁和谐的家庭生活。不久，他们被王府的排军郭立捉回，秀秀被处死，崔宁被发遣建康居住。秀秀的鬼魂又随崔宁来到建康，依旧过着幸福的日子。当郭排军发现秀秀鬼魂时，遂完全毁灭了这个小家庭。秀秀眼见一切愿望破灭，不顾崔宁讨饶，“起身双手揪住崔宁，叫得一声，四肢倒地”，扯着他一块儿去做鬼了。与小夫人相比，秀秀的性格坚强得多，她为达到个人目的是可以施展出各种有效手段的，即使其鬼魂也机智坚决，既报了郭排军之仇（郡王打了郭立五十背花棒），又拉崔宁同到冥府结为鬼冤家。小夫人和秀秀的鬼魂并未作祟为怪，仍像普通人一般生活。说话人对鬼魂的处理在主要的细节上仍保持写实的作风，如果不是后来被揭穿，读者还以为她们是活生生的人呢！

庆奴是挣扎于社会底层的不幸女子。她的父亲计安本是官厅下的衙役（押番），北宋灭亡后，渡江到临安开了小酒店，由妻子与女儿照管。庆奴“年登二八，成长一个好身材，伶俐聪明，又教成一身本事（小唱）”。她好似被层层怪圈围困住，逼得走投无路，没有什么贞操观念和自尊心理，为了生活而随波逐流。她先与店伙周三私通，继而结婚，后再嫁戚青。这两次婚姻都是不幸的，因家庭不和而很快离异。当时有一种陋俗：富人可用契约方式租典女子或妇人以供服侍，如夫妻一般，期满退回。庆奴闲在家中，因名声不好，不易说亲，被一位在临安寓居的高邮主簿李子由租典去了；得归故里，被主妇百般虐待。李子由无可奈何，将她安置别宅，她遂同李家心腹张彬私通。此事为李家小儿佛郎发觉，庆奴勒杀了佛郎，构成犯罪，遂与张彬私奔。她逃到镇江，又遇见故夫周三纠缠不清。张彬又病又气，死于旅舍。庆奴同周三流落他乡，仍旧做夫妻，因生活无着，庆奴只得到各处酒店小唱，卖艺行乞，历尽辛酸。案发后，庆奴被判“因奸杀害两条性命，押赴市曹处斩”。说话人给这个现实故事蒙上因果报应色彩，原是计安捕食了一条金鳗，金鳗投生为庆奴以为祸计家。其真实的意义在于表现了冷酷混浊的世俗社会，这里人们都庸庸碌碌，为了生活而相互利用或陷害。他们之间没有情感，没有法制观念，更没有传统道德意识。庆奴先后同几个男人结婚或同居，在她都属日常生活小事，为了要生活下来，无法考虑伦理道德了。这个故事平淡无奇，内蕴却颇丰富，因它表达了市民社会普遍的一种新的生活态度。

新荷是自私自利的市民女子，为着达到个人目的，不惜损害别人，而且反复无常，不择手段。她的父母是城市贫民，以一千贯钱将她卖在吴七郡王府中为家妓。她与王府都管钱原有奸而怀孕，相商出一条恶计：陷害郡王喜欢的灵隐寺年轻僧人可常。钱原对她说：“到郡王面前只供与可常和尚有奸，郡王喜欢可常，必然饶你；我自来供养你家并使用钱物。”果不出他们所料，事发后可常被诬下临安府监狱，量轻判决：追回度牒，杖一百，发还；新荷杖八十，遣发还家，追还身价钱一千贯。他们的计谋非常周密，毫无破绽。可是新荷父母去向钱都管讨一千贯以还王府时，钱原以无赖的态度否认前言，而且否认与新荷的关系，欲从此轻易了结。谁知新荷施展手段更为厉害，她当即同父母一道去王府叫屈，申述事件原委，并拿出钱原的上直朱红牌一面为信。她表示：“妾今告诉明白，情愿死在恩王面前。”这样似无辜受害者，求得了郡王的饶恕，允其归家，免去一千贯身价钱。郡王严惩了钱原，去为可常和尚平反，可惜可常已坐化了。在这场案件纠纷中，新荷是实际的得利者。她争取了人身的自由，脱离了王府，免还了身价钱，从此可以开始一种新的生活。她在世俗的斗争中显得成熟老练，一切从个人利益考虑，为此可以诬陷善良的可常和尚，有办法对付刁滑的钱原，而且对郡王的个性心理有确切的把握，因而这一个小人物能够控制整个事件的发展变化，成为斗争中的胜利者。这个话本的正面是讲述可常和尚的宿命决定，如他在火化时所说："只因我前生欠宿债，今世转来还。"他遭诬陷致死，都是命运早定了的。话本的真正意义应是事件中的关键人物新荷，她表现了一种富于计谋，善于斗争，而且坚持利己原则的新伦理观念。

万秀娘是襄阳府茶坊主人万三的女儿，因丈夫死去，哥哥接她回娘家，途中突然遇上盗贼而酿成灾祸。她在厄运中表现得坚忍机智，终于复仇雪恨。秀娘同哥哥和仆人周吉，带着细软金银财物，遭到三个强人抢劫，哥哥和仆人都遇害了。她为了生存下来，对一个强盗说："告壮士饶我性命则个。"这个强盗要了她做"扎寨夫人"。她"把个甜言美语，啜持过来"，一日趁强盗酒醉，骗知其姓名为苗忠。这苗忠因与同伙发生纠纷，又将秀娘卖与另一庄主。她感到难言的苦楚，心下寻思："苗忠底贼！你劫了我银物，杀了我哥哥，又杀了当直周吉，奸骗了我自己，划地把我来卖了！教我如何活得?"在义士尹宗的帮助下，秀娘逃了出来，谁知又落入苗忠手里。当苗忠举刀欲杀秀娘时，她忽生急计，一只手托住苗忠的腕子道："且住，你好没见识！你情知我又不识这个大汉姓甚名谁，又不知道他是何等样人，不问事由，背着我去，恰好走到这里。我便

明天启兼善堂刊本《警世通言》卷三十七《万秀娘仇报山亭儿》插图

认得这是焦吉庄上，故意叫他行这路，特地来寻你。如今你倒坏了我，却不是错了。”这样骗过了苗忠，在焦家庄住下，等待时机。偶然小贩合哥来庄卖陶土工艺品“山亭儿”，秀娘乘机解下身上的刺绣香囊为凭，暗示合哥告知父母。不久，这一伙强盗被捉拿归案。秀娘凭着机智勇敢，历尽艰难，终于忍辱复仇。与秀娘故事相似的是刘大娘子。她在话本《错斩崔宁》里虽非主要人物，但却在崔宁和刘小娘冤死之后扮演了重要角色。刘贵本是临安城内的读书人，有妻子王氏，又娶小娘子陈氏，改行经商。刘贵在岳父家借了十五贯钱被盗并遭杀害。刘小娘子偶与青年崔宁同路，事涉嫌疑；终于屈打成招，冤死刑场。刘大娘子衣食无靠，遂同仆人收拾包裹出城回娘家去，路遇强人静山大王杀了仆人。刘大娘子假言：“奴家不幸，丧了丈夫，却被媒人哄诱，嫁了这个老儿，只会吃饭。今日却得大王杀了，也替奴家除了一害。”她表示：“情愿伏侍大王。”在刘大娘子的善意劝说下，强盗愿意改恶从善，开了杂货店。她慢慢地诱使强盗说出一年前盗走十五贯，杀死刘贵之事。她暗暗叫苦：“原来我丈夫也吃这厮杀了，又连累我二姐与那个后生无辜受戮。”于是刘大娘子告到临安府，使冤案大白。万秀娘和刘大娘子这样性格坚忍、机智应变、忍辱复仇的女性是不可能出自深受传统礼教的大家闺秀的，只有新兴的市民阶层里才能成长出这样勇于斗争的女性。

我们将宋人话本小说市民女性群像与古代文学作品女性形象进行比较，则会见到她们之间的巨大差异。古代作品中的女性对待两性情感既有理想主义的色彩，又具封建道德规范的特点，即相信爱情的永恒，坚持从一而终的态度。汉代乐府诗《白头吟》表达了“愿得一人心，白头不相离”的美好而坚定的信念。《羽林郎》中的酒家女子相信“人生有新故，贵贱不相逾”，谢绝了金吾子的私爱。唐代民间的《韩朋赋》根据韩凭妻自杀殉夫的故事改编，她殉情时表示“一马不被二安（鞍），一女不事二夫”的贞烈观念。《古诗为焦仲卿妻作》中的刘兰芝以“情义”为重，宁可“举身赴清池”也誓不改嫁。她们的心性贞烈，情操高尚，可钦可敬。宋代的市民女性似乎更理解社会现实关系。她们之中许多人为了现实利益、个人情欲或生存欲望，既不考虑贞操，也无羞耻之心，更无从一而终的固执念头。古代作品中的女性大多数是出自有很好教养的诗礼之家或官宦之后。她们禁锢在深闺，恪奉“三从四德”，如果遇到重大灾祸便束手无策，只能逆来顺受。汉末才女蔡琰身遭不幸时在诗里悲叹：“彼苍者何辜，乃遭此厄祸！”唐人传奇《霍小玉传》中女主人公被李益遗弃后，无计可施，举杯酒酬地告天：“我为女子，薄命如斯；君是丈夫，负心若此！”《离魂记》中的倩娘，当其婚姻遭到家庭阻挠时，无法对付，抑郁而昏死。市民女性因处在社会下层，富有生活斗争经验，其中许多女性是有应变才能的，可以急中生智，损人利己，权谋机诈，不择手段。她们非常泼辣勇敢，可以偷情、私奔、诬陷、欺骗、说谎、受辱、复仇，以争取达到个人目的。古代作品中的女性很多是封建道德和封建礼法的受害者。她们温柔善良，谦卑忍让，对于人生没有非分的欲望，是典型的贤妻良母。苏伯玉妻在《盘中诗》里以自卑自贱的态度向丈夫表示：“君忘妾，天知之；妾忘君，罪当治。”她承认了男尊女卑的观念。唐代民间的歌赋《董永行孝》中的董永妻，勤劳朴素，仅希望“但织绫罗数已毕，却放二人归本乡”。他们夫妻二人在家乡男耕女织“共田常”便是最大的愿望了。唐人传奇《李娃传》里

明天启兼善堂刊本《警世通言》卷八《崔待诏生死冤家》插图

妓女李娃使自己的思想行为符合封建道德规范，“妇道甚修”；统治阶级也认为她“虽古先烈女，不能逾也”。宋代市民妇女基本上是不遵妇道的，行为放荡无检，不顾礼法。她们有婚姻自主的思想，有勇气去争取自己的婚恋对象，或由性欲的驱使而毫无畏惧地走上个人毁灭的道路。这些市民妇女群像是新兴市民阶层社会意识的体现者，她们尽管性格执拗，思想偏激，行为放浪，的确是社会现实中有生命活力的普通民众。

宋人话本小说有一个很特殊的现象，即最鲜明体现市民意识的人物基本上是女性。周胜仙、爱爱、蒋淑英、小夫人、秀秀、庆奴、新荷、万秀娘、刘大娘子等，她们有不同的个性，不同的遭遇，但都生活在一个市民社会里，不同程度地表现了早期市民阶层的情绪。中国封建社会及儒家学说虽然很重视社会伦理关系，甚至有民本思想，但只是强调符合封建礼法规范的“民”与“人”，否定具有个性的、充满欲望的、自由的人。北宋以来政治经济结构的一系列变化，在市民社会里的女性得风气之先。她们首先在家庭关系和两性关系方面自发地以自己极端的行为体现新兴市民的反封建主义的要求。这实质上是以市民女性为代表的中国城市普通民众人本意识的觉醒。她们是都市平凡的妇女，很多还属社会底层。她们为着人的基本需要、社会安全需要、爱情或归属的需要而艰难地努力着；其愿望简单，甚至是卑微的，仅盼得到小小的满足——它是现实的、合理的。在市民女性故事情节展开时，话本里描绘了商人、店员、小贩、穷书生、婢女、仆人、强盗、小公务员、贫民、自由职业者、僧众、道士等芸芸众生。在他们日常生活里充满着欢乐、悲伤、憧憬、失望、悔恨、暗算、仇意。他们是有血有肉的活生生的人。这在我国文学史上第一次出现真正的世态描写，它是书会先生的重要题材，也是民众喜闻乐见的，很贴近民众的现实生活。显然，“在关于人的所做的新的发现当中，我们最后必须把对于人类日常生活的描写的兴趣计算在内”。[①] 宋人话本小说不是那些富于理想主义的作家的梦幻，而是现实生活的真实画面。

人本意识的觉醒主要表现在人们感到：“人被赋予了他所希望得到的东西，他所愿意取得的为人。”[②] 话本小说的市民女性们诸种可怕的“人欲”是宋代理学家极力要扑灭的东西，然而现实生活里正因有了人的种种欲望才充满蓬勃的生机。马克思说：

> 人一方面赋有自然力，生命力是能动的自然存在物；这些力量是作为禀赋和能力、作为情欲在他身上存在的；另一方面，作为自然的、有形体的、感性的、对象性的存在物，人和动植物一样，是受动的、受制约和受限制的存在物，也就是说，他的情欲的对象是作为不依赖于他的对象而在他之外存在着的；但这些对象是他的需要的对象；这是表现和证实他的本质力量所必要的、重要的对象。[③]

人们的主观愿望与客观条件限制是存在矛盾的，而人们恰恰是

① ［瑞士］雅各布·布克哈特：《意大利文艺复兴时期的文化》第 343 页，商务印书馆 1981 年版。

② ［意］皮利·米朗多拉：《论人的尊严》，转引自《意大利文艺复兴时期的文化》第 351 页，商务印书馆 1981 年版。

③ 马克思：《1844 年经济学哲学手稿》第 120～121 页，人民出版社 1983 年版。

在这种矛盾斗争中显示他的本质力量的。我们从话本小说中可见到许多市民女性在斗争中大都是不幸而失败了，然而她们却显示了个人的本质力量。

我们将宋人话本小说的市民女性群像同稍后一两个世纪的欧洲市民文学相比较，则会见到中国市民女性所处的环境特别艰难，所付出的代价特大，基本上都是以悲剧告终的。欧洲市民女性则以玩笑作乐的方式，机巧而又顺利地达到目的，取得胜利。宋代市民女性不幸的命运是与中国早期整个市民阶层的现实状况相联系的。中国封建势力强大集中，使这些市民女性由感染新的社会思潮而闪现的人性觉醒的火花很快就消失了，但却迸发了普通小人物真正的生命意义。

第四节　中国文学“大团圆”格局的形成

叙事性的文学作品表现人物的行为或事件时总是构成一个故事的序列——情节。它将人物或事件展开，便令读者见到生活过程的某一段落。这相对独立的一段生活过程应该是完整的，有发端和结局的，它是作家从某一社会生活过程中精心选择的一支完整的插曲。作家处理情节发展的终点与矛盾冲突的最后解决，体现了他们对整个人物的行为和事件的评价，也体现了他们的艺术造诣和才华。如果故事的结局缺乏力量和深度，便成强弩之末，则整个作品会令人为之遗憾的。无论什么样的生活过程与故事情节，其结局都可能出现两个极端：喜剧性的或悲剧性的。中国叙事文学中常常以人物的大团圆为结局，而且有喜剧的性质。无论故事情节怎样的离奇曲折和人物的命运怎样的坎坷不幸，读者或观众都预先知道会有一个圆满结局的。所以有学者认为“戏剧在中国几乎就是喜剧的同义词”。这种现象与西方文学相比较是显得颇为特殊的，它似乎蕴藏着我们民族文化精神的某种特质，曾令许多学者去猜测和探索。

汉末建安时代无名氏的长篇叙事诗《古诗为焦仲卿妻作》叙述焦仲卿与刘兰芝的家庭婚姻故事，以两人的死亡结束，最后两家将他们合葬。他们的不幸悲剧感动了上苍，于是有一种超自然力量发生：

> 东西植松柏，左右种梧桐。枝枝相覆盖，叶叶相交通。中有双飞鸟，自名为鸳鸯，仰头相向鸣，夜夜达五更。

墓前树木交枝，上面一对鸳鸯相向而鸣，这象征着两个主人公永远相依不离。这个结局的处理对后来叙事文学产生了深远的影响。稍后干宝的《搜神记》里叙述了古代韩朋夫妻被迫离散冤死，两冢相望，但第二日“忽见有梓木生于二冢之上，根交于下，枝连其上；又有鸟如鸳鸯，恒栖其树，朝暮悲鸣。南人谓此禽即韩朋夫妇之精魂”。人们相信精诚是能感动上天的，所以韩朋夫妇精诚之至，在生虽不能如愿，死后的精魂可以象征性地团圆。

“天道无亲，常与善人”是古人的伦理信念，认为善良的人们是有一种超自然力量——“天道”支持的，如果他们受到了恶人的损害，上天会惩罚恶人的。天道正是“惩恶扬善”的执行者，在其公正的裁判下：“善有善报，恶有恶报”，“善恶到头皆有报，只争来早与来迟”。这种朴素的观念反映在叙事文学里像焦仲卿夫妻和韩朋夫妇，他们都是好人，被坏人逼死和害死之后，是能在另一世界团圆的。如果说这两个故事的结局是以物感象征表示的，那么在唐人传奇故事里便有许多人物由超现实力量使他们在社会生活中不可能实现的愿望成为现实了。陈鸿的《长恨传》写唐明皇与杨贵妃的故事，他们的爱情以在马嵬坡贵妃的惨死而成为悲剧性结局；但作者又虚构了贵妃死后在海上蓬壶仙山，会见了唐明皇遣使的方士，她表示与明皇“且结后缘，或为天，或为人，决再相见，好合如旧”。真是：“但令心似金钿坚，天上人间相会见。”在人间之外的非现实世界是存在着永恒的爱情的。这为悲剧故事留下了一个美丽的希望，以减轻它给读者造成的沉重的心理负担，暗示可能存在一个团圆的结局。陈玄祐的《离魂记》写王宙与张倩娘争取婚姻自主的故事。他们的婚约遭到家长毁弃之后，王宙凄然离开张家，倩娘则因悲伤过度抑郁而死。这样的悲剧结局是生活的真实，而作者却以非现实的方式使结局变为大团圆了。王宙赴京途中，倩娘离魂相从，居蜀中五年之后，她们归省岳家，倩娘之魂与肉身相合，似死而复生，结局非常圆满。与此相似的是孟棨的《崔护》叙述士人崔护因寻春乞浆，与园中女子一见钟情，次年再访园中，桃花依旧，未睹人面，于是题诗于壁而去。数日之后，崔护再去园中，女子已死，他抱尸痛哭，女子还阳了，终于结为夫妇。男女之间纯真的爱情是可以感天地、动鬼神的，能够产生超自然的力量，从死神手里夺回青春的生命，实现“有情人终成眷属”的愿望。

如果说《离魂记》与《崔护》这两个故事的前半段是现实的，后半段和结尾是虚幻的，则李朝威的《柳毅传》与裴铏的

《裴航》便属神话般的虚构故事。柳毅遇到不幸的龙女，代她传书与洞庭湖龙君，救之免于厄难，以正道直行的堂堂气节谢绝了龙女的亲事。柳毅经过几番婚姻的失败，在不自觉的状态下，终与转世的龙女成为夫妇。我们如果剥去这个故事的神话传奇的外衣，便可见到以下的真实画面：落第士子柳毅偶然遇到一位遭受家庭虐待的少妇，给了她帮助，使她离开那个家庭，回到了娘家。为此，他接受了许多财物报偿，但不愿与这嫠妇结婚，另外选择了配偶。显然柳毅具有一种市侩的习气，但传奇的作者将他美化为正人君子，给故事染上神奇的色彩，意在表达"善有善报"的伦理观念，所以使他与龙女有一个美满团圆的结局。裴航于蓝桥遇云英的故事表现了对爱情的执着追求。秀才裴航因仙子樊夫人的指引，经受了种种考验，得与仙女云英结为佳偶，同登上界仙境。故事的真实应是下第士人裴航于湘汉间乘舟归京，心慕同舟官宦眷属樊夫人，设法接近，苦心追求；但樊夫人"操比冰霜，不可干冒"，婉言谢绝，到了襄汉不辞而去，自此形迹杳无。传奇的作者出于同情，也为了宣扬善人有好报的信念，才安排了一段离奇的仙缘，使落魄的书生如愿以偿。这一类故事在唐人传奇中是较多的，因此我们可以说：中国叙事文学非现实的大团圆格局是形成于中唐以后传奇文学兴盛的时代。

北宋中期中国市民文学兴起了，在都市从事通俗文学的专业作者书会先生们编写的话本、说唱文学和戏文里，故事大团圆的结局已是一种普遍的文学现象了。其中仍有一些作品的结局处理继承了唐人的非现实的大团圆形式，例如话本小说《碾玉观音》叙述工匠崔宁与秀秀的故事，以秀秀的鬼魂扯着崔宁"去和父母四个一块儿做鬼去了"；《陈巡检梅岭失妻》故事的结局由紫阳真人用法术战胜猿精，使陈从善夫妻团圆；《郑节使立功神臂弓》叙述侠士郑信在红蜘蛛精的帮助下因功而官至节度使，最后红蜘蛛命驾来迎，在另一个世界与他团圆了；《太平钱》叙述工匠朱文与妓女一粒金的故事，结局是一粒金的鬼魂赶上了朱文，成为夫妇；《锦庄春游》也是以金彦与李惠娘鬼魂为夫妇结局。许多女主人公在生前未了之愿，化作鬼魂也要将它实现。鬼魂也是一种超自然力量的表现，它将人间不可能的事变为可能，而且也执行天道的惩恶扬善的任务，不过更具偏激的情绪与极端的行为而已。

古代儒家“天人合一”的思想有利于维护封建帝王的统治地位，将帝王视为天帝在世俗社会的化身，尊为“天子”。他“受命于天”，有神圣的权力，当然是代表上天在人间主持公道了，因而也执行着惩恶扬善的使命。大约自唐代安史之乱，继而经五代十国的纷争之后，人们从历史经验中发觉帝王们并非儒家所说的那么神圣。他们之中有不少的人是昏庸软弱的君主，受藩镇的威胁和宦官的愚弄，以致不能使国家安定统一。宋代的民众不再将执行天道的希望寄托于帝王，而是企盼像包公那样不畏权势、为民做主的清官来“替天行道”，所以在市民文学里出现了不少清官的形象。这从另一侧面反映了民众发觉现实社会中权力的作用远远胜过超自然的力量，因为它可以解决实际问题。话本小说《宿香亭张浩遇莺莺》叙述士人张浩于宿香亭畔与邻女李莺莺相遇，他们一见钟情，私订终身，互换手帕。张浩还在手帕上题了一首《牡丹》诗留念。他后来成了名，为家族中叔父所逼，将与另一富家女子结婚。李莺莺告天无路，只得到河南府呈状云：“妾于前岁，慕西邻张浩才名，已私许之偕老。言约已定，誓不变更。今张浩忽背前约，使妾呼天号地，无所告投。窃闻律设大法，礼顺人情。”幸好府尹陈公是一位清官，他以莺莺有婚约在先，判令张浩退婚，与莺莺如约成亲。这样由于清官公正执法，成全了张浩与莺莺的婚事，使他们得以大团圆。话本《冯玉梅团圆》讲述范周与妻子冯玉梅于战乱离散之后，都统制冯公感其夫妻情义，使他们破镜重圆。《合同文字记》叙述刘安住因与伯父家庭纠纷，上告开封府包公，由包公断案，旌表孝子刘安住，令刘天祥一家团圆。戏文《郭华买胭脂》叙述洛阳人郭华与卖胭脂女子王月英相爱，约月英夜赴其家幽会。月英到时而郭华已酒量过度醉卧床上，她将巾帕包裹绣鞋放在郭华怀中而匆匆离去。郭华酒醒后悔恨不已，将巾帕吞下气塞而死。郭家诉之于官，月英在棺木中觅帕，从死人口中拽出，郭华复苏了。由官断他们二人成为夫妇。《杨实锦香囊》叙述韩琼儿不幸堕烟花，她和杨实相爱，但又被拆散。后来琼儿私奔杨实处，经官断合，他们二人结为夫妻。人们相信，清官是主张“善有善报，恶有恶报”的，正体现了“惩恶扬善”的天道；所以本来已是悲剧性的故事，但由于清官断案，以现实的权力使事件的发展呈现新的转机，于是构成了大团圆的结局。可见叙事文学中由清官断案的大团圆格局是形成于宋代的。

由超自然力量造成的大团圆和由清官断案促成的大团圆，它们都非作品中人物通过自己的力量和行为争取得来的胜利结局，而是将美好的愿望寄托于虚幻的超自然力量和外部偶然性权力。无论神鬼和清官在实质上都是普通民众朴素的“惩恶扬善”的主观幻想，在现实生活中是不存在的，即使有个别清官也必然是维护统治阶级根本利益的，不可能彻底惩恶。所以这两种结局形式都具有非现实的性质。为什么自宋代市民阶层兴起之后，在市民

明万历金陵文林阁刻本《胭脂记》郭华买胭脂图

文学里会出现非现实性的幻想的虚伪的结局呢？显然这是传统的“惩恶扬善”伦理信念的体现。它是属于古代统治思想的，有极大的欺骗性，而普通民众以及市民也将它作为一种生活信念。书会先生们在话本、说唱文学和戏文里偶尔于作品结局通过鬼神或清官表达了这种信念仍会受到欢迎的。

“惩恶扬善”的伦理观念是否为中华文化所特有，它是否为中国叙事文学大团圆结局的意识根源？显然不能。这种观念应是宗教意识的体现。凡是相信有一个至高无上的公平正直的超自然力量的存在，相信它在世俗有其权力的代表者，便会相信现实社会中人们的善恶行为都有应得的结果。古希腊哲人亚里士多德在《诗学》里谈到阿耳戈斯城的弥提斯雕像倒下来砸死了那个看节庆的、杀他的凶手；一个少女被杀了来祭献，当着那些杀她来祭献的人神秘地失踪了，由神把她摄到外地去；奥德赛在外多年，有一位神老盯着他，他历尽艰险，性命保全了，他的仇人尽都死在他的手中。马克思在《对欧仁·苏的小说〈巴黎的秘密〉的一个批判的考察》里说：

> 正如人们在上天奖赏的观念中只是把人间的雇佣仆役理想化了一样，人们在上天的刑罚理论中也只是把尘世的刑罚理论理想化罢了。如果不是一切善人都受到社会的奖赏，那么这也是应该如此，因为这样才能使天上的正义显得比人间的正义到底高出一等。①

这指出了上天奖罚的观念是人们相信上天的正义的普遍观念，同时马克思揭示了它的虚伪性和欺骗性。可见“惩恶扬善”是东方和西方都存在的普遍观念。

由于非现实性的大团圆不是作品人物性格与行为的发展的必然结果，因而它在故事情节中便不能体现社会现实生活本质性的因素，只是创造了一个主观幻想的虚无的美满结局，给人

---

① 见《古典文艺理论译丛》第二辑，人民文学出版社 1957 年版。

们以某些心理的安慰，使人们不去直面现实人生。这仅是中国叙事文学中结局的一种形式，而且因其非现实的性质便不能体现“大团圆”所蕴含的深刻的现实意义，也不能展示“大团圆”所具的本质因素。在中国叙事文学中还有其他多种多样现实性的大团圆结局的形式，它们才使中国文学的大团圆具有一种特殊性，它们才真正表达了新兴市民阶层的文化意识，它们才使人们去认识现实人生。

才子佳人巧结良缘是中国古代封建婚姻制度下，人们为争取婚姻自由和家庭幸福的一种美好愿望。他们那些缠绵悱恻与悲欢离合的故事不仅在上层社会的文人圈子里传为美谈佳话，而且下层社会的民众也对它发生兴趣并寄予善良的祝愿。它的意义大大超越了才子佳人的狭窄范围，成为中国古代人们对美的和幸福的一种观念。人们从这种观念出发，总希望故事有一个圆满的结局，于是才子佳人大团圆是中国叙事文学中非常突出的现象，而且渐渐演变为一种固定的格局：士子才高，小姐多情，后花园私订终身，家庭阻挠，士子上京求名，皇榜高中，才子佳人结为美满婚姻。这种故事格局以男女主人公的婚姻为线索，既表现了追求婚姻自由、反对封建婚姻制度的思想，又反映了使非法的婚恋在封建社会里变为合法配偶的要求。故事情节的转机与矛盾冲突的解决是才子的科举入仕。如果才子在科举考试中失败，榜上无名，那么即使他才如子建，貌似潘安，也难改变其穷困潦倒的地位；这样，他与佳人的山盟海誓都会烟消云散的。任何爱情都非超现实的，也许偶尔出现一点超现实利益的爱情，但也必然瞬间即逝。夜莺是不能依靠歌唱爱情来充饥的。如果才子文战告捷，一举首登龙虎榜，踏上仕途，跻入上层社会，这始有了与佳人团圆的条件。所以

"洞房花烛夜，金榜题名时"是古代士人平生最大愿望的实现，也是他最得意和最幸福的时候。

唐人传奇小说里已有不少才子佳人的故事，但它们尚未形成一种定势的格局，即未将科举入仕与才子佳人的团圆直接联系起来，而且许多团圆的结局是非现实性的。《莺莺传》是中国叙事文学里才子佳人故事的最早的典型，张生与莺莺的恋爱是以悲剧结束的。张生对自己始乱终弃的行为辩解说：

> 大凡天之所命尤物也，不妖其身，必妖于人。使崔氏子遇合富贵，乘骄宠，不为云为雨，则为蛟为螭，吾不知其变化矣。昔殷之辛，周之幽，据百万之国，其势甚厚，然而一女子败之，溃其众，屠其身，至今为天下僇笑。予之德不足以胜妖孽，是用忍情。

他认为崔莺莺是尤物——绝色美女，如果能遇合富贵之人，其变化难测。他又认为尤物是祸水或妖孽，自己不能降制，所以宁可遗弃她。其实张生并非"德"之不足，乃因没有富贵。如果他科举考试成功，骤至富贵，则莺莺与之遇合，自是美满婚姻。显然，张生与莺莺离别之后，文战不胜，屡试不第，自惭贱鄙，难以攀结高门，故致书于莺莺，劝她把事情看开一些。张生未能科举入仕，这样使他们之间社会地位悬殊，他们的私情也就不能为社会所谅解和承认，因而没有美满的结局。所谓"始乱终弃"与"德不足以胜妖孽"都是极表面的现象和自我解嘲而已。值得我们注意的是：唐人传奇小说人物如柳毅、崔护、裴航等文人才子都是科场失意的举子或秀才，他们在现实的婚恋中，很可能也是失意的，所以他们只能遇到仙子、龙女或出现超自然的奇迹

明末画家陈洪绶刻《西厢记》窥简图

才可能与所爱的佳人大团圆。此种结局是非现实的，而已暗示了科举入仕与才子佳人美满婚姻的内在的联系。

才子佳人故事格局是在宋金时代形成的。张生与莺莺的故事在北宋中期甚为流传："士大夫极谈幽玄，访奇述异，无不举此以为美话；至于倡优女子，皆能调说大略。"词人赵令畤将这个故事被之音律，改编为《商调蝶恋花》鼓子词十一首，他征求友人何东白的意见。何东白说：

> 文则美矣，意犹有未尽者，胡不复为一章于其后，具道张之于崔，既不能以理定其情，又不能合之于义。始相遇也，如是之笃；终相失也，如是之遽。必及于此，则完矣。①

① 赵令畤：《侯鲭录》卷五。

这指责了张生始乱终弃的态度，批评他既不合理，又不合义；希望赵令畤再补一首词以表现故事有一个满意的结局。赵令畤却以为：

> 大抵鄙靡之词，止歌其事之可歌，不必如是之备。若夫聚散离合，亦人之常情，古今所共惜也。又次，崔之始相得而终至相失，岂得已哉。如崔已他适，而张诡计以求见；崔知张之意，即潜赋诗以谢之，其情盖有未能忘者矣。乐天曰："天长地久有时尽，此恨绵绵无绝期"，岂独在彼者邪？[①]

他给崔张的结局添上了一种无尽相思的诗情画意，仍保留了《莺莺传》原有的结局。民间书会先生们接受了新兴市民阶层的意识与美学理想，在改编这个故事时，获得巨大的成功。今存《西厢记诸宫调》是宋金时期书会先生董解元编的"一本儿倚翠偷期话"。他在改编过程中增添了三个非常重要的情节，即张生科举入仕、莺莺私奔相从和他们二人的大团圆。这样使整个故事发生了性质的改变，原有的悲剧性结局变为喜剧性结局。当张生请来白马将军杜确解了普救寺之围，有恩于崔相国一家，相国夫人郑氏若按原先协议应将莺莺许与张生为妻。郑氏承认：女儿"如若委身足下，其幸有三：一则谩塞重恩，二则身有所托，三则佳人得配才子。妾甚愿也。"她却又以莺莺曾许郑相国幼子郑恒为理由而毁弃前约。这根本的原因是在于

① 赵令畤：《侯鲭录》卷五。

张生当时“是个浅陋书生”。张生对郑氏说：

> 小生虽处穷途，祖父皆登仕版，两典大郡，再掌丝纶。某弟某兄，各司要职。惟珙未伸表荐，流落四方……今蒙圣天子下诏，乃丈夫富贵之秋，姑待来年，必期中鹄。

虽然张生是官宦之后，也有猎取富贵的可能，但现实的情况则是落魄未第的才子，他与当今宰相之子郑恒的社会地位远不能相比。故相国崔家已值家道衰微，甚希望通过联姻带来家运的改变，自然不能将希望贸然寄托在一个白衣才子身上。张生与莺莺西厢偷情事发后，一是有损崔家名声，二是影响与郑相国家的联姻：这令相国夫人郑氏大怒。婢女红娘劝解说：

> 君瑞又多才多艺，咱姐姐又风流。彼此无夫无妇，这时分相见，夫人何必苦追求！一对儿佳人才子，年纪又敌头，经今半载，双双每夜书帏里宿，已恁地出乖弄丑，泼水难再收。夫人休出口，怕旁人知道，到头赢得自家羞。

一是佳人配才子，二是家丑不可外扬，这两条理由都难以说服相国夫人。红娘又说：“看君瑞的才，着小姐的福：咱姐姐消得个夫人做，张君瑞异日须乘驷马车。”未来荣华富贵的希望终使相国夫人息了怒。她为审慎行事，立即勉励张生以“功名为念”，促令入京参加考试，迅速起程。这实际上是一种观望态度，如果张生落第，其婚姻也必然会成空的。张生幸而一举成名，改变了社会地位，莺莺主动私奔相从，于是有了条件与郑恒竞争，终于争取到才子佳人“美满团圆”。故事结尾时，诸宫调的作者董解元表达了一个愿望：“从今至古，自是佳人，合配才子。”这还应补上一句：科举入仕是才子与佳人团圆的必要条件。中国叙事文学中才子佳人故事格局自此形成了。

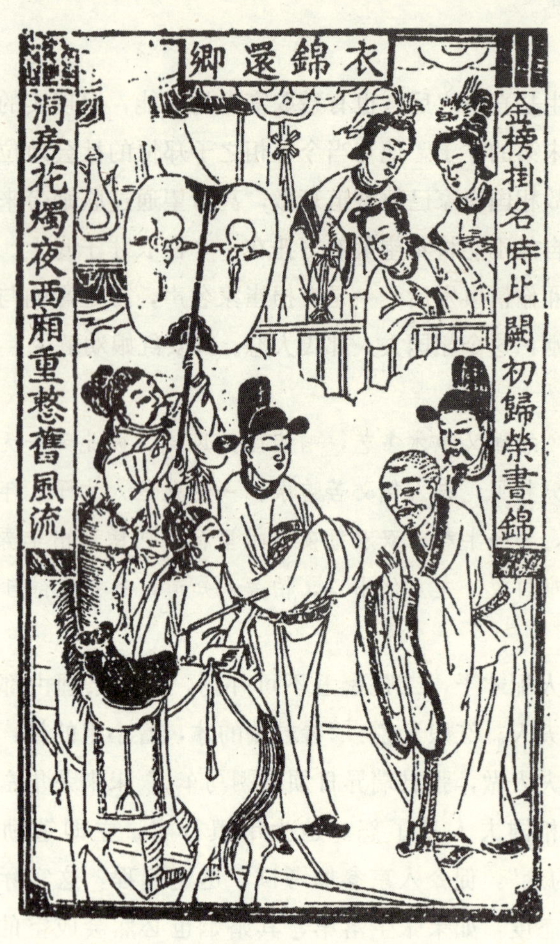

明刊《西厢记》大团圆图

南宋时的话本小说《张生彩鸾灯传》叙述越州秀士张舜美因乡荐到杭州考试未中选，于元宵佳节灯会上与富家女子刘素香相遇，一见钟情，相约于绣楼偷情，双双私奔，谁知两人于中途失散。又值大比之年，张舜美得中首选解元，上京应试，舟次镇江，偶在尼庵与刘素香重逢，悲喜交集。他又匆匆离别素香，一路至京，连科进士。这样才使他和素香“缺月重圆”。张刘两家家长也高兴地承认了这桩婚事：刘家喜得“佳婿”，张家则“大喜过望，作宴庆贺”。戏文《董秀英花月东墙记》本事叙述三原马文辅与松江董秀英，自幼有婚约。双方父亲卒后，文辅到松江访秀英，假馆于东邻山寿家。秀英命婢女递简传情，约文辅于海棠亭幽会。偷情事发后，董母逼令文辅上京应试作为应婚条件。文辅科举入仕，终与秀英如愿团圆。戏文《吕蒙正风雪破窑记》本事叙述书生吕蒙正穷困时，偶为富家女刘月娥掷彩球招婿所中。刘月娥不顾家长反对，离家与吕蒙正同居破窑。唐代诗人元稹云“贫贱夫妻百事哀”，吕蒙正夫妇也是如此，常为日常生活发愁和争吵。待到吕蒙正时来运转，一举中第之后，他与妻子和岳父的矛盾消除了，才有一个大团圆的结局。

我们可以设想：如果张君瑞、张舜美，马文辅、吕蒙正，这四位才子屡试不第，布衣终身，穷愁潦倒，地位卑下，他们能与自己所爱的佳人美满团圆吗？显然不能。这不怪女方家长有势利的眼光，要求门当户对；也不怨佳人无情无义，追求虚荣：他们都需要考虑现实的关系和现实的利益。古老的《诗经·豳风·东山》是具有叙事性的诗篇，叙述征夫服役结束归家的情形。他的家屋破败贫寒，萧条可畏，鹳鹊的喜悦鸣声似欢迎他的归来，妻子在室内的叹息则似不堪贫苦的生活。所以他虽与妻子团圆了，情境却极为凄苦，因而发出“其新孔嘉，其旧如之何”的深沉感伤。这样的团圆是没有丝毫喜剧性的。只有在富贵荣华基础上的大团圆才有充分的喜庆气氛与喜剧色彩，也才会是美满的。才子佳人的大团圆也是如此。

才子佳人确有真挚而热烈的爱情，也有浪漫而大胆的密约偷香，还有诚心而神圣的海誓山盟，但仅仅如此并不能保证他们的私情成为合法的婚姻配偶，也就并不具备美满团圆的必然性。才子必须踏入仕途以获得荣华富贵，而科举考试是通向仕途的必由之路，也是使才子佳人联姻的一条真正的红绳。从故事的结局来看，才子佳人的情感是优美动人的，却在整个情节发展变化中并不具有决定性的意义，因而在实际上情感是退居于次要地位的。它禁受不住现实利益的冲击。因此，才子佳人故事的表面现象是他们的传奇式的爱情，而真正的意义则是强调了其中的现实关系。科举入仕在故事情节的发展中是本质性的因素，然而这些本质性的因素往往淹没于浪漫而优美的传奇性里不易为人们所注意了。人们愿意正视美好的愿望下所涵盖的庸俗的东西吗？

无论才子佳人故事的结局如何，都不影响其故事的真实性，而是要看人物的行为、性格和故事情节是否体现了本质性的因素，是否合乎生活的逻辑。因此我们可以认为张生与崔莺莺的故事在《莺莺传》里以始乱终弃的悲剧为结局，在《西厢记诸宫调》里以大团圆的喜剧为结局，它们都是真实的、合理的。才子的科举考试成功与否，决定了他与佳人的团圆与否，所以两种结局都是可能的。然而人们宁愿见到他们有一个圆满的结局，却也未忽略这种结局的必要条件。自宋金时代才子佳人故事格局形成之后，许多这类的故事都常常是大团圆的结局，人们是不难从中发现其审美价值与社会意义的。

中国儒家承认人的情感的存在，但却使它符合社会伦理规范。儒者认为诗歌的作用就在于使人的情感变得“温柔敦厚”，以实现教化作用，因而要求诗人“发乎情，止乎礼义”。这种认识是属于统治思想的。六朝时“诗缘情”说的出现是对诗教说的否定，它反映了自汉魏以来人们对情感的新态度。汉魏乐府诗里的“我欲与君相知，长命无绝衰”，“愿得一人心，白头不相离”，“人生有新故，贵贱不相逾”，即表示了对爱情的忠贞执着，相信有一种永恒不变的存在。《古诗为焦仲卿妻作》的刘兰芝以“情义”为重，忠实于丈夫焦仲卿，她宁可“举身赴清池”也誓不改嫁。南朝民歌《华山畿》是女子为撞开棺木以殉情人而唱的绝命悲歌。这些人情操高尚，态度坚决，“情不可变”已成为他们坚固的伦理信念。唐人传奇《莺莺传》与《霍小玉传》都表现了男子的负心情变，以致酿成爱情悲剧，因而这些男子受到人们的谴责或天道的报应。情变的主题在宋代新起的市民文学里非常突出。学者洛地认为：

> 只有到了宋代情变戏的出现才终于把男子负情提到一定高度来批判，这是一个进步。情变戏，在宋戏文中占有特殊重要的地位。不但数量特多，而且对情变男子进行了强烈的谴责，尤其是负心者多为寒士而一旦发迹者，其情变，就更具有令人深思的社会意义。[①]

---

① 洛地：《戏曲与浙江》第29页，浙江人民出版社1991年版。

戏文《赵贞女》和《王魁》都是情变型的悲剧：《赵贞女》故事中的蔡伯喈考中状元之后，弃亲背妇，遭到了五雷殛顶的恶报；《王魁》故事中的寒士王魁穷困时，娼女敫桂英供他读书，他考中状元之后别娶相府千金，桂英怨恨而死，化作冤鬼活捉他而去。显然中国社会自进入封建社会后期发展阶段以来，特别是北宋城市经济发展以来，人们的观念发生着深刻的变化，而被社会公认的“情不可变”的伦理观念，受到了现实生活的无情冲击与破坏。情既然是要变的，何必演为悲剧呢？人们渐渐发现在庸俗的社会里，现实关系比情感更为重要，因此情变之后是可以有一个喜剧性的大团圆结局的。这种悲剧性故事的大团圆结局比起非现实的大团圆结局和才子佳人的团圆更能揭示中国叙事文学大团圆结局的本质意义和社会意义，它是庸俗社会的现实展览。

今存南宋戏文《张协状元》是典型的情变戏。它叙述西蜀成都府秀才张协离开家乡往京都赴考，路经江陵府地界五矶山，雪地遇强盗劫去盘缠，身受重伤。他在饥寒困苦之际入古庙避难。古庙中原住着孤女——王贫女，平时她在附近人家做些针线活为生。她发现张协后甚为同情，帮助他调养创伤，供给粗陋的衣食。张协在这特殊的环境下向贫女求婚，于是在农民李大公、大婆的主持下结为夫妇。他们的婚姻既无坚实的基础，又无可靠的保证，只有人道的同情与困境的安全需要而勉强凑合的，谈不上什么真正的爱情。张协说：

> 算来张协病，相将渐效可。虽然恁地，归犹未得。娘子无夫协无妇，好共成比翼。饱学在肚里，异日风云际，

身定到凤凰池。一举登科，强在庙里。带汝归到吾乡，真个好哩？

他们的结合是从现实利益考虑的，通过婚姻可使张协免于饥寒而得以准备参加科举考试，贫女也有了改变自己命运的一线希望。他们相处不久，贫女到邻家为张协筹措赴京路费而归晚时，张协便露出残暴的本性。他说：

叵耐杀人可恕，天礼难容！贫女那贱人，十人打底九人没下！自家不因灾祸，谁肯近傍你每。正是：情知不是伴，事急且相随。从早上出去，整日不见归来，不道我每要出路。莫管，寻条柴棒在这里。

当贫女卖得自己的头发归来，张协见面就是一阵乱打。自此，那一点薄薄的夫妻情分已不存在了。因而张协考中状元后便不承认与贫女的婚姻关系，以免这种不相称的婚姻阻碍其未来的仕途。贫女来京寻夫，张协见面后教训道：

唯，贫女！曾闻文中子曰："辱莫大于不知耻。"貌陋身卑，家贫世薄，不晓蘋蘩三礼，岂偕箕帚之婚。吾乃豪贵，汝名贫女，敢来冒渎，称是我妻！闭上衙门，不去打出！

贵贱之别使他们的婚姻关系彻底断裂了。善良孤苦的贫女唯有忍受巨大的痛苦，然而张协认为贫女的存在终可能留下后患，于是他起了杀人灭口的恶毒念头，准备赴任过五矶山时杀害贫女。他说：

> 恨消非君子，无毒不丈夫。叵耐那贫女来京里，不问情由，冒犯下官。今日到此，我还见她后，说一两句话好时，犹自庶几；稍更无知，一剑教死，和那神庙一时打碎。张协为人非好口，叵耐言语相撩拨。这回划草不除根，惟恐明年春再发。

贫女被张协劈杀成重伤，这残忍的暴行在以往的情变故事中是未出现过的。他们要想夫妇大团圆基本上是不可能的了。故事的另一条线索是宰相王德用欲招新科状元张协为婿，按照张协的势利观念张协是会同意的，但很可能是王德用对他在仕途上不会起什么作用，因而以归乡侍亲为理由谢绝了这门亲事。为此事，王德用的女儿王胜花气愤而死，王德用为报仇而请求外任梓州，途中收贫女为义女。张王两个仇家是不可和解的了。这两条线索都使故事的悲剧具有残酷的特点，但结局却出现了一个令人难以意料的大团圆。

最后的一出戏确有真正的戏剧性，张、王两个仇家，张协与贫女两个冤家，他们都为了联姻可以带来的政治利益而消除了旧日的仇恨，矛盾调和了：

> 王德用：记年时，不接那（丝）鞭，怎知今日，又为姻眷？
>
> 张协：协冒渎，望周全，到此谁知月再圆。

当张协与贫女这一对恩断情绝的旧夫妻再结婚为新夫妇时，贫女说："张协记得斩却奴一臂？如今怎得成匹配！"大家为了这戏剧性的大团圆似乎不计较过去了："日前那怨语，如今撇在东流水。"如此奇怪的大团圆蕴含着多少辛酸之泪、骇人听闻的残忍和卑劣庸俗的心理，真个令人哭笑不得。这个故事的真正意义在于表现了一种新的小市民的伦理观念，即人们从现实利害考虑，随着社会地位的转换，情是可变的，或者根本就无情可言。

戏文《临江驿父女再会》的故事与《张协状元》极为相似。本事叙述官员张天觉被谗贬谪江州，与女同行，遇风覆舟。女为崔翁所救，父亦得救赴任，但父女从此失散。崔翁以女妻其侄崔甸士，甸士中第后别娶主考之女。张女往寻，被诬为逃婢，刺配远方。张天觉复官进京，路过临江驿，与女儿相遇。他奏免主考之职，并罚主考之女为婢，使崔甸士与女儿夫妻团圆。张女与崔甸士的夫妻关系完全破裂，甸士有意将妻子诬害并置之死地，这样的深仇大恨在权势和社会地位的新的变化所带来的实际利益的权衡之下是完全可以不计较的。冷酷的现实生活中人与人之间，甚至夫妻之间都是无情的。无论生活中的喜剧或悲剧都无情可言。这样的喜剧性结局将悲剧性的故事变得不悲不喜，但却表现了生活的真实。正因此，情变戏的喜剧性结局成为了一种模式，以至宋代流行的情变悲剧《赵贞女》在后来的《琵琶记》里也改为忠孝节义的大团圆结局："极富极贵牛丞相，施仁施义张广才，有贞有烈赵贞女，全忠全孝蔡伯喈。"这样将悲剧改为喜剧性结局，在新的条件下求得道义上与实际利益上的两全其美了。

明刊《琵琶记》蔡伯喈招赘牛相府图

五代后汉皇帝刘知远发迹变泰的故事，在北宋都城东京的瓦市伎艺里尹常卖讲五代史时当已有了话本，今存《五代史平话》尚保留了最早的话本面貌，所叙故事极为简单粗略。今存宋金时期的《刘知远诸宫调》残卷，是书会先生从讲史话本里选取了刘知远与李三娘悲欢离合的故事而创作的，情节已大大丰富并展开了。诸宫调残卷保存了这个故事首尾几个重要情节，即知远走慕家庄沙陀村入舍、别三娘太原投事、知远充军三娘剪发生少主、知远探三娘与洪义厮打、君臣兄弟子母夫妇团圆。诸宫调的作者增添了刘知远入赘岳府的情节，这牵涉到大团圆时刘知远如何处理两个妻子——岳夫人与李三娘的关系。刘知远贫穷困厄，流浪到李家庄当雇工，被李三娘所爱，旋即招赘。李长者死后，他不堪受李家兄嫂欺凌，辞别三娘投军。太原并州安抚使岳司公有意招刘知远为婿，派部下李辛说亲。刘知远禀告：

> 李小三娘，沙陀村里，立等回音耗。剪头祖送，临行盘费，偷与俺大花绫袄。若营司文了面后，取妻且宜闻早。如今待交知远作缀，定把上名违拗。貌赛嫦娥，颜过洛浦，只是不敢要。从恩忘义，古今皆说，那底甚般礼道？不成为新妻，把旧妻忘了！

但是若与岳府联姻便可跻身上层社会，有着美好的仕宦前途，刘知远基于个人根本利益考虑，最终接受了定物，招赘入岳府，迅即否极泰来而发迹了。此事“非干知远辜前约，合是新妻换旧妻”，在等级社会里是允许的，因为“贵易妻”是较为普遍的社会现象。知远又怎样对待为他受苦受难，咬脐生子的故妻李三娘呢？只得狠心割断旧日恩爱：“休书一纸终须与，恩重三娘不再逢。”不久沙陀村的乡人受李三娘嘱托前来探问消息，刘知远可能将休书令乡人带回去了。可惜故事至此以下数卷已佚散，但最后一卷大团圆结局幸存完好。刘知远发迹变泰做了并州经略安抚使，派人将李三娘接到衙内，原谅了兄嫂洪信、洪义两夫妇，又与同胞弟兄慕容彦超、彦进相逢，李三娘与儿子刘承义相认，阖家大团圆了。当李三娘到了衙内，见到岳夫人，这种场面甚为尴尬：按理她是原配夫人应为主妇，但与岳夫人比较起来，她又出身贫贱、社会地位卑下，遂不敢妄自尊大。幸好岳夫人能识大体，在喜庆筵席上亲捧金冠霞帔与三娘，尊之为主妇。三娘辞不敢受，说道：

> 妹妹听妾身话端的。是俺先招安抚为女婿，一别十三载，都是贤德夫人抬举，交他荣贵。今谢你夫妻特重意，取奴不相弃。三娘心愿足，感恩惠。只子母团圆，与你拂床并叠被。早是难将恩报得，失甚斟量，更敢要金冠霞帔？

她还表示：“争忍做正头，乞交为偏室。”她承认刘知远与岳夫人是真正的夫妻，只要他们收容不弃，便为他们拂床叠被做奴婢也就满足了，不敢有更高的奢望。她与刘知远似乎并非明媒正娶的结发夫妻了。其实李三娘是非常明智的，只要她能摆脱普通村妇贫苦劳累的境况，但求与岳夫人平安相处，便不必去计较名分，也不应去计较刘知远的负心——显然她失去了应得到的夫妻情感；总之，要争取在现实中更好地生存下来，这才是最重要的。在整个故事中，李三娘的苦难引起了人们深深的同情，她成了重要的人物。诸宫调作者对她结局的处理非常符合其性格发展的逻辑，表现了一种艺术力量，揭示了深刻的现实意义。后来明人的传奇《白兔记》基本上依据诸宫调的情节，却删去了结局中岳夫人与李三娘这一矛盾的细节，无疑使故事的现实意义大大地削弱了。诸宫调所述刘知远与李三娘的故事，他们在现实生活的苦难中使情感已降到极次要的地位，因而为了改变社会地位，脱离贫苦生活，即使两人夫妻关系发生了种种变化也是可以谅解的。只要能得到和保持荣华富贵，亲人们之间可以消除一切矛盾，需要建立起一个小小利益群体来维持共同的利益。一人得道，鸡犬升天；一人有权，全家有幸。刘知远发迹后成为有权势的重要新人物，于是以他为中心而出现了君臣弟兄子母夫妇团圆的局面："弟兄夫妇团圆日，龙虎君臣际会时"。这才是一个体现儒家伦理关系的、最完美的和最理想的大团圆。尽管它是历史瞬间出现的暂时现象，却是一个生活过程的小结束。

市民的生活直接与都市经济发生密切的联系，无论富商大贾、小贩、小商、工匠、店员、苦力、贫民、妓女、自由职业者，他们都得应付现实的经济生活。这就必须参加经济活动或劳务以取得日常生活资料，保证一定的消费能力。美国学者汤普逊谈到欧洲中世纪的城市说：

> 无疑的，那些使城市产生的基本动力是属于经济性质的……在城市不复有不自由的租地，每个所有者是自由人。财富决定了市民阶级并给予了地位。[①]

在中国宋代都市经济生活中，财富对于市民阶层同样是具有首

---

① ［美］汤普逊：《中世纪经济社会史》第420～421页，商务印书馆1963年版。

明万历金陵富春堂刻本《白兔记》插图

要意义的——一切人际关系都以财富的实际利益为转移，也以它来确定人在社会中的实际地位。俄国理论家普列汉诺夫论及小市民思想的属性时说：

> 虽然小市民阶层作为一个集团较之资产阶级要“更广泛得不知多少”，可是很明显，在小市民阶层的组成部分中也有资产阶级……资产阶级是其组成部分之一的那种社会集团，其本身至少在某种程度上应该具有资产阶级的性质。究竟达到什么程度呢？如果上述阶级所起的作用是有影响的作用，那么这一集团就必然具有资产阶级的性质。如果这种作用没有多大影响，包括资产阶级在内的集团，也只是在不大的程度上浸透着资产阶级的阶级精神。①

宋代虽然出现了市民阶层，尚未出现资产阶级，其中富商大贾是资产阶级的前身，当时的市民阶层也是浸透着富商大贾的精神的。这种精神就是注重现实关系，唯利是图。它坦率地去掉了古代文化精神中虚伪的骗人的纱幕，将社会关系的真实面目揭示开来。马克思说：

> 这个市民社会是全部历史的真正发现地和舞台，可以看出过去那种轻视现实关系而只看到元首和国家的事功伟绩的历史观何等荒谬。②

---

① 《当代小市民思想》，见《普列汉诺夫美学论文集》第626～627页，人民出版社1983年版。

② 《马克思恩格斯选集》第一卷第41页，人民出版社1977年版。

确切地说，市民社会是近代历史的真正发源地，市民意识则是近代资产阶级思想的根源。中国叙事文学大团圆格局的形成，非常鲜明地反映了新兴的市民阶层的社会意识；因为从故事的结局可以寻求构成每个情节的属于市民意识的本质性因素。

中国早期的市民意识在叙事文学大团圆结局里突出地表现为尊重世俗生活原则，强调现实的利益和对情感的否定。由古代“天人合一”的哲学观念引申出来的“天理”，为宋代新儒学派——理学家大力提倡，它成为人们人生与伦理的最高准则，顺之则是善人，违之则为恶人。文学中那种超自然力量造成的虚幻的大团圆和清官由权力断案的大团圆，便是这种观念的表现，但都是在主观幻想中实现“惩恶扬善”的。那些现实性的大团圆里的情形正好相反：善人受苦，恶人得到好报。传统的道德正义感在文学的现实性的大团圆中已经隐退，如果认真奉行它，则那人会成为悲剧性的人物。传统观念认为人们之间存在真诚而永恒的情感，人们可以为之奉献一切，甚至不惜自己的生命；但在文学现实性的大团圆里，只有不考虑情感，不计恩怨，消除矛盾，在新的条件下为双方的利益而携手一道，才能有美满的结局。这些团圆所包含的本质性因素正是新兴的市民阶层意识。它使人们清楚地看待现实社会关系，适应城市经济生活，给人们以生存的力量。因此“市民阶层在反对正统思想和专制制度时，由于找不到新的出路，为了保证心理的平衡，只好退回原路，在现实中寻找圆满，这种状况体现在小说戏曲中就是多种多样的大团圆”，这种见解是从大团圆的表面现象的观察而作出的消极性的结论。当然市民阶层不能不受传统思想的影响，往往在意识里混杂着封建思想和宿命思想。他们向往封建统治阶级的上层生活，梦想发迹变泰，迷信超自然的神秘力量，这都是历史的局限。市民文学的大团圆结局，其真正宣扬的仍是富于挑战性的新观念，而且是有反对封建主义的意义的。

我们不能认为凡是像生活实录的作品才是真实的。作家——包括书会先生们在作品里表现的社会生活，它可以是实有其事，但也可以是生活中虽未出现但可能存在的东西。不管他们怎样叙述故事，其所表达的价值观念是有深厚现实土壤的。我们只有从艺术真实才能理解“大团圆”的真实性问题，即这种真实性是艺术的真实。于是出现了这样的情形：在历史和现实中不能团圆的人物被凑合一起了，本来应该是悲剧的结局而转变为喜剧性的皆大欢喜了。这种对结局的处理是真实的吗？显然，其真实性不在于结局的情形如何，而在于故事情节所表现的本质性因素是否符合生活的逻辑与社会的现实。例如张生与崔莺莺的始乱终弃的悲剧结局是真实的，《西厢记诸宫调》里张生科举入仕将故事改变为喜剧结局也是真实的。张协与贫女的悲剧结局或大团圆的结局也都是可能的，两种结局都是真实的。然而依赖超自然力量和清官权力促成的大团圆结局，则是缺乏现实生活基础的，仅表现了人们的主观幻想。它无异于画蛇添足，胡编乱扯，失去艺术的真实而成为作者的败笔。

中国叙事文学，其故事的性质的确罕见真正的悲剧或喜剧，因为在这些作品里很难出现伟大而神圣的东西的彻底毁灭，也缺乏真正令人捧腹解颐的滑稽可笑，似乎并不特别悲哀，也不过分欢乐；悲中有喜，喜中有悲。宋金时代的话本小说、说唱文学、戏文的大团圆故事，基本上都是这样不悲不喜的。这是中国叙事文学的重要特点，它超越了绝对的悲剧和喜剧的发展阶段，在城市通俗文学中一开始即具悲喜混合的趋势；这正是戏剧的近代性质。正如黑格尔论及西方近代戏剧时所说：

> 在近代戏剧里，悲剧性和喜剧性就更多地交错在一起了，因为原来在喜剧是自由发挥作用的主体性原则在近代悲剧也一开始就成为首要原则，而伦理力量的内容中的实体性因素反而被挤到次要的地位了。
>
> 但是把悲剧的掌握方式和喜剧的掌握方式调解为一个新的整体的较深刻的方式并不是使这两对立面并列地或轮流地出现，而是使它们互相冲突而平衡起来。主体性不是按照喜剧里那种乖戾方式行事，而是充满着重大关系和坚实性格的严肃性，而同时悲剧中的坚定意志和深刻冲突也削弱和刨平到一个程度，使得不同的旨趣可以和解，不同的目的和人物可能和谐一致。特别是近代戏和正剧就是由这种构思方式产生出来的。这种原则的深刻处在于它根据的观点是：尽管各种旨趣、情欲和人物性格现出差异和冲突，通过人物的行动，毕竟可以变成一种协调一致的实际生活。①

中国宋金时代的叙事文学的现实性大团圆结局的作品，基本上是悲剧性和喜剧性交错一起，伦理力量内容中实体性因素被挤到次要的地位，不同的旨趣、情欲和人物性格的差异与冲突可以变为协调一致的实际生活：这些正是近代戏剧的性质。因而

① ［德］黑格尔：《美学》第三卷下册第 294～295 页，商务印书馆 1982 年版。

我们不应随便地嘲笑中国的戏剧和小说是一直处在不成熟的和幼稚的状态。从中国叙事文学大团圆格局的形成，我们不难见到其中存在某种真正的近代意识和近代性质，而这都体现了新兴市民阶层意识和早期市民文学的特征。由于中国市民阶层和市民文学在宋代以后的不幸命运，早期市民文学中光辉的近代意识和近代性质在后来未得到健康的发展，虽然“大团圆”的结局成为叙事文学的普遍模式，但大多数的结局处理是缺乏艺术真实和艺术力量的。我们也许能由此寻找到一条复杂的民族文化意识的历史线索。

第四章
中国市民文学的发展

自公元1289年元蒙王朝统一中国后，社会的政治经济状况发生了较大的变化。江南及西南地区的经济遭到很大的破坏，呈现衰退之势，而北方的大都（北京）及其他城市却畸形地繁荣。汉族士人在民族压迫下失去了科举入仕的通途，有的转向城市通俗文学创作，走宋代书会先生的道路。中国市民文学在新的历史文化条件下仍继续保持着发展的态势，但与两宋时期比较则有明显的变化：宋词的小唱伎艺、诸宫调及其他说唱文学为北方新兴的散曲所取代了；南戏昔日的光荣让与北方的杂剧了；元人话本沿袭宋人旧本而缺乏创新意义，侧重于长篇讲史的方向发展。这些都深刻地反映了社会的审美理想与审美趣味的转移。公元14世纪末叶，即元代末年与明代初年，市民文学的发展出现了两种新动向，即南戏的复兴与长篇小说的出现。南戏五大本——《荆钗记》《白兔记》《幽闺记》《杀狗记》和高则诚的《琵琶记》在艺术上和舞台上的成功，预示了南戏兴盛的时期即将到来。罗贯中的《三国演义》和施耐庵的《水浒传》以典范之作呼唤中国白话小说繁荣局面出现。然而明王朝于公元 1368 年建立之后的一百五十余年间，除了元明之际的南戏五种和长篇小说两部而外，这一段时期的市民文学史几乎是空白的一页，也许是高潮来临之前的沉寂现象。

关于五大本南戏和十余种话本，它们虽然在戏剧史和小说史上有突出的地位，但从文学的观点来看它们在题材与艺术方面都没有多大的创新意义。《三国演义》和《水浒传》虽然成书于元明之际，但它们的刊行则是在明代中期城市通俗文学开始走向繁荣之时，所以将它们并入中国四大古典小说探讨。元代文学最具创新意义的是杂剧与散曲，它们总称为元曲，被文学史家誉为时代之文学。元人杂剧今存约一百五十余种；元人散曲今存小令三千八百五十三首，套曲四百五十七套。元曲的题材和内容都十分的广阔丰富；元曲著名作家辈出，皆形成各自的艺术风格。对此，我们仅从市民文学的视角探讨它们的世俗题材和市民趣味。

第一节　元人杂剧的世俗题材

"世俗"在中国古代是指当代平常的或凡庸的下层社会的一种倾向，例如《孟子·梁惠王》"寡人非能好先王之乐也，直好世俗之乐耳"，这是将古代的雅乐与当代的俗乐相对而言；《离骚》"謇吾法乎前修兮，非世俗之所服"，这是将古代圣哲与当代普通平民相对而言。自宋代市民阶层兴起之后，世俗实即指市民社会的普遍倾向，它与上层社会的和宗教的文化色彩有着本质的区别。杂剧在元代虽然其接受群众是普通市民，它是通俗的综合的文艺形式，但其题材的大多数是非世俗的。明代戏曲家朱权在《太和正音谱》里将杂剧分为十二科："一曰神仙道化，二曰林泉丘壑，三曰披袍秉笏，四曰忠臣烈士，五曰孝义廉节，六曰叱奸骂谗，七曰逐臣孤子，八曰朴刀赶（杆）棒，九曰风花雪月，十曰悲欢离合，十一曰烟花粉黛，十二曰神头鬼面。"这十二科里有的意义重复，而如"悲欢离合"则并非题材，能适应多种故事结构。自明代以来，迄于现代，研究元杂剧的学者都忽略了其中的世俗题材，未能列入十二科之内。在百余种元杂剧里，以现实的下层社会日常生活为题材的作品是很少的。公案剧如《包待制智斩鲁斋郎》《张孔目智勘魔合罗》《河南府张鼎勘头巾》《包待制智赚灰阑记》《神奴儿大闹开封府》《感天动地窦娥冤》等也涉及下层社会中现实的种种冤屈与罪恶，但都由代表天道与法权的清官们公正地执行了惩恶扬善，终于使善与恶的报应分明。这曾是许多学者非常重视的，探讨过它们深刻的社会意义。此外，尚有一些以现实市民社会日常生活为题材的作品，如无名氏的《朱砂担滴水浮沤记》和《风雨像生货郎旦》，秦简夫的《东堂老劝破家子弟》，萧德祥的《杨氏女杀狗劝夫》，王实甫的《苏小卿月夜贩茶船》（已佚），武汉臣的《李素兰风月玉壶春》，无名氏的《郑月莲秋夜云窗梦》等，它们在当时和后世都是很有影响的剧目，最鲜明地表现了市民社会的真实和市民阶层的思想。它们应是元人杂剧中最典型的市民文学作品。

市民社会里的人们在商品经济的影响下有种种强烈的欲望，尔虞我诈，损人利己，谋财害命等现象正体现着市民社会的本质。一些善良而弱小的市民在这种社会里兢兢业业，勤苦劳累，而往往遭到意外的横祸。社会的恶势力始终像魔鬼一样跟随着他们，注定不可避免的厄运。这样的主题在宋人话本小

明刊《元曲选》插图

山西洪洞县元代壁画演戏图

说如《错斩崔宁》《万秀娘仇报山亭儿》等曾有所表现，但在个别元人杂剧里却表现得更为真实和深刻，因它排除了事件的偶然性，暗示了那种威胁人们安全的恶势力的普遍存在。《朱砂担滴水浮沤记》表现了一个善良的小贩的悲惨命运。王文用家住河南府东关，同父亲和妻子一家三口安分营生度日。文用离家到江西南昌小本贩卖，获得厚利，挑着货郎担，再往泗州。一日行至十字坡，在酒店饮酒憩息，遇到强盗铁幡竿白正。白正诡称自己是“捻靶儿的”（货郎），并问知文用的姓氏、家门、住址，强行结义为弟兄。文用知白正是强人，但不敢违拗，晚上乘其酒醉，遂悄悄挑着货郎担离去。次日晚上文用投宿于黑石头店，又被白正赶上了。白正偷偷窥视文用在房中数朱砂颗，欲待谋财害命，又恐惊动邻里，准备等到半夜时下手。文用听到隔壁鼾声如雷，发现了白正，立即吹灭了灯，走上回家乡河南府的大道而去。时值大雨，文用到太尉庙躲避，终被白正追赶上了。白正抢走了朱砂担儿，杀死文用，径到河南府东关王家，自称是文用义兄，进门之后用计将文用之父推入井中，强占了文用的妻子和家财。故事的结局是以超自然的冥府东岳太尉率鬼卒及文用冤魂，捉拿了白正，终使恶人遭到报应了。与此故事相类似的《风雨像生货郎旦》，同样表现普通市民突遭横祸的不幸命运。李彦和在长安城里开了一座典解铺，家有妻子刘氏、小儿春郎、奶母张三姑，一家四口平安度日。张玉娥一日收拾了一房一卧，前来李家，因与刘氏争吵，继而相打起来。彦和对妻子说："大嫂！二嫂（玉娥）说来，若是我爱你，便休了她；若是爱她，便休了你。"刘氏当场气死了。玉娥原与城中魏邦彦相好，邦彦出差回城，前来李家见到玉娥。玉娥收拾李家金银财宝交付邦彦，相谋私奔。晚上玉娥放火烧了李家，李彦和一家人往洛河逃难。洛河边上，魏邦彦假扮船夫，待李彦和上船后将他推落河中，旋又动手勒杀张三姑，邻船艄公赶来相救，邦彦与玉娥乘机离去。十三年后，春郎担任了千户官职，李彦和在农庄牧牛，张三姑习唱货郎儿乞讨度日，他们终于团圆。魏邦彦与张玉娥，因窝脱税银被春郎斩杀了。这两个剧都是写市民社会的现实故事，剧中主人公是普通商人，却遭到恶人暗算，弄得家散人亡，无处投诉，受不到法律的保护，表现了恶势力的横行和社会的黑暗。这两个故事的结局都是非现实的，仅是作者主观的善良愿望而已，留下极虚假的痕迹。

都市商品交换的活跃与经济的繁荣无疑是社会文明进步的标志，但同时也孳生着腐化与堕落的病毒。小市民们在炫人眼目的都市物质文明中易于走上懒惰、享乐、邪恶的道路，成为社会的寄生虫或毒瘤。这个主题初次出现在元人杂剧中，作者敏感地发现了都市的病态现象，从传统文化观念出发力图给予批判。《东堂老劝破家子弟》很成功地表现了这个主题。赵国器祖籍东平府，因经商而在扬州东门内牌楼巷居住，妻子早年去世，儿子扬州奴，媳妇李翠哥，一家三口。赵国器年老患病，自知儿子难守家业，遂托邻友李茂卿照顾儿子，免致流落。李茂卿也是东平府人，经商扬州，与赵家为邻，通家往来三十余年，毅然接受老友之嘱托，但他饱谙人情世故，有意让生活来教训浪荡子扬州奴。扬州奴在父亲去世之后，无人管束，伙同闲汉柳隆卿、胡子转等人在酒阵花营里厮混，将家产耗尽，又卖了家宅大院，同妻子翠哥居住破窑之中，忍饥受寒，难以度日。他的那些旧日的酒肉朋友都远远相避了。夫妻两口“吃了早起的，无晚夕的；每日家烧地眠，炙地卧”，到了走投无路的地步，于是他们一齐去叔叔李茂卿家乞讨。李茂卿夫妻责骂了扬州奴，给他一贯钱做小贩本钱。穷困饥寒的生活教训了扬州奴，他勤劳营生，节俭度日。他对李茂卿说：

> 叔叔，我买将那仓小米儿来，又不敢舂，恐怕折耗了；只拣那卖不出去的菜叶儿，将来煨熟了；又不要蘸盐搠酱，只吃一碗淡粥……叔叔，恁孩儿恁是执迷入难劝，今日临危可自省也。

李茂卿眼见浪子回头，在生辰寿筵上当着众街坊对他说：

想你父亲死后，你将那田业房产待卖与别人，我怎肯着别人买去，我暗暗的着人转买了，总则是你（父寄存）这五百锭大银子里面。几年几月日，节次不孚，共使过多少。你那油房磨、解典库，你待卖与别人，我也着人暗暗的转买了，可也是那五百锭大银子里面。几年几月日，节次不孚，使了多少。你那驴马孳畜和大小奴婢，也有走了的，也有死了的。当初你待卖与别人，我也暗暗的着人转买了，也是这五百大银子里面。我存下这一本账目，是你那房廊屋舍，条凳椅桌，琴棋书画，应用物件，尽行在上。我如今一一交割，如有欠缺，老夫尽行赔还。

扬州奴告别了昔日，重新开始生活了。

《杨氏女杀狗劝夫》写商人孙荣之妻杨氏以杀狗巧计，使得丈夫脱离帮闲恶汉的纠缠，有所感悟。此事牵涉到诉讼，杨氏向开封府尹王翛然陈述云：

只因俺这孙家，汴京居住。长的孙大，叫做孙荣，次的孙二，叫做孙华；本是共乳同胞亲兄弟，自小家里父母早亡。这孙大恃强，将孙二赶的在城南破瓦窑中居住。每日这两个帮闲钻懒（柳隆卿、胡子转），搬的俺兄弟不和。这两个教孙大无般不作，无般不为，破坏了俺家私。孙大但见兄弟，便是打骂。妾身每每劝他，只是不管。妾身曾发下一个大愿，要得孙大与孙二两个相和了时，许烧十年夜香。偶然这一晚烧香中间，看见一只犬打香桌前过来。

> 妾身问知此犬是隔壁王婆家的。妾身就她家里与了五百个钱，实将来到家，将此犬剁了首尾，穿了人衣帽，撇在后门首。孙大带酒还家来见了，问妾身道："后门口是谁杀了一个人，你可知么？"妾身回言不知道，当夜叫孙大唤柳隆卿、胡子转替背出去。两个百般推辞，只不肯来。我到窑中唤孙二来，教他背将出去，埋在汴河堤上，怕相公不信，现放着王婆是个见证。

这件案子终于了结，两个帮闲受到惩处，孙大再也不与狗党狐朋相交了。这个剧在情节上有些破绽，例如以死狗扮为死人，即使晚上也可从形体差异而认出的；其次，背狗之事，孙大夫妇是可以完成的，不必去惊动数人。尽管如此，它仍有针砭世俗的意义。此两剧的作者是以商人的观点鼓励人们从事正当的商业活动，勤劳刻苦，发家致富。他们试图以现实生活的教训来感悟那些迷醉于都市物质享乐的闲汉惰民，指出一条正当的向上的生活道路。作者的倾向性是很明显的。只要存在商品社会，像这种浪子回头的主题永远具有积极的教化意义。

自唐代中期以后，妓女与士人相恋已成为文学中值得注意的题材。唐人传奇小说《霍小玉传》是写士人李益遗弃妓女霍小玉的悲剧故事；《李娃传》中的长安娼女李娃虽然有圆满的结局，却是使自己适应封建伦理道德规范而争取到的。宋人传奇小说《李师师外传》歌颂歌妓李师师以身殉国的忠贞品格；《谭意哥传》表现了谭意哥由妓女而成为谨守礼教的妇女典型。元曲家们也写妓女的题材，却在新的文化条件下描述了士子和商人在风月场中争夺妓女的故事。这是中国文学史上妓女题材的新发展，蕴含着深刻而复杂的社会意义。《郑月莲秋夜云窗梦》写书生张均卿与汴京妓女郑月莲的故事。均卿与月莲相爱，誓结死生，但因均卿囊箧渐消，为鸨母所厌。时有江西茶客李多，买通鸨母，逼娶月莲。月莲在成亲之夜，乘茶客醉后逃出。她令梅香将金银首饰送与均卿，以作进京考试之盘缠，并相约得官后速来完聚。鸨母无奈，遂将月莲转卖与洛阳乐户张妈。茶客李多一心要得到月莲，追踪至洛阳，特去求见叔父——洛阳府尹李敬以成全此事。府尹欲招新科进士李均卿为婿，于是约日期请均卿赴宴以定女儿之婚姻，同时又令乐户张妈率月莲侍宴以成就侄儿李多之好事。当他们见面时，互相惊讶，府尹李公问明了缘由。月莲说："今日这里相见，望相公可怜，怎生方便咱!"府尹问张均卿："新婿，你心中却是如何?"均卿回答："教小官一言难尽。当初（与月莲）委实是夫妻。今蒙相公恩顾，小官怎敢别言。"府尹是很开明的，当即表示："夫人小姐且回后堂中去。人间天上，方便第一。就着这筵席与状元两口儿，今日完成夫妇团圆。"府尹取消了招婿的打算，也拒绝了侄儿的请求，同情并帮助了这对情人，使他们美满团圆了。剧中的张均卿未因入仕之后而舍弃贱民妓女，府尹李敬支持并赞同这桩婚姻；它表现了对等级制度、封建婚姻和礼教的否定，真正恢复了妓女的人本价值。

《李素兰风月玉壶春》写书生李斌与嘉兴妓女李素兰的故事。书生李斌别号玉壶生，本贯维扬人，前往嘉兴游学，于清明时节遇李素兰，二人解佩留情。故人陶伯常由进士及第授杭州同知，路过嘉兴，劝勉李斌以功业为念。李斌正热爱李素兰，不忍离去，特托故人将其万言长策转呈朝廷。山西客商甚黑子装了三十车羊绒潞紬来嘉兴贩卖，闻知李素兰之名，特到妓院以全部货物换取。鸨母劝素兰应允此事，因山西客商"他又有钱，这一表人物，不强似那穷秀才”。穷秀才被赶出妓院，李素兰悲伤地将头发剪去，誓不嫁与客商。李斌与素兰相约在邻妓陈玉英家幽会，被鸨母引了客商前来撞见。客商盛气凌人地指责书生说：

> 这穷厮无理。你虽然先在她家走，怎比的我有三十车羊绒潞绌，可知现世生苗哩？……我这般模样，一表人物，我又有钱，你怎生比的我！

鸨母表示：“我则见有钱的便留他。”书生也不相让，对客商说：

> 你虽有万贯财，争如俺七步才！两件儿那一件声名大？你那财常踏着那虎口去红尘中走，我这才但跳过龙门白金殿上排。

他们最后只得见官公断。新任嘉兴太守恰是陶伯常，他宣布李斌因呈万言长策，皇帝征他为本府同知。太守对此案的处理是：李斌付白银百两与鸨母以作恩养礼钱；甚黑子倚仗财物夺人妻妾，杖断四十，赶出衙门；李斌为本府同知，即日与李素兰完婚。因偶然入仕的转机，才使穷书生与妓女的恋爱有了圆满结局。元杂剧中这样的题材曾经在社会上产生过重大影响的是双渐与苏卿的故事。

双渐与苏卿的故事，早在宋金时代已经流传，南宋初年瓦市艺人张五牛作有《双渐小卿诸宫调》，南戏有无名氏的《苏小卿月夜贩茶船》，元人杂剧有王实甫的《苏小卿月夜贩茶船》、纪君祥的《信安王断复贩茶船》和庾吉甫的《苏小卿丽春园》，可惜它们都散佚了。[①] 这个故事在元代被改编为各种文艺作品，广泛传唱，深受民众喜爱，已成爱情故事中的熟典。今存元人散曲中关于这个故事的有周文质、王晔、杨立斋等的套曲十余套，小令二十余首，而其他曲中以之为典故引用的就更多了。经过当代学者关于双渐苏卿本事的考证，其故事情节大致如下：

解元双渐，字通叔。风流儒雅，博学能文。在庐州偶遇司理黄肇包占之名妓苏卿，生爱慕之意。题诗向苏求爱，遂相爱悦。二人瞒着黄肇，私下往来，情意甚笃，约为嫁娶。因双渐贫寒，无力婚娶，故未能如愿。后双渐进京赴试，苏卿在家为双渐守志。

洪州茶商冯魁，持茶引来庐州榷场取茶，见苏卿而艳之，每生觊觎之心，然苏卿不为金钱所动，为双渐守志不移。

双渐中状元，除临川令，寄书与苏卿。鸨母欲夺苏卿志，改家书为休书。苏卿读后，悲愤不已，即渐成疾。鸨母终恐双渐娶苏卿，使其人财两失，遂以三千茶引，卖苏卿与冯魁。苏卿不从，又无计脱身，临行留书信，托三婆转致双渐。随后被迫上茶船，随冯魁归豫章。路经金山寺，苏卿含泪题诗于西廊之壁，以表心迹。

双渐去庐州接苏卿不遇，恰遇三婆，俱道冯魁强娶苏卿事，并呈上苏卿书信。双渐闻知，驾舟急追。至金山

---

① 参见严敦易：《元曲斟疑》第675～677页，中华书局1960年版。

寺，见苏卿所题诗，又赶至豫章，在江上抚琴为号。苏卿闻琴声，知双渐赶到。乘冯魁酒醉，逃离茶船，与双渐团聚。同去临川赴任。[①]

这个故事的现实意义在元代特别突出，它比郑月莲和李素兰两个故事更能揭示士子、商人和妓女三角恋爱中的本质关系。元朝于公元 1279 年统一中国之后，继续执行罢废科举的政策，直到延祐元年（1314）才恢复科举考试。这三十余年间士子们断绝了科举入仕的希望。元王朝长期采取民族压迫的政策，汉族知识分子同广大汉族人民一样处于严酷的民族歧视与民族压迫之下。他们之中具有民族气节的知识分子，不愿与统治阶级合作而走上隐逸或玩世的道路。这些情况造成汉族知识分子入仕的机遇较少，也就使其社会地位与经济地位大大降低。元蒙的社会经济虽然存在普遍凋敝与萎缩的趋势，但在北方和南方的一些城市却出现病态繁荣的现象，相应产生了一批新的商业暴发户。他们拥有较多的财富，在社会经济生活中的地位逐渐上升。士子与商人的社会地位与经济实力的这种变化便在元杂剧里以他们争夺恋爱对象而鲜明地表现出来。唐宋时期的士人有较高的社会地位和美好的仕宦前程，甚为妓女们所青睐；她们往往以结交士子为荣，而一经文人的诗词品题还可能身价十倍。元朝时期的士子已被称为“穷措大”或“穷酸”，他们与妓女相恋，不久便囊中羞涩，旋被狠毒的鸨母赶出。商业暴发户可以用大量的金钱买去妓女，因而在经济实力上比士子居于绝对优势，所以在他们争夺妓女的过程中士子是处于必然失败

① 武润婷：《双渐苏卿故事及其本事》，《南开学报》1984 年第 2 期。

的境地。妓女既是商品，便得服从商品交换的规律，但她们从情感的需要出发却又从内心喜爱风流多情和善于体贴的士子。元杂剧中的郑月莲不愿嫁与茶客李多，被鸨母转卖与洛阳乐户，仍为妓女；李素兰不愿嫁与客商甚黑子而剪发以明志。这两个情节都不够真实，因为妓女是没有人身自由的，完全可被鸨母任意卖去。苏小卿处于危急的关头，穷书生双渐无力救她，她只得悲痛地上了冯魁的贩茶船被载而去。这个情节才具有更大的真实性，元人为此写了不少责备苏卿和双渐的散曲，但是他们那脆弱的情感能战胜金钱恶魔吗？显然不能。因而这些剧的结局如果按照生活的逻辑就必然是悲剧的，可是它们却都是大团圆的结局。张均卿与郑月莲意外地由于府尹的好心而得以成全；李斌因万言长策侥幸为皇帝赏识而入仕并在太守的支持下与李素兰完婚。这两个结局的偶然性纯属作者臆造，缺乏现实的基础，仅表现了作者以主观愿望来平衡一种失落感。双渐与苏卿的团聚是非法的。苏小卿偷偷逃离冯魁茶船而投奔双渐，这是较真实的，尤其是它暗示了双渐虽然入仕仍无法从商人那里夺回恋人。他们的团聚仅仅依赖小卿情感的取向而采取非法的行为来实现。假若冯魁发现之后还可能兴起一场诉讼，谁败谁胜尚难分晓。双渐与苏卿故事的现实意义就在于，它表明士子与商人在风月场中争夺妓女，士子是处于软弱无力的地位，妓女终被商人买去。这说明士子社会地位的下降与价值的失落。“士乃国之宝”的时代已成为过去了。元代无名氏《朝天子·志感》云：

不读书最高，不识字最好，不晓事倒有人夸俏。老天不肯辨清浊，好和歹没条道。善的人欺，贫的人笑。读书人都累倒：立身则小学，修身则大学，智和能却不及鸭青钞。

“鸭青钞”，又称鸦青钞，为元代浅青色纸印制的纸币，即通行的金钱。这首小令应是双渐与苏卿故事的注脚了。

元人杂剧世俗题材所表现的普通市民遭到家散人亡的厄运，对市民社会中懒惰、闲散、堕落倾向的批判，反映士子社会地位的下降与价值的失落；它们展现了市民社会的本质特征，体现了活跃而真实的市民意识。这些杂剧的思想意义和艺术价值远远胜过了许多历史的、神话的、侠义的和才子佳人的故事剧，很值得我们进一步去探索。

第二节 元人散曲的市民趣味

关于我国古典格律诗体——诗、词、曲的体性区分，这曾是古代文论中长期争论的问题。它们三者的品格各不相同，易于辨识，但要说明它们相异的特征却是较为困难的。清初学者王士祯谈到诗、词、曲的分界说：

> “无可奈何花落去，似曾相识燕归来”定非《香奁》诗；“良辰美景奈何天，赏心乐事谁家院”定非《草堂》词也。（《花草蒙拾》）

这是仅凭个人艺术直觉来判断，未作理论的探讨。近世词曲家从风格、内容、体制、语言、意境等方面试图说明词曲的区别，则显得甚为烦琐。如果我们从审美趣味来观察诗、词、曲，则它们的区别便十分清楚：诗主要表现了士大夫和文人的高雅趣味，词主要表现文人雅而近俗的趣味，曲则主要表现粗俗的市民趣味。宋词中仅流行于市井的通俗歌词属于市民文学，而元人散曲基本上是通俗的市民文学作品。“市民趣味”，实即都市普通民众的审美趣味，也称为小市民趣味，它粗率、庸俗、幽默，具有都市文化色彩；显著地区别于文人优雅含蓄的上层社会情趣，也不同于农民的淳厚简朴的乡土气息。市民的审美趣味表现了市民们对现实的认识和对审美价值的评价。他们从市民文学作品中获得艺术的享受，感到快乐和愉悦，满足他们独特的审美需要。当然，元代散曲的作者大都是文人，但他们的社会地位与宋代文人相较则是大大地下降了，许多文人从事通俗文学创作而更贴近都市的下层社会。元曲家在作品里尽情发泄了胸中的愤懑，嘲讽现实社会，表现旷达与放浪的情怀，企羡山林隐逸的闲散：这些并非市民意识，其中仍充盈着小市民的油滑语气和庸俗情调，也为市民们欣赏。元曲中还有许多直接描写市民生活的、直接表达市民思想和情感的作品。元人芝庵的《唱论》是关于散曲（包括小令和套曲）唱法的经验总结，他说：

凡歌曲所唱题目，有曲情、铁骑、故事、采莲、击壤、叩角、吉席、添寿，有宫词、乐词、花词、汤词、酒词、灯词，有江景、雪景、夏景、冬景、秋景、春景，有凯歌、棹歌、渔歌、挽歌、楚歌、杵歌。

元人散曲的题目是广阔而丰富的，远不止芝庵所列的二十六种，而所遗漏的题目如行乐、志感、妓怨、嘲笑农民、谐谑等都是最富于市民趣味的。这几种题目的作品才真正展现了新的意识和新的情感，使人们见到元人散曲的精神实质。

自北宋词人柳永在《传花枝》里表现了浪子精神，金代董解元在《西厢记诸宫调》引辞里继续作了发挥，元人在散曲里则将此种精神推向了极致。早期元曲家彭寿之的套曲《八声甘州》是有代表意义的：

> 平生放荡。悄倬声名，喧满平康。少年场上，只恐唇剑舌枪。机谋主仗风月景，局断经营旖旎乡。回首数年间，多少疏狂。
>
> 〔混江龙〕知音幸遇，不由人重上欠排场。花朝月夜，酒肆茶坊。相见十分相重，厮看承无半点厮提防。风流事赞之双美，悔则俱伤。
>
> 〔元和令〕合着两会家，相逢一合相。怜新弃旧短姻缘，强中更有强。偷方觅便俏家风，当行识当行。
>
> 〔赚尾〕一片志诚心，万种风流相。非是俺着迷过奖。燕子莺儿知几许，据风流不类寻常。唱道好处难忘，花有幽情月有香。想着尊前伎俩，枕边模样，不思量除非是铁心肠。

这抒写了在都市酒肆茶坊、歌楼妓馆里的放荡生活，表现了对物质享乐的渴求，对情感的轻视。著名元曲家关汉卿的《南吕·一枝花·不伏老》是这类题材的杰出作品：

> 攀出墙朵朵花，折临路枝枝柳。花攀红蕊嫩，柳折翠

条柔。浪子风流，凭着我折柳攀花手，直煞得花残柳败休。半生来折柳攀花，一世里眠花卧柳。

〔梁州〕我是个普天下郎君领袖，盖世界浪子班头。愿朱颜不改常依旧，花中消遣，酒内忘忧。分茶攧竹，打马藏阄，通五音六律滑熟，甚闲愁到我心头。伴的是银筝女银台前理银筝笑倚银屏，伴的是玉天仙携玉手并玉肩同登玉楼，伴的是金钗客歌金缕捧金尊满注金瓯。你道我老也，暂休。占排场风月功名首，更玲珑又剔透。我是个锦阵花营都帅头，曾玩府游州。

〔隔尾〕子弟每是个茅草岗沙土窝初生的兔羔儿乍向围场上走，我是个经笼罩受索网苍翎毛老野鸡蹅踏得阵马儿熟。经了些窝弓冷箭蜡枪头，不曾落人后。恰不道人到中年万事休，我怎肯虚度了春秋。

〔尾〕我是个蒸不烂煮不熟捶不扁炒不爆响当当一粒铜豌豆，恁子弟每谁教你钻入他锄不断斫不下解不开顿不脱慢腾腾千层锦套头。我玩的是梁园月，饮的是东京酒；赏的是洛阳花，攀的是章台柳。我也会围棋会蹴鞠会打围会插科，会歌舞会吹弹会咽作会吟诗会双陆。你便是落了我牙歪了我嘴瘸了我腿折了我手，天与我这般儿歹症候，尚兀自不肯休。则除是阎王亲自唤，神鬼自来勾，三魂归地府，七魄丧冥幽，天哪！那其间才不向烟花路儿上走。

这以嬉笑玩世的方式抒写了都市浪子在中年以后仍执着于风月场的追求，力图在现实享乐中留住即逝的青春。这位风流浪子是饱经世故的，看透了人生，形成了一种坚硬顽强的“铜豌豆”性格，以笑傲愤世的态度对待现实生活。赵显宏的《南吕·一枝花·行乐》表现了儒生向浪子的转变：

> 十年将黄卷习，半世把红妆赡。向莺花场上走，将风月担儿拈。本性谦谦，到处干风欠。人将名姓呫，道丽春园重长个羲之，豫章城新添个子瞻。
>
> 〔梁州〕醉醺醺过如李白，乐陶陶胜似陶潜。春风和气咱独占，朝云画栋，暮雨珠帘。狂朋怪友，舞妓歌姬，喜孜孜诗酒相兼，争知我愁寂寂闷似江淹。也不怕偷寒送暖俫勤，也不怕弃旧怜新女嫌，也不怕爱钱巴镘娘严。非咱，指点，平康巷一步一个深坑堑，风波险令人厌。门掩半安排粗棍掂，有苦无甜。
>
> 〔尾〕栋梁才怎受真钢剑，经济手难拿桑木杴。堪笑多情老双渐，江洪茶价添，丑冯魁正忺，见个年小的苏卿望风儿闪。

这位书生少习儒业，然而失志落魄，终于走上“莺花场”，挑上“风月担”，同狂朋怪友与舞妓歌姬寻欢作乐。他深知锦阵花营的险恶势利，虚伪欺诈，尽管“有苦无甜”，仍然沉溺于其间。这些表现浪子精神的作品，反映了元代文人深刻的精神痛苦。他们失去了跻身上层社会的机遇，鄙弃了儒家“齐家、治国、平天下”的宏伟抱负，看不见未来的光明前景，于是以愤世嫉俗的态度在风月场中追寻现实的欢乐。浪子本是都市文明的消极产物，令人感到可悲的是：许多士人本来可以成为优秀的历史人物的，而却沦为都市的寄生者，在烟花风月里虚度韶光，轻弃才华。他们是堕落，或是清醒的现实主义者？我们很难指责或赞赏。

自北宋市民阶层形成之后，它与农民阶层便有很大的差别。随着都市经济的发展与农村的贫困化，市民们滋生一种优越感，常常嘲弄乡村的农民。宋元俗语的“村”便是一个贬义词，意指愚蠢，粗俗，土气。北宋时苏轼已发现：“市人争奇斗巧智，野人喑哑遭欺谩。”（《和子由蚕市》）“野人”即指农民。南宋的杂剧有“借装为山东河北村人以资笑”，因“村人罕得入城”（《都城纪胜》），入城后便会闹出许多笑话。元人散曲里这个题材已较为突出了。睢景臣的名篇《般涉调·哨遍·高祖还乡》套曲，在一般的文学史著作里认为是对帝王汉高祖刘邦的嘲笑讽刺，有很深刻的思想意义。这应是此曲主题思想的一面。我们试从市民的立场来看，则曲中的叙述者是乡村的老农，他是以从未见过世面的农民眼光来看汉高祖还乡的皇家仪仗队的：

社长排门告示：但有的差使无推故；这差使不寻俗，一壁厢纳草也根，一边又要差夫，索应付。又言是车驾，都说是銮舆，今日还乡故。王乡老执定瓦台盘，赵忙郎抱着酒葫芦。新刷来的头巾，恰糨来的绸衫，畅好是妆么大户。

瞎王留引定火乔男女，胡踢蹬吹笛擂鼓。见一彪人马到庄门，匹头里几面旗舒。一面旗白胡阑套住个迎霜兔，一面旗红曲连打着个毕月乌，一面旗鸡学舞，一面旗狗生双翅，一面旗蛇缠葫芦。

红漆了叉，银铮了斧，甜瓜苦瓜黄金镀。明晃晃马镫枪尖上挑，白雪雪鹅毛扇上铺。这几个乔人物，拿着些不曾见的器仗，穿着些大作怪衣服。

辕条上都是马，套顶上不见驴。黄罗伞柄天生曲。车前八个天曹判，车后若干递送夫。更几个多娇女，一般穿着，一样妆梳。

这是以农民的经验和想象来观察皇家仪仗队，事物的本来面目被歪曲与村俗化了。其写作之本意尚有引起市民愉悦笑话的一面，展现农民之村俗。杜仁杰的《般涉调·耍孩儿·庄稼不识勾栏》是写农民初次进城观看勾栏瓦舍的杂剧演出：

风调雨顺民安乐，都不似俺庄稼快活。桑蚕五谷十分收，官司无甚差科。当村许下还心愿，来到城中买些纸火。正打街头过，见吊个花碌碌纸榜，不似那答儿闹穰穰人多。

〔六煞〕见一个人手撑着椽做的门，高声的叫："请请!"道迟来的满了无处停坐。说道前截儿院本《调风月》，背后么末敷演《刘耍和》。高声叫：赶散易得，难得的妆哈。

〔五〕要了二百钱放过咱，入得门上个木坡。见层层叠叠团栾坐。抬头觑是个钟楼模样，往下觑却是人旋窝。见几个妇女向台儿上坐，又不是迎神赛社，不住的擂鼓筛锣。

〔四〕一个女儿转了几遭，不多时引出一伙。中间里一个央人货，裹着枚皂头巾顶门上插一管笔，满脸石灰更着些黑道儿抹。知他待是如何过？浑身上下，则穿领花布直裰。

〔三〕念了会诗共词，说了会赋与歌。无差错。唇天口地无高下，巧语花言记许多。临绝末，道了低头撮脚，爨罢将么拨。

〔二〕一个装做张太公，他改做小二哥，行行行说句城中过。见个年少的妇女向帘儿下立，那老子用意铺谋待取做老婆。教小二哥相说合，但要的豆谷米麦，问甚布绢纱罗。

〔一〕教太公往前那不敢往后那，抬左脚不敢抬右脚，翻来覆去由他一个。太公心下实焦躁，把一个皮棒槌则一下打做两半个。我则道脑袋天灵破，则道兴词告状，划地大笑呵呵。

〔尾〕则被一泡尿，爆的我没奈何。刚捱刚忍更待看些儿个，枉被这驴颓笑杀我。

这表述庄稼汉观剧的感受，剧院及剧目在他的感受中都被村俗化了。作者以此作为市民受众的笑话资料。此外如曾瑞的《四块玉·村夫走院》、无名氏的《塞鸿秋·村夫饮》，都是取笑农民不谙都市生活与粗豪的饮酒方式。这类题材反映了作者具有市民观点，讥笑农民与都市文化的不适应，从其否定意义表现了市民的优越感。它是一种狭隘的意识和低下的趣味，然而只要有都市的存在，它便难以消除，成为文艺创作中可以保留的主题。

凡是商业繁华的都市都聚积着寄生的妓女，她们似乎是商业繁华与商业意识活跃的标志。唐宋诗词里咏妓的题材已大量出现，但文人们总是在作品里赞美她们的色艺，描写与她们的恋情，也偶尔抒写她们精神上的苦闷，然而却回避了她们的商品性质，省略了与之交往的真实关系。妓女具有商品的属性，与她们的交往纯是一种金钱的交易关系；这在元人散曲里得到很真实的表现，展示了妓女的真面目。商道的《南吕·一枝花·叹秀英》：

钗横金凤偏，鬓乱香云亸。早是身名染沉疴。自想前缘，结下何因果？今生遭折磨，流落在娼门，一旦把身躯点污。

〔梁州第七〕生把俺殃及做顶老，为妓路划地波波。忍耻包羞排场上座，念诗执板，打和开呵。随高逐下，送故迎新，身心尽是摧挫。奈恶业姻缘，好家风俏无些个。纣撅丁走踢飞拳，老妖精缚手缠脚，擦挣勤到下锹镬。甚娘，过活！每朝分外说不尽无廉耻，颠狂相爱左，应有的私房贴了汉子，恣意淫讹。

〔赚煞〕禽唇撮口由闲可，殴面枭头甚罪过。圣长里厮捺抹，倒把人看舌头厮缴络。气杀人呵！唱道晓夜评薄。待嫁人时要财定囫囵课，惊心碎唬胆破。只为你没情肠五奴虔婆，毒害相扶持得残害了我。

这叙述一般妓女遭受剥削、虐待、蹂躏、耻辱。她们的身心俱受到损害，过着痛苦绝望的生活。宋方壶的《南吕·一枝花·妓女》叙述妓女为了职业的利益而采取欺诈勒索的种种手段对付男子：

自生在柳陌中，长立在花街内，打煞成风月胆，断送了云雨期。只为二字衣食，卖笑为活计。每日都准备，准备下些送旧迎新，安排下过从的见识。

〔梁州〕有一等强风情迷魂子弟，初出帐笋嫩勤儿，起初儿待要成欢会，教那厮一合儿昏撒，半霎儿著迷。典房卖舍，弃子休妻。逐朝价密约幽期，每日价弄盏传杯。一更里酒酽花浓，半夜里如鱼似水，呀！五更头财散人离。你东，我西。一番价有钞一番睡，旋打旋伶俐。将取孛兰数取梨，有甚希奇。

〔尾〕有钱每日同欢会，无钱的郎君好厮离，——绿豆皮儿你请退。打发了这壁，安排下那壁；七八下里郎君都应付得喜。

她们在职业活动中身心受到损害的同时，又扭曲了自己的人格，使自己完全商品化了。她们与顾客之间仅存在单纯的等价交换关系，而这却又是商品社会普遍的公平的法则。张可久的《越调·寨儿令·妓怨》表现了某些妓女对现实环境与个人命运的清醒认识：

洛浦仙，丽春园，不知音此身谁可怜。大姆埋冤，孛老熬煎，衹为养家钱。哆着口不断顽涎，腆着脸待吃痴拳。禁持向歌扇底，僝僽在绣床前。天！只不上贩茶船。

缘分薄，是非多，展旗幡硬拼倒数十合。赤紧的板障婆婆，水性娇娥，爱他推磨小哥哥。腆着脸不怕风波，睁着眼撞入天罗。雄纠纠持剑戟，碜可可下锹镬。呵！情愿将风月担儿那。

影外人，怕风声，望天长地久博个志诚。柳下私情，月底深盟，一步步惜惺惺。崔夫人嫌杀张生，冯员外买断苏卿。他山障他短命，你窑变你薄情。听！休想有前程。

她懂得在恶劣的环境中保护自己，既要获取金钱，又可满足肉欲的欢乐。虽然她也希望觅个志诚郎君，但穷书生没钱娶她，富商有钱而她又不愿，所以宁可把握眼前的现实，不去想未来的前程。曾瑞说："无钱难解双生闷，有钞能驱倩女魂。"（《喜春来·妓家》）元曲家们描述妓女生活与表现妓女思想情感，都是很真实的，抓住有本质意义的现象。它体现了市民社会的特点，含有丰富的社会意义：金钱的恶魔可以摧毁两性间优美的情感，并可以泯灭人性。

嘲谑徘谐的题材非常适于散曲的体性，其幽默、辛辣、粗俗的作风是为传统诗词所不及的。滑稽佻达的王和卿的嘲谑之作即有《胖妓》《咏秃》《胖夫妻》《王大姐浴房吃打》等。元曲巨擘关汉卿造语妖娇，在谐谑方面欲与王和卿力争上下，他有《秃指甲》《从嫁媵婢》等诙谐的作品。创作态度严谨的曾瑞也有《嘲俗子》《嘲妓家》《村夫走院》《讥时》。无名氏的此类作品尤多，如《讥贪小利》《驮背妓》《细人穿破靴》《嘲妓刘黑麻》《嘲风情》《嘲贪奴》《叹黑妓》《妓好睡》《皮匠说谎》《嘲僧》《嘲妓家匾食》等。无名氏的《般涉调·耍孩儿·拘刷行院》是嘲笑行院艺人文艺表演的拙劣俗滥的：

昨朝有客来相访，是几个知音故友。道我数载不疏狂，特地来邀请闲游。自开宝押台乌帽，遂掇雕鞍辔紫骝，联辔儿相驰骤。人人济楚，个个风流。

〔十三煞〕穿长街蓦短衢，上歌台入酒楼，忙呼乐探差祗候。众人暇日邀官舍，与你几贯青蚨唤粉头。休辞生受，请个有声名旦色，迭标垛娇羞。

〔十二〕霎儿间羊宰翻，不移时雁煮熟，安排就。玉天仙般作念到三千句，救命水似连吞了五六瓯。盼得她来到，早涎涎澄澄，抹抹彫彫。

〔十一〕待呼小卿不姓苏，待唤月仙不姓周。你桂英性子实村纣。施施所事皆无礼，似盼盼多应也姓刘。满饮阑门酒，似线牵傀儡，粉做骷髅。

〔十〕黑鼻凹扫得下粉，歪髻子扭得出油，胭脂抹就鲜红口。摸鱼爪老粗如扒齿，担水腰肢膀似碌轴。早难道耽消瘦，不会投壶打马，则惯拨麦看牛。

〔九〕有玉箫不会品，有银筝不会搊，查沙着一对生姜手。眼剉间准备着钳肴馔，酩子里安排搠按酒。立不住腔腔嗽，新清来的板齿，恰刷起黄头。

〔八〕青哥儿怎地弹，白鹤子怎地讴，燥躯老第四如何纽？恣胸怀休想我一缕儿顽涎退，白珠玉别得她浑身拙汗流。倒敢是十分丑，匾朴沙拐孤撇尺，光笃鹿瓠子骷髅。

〔七〕家中养着后生，船上伴着水手，一番喝儿般偷量酒。对郎君划地无和气，背板凳天生忒惯熟。把马的都能够，子宫久冷，月水长流。

〔六〕行咽作不转睛，行交谈不住手，颠倒酒淹了她衫袖。狐朋狗党过如打拶，虎咽狼餐胜似趁熟。唤得十分透，鹅脯儿砌未包裹，羊腿子花篓里忙收。

〔五〕张解元皱定眉，李秀才低了头，不提防这样唵僝僽。她做女娘佀世儿夸着嘴，俺做子弟今番出尽丑。则索甘心受，落得些短吁长叹，怎能够交错觥筹？

〔四〕忍不得腹饥，措不得脸上羞，休猜做饱谙世故慵开口。俺座间虽无百宝妆腰带，你席上怎能够真珠络臂鞲。闻不得臊腥臭，半年两番小产，一日九遍昏兜。

〔三〕江儿里水唱得生，小姑儿听记得熟。入席来把不到三巡酒，索怯薛侧脚安排趄，要赏钱连声不住口。没一盏茶时候，道有教坊散乐，拘刷烟月班头。

〔二〕提腔有小朱，权司是老刘，更有那些随从村禽兽。唬得烟迷了苏小小夜月莺花市，惊得云锁了许盼盼春风燕子楼。慌煞俺曹娥秀，抬乐器眩了眼脑，觑幅子叫破咽喉。

〔一〕上瓦里封了门，下瓦里觅了舟，他道眼睁睁见死无人救。比怕阎罗王罪恶多些人气，似征李志甫巡军少个犯由。恰便是遭遗漏，小王抗着毡缕，小李不放泥头。

〔尾〕老卜儿藉不得板一味地赸，狠撅丁夹着锣则顾得走。也不是沿村串疃钻山兽，则是暗气吞声丧家狗。

这刻毒地嘲笑了行院女艺人容貌的丑陋与演技的低劣。她们伪称是“有声名的旦色”，纯属走穴的江湖骗子，而其表演则令人作呕三日。“行院”本为演杂剧艺人居处，借指艺人。“拘刷”即拘捕。国家的教坊散乐前来拘捕这些艺人，吓得她们急忙逃窜。大多数的谐谑散曲仅仅是为迎合小市民的庸俗趣味而作的，特别是那些嘲笑妓女生理缺陷的作品，例如嘲驼背妓“便道是倒鸾颠凤，莺俦燕侣，弯不刺怎么安排？风月债休将人定害，俺则怕雨云浓厥杀乔才”，这就格调十分低下了。

元人散曲中行乐题材所表现的浪子精神，庄稼汉资笑题材所反映的市民优越感，妓女题材所体现的商品社会本质关系和谐谑题材所流露的小市民低级趣味；它们皆是元代特定历史时期的都市文化现象。元曲家对这些题材的关注与发掘是为了适应市民的审美趣味，在当时的歌楼酒肆是受到听众欢迎的。这些散曲才真正体现了市民的思想情趣，应是元人散曲中最有生命的部分。它们表现的市民审美趣味有健康的，有病态的，有高尚的，有低下的，有深刻的，有肤浅的。我们如果从文化的角度来审视，则它正是使元曲成为时代文学的重要因素，而且最有力地说明了元曲的市民文学性质。

第五章 中国市民文学的繁荣兴盛

从明代嘉靖元年（1522）迄于清代宣统三年（1911）的近四百年间是中国封建社会的最后一段历程。中国市民文学在这一时期臻于繁荣兴盛。

现代史学家将正统十四年（1449），明朝与瓦剌战争中英宗被俘视为明代中期的开端；将万历九年（1581）张居正进行赋税改革视为明代中期的下限；自万历九年至崇祯十六年（1644）明朝灭亡为明代后期。从明代中期起，全国各地出现很多商业发达的城市，并兴起了很多新的镇市。《皇都积胜图》曾对嘉靖末与万历初年的都城北京的都市与商业情况作了细致的描绘：在郊区有马驮、车载、肩挑、手携的运输线，在正阳门和大明门之间的市场上出售的货物有冠巾靴袜、衣裳布匹、绸缎、毛皮、折扇、雨伞、木梳、蒲席、刀剪、陶瓷器、灯台、铜锁、马鞍、书籍、字画、漆雕、珠宝、象牙、香药、纸花、玩具等等。南京为明王朝开基建国之地，商业也极繁荣，正德时商业铺行即有百余种。两京之外较繁荣的都市有苏州、上海、杭州、德州、济宁、徐州、淮安、扬州、嘉兴、湖州、宁波、福州、泉州、漳州、广州、饶州、九江、芜湖、徽州、武昌、开封、潞安、太原、西安、成都等。由于城市商品经济的发展，自明代中期以后在中国产生了资本主义生产关系，开始了资本主义萌芽的历史时期。然而中国的资本主义萌芽的发展是缓慢的，受着封建制度的压抑与限制，但这仍为中国历史的转折点。自此，中国封建社会逐步走上解体与崩溃的道路，带来了文明进步的新希望。① 正是随着资本主义的萌芽与市民阶层的壮大，中国市民文学走过了明初百余年的低谷而趋于繁荣兴盛了。

我们从现存的文献资料可见到市民文学作品在明代中期刊行流传的一些情形。成化七年（1471）金台鲁氏刊行四种通俗韵文——《四季五更驻云飞》《题西厢记咏十二月赛驻云飞》《太平时赛赛驻云飞》和《新编寡妇列女诗曲》，正德四年（1509）建阳清江书堂刊行通俗小说《剪灯新话》四卷和《剪灯余话大全》四卷，嘉靖时都察院刊行长篇通俗小说《三国志通俗演义》二十四卷和《水浒传》，继而司礼监刻印《三国志通俗演义》二十四卷二百四十则，郭勋刻《水浒传》，嘉靖三十一年（1552）建阳清白堂刊行《新刊大宋中兴通俗演义》八卷，嘉靖三十二年（1553）清白堂又刊《全像西游记》二十卷一百回；万历年间（1573～1619）刊行的通俗小说有《国色天香》《全像列国志传》《英烈传》《大宋中兴岳王传》《熊龙峰小说四种》《三宝太监西洋记演义》《西汉通俗演义》《杨家府世代忠勇演义全传》《隋唐两朝志传》《包龙图判百家公案全传》

① 参见汤纲、南炳文编：《明史》上册，上海人民出版社 1985 年版。

《绣榻野史》等一百零六种。[①]可见都市通俗文学由书坊大量刊行应始于嘉靖，我们可将嘉靖元年（1522）作为市民文学走向繁荣兴盛时期的光辉起点。

公元1644年清王朝的建立使中国的社会经济曾出现倒退与停滞的局面，延长了封建制度的寿命。中国的历史仍在艰难曲折地前进，已经萌芽的资本主义仍在活动，商品经济仍冲击着封建主义，社会的劳动分工、技术进步、雇佣劳动和手工业工场仍在起着细微而迟缓的变化。中国萌芽状态的资本主义进入清代未能出现持续的和强有力的扫荡旧经济的运动。清王朝努力维护封建经济基础，成为中国资本主义发展的严重阻碍，但是清政府在经济领域却又不得不逐步退却，让商人们去处理经济事务，慢慢改变着控制方式。在康熙以后，中国的一些重要城市和镇市又渐渐繁荣起来，资本主义有所发展，对旧的生产方式起着分解作用，对新的生产方式起着促进作用。[②]公元1840年鸦片战争爆发，英国侵略者以炮舰打破了清王朝的闭关自守政策，中国社会发生重大变化，加速了资本主义的发展。这是市民文学在清代继续繁荣兴盛的历史文化背景。

明代中期以来书坊刊行各种通俗文学皆获得厚利，于是书贾组织文人编写此类作品；这大大促进了市民文学的发展。自此，市民文学不再以纯劳务的形态在勾栏瓦市表演，而作者也不再是无名的书会先生了。当然，在通俗文学作品流行的同时，在戏院、妓馆、歌楼、酒店、茶肆等处，仍有专业的、业

---

① 参见韩锡铎、王清原编：《小说书坊录》第2～11页，春风文艺出版社1987年版。

② 参见戴逸主编：《简明清史》第一册，人民出版社1980年版。

余的和流浪的艺人从事各种文艺活动。市民文学曾被清统治集团数次禁毁，遭到正统学者的排斥，经历频繁的战乱兵燹，致使许多作品毁损和散佚了。幸存下来的各种市民文学作品，仍是中华民族一宗巨大而宝贵的文学遗产。这宗遗产的大致情况是：

通俗小说——包括神魔小说、艳情小说、才子佳人小说、讽刺小说、青楼小说、历史演义小说、侠义小说、公案小说、谴责小说等，不很完全的数目为一千零五十六种。①

戏剧方面，明人传奇常见的有毛晋编的《六十种曲》，另有清啸生编的《十种传奇》，汤显祖著的《玉茗堂四种传奇》，冯梦龙编的《墨憨斋传奇十种》等；杂剧有明人沈泰辑的《盛明杂剧》和《盛明杂剧二集》，清人邹式金辑的《杂剧三集》，郑振铎辑的《清人杂剧初集》和《清人杂剧二集》。清代中叶以后，地方戏（花部）占据京都剧坛，继而各种地方戏纷纷发展起来，它们的传统剧目多得难以作一个总的估计。

散曲，明代作家有王九思、康海、李开先、常伦、王田、冯惟敏、王磐、陈铎、唐寅、杨慎、梁辰鱼、沈璟、王骥德、施绍莘等，清代作家有沈自晋、尤侗、沈谦、朱彝尊、厉鹗、吴锡麒、王景文、赵庆熺、许光治等。他们的散曲作品见存于其文集，亦有单刊者行世。

时调小曲即明清都市流行的通俗歌词，今常见的选集有明人冯梦龙辑的《山歌》与《挂枝儿》，清代曲师颜自德编集的《霓裳续谱》和华广生编的《白雪遗音》。此外尚有各种选本和单刊本。今存总数大约在六千种以上。

① 据韩锡铎、王清原编：《小说书坊录》，春风文艺出版社 1987 年版。

凤阳花鼓本是兴起于明代中期安徽凤阳的民间文艺，其歌词的性质属时调小曲。今凤阳歌调库存旧唱片三十余种①，其他小说杂书及戏曲里尚存有一些花鼓词，亦尚有散落于凤阳民间的。

宝卷属讲唱文学，以佛教故事及因果报应故事为主要内容，是宋元瓦市伎艺“说经”的发展。其中亦有非佛教的宝卷，如《孟姜仙女宝卷》《珍珠塔》《梁山伯宝卷》《白蛇宝卷》等民间故事。宝卷今存总目在二百种以上。②

弹词是明清时期流行于南方的以琵琶伴奏的讲唱文学，唱词以七言句为主。其内容多取材于戏曲与小说中的才子佳人等悲欢离合的故事。今存二百余种。③

鼓词是明清时期流行于北方以鼓为主乐的讲唱文学。明末始有鼓词传本，最早的为《大唐秦王词话》。鼓词所述多为历史故事。今存数十种。④

子弟书是由鼓词蜕变而来，其作者多为八旗子弟。今存数十种。⑤

以上幸存之作品，亦足见市民文学在明清时期的繁荣兴盛的概况了。这些市民文学，其中的每一种样式都需专门的搜集、整理和研究。兹就其最富于艺术创新意义的和最能体现市民阶层思想情感的中国四大古典小说、艳情小说、时调小曲和

---

① 杨春编：《唱遍神州大地的凤阳歌》第 184 页，中国文联出版公司 1985 年版。

② 据胡士莹编：《弹词宝卷书目》，上海古籍出版社 1984 年版。

③ 据胡士莹编：《弹词宝卷书目》，上海古籍出版社 1984 年版。

④ 参见郑振铎：《中国俗文学史》下册，商务印书馆 1938 年版。

⑤ 参见郑振铎：《中国俗文学史》下册，商务印书馆 1938 年版。

晚清苏州版画：苏州评弹艺人在上海“小广寒”书场演出。楹联为：“特请姑苏回申清客串朱文兰、吴倍卿会唱”；“今日清客串准演一捧雪、三疑计、二度梅、四美图”。

凤阳花鼓词试作论述，关于晚清丁日昌禁毁小说戏曲的历史事实亦很有必要进行考察；此外，关于其他各类小说、传奇、杂剧、地方戏、散曲、宝卷、弹词、鼓词、子弟书等，因主客观条件之限制，只得从略了。

第一节　中国四大古典小说的主旨

中国有悠久而丰富的传统文化，每个炎黄子孙无论自觉或不自觉都会受到传统文化的影响。现在当我们面临新的文化选择，将建设新的民族文化精神时，很有必要重新认识传统文化了。古代的儒家经典、历史载籍、诸子百家、唐宋诗词等，曾在我们民族文化精神形成过程中起了非常重要的作用，但是自宋代以来的市民文学作品对人民大众的价值观念和集体意识的形成，其作用是绝不可低估的。明清以来封建统治阶级已明显地感到通俗文学的社会影响具有一种破坏封建秩序的力量，认为它是异端邪说的鼓吹者和诲淫诲盗的教材，因而曾对许多作品严加禁毁。通俗小说在中国市民文学中有着特别重要的地位。现代新文化运动之后，许多古代通俗小说的社会意义与艺术价值渐渐被发现，而《三国演义》《水浒传》《西游记》和《红楼梦》，经过长期的历史筛选、约定俗成地被推上中国四大古典小说的荣耀地位。它们数百年来广泛流传，家喻户晓，有不可磨灭的艺术光辉。关于这四部小说的论著真可谓汗牛充栋，兹谨简明地述其主旨。

《三国演义》最早的版本是明代嘉靖元年（1552）刊印的《三国志通俗演义》，全书二十四卷，分为二百四十则，署名为“晋平阳侯陈寿史传，后学罗贯中编次”。清代初年毛宗岗父子对它进行了加工整理，遂成此后通行的一百二十回本。作者罗贯中，号湖海散人，其生卒年约在公元1310～1358年，活动于元末明初之际。他生性孤傲，与人寡合，甚有文才，流落于下层社会，但却是“有志图王者”，相传曾加入过反元斗争，与起义军有联系。他积累了丰富的社会经验和军事斗争经验，当是书会先生之类的人物。明王朝建立后，他专注于长篇通俗小说的创作，《三国演义》之外，还写有《隋唐志传》《残唐五代史演义传》和《三遂平妖传》，也写过一些杂剧。

关于东汉末年和魏、蜀、吴三国的历史，原有晋代史学家陈寿编著的《三国志》，南朝裴松之为它作注解时增补了大量野史杂记资料。自隋代以来，三国故事渐渐在民间流传，宋代瓦市说书人中即有专门“说三分”的，元代形成了长篇话本《全像三国志平话》。罗贯中依据正史，搜集民间传说，在话本的基础上经过精心构思，惨淡经营，终于创作出“七分事实，三分虚构”的历史演义小说巨著。作者使用文白夹杂的通俗语言，生动地再现了将近一个世纪的复杂历史画面，出场人物达四百余人。英雄人物们雄心勃勃，英姿卓立，权谋机诈，忠肝义胆，建功立业，顶天立地，在乱世中抓住历史机遇，在错综的政治斗争中和残酷的战争中脱颖而出，成为叱咤风云的人物。他们受种种政治的诱惑与欲望的驱使，努力实现自我价值，展示个人的本质力量。真是“江山如画，一时多少豪杰”。这部历史演义受到历史事实的局限，而其“正统必当扶，窃位必当诛，忠孝节义必当师，奸贪谀佞必当去”的价值取向是很明显的。作者主观上在提倡传统的伦理道德，宣扬正统的历史观念，因而表现了深厚的中华民族的传统思想。我们在阅读时却见到那些英雄人物在匡扶汉室的口号下窃国夺权，在忠孝节义的名义下掩饰个人的自私、卑劣和残暴，在实现个人功利目标的过程中可以奸贪谀佞和不择手段。这就是历史演义小说区别于官方正史之所在，这才是历史的真实面目。数百年来的普通读者即是由此借鉴历史教训，学习社会经验，懂得公共关系，识破统治权术，了解军事常识，启迪智谋策略，从而形成异于统治思想又具民族特色的集体意识。《三国演义》的通俗教育意义远胜于文学价值和历史价值。一代又一代的中国人都从中学习到许多有用的东西，这是其他任何文学作品都无法取代的。

清两衡堂刊本《李笠翁批阅三国志》关羽战庞德图

清两衡堂刊本《李笠翁批阅三国志》孔明初上出师表图

《水浒传》，又称《水浒》，通行的有两种版本：一是明代流行的《李卓吾评忠义水浒全传》一百二十回本，署名为施耐庵集撰，罗贯中纂修；一是清初金圣叹据古本评点的《第五才子书——水浒传》七十回本，署名为东都施耐庵集撰。一百二十回本自七十一回起写宋江等接受了宋王朝招安，征田虎、王庆、方腊，最后被朝廷赐死，突出“忠义”观念。七十回本写到梁山英雄受“石碣天书”的全盛时期为止，纯粹歌颂草泽英雄，解决了“既是忠义便做不得强盗，既是强盗必不算忠义”的主题思想矛盾。自明代起关于《水浒》的作者即有施耐庵和罗贯中两说，学者们一般肯定七十回本为施耐庵作，或者认为他是一百二十回本的主要作者。施耐庵，名彦端，生于元代元贞二年（1296）；原籍兴化，少年时随父亲至苏州。二十八岁中举，补为郓城儒学训导。北宋宣和初年宋江起义军所驻之梁山泊即在山东郓城与梁山之间。这引起了施耐庵的兴趣，开始搜集当地关于梁山英雄的传说。他三十五岁中进士后在钱塘为官不久，遂悬印而去，参加了元末起义军，为张士诚幕僚。张士诚军失败，他因避祸回到苏北，明代洪武三年（1370）去世。关于宋江等三十六人起义之事见于史籍简略记载，南宋长篇话本《大宋宣和遗事》里已有“梁山泊聚义本末”，元人杂剧中有三十余个水浒剧目。施耐庵在此基础上创作出了杰出的梁山英雄传奇小说。

梁山英雄实是江湖武侠之流，鲁达、林冲、杨志、武松、宋江、李逵等人都是为官府所逼走投无路而逼上梁山为草泽英雄的。宋以来市民阶层兴起，人们的个人意识增强。民众在现实社会生活里清楚地知道：真命天子尚未出世，忠臣常遭陷害，青天大老爷甚为罕见，神仙管不了凡间的事。因此遇到贪

明刊《英雄谱》梁山泊好汉劫法场图

赃枉法、强暴欺凌、恶人行凶、歹徒勒索而无力对付、无人救助之时，他们盼望有江湖豪杰路见不平，拔刀相助，以解眼前危难。江湖豪杰是直接为民众惩恶扬善、济贫扶弱的。他们身在江湖社会，来去自由，常与官府或朝廷对抗，按江湖的善恶与是非观念行事，特重江湖义气。中国第一部武侠性质的小说《水浒》的诞生正适应了民众的愿望，因而深受欢迎。梁山一百零八位英雄，以兄弟关系结盟，团结在江湖义气之下，举起“替天行道”的大旗，组成声势浩大的义军。他们要求社会公平合理，以暴力铲除贪官污吏，为民除害：这就是替天行道，体现了民间朴素的正义观念。只要存在政治腐败、贪官污吏横行、社会不公平，《水浒》的思想意义便有广大的社会群众基础。它表达的是中国下层民众的政治理想和伦理道德原则，具有反传统思想的性质。由草泽英雄组成的义军，它在封建社会里的命运是注定了的：不是被消灭，便是接受招安。所以七十回以后，作者客观地叙述了宋江等英雄受招安的悲剧。这留下了深刻的历史教训。作者热情地歌颂了中国下层社会民众的反抗精神，它是多么悲壮、激烈和伟大。

《西游记》流行的版本是明代中期的一百回本，署为“华阳洞天主人校，金陵世德堂梓行”。经近世学者考证，可以确定此书为吴承恩所著。吴承恩，字汝忠，号射阳山人，淮安山阳（江苏淮安）人；生于明代正德五年（1510）。父吴锐是经营花线丝绸的小商，却博览群书，好谈时政。承恩幼小聪慧好学，有“小学士”之誉；青年时代已是儒雅风流，颇有秦少游意度的才子。可是自考中秀才之后，直到三十余岁才补为“岁贡生”，谋得湖州长兴县丞的职务。他晚年放浪诗酒，完成了《西游记》，于万历十年（1582）去世。唐僧西天取经的故事，自唐代以来即在民间流传，南宋说经话本有《大唐三藏取经诗话》，元代有杨讷的《西游记》杂剧，元末明初尚有一种《西游记》平话。吴承恩在民间集体创作的基础上进行新的创造，取得空前的艺术成就，成为神魔小说中的典范。

唐代高僧三藏法师玄奘在青年时代立志去印度求佛经，西游十七年（628～645），经历五十余国，从印度带回佛家经典六百五十七部，归国后从事翻译。这事实本身表现了一种由宗教虔诚而产生的不畏艰险以寻求真理的伟大精神。吴承恩以浪漫的想象，幽默滑稽的笔调和玩世不恭的精神，叙述唐僧师徒经历种种磨难，终于取经返回本土，修成正果。作品的重要人物是唐僧的徒弟孙悟空，整个故事变成了神魔斗争的过程。我们从表面看来，这是一个人、佛、仙、神、魔、鬼、怪们混杂的虚幻荒诞世界，但它却是现实社会的变相或幻化，有着寓言的性质，说假似真。因此，《西游记》不是一部证道之书，也不是宣扬正心诚意的理学书，而是有极其微妙而深刻的文化意义的。唐僧师徒具有崇高的人生信念，为寻求真理而产生巨大的精神力量，能战胜一切邪恶，度过无数灾难，实现理想的目标。这是我们民族的高尚而坚忍的积极精神的颂歌。孙悟空的形象更将我们民族的大胆无畏、蔑视权威、机智聪明、变化多端、充满自信的积极人格力量表现到极致，同时又深刻地表现了他所受的制约性。作者笔下的人物大都是神性、人性和动物性混杂的，荒诞之中有其合理因素。作者叙述的故事离奇曲折，生动有趣，引人入胜，寓写了现实的人情世态。《西游记》不同于一般的神魔小说，它所写“天下极幻之事，乃极真之事；极幻之理，乃极真之理”，展示了作者天才的艺术想象；它不仅是中国，而且也是世界古典小说中的一部“奇书”。

明万历重刻《临凡宝卷》唐三藏取经图

《红楼梦》又名《石头记》《金玉缘》《风月宝鉴》等，最初是以抄本流传的。抄本仅有八十回，是未完稿。清代乾隆五十六年（1791）刊行的由高鹗续作、程伟元序、萃文书屋活字排印的《新刊全部绣像红楼梦》一百二十回本，称为“程甲本”。次年萃文书屋重新排印的一百二十回本，首列高鹗序，次列程伟元序，经高鹗校订整理，这称为“程乙本”。此后程乙本最通行。作者曹雪芹，名霑，字梦阮，号雪芹、芹圃、芹溪。先世本为汉人，后入满洲旗籍，属于正白旗，实为清皇室的家奴。祖父曹寅甚得康熙皇帝的信任，曾被命为江南织造兼两淮巡盐御史，他同时又是一位学者。曹寅于康熙五十一年（1712）病故后，子曹颙继任江南织造。曹雪芹为曹颙之子，约生于康熙五十四年（1715），约卒于乾隆二十七年（1763）除夕。雍正五年（1727），曹府因“织造款项亏空甚多”而被抄家，曹𫖯被革职查办，亲戚亦受牵连，移家北京崇门外居住，家道衰落；时曹雪芹约十五岁。曹雪芹擅长诗文书画，多才多艺，在宗学里任过文书等工作。他最后十年生活是在北京西郊香山正白旗村度过的，已贫困潦倒，靠卖画度日。他有一子早夭，妻子病逝后，又续了弦，写《红楼梦》至八十回时，泪尽而稿未完，抱恨逝世，遗下孤儿新妇，十分悲惨。《红楼梦》后四十回续书的作者高鹗，字兰墅，别号红楼外史，原籍奉天府铁岭（辽宁铁岭），为汉军镶黄旗人。约生于乾隆三年（1738），卒于嘉庆二十年（1815）。乾隆六十年（1795）进士，历官内阁中书、江南道御史、刑部给事中。著有《兰墅文存》《兰墅诗钞》《兰墅砚香词》等，弟子辑为《月小山房遗稿》。曹雪芹写《红楼梦》至抄检大观园和晴雯之死而搁笔，这引起许多续书的出现，但都是狗尾续貂；只有高鹗所续四十回与原书浑然一体，终使《红楼梦》成为完璧。高鹗续写了司棋与鸳鸯之死，妙玉的被劫，袭人的改嫁，凤姐的悲惨下场，黛玉焚稿断痴情，宝玉出家，这悲剧的处理打破了中国小说大团圆的结局，既符合原作者之意，又深化了主题思想。

早在20世纪30年代之初，胡适曾说：“向来研究这部书的人都走错了道路。”这话至今犹有现实意义。自宋代以来通俗小说的作者是专业的书会先生或下层文人，他们的写作是服从于商业化利益的，很难产生伟大的作品。《红楼梦》是曹雪芹自传性的作品，他追忆曾有过的人生美好光景，惋惜它的破灭，真是“一把辛酸泪”而成的。作者在小说的开端说得甚为明白：

清人改琦《红楼梦图咏》之林黛玉像

今风尘碌碌，一事无成，忽念及当日所有之女子，一一细考校去，觉其行止见识皆出我之上……当此日，欲将以往所赖天恩祖德，锦衣纨绔之时，饫甘餍肥之日，背父兄教育之恩，负师友规训之德，以致今日一技无成，半生潦倒之罪，编述一集，以告天下。

因此，我们没有必要将《红楼梦》看成是政治小说或封建社会衰亡史，它在本质上仍属于传统的才子佳人小说。小说的中心人物贾宝玉是属于封建社会后期贵族之家的叛逆性人物。他的某些品质，特别是平等观念、自由观念、妇女观念，都是具有近代性质的，但他却未找到新的出路，社会现实也没有提供新生活的条件，于是便成为一种超然脱俗、善良可爱、多余无用的人物。他在养尊处优的环境里，在特殊的脂粉钗泽的氛围中，去追求纯真而美好的爱情，盼着“木石前盟”的幸福实现，然而在这个森严而污浊的封建大家庭内却阴差阳错地成就了“金玉良缘”。美好情感的被摧毁，绮筵华席的散去，荣华富贵的衰歇，豪门显宦的破败，在古来家族历史沧桑里是常见的，而只有曹雪芹将它描绘得异样丰富、细腻和感人。人们自会从中见到某种反动、愚昧、落后、黑暗的联合势力扑灭人间许多至善至美的东西，而却又同归于尽了。虽然如此，两百多年来，它竟然启发了无数男女青年的爱情意识的觉醒，激励他们为个性的解放与爱情的自由而斗争。这种积极的社会效应是作者始料未及的。

这四部中国古典小说无论从体制之宏巨，思想之丰富深刻，艺术之优美精湛与社会影响之广泛长久，皆堪称伟大的作品。它们是中国民众喜闻乐见的，所能接受的和所能理解的。作为一个中国人若未读过它们则会是一种严重的文化缺陷，或者可以说是对我们民族精神的无知；因为它们最生动形象、最典型地表现了我们民族思想与情感的一般的历史，体现了我们民族文化精神的基本特质。它具有异于传统思想和统治思想的特性，是我们民族整个文化精神中生动、活泼、热烈、积极的部分。虽然其中也有与统治思想、迷信观念、宿命理论、封建意识等纠结不清之处，甚至蒙上荒诞虚无的外衣，这都是时代和作者不可克服的局限。它们的真正的思想意义和艺术价值，读者会在愉快的阅读中发现的，而且必将感到在今天它们仍保持着令人惊叹的古典艺术之美。

第二节　明清艳情小说的文化意义

"艳"之本义为"容色丰满"。远在春秋时，"宋华父督见孔父之妻于路，目逆而送之，曰：'美而艳。'"（《左传·桓公元年》）此后"艳"引申为借指美女，艳色即指美色，而男女私情称为艳情，爱情中的奇遇为艳遇，个人的情史为艳史。中国古代文学中的"艳歌"、"艳诗"、"艳词"，都是关于男女私情的作品。清代末年石印技术引进中国之后，许多违禁的"淫词小说"偷印出版。石印本《株林野史》被标为"艳情小说"，这在中国小说史上是值得注意的事。"艳情小说"又被称为"猥亵小说"、"淫秽小说"或"性欲小说"，近年台湾天一出版社影印出版的《明清善本小说丛刊》，内有《艳情小说专辑》收小说二十余种。这类小说以表现性欲为主旨，所描写的男女私情有较多的淫秽猥亵的细节，因其通俗的表述方式与具体粗率的性描写而得以在社会上广泛流传。我们将这类小说称为艳情小说是不具贬义性的，而且较为雅致，也符合中国的传统习惯。艳情小说属于性文学或色情文学，在某些方面违背了社会共同的准则，其作者、印售者和读者便可能是越轨的社会行为。艳诗和艳词大都以比喻的、隐喻的，或象征的方式含蓄地暗示性爱的内容，因而颇为费解，一般的读者是不易懂的，其传播范围仅限于文人狭小的文化圈内，难以产生严重的社会影响。历代的统治阶级和社会舆论因而对它们采取宽容的态度，不作为禁毁的对象。艳情小说的性质与命运则完全相异了。中国艳情小说突然兴盛于明代后期，延续于清代初期，即公元 16 世纪中叶至 18 世纪初叶的两百余年间。这不仅在中国文学史上，而且在世界文学史上都是一个非常奇特的现象：其粗俗、淫秽与猥亵的程度在中外文学史中均可叹为观止。

中国市民文学发展到明代嘉靖以后，刻售通俗文学的书坊开始兴旺。书贾们为获得更大的商业利润，而迎合市民的庸俗趣味，尝试刊行了专写男女私情的通俗小说。始作俑者是大约产生于嘉靖末（1561）至万历初（1581）之间的两种文言体中篇小说——《如意君传》和《痴婆子传》。这两篇小说虽是文言体，但如当时的《三国志通俗演义》等书一样，叙述语言浅显明白，较为通俗。它们显然与魏晋六朝以来流传的古小说《赵飞燕外传》有一定渊源关系，而在性描写方面则后来居上了。《如意君传》描写宫廷淫乱生活，《痴婆子传》表现世俗男女的性欲；它们具有典型的意义，并作为一种创作倾向对艳情小说的发展产生了非常重大的影响，因而我们很有必要认识其基本情况。

《如意君传》署名为“吴门徐昌龄著”，这可能是伪托的。唐代女皇武则天在政权稳固之后，对私人的后宫生活采取极端放纵的态度。她“春秋虽高，齿发不衰，丰肌艳态，宛若少年。颐养之余，欲心转炽，虽宿娼淫妇，莫能及之”。她曾先后与僧怀义、御医沈怀璆及张昌宗兄弟私通，诸人皆不能遂其欲。宦官牛晋卿特推荐洛阳薛敖曹进宫，武则天的性欲得到充分满足，感到真正的欢乐。她对薛敖曹说："我年大，思一奇男子，不意因晋卿之荐，得子如此之大。相遇虽晚，实我后福。"他们毫无拘束地肆意宣淫，如"元统元年初夏，霖雨方霁，后携曹手游于后苑。绿柳丛中，幽禽相偶呼名。后欲情顿发，叹曰：'幽禽尚知相偶之乐，可以人而不如鸟乎！'促命诸嫔女，铺蜀锦墩褥于幽密之处，笑谓敖曹曰：'朕与君今日，当效禽鸟之乐。'"从单纯满足性欲出发，武则天对面首的选择仅以男性器官为标准。她历评了唐太宗、高宗、怀义、沈怀璆、张昌宗、张易之等之优劣，而对奇男子薛敖曹特别满意，认为"壮哉！非世间物。吾阅人多矣，未有如此者"，遂封之为"如意君"。武则天因淫乐过度，身体日益衰弱，恐怕今后薛敖曹被杀害，遂令其藏身于侄儿武承嗣家。不久，薛敖曹于夜间偷偷逃去，杳无踪迹，传闻他得道成仙了。张昌宗又有了重新受宠的机会，"乃捐万金觅南海奇药服之，与（弟）易之养龟弥月，而后进御，复有大宠。"小说中有很细致的性描写，为后来《金瓶梅》等小说所承袭并直接引用其秽语。

《痴婆子传》两卷，题"芙蓉主人辑，情痴子批校"。小说女主人公上官阿娜以回忆的方式自述一生的私生活史。她说："年十二三，予发不复剪，稍稍束而云翘。予每揽镜徘徊，顾影自怜。咄咄叹曰：'何福憨奴，受此香脆；人寿几何，河清难俟。'"当其读了《诗经》淫奔之篇，"颇于男女相悦之辞疑焉"，但"不知所悦者作何"，于是乘间以夫妇男女之事问于北邻少妇。少妇向她详细介绍了性知识。她听后产生冲动，适表弟慧敏来，两人共寝；不久慧敏归父母家，她终夜思之。她十四五岁时，见家奴子俊色丽善歌而挑之，于夜幕曲廊中成事。是岁她嫁至栾家，丈夫游学外郡，她闲寂无聊，偷家奴盈郎，又被奴大徒、伯克奢奸。一日见翁奸嫂沙氏，她被迫就范，从此两媳与翁淫乱。她将男女之事视为自然之性，所以发生乱伦后，她对嫂子说："我人也，以良人远出，经常索居，正乞一消遣幽情者，而下狗狡奴，体则近亵，外招狎客，丑必彰闻；矧姑日亲汤药，翁无能再为和耽，而我两人少艾，薄有姿色，更番侍翁，而丑不出户，不亦善乎！"姑病时，她去城西古寺求卜，被寺僧如海及其师共污之；回家又与叔克饕、妹婿费姓、优伶香蟾偷情。她终于遇到塾师谷德音。她承认："予意切切，欲私谷，而畏其阳于人，则踌躇不敢往。是岁，予夫他出，予年已三十余，色稍衰，事膏沐为容，可与笄者俪美。此时较二十岁时，欲念弥急，夜若不能寝。"在她除丈夫之外所接触的十二个男子之中，因谷德音"非寻常物"，最能令她满意；于是大肆淫乐，遂抛弃旧时性伙伴而犯众怒，以致事败，被其夫遣归娘家，时年三十九岁。性欲的满足是这位妇女的毕生追求。后来的《肉蒲团》《绣榻野史》《浪史》《杏花天》等描写世俗私情的通俗小说，都明显地受了《痴婆子传》的影响，采取了相似的叙述结构以表现主人公一生的性生活体验。

在《如意君传》与《痴婆子传》的影响之下，艳情小说于明末清初大量涌现。康熙九年（1670）《绣屏缘》小说的作者苏庵主人说：

如今做小说的，开口把"私情"两字说起，庸夫俗妇，色鬼奸谋，一团秽恶之气，敷衍成文。其实不知“情”字怎样解，但把妇人淫乐的勾当叫做私情，便于“情”字大有干碍。不知妇人淫乐，只得叫奸淫，今日相交一个，明日相交一个，那等得是情？是所重在方寸之间，与“情”字大相悬涉。甚至有“止淫风”、“借淫说法”之语，正是诲淫之书。

这批评了当时通俗小说创作的情形。我们如果将偶尔有一段或数段性描写的通俗演义小说、才子佳人小说、神魔小说、世情小说等，如《绿牡丹》《北史演义》《绿野仙踪》《禅真逸史》《禅真后史》《欢喜冤家》《蜃楼志》《绣屏缘》《五美缘》《女仙外史》除外，明清时期真正可算作艳情小说的，今存自《如意君传》和《痴婆子传》以下尚有《浪史》《金瓶梅》《绣榻野史》《浓情快史》《昭阳趣史》《宜春香质》《弁而钗》《肉蒲团》《僧尼孽海》《灯草和尚》《株林野史》《载花船》《巫山艳史》《杏花天》《春灯迷史》《闹花丛》《桃花艳史》《怡情阵》等共约二十余种。它们确可称为“诲淫之书”。这些小说里——除极少数的例外，我们非常惊奇地见到：社会背景隐没或淡化了；优美的情感消失了；帝王、后妃、宫女、官宦、士人、商贾、僧道、夫人、小姐、仆婢和下层市民都被性欲所驱使，那些长期为社会伦理掩蔽的深藏于帷箔之内的“秘戏”画面展露无遗了。清代初年，统治阶级对这种文学现象甚为注意，为了加强思想专制和维护封建秩序，遂以“正人心，厚风俗”为理由，将禁止“小说淫词”作为国家基本法律而固定下来，于康熙五十三年（1738）、嘉庆七年（1802）、道光十四年（1834），均以定例颁布施行。同治七年（1868）江苏巡抚丁日昌得到朝廷支持，采取有效措施，雷厉风行，严行查禁二百余种“淫词小说”。上述艳情小说均成为严行禁毁的对象。全国纷纷效尤，掀起了一次禁毁运动，以致一些艳情小说被毁绝了，有的则散落海外或密藏于民间，而主要的艳情小说竟经历史浩劫而侥幸留存下来了。它们之难以禁绝，大大出乎统治阶级的主观所料，这似乎尚有神秘的文化原因，或许它们自身有一种不易被扼杀的生命力。

明清艳情小说既然曾是中国文学史上的一种特殊现象，至今犹作为文化遗产而幸存，那么我们应该怎样去认识和评价呢？艳情小说是文学作品，它与同时期其他通俗小说相比较，无论结构、人物形象、情节、语言等方面所显示的艺术技巧并无逊色之处，但由于它以男女私情作为主线，而且有许多猥亵的性过程描写，易于引起读者的性感而抑制了美感，其文学意义淹没于色情之中了。

《金瓶梅》在这类艳情小说里是有广阔社会文化背景的，展现了世俗生活丰富多彩的画面，而且文学造诣达到了相当高的程度，那些众多的充满物欲的男女众生相被表现得栩栩如生，形象与性格都极鲜明；然而它也如其他艳情小说一样，性感强烈而抑制了美感。清人张竹坡评《金瓶梅》试图努力说明它是“第一奇书非淫书”，却又不得不承认：“夫微言之而文人知儆，显言之而流俗皆知。不意世之看者，不以为劝惩之韦弦，反以为行乐之符节，所以目为淫书，不知淫者自见其为淫耳。”（《第一奇书·卷首》）艳情小说的作者常在小说的发端或结尾，一再声明是宣讲因果报应，借淫说法，让人们参透色欲，了悟人生。

明刊《金瓶梅》第二回《俏潘娘帘下勾情　老王婆茶坊说技》插图

《肉蒲团》的作者情痴反正道人在开宗明义的第一回里说：

> 做这部小说的人，原是一片婆心，要为世人说法：劝人窒欲，不是劝人纵欲；为人秘淫，不是为人宣淫。看官们不可错认他的主意……近日的人情，怕读圣经贤传，喜看稗官野史；就是稗官野史里面，又厌闻忠孝节义之事，喜看淫邪诞妄之书……不如把色欲之事去萌动他，等他看到津津有味之时，忽然下几句针砭之语，使他矍然叹息道：如色之可好如此，岂可不留行乐之身常远受用，而为牡丹花下之鬼，矜虚名而去实际乎？……此之谓就事说事，以人治人之法。

作者似乎要劝人们从“肉蒲团”中悟道，故书名又叫《觉后禅》。情颠主人著的《绣榻野史》于卷首的《西江月》词云：“都是贪嗔夜帐，休称风月机关；防男戒女破淫顽，色空人空皆幻。”他又于结尾处宣扬因果报应观念：“业竟变成猪骡，足见果报非虚。”这些都是趋利欺人的虚语而已。明清艳情小说中连篇累牍的淫秽纵欲的性描写，其客观形象所产生的社会效应绝非作者一两句劝惩套语所能轻易消除的。人们很难见到艳情小说的思想意义与文学价值，即使如新文化运动以来的新文学家沈雁冰亦认为：

> 现有的性欲小说，无论如何抬出劝善的招牌，给以描写世情的解释，叫人家不当它们是淫书，然而这些粗鲁的露骨的性交描写是只能引人到不正当的性的观念上，决不能启发一毫文学意味的。在这一点上，我们觉得中国社会

内流行的不健全的性观念，实在应该是那些性欲小说负责的。[1]

从这类小说里确实难以寻到文学意味的启发，但要将“中国社会内流行的不健全的性观念”的罪责归之于艳情小说，则未免夸张失实了。如果说中国社会的性观念是“不健全”的，这自有其很复杂的历史文化原因。事实上自同治七年禁毁“淫词小说”以来，人们很不易读到这类小说，甚至研究中国通俗小说的专家们也难读到，所以它是没有多大社会影响的。荷兰学者高罗佩对中国古代房中术和秘戏图深有研究。他论及明清艳情小说时说：

> （江南一些文人）他们用街头巷尾粗俗下流的俚语写淫秽透顶的小说，并用艳词丽句的色情诗句点缀他们粗俗的文字。他们着力描写令人反感的性交细节，以致大段大段尽是淫猥描写。除去书中的诗写得很有水平，尚可宽慰的是，这些小说从不求助于性虐待和其他心理变态的过分渲染。[2]

这也同样否定艳情小说的文学价值，却肯定了其中的性描写是属于正常的。我们暂且不争论它们的性描写是否正常或健全，而需要进一步探究的是：当其文学价值失落之后，还有什么意

---

① 沈雁冰：《中国文学内的性欲描写》，《中国文学研究》下册，商务印书馆1927年版。

② ［荷］高罗佩：《中国古代房内考》第411页，上海人民出版社1990年版。

义？我们若沿袭文学的途径去认识艳情小说的价值，则难以摆脱矛盾的困境；如果将它视为中国历史上一种特殊的文化现象来观察，则可能发现新的意义。从这些小说的性描写之中，将见到的是社会历史遗存中的一个特殊部分，它是人们满足欲望的一种方式，是人类求生存所作的含蓄的设计体系之一，是我们民族逐步掌握自然力和社会发展的自发势力的同时在改造着人的内在世界。当进到文化精神的深层时，人们会在这里见到生命的本原，认识到自己的真面目，发现精神的基本原素。这样，它的文化价值便会逐渐显现。

餐花主人在《浓情快史》的开端引了一首七律以表明小说的主题思想，诗云：

> 恰恰常自笑人痴，尽日忙忙费所思。
> 月貌花颜容易感，偎红倚翠真交迟。
> 且将德钥开眉锁，莫把心机织鬓丝。
> 有限流光休错过，等闲虚度少年时。

此诗在明清艳情小说里很有典型意义。作者解释说：

> 这八句诗，只为人生在世，光阴无多，好事难逢，莫教虚度。既跳不出酒色财气这重关，又躲不过生老病死这场苦，到不如对着雪月风花，得个偎红倚翠。正是欲图身世无穷乐，且尽生前有限时。

这直露坦率地表达了一种人生观念，它与那种为了崇高的理想与伟大的事业而战斗的豪迈的人生观念相比较，显得多么猥琐而自私；但实际上这两种对立的观念很可能就是个体生命的感性与理性的追求。当代一位学者说：

> 人生悲欢，最大的悲哀是生命短促，最大的欢乐便是男女相爱了。你若不同意这个命题，认为理想和事业的追求更重要，尽可保留自己的意见，并且我要真诚地对你表示尊敬。①

这个命题在文学中成为从古至今的永恒主题，而在明清艳情小说里却剥去了它那优美华丽的外衣，表达得更为单纯而真实，让它显露出原始的面目。在精神文化的最深层次里反映了当时人们对生命意义的再认识。生命是生物体所具的活动能力。个体生命是有限的，当其活动能力丧失，生命也就终止了。人的种种欲望便是人的生命活力的表现，所以马克思说：

> 人作为对象性的、感性的存在物，是一个受动的存在物，而由于这个存在物感受到自己的苦恼，所以它是有情欲的存在物。情欲是人强烈追求自己的对象的本质力量……历史是人的真正的自然史。②

中国古代儒家经典认为“食、色，性也”（《孟子·告子》）；“饮食、男女，人之大欲也存焉”（《礼记·礼运》）。现代生物学也证实了人的机体有三种需要，即饮、食、性，它们是维持

---

① 裴斐：《文学原理》第195页，中央民族学院出版社1990年版。

② 马克思：《1844年经济学哲学手稿》第122页，人民出版社1983年版。

个体生命的生存和种族生命延续的必要条件，因而这些需要都是正常的、合理的。它们使人的生命充满活力，带来欢乐，产生生物的和精神的力量。它们是人的最基本的需要，在此基础上才可能有关于安全、归属、荣誉、权力、审美、信仰等等的需要，而许多高级需要里实际上潜藏着对基本需要的满足。在人的基本欲望里，性欲的满足能带来最大的欢乐，而且最能体现原始的生命意义和个体生命的本质力量。因此在性欲基础上产生的男女之间最美好最自然的恋爱关系是文学的永恒主题。英国性心理学家霭理士说：

> 恋爱这个现象，若当作性关系的精神的方面看，实际上等于生命，就是生命，至少是生命的姿态，要是没有了它，至少就我们目前的立场说，生命就要销歇。①

这不是夸张之辞，的确在某种意义上，人的性欲就是生命的冲动，性爱就是生命的姿态。我国儒家虽然承认人的“大欲”的存在，却作了种种防范和压抑，将它纳入“克己复礼”的轨道之内，使它服从封建社会伦理规范，实际上否定个人“大欲”存在的合理性。自汉代以后，儒家学说成为统治思想，然而它在某些时代、某些地域和某些阶层里并非十分强固的，例如汉代房中书的出现，魏晋士人的放诞，唐代朝廷不讳言私情；这都表现了对儒家礼法的轻蔑。这段时期，人们的思想是较为自由的。北宋中期新的儒家学派——理学兴起，并在南宋后期上

① ［英］霭理士：《性心理学》第453页，三联书店1988年版。

升为新的统治思想，延续了封建制度，桎梏了人们的思想。[①]以南宋理学家朱熹为正宗的理学思想在元代即甚受统治阶级的重视，《四书集注》被作为取士的法定范本。明王朝建国之初，统治阶级充分认识到理学的重大意义，力图通过科举考试来宣扬理学思想：

> 国家明经取士，说经者以宋儒传注为宗，行文者以典实纯正为主。今后务须颁降《四书》《五经》《性理》《通鉴纲目》《大学衍义》《历代名臣奏议》《文章正宗》及历代诰律典制等书，课令生员，诵习讲解，俾其通畅古今，适于世用。（《松下杂抄》卷下）

此风之下，凡正统理学之外的思想都被视为异端邪说。自宋代以来，理学家们是一致主张“灭人欲”的。周敦颐说：“欲，原是人本无的物。无欲是圣，无欲便是学。”（《濂溪集》卷五）程颐说：“灭私欲，则天理明矣。”（《河南程氏遗书》卷二四）朱熹说：“学者须是革尽人欲，复尽天理，方始是学。”（《朱子语类》卷十三）理学家们将“三纲”、“五常”等封建社会伦理道德的基本原则作为“天理”，而将与此相违的思想、情感、欲望、行为等均视为“私欲”；要求每人除去私欲而使思想、情感、行为等符合封建道德标准。儒家和理学家们关于“男女”之“大欲”，只在传宗接代这一神圣使命中才作为肯定的对象，而且限制在家庭婚姻关系之内实现。这些思想在明代已

---

① 参见谢桃坊：《新儒学的创始与名义演变过程》，《孔孟月刊》第33卷第1期，台湾1994年9月。

深入和普及到人们的日常生活之中，同时构成了社会价值观念体系，曾经热烈旺盛、生气勃勃的生命意识竟在人性灭绝的黑暗王国之中变得模糊迷茫了。值得我们注意的是，明代王阳明心学之出现，标志了理学的分化与终结，如《明史·儒林传》云：

> 原夫明初诸儒，皆朱子门人之支流余裔，师承有自，矩矱秩然。曹端、胡居仁笃践履，谨绳墨，守先儒之正传，无敢改错。学术之分，则自陈献章、王守仁始……宗守仁者曰姚江之学，别立宗旨，显与朱子背驰，门徒遍天下，流传逾百年。

王阳明卒于嘉靖七年（1528），此后理学分化了，思想活跃了，尤其是明王朝中期政治的腐败而松弛了政治统治力量，资本主义生产关系在中国萌芽，市民阶层空前壮大，人欲的洪流泛滥起来，通俗文学突然繁荣了。艳情小说的涌现即表现了人们撕破理学对人性的蒙蔽，而对生命意义进行重新的认识。

由于历史上长期“灭人欲”的结果，造成了人的精神与肉体的分裂，扭曲了人的天然本性。中国艳情小说以偏激的极端的方式唤醒人们的肉欲，把它提到了人生价值中从所未有的高度，高唱起生命的赞歌。云游道人编次的《灯草和尚传》第一回里说：“夜深人静，欲心如火，男男女女，没有一个不想成欢作对，图那脐下的风流快活。”这种人的原欲冲动是明清艳情小说的基本出发点，世间形形色色的人物都为此而卷入情天欲海中去追求男欢女爱。同时的欧洲意大利文艺复兴时期也有类似情形，为人的肉欲恢复名誉。瑞士学者布克哈特说：

> 犯了那个时代意大利人难说出口的问题不仅是肉欲，不仅是平常人的庸俗的色欲，而且也有最优秀的最高贵的人们的情欲。①

这在当时意大利的城市文学中有深刻的表现，但都远不如中国艳情小说描绘得纤毫毕露，抒写得淋漓尽致，而且许多主人公是近于疯狂状态的。《浪史》叙述元代钱塘秀才梅素先，因惯爱在风月场中鬼混，人称“浪子”。他清明出游，路遇王监生妻李文妃，一见不能忘情，贿赂张婆子通信，又买通王府后门赵大娘，夜间潜入王府与文妃得遂私情。浪子因在赵大娘家探听王府消息，乘便与赵大娘母女通奸。他又与寡妇潘素秋、铁木朵鲁夫人安哥偷情，最后娶了七个美人，十一个侍妾，快活过日。《绣榻野史》叙述扬州秀才姚同心，自号东门生。其妻亡故后，与小秀才赵大里同性相恋。东门生二十八岁时与金氏结婚，婚后同赵大里及婢女赛红、阿秀等共同淫乱。他又为报复赵大里，用计奸淫了其母麻氏及使女小娇。《肉蒲团》叙述元代致和间未央生自恃相貌与才情，追逐女色。他勾引商人权老实之妻艳芳，又与邻家妇女香云、瑞珠、瑞玉及香云之姑母花晨先后淫乐，甚至五人经常饮酒同欢。他最后遭到了“淫人妻者，妻必为人所淫”的循环报应。《杏花天》叙述隋代维扬封悦生，风流倜傥，寻花问柳，先与邻女爱月相恋，又与妓女雪妙娘相知。他到洛阳探望姑母蓝氏，在城郊住宿，与店主妻妾

① ［瑞士］雅各布·布克哈特：《意大利文艺复兴时期的文化》第 436 页，商务印书馆 1981 年版。

闵巧娘、卞玉莺通奸；进城在姑母家与表姊妹珍娘、玉娘、瑶娘及邻女庞若兰相恋，常常五人共枕。他与珍娘等结婚后，妓女冯巧巧、方盼盼、缪十娘皆来相依。封悦生携带蓝家资财及九美——蓝珍、蓝玉、若兰、蓝瑶、巧巧、盼盼、十娘、巧娘、玉莺回到维扬，将爱月、爱梅纳于家，又纳妓女戴一枝，于是构成"十二钗"。《春灯迷史》叙述唐代杭州仁和县书生金华于元宵佳节出外观灯，路遇邻女韩娇娘，一见钟情，相约于后花园相会，得遂私情。金华又与娇娘的婢女兰儿私通。适娇娘表姐俊娥来韩家，因慕金华人才，于是三人在花园中山盟海誓，终于结为眷属。作者在这些小说里表现了男主人公们的纵欲行为，夸张地描绘了他们的交欢能力，反映了中国封建社会一夫多妻制下的性关系。这里性欲代替了两性间最美好的情感，书生才子沦为风流浪子，诗情画意消失于狂乱的肉体欢乐之内了。

生命意义的再认识，无疑应是对妇女思想的一次解放。这种解放在艳情小说里是以矫枉过正的态势出现的。最早的明代两篇艳情小说《如意君传》和《痴婆子传》是以女性为中心人物的，表现了她们性的自由选择与思想的解放。此后这一创作倾向仅存在于历史题材的《浓情快史》《株林野史》和《载花船》里，而大多数的艳情小说已纳入一夫多妻的格局。令我们值得注意的是：艳情小说中性心理描写基本上是通过女性人物表述的，而它却最深刻地体现了对生命意义的追求。公元16世纪欧洲法国作家拉伯雷在通俗小说《巨人传》里发表了关于女性的见解：

> 我提到女人，我是说一个脆弱、乖僻、多变、无恒、不完整的性别……因为大自然在她们身上最秘密、最隐蔽

的地方放了一个男性没有的器官，这个器官会分泌一种咸性的、酸性的、硼砂性的、苦的、腐蚀性的、发射性的、奇痒的液体。由它的刺激和不安的蠢动，女人的全身受到激动，心荡神怡，全部的情绪和思想整个都模糊了。假使大自然没有在女人头脑里放进一些羞耻之心，你会看到她们疯狂似的去追求男人的东西。①

中国艳情小说里也有相似的见解，如《灯草和尚》第一回说："只因男子汉是火性，被水一浇，那火就消了一半；妇人家是水性，被火一浇，那水热了几分。所以从古至今，男子汉有年老绝欲的，也有中年断欲的。妇人家真是入土方休。"清代乾隆间挑浪月为《痴婆子传》作序云：

从来情者，性之动也。性发为情，情由于性，而性实具于心者也。心不正则偏，偏则无拘无束，随其心之所欲，发而为情，未有不流于痴矣。矧闺门衽席间，尤情之易痴者乎！尝观多情女子，当其始也，不过一念之偶偏，迨其继也，遂至欲心之难遏；甚且情有独钟，不论亲疏，不分长幼，不别尊卑，不问僧俗，惟知云雨绸缪，罔顾纲常廉耻，岂非情之痴也乎哉！

这里说的"情"实为情欲。他们都认为女性的欲望甚于男性，一旦爆发，便无所顾忌，所以在作品中常常表现女性的生

① ［法］弗郎索瓦·拉伯雷：《巨人传》第564～565页，人民文学出版社1981年版。

命冲动。《浪史》第十一回写浪子之妹梅俊卿与贴身婢女红叶对于性爱的向往：

俊卿道："红叶，吾梦中胡言，委实不知。你早是吾的心腹人，是口稳哩。倘被别的觑破，怎的是好！红叶，你知我心病么？"红叶道："怎的不知，吾与小姐便是一般的病。吾想人家女子，只图快活。如今年纪渐大，没有一个男子陪伴，青春错过。诚难再得。"俊卿叹了一口气道："这个不是我们女儿家说的。"红叶道："吾两个是心腹人，故以说起。"俊卿道："吾不瞒你，前日见了这个（春宫）画儿，不觉情动，所以两日恍恍惚惚，语言颠倒。"红叶道："贞烈之女，非无怀春之性。人非草木，岂独无情。吾也是这般的。"

这表现少女性意识的觉醒和性的需求。《绣榻野史》下卷里，金氏劝慰寡妇麻氏说：

俺妇人守节，起初的还过了，三四年也就有些身子不快活。一到春天二三月间，春暖花开，天气温和，又合合弄得人昏昏倦倦的，只觉的身上冷一阵热一阵，腮上红一阵，腿里又酸一阵。自家也不晓得，这是思想丈夫的光景。到二十多岁，年纪又小，血气正旺，夜间易睡着，也还熬得些。一到三四十岁，血气枯干了，火又容易惹动，昏间夜里盖夹被，反来伏去没思想，就远不的了。到了夏间，沐浴洗到小肚子下，偶然挖着，一身打震。蚊虫声儿嘤的，把蚤又咬，再睡不安稳。汗流大腿缝里，浙的半痒半疼，委实难过了。到了秋天，凉风刮起，人家一夫一妇的都关上窗儿，坐了吃些酒儿，做些事儿。偏偏自己冷冷清清，孤孤恓恓的月亮照来，又寒的紧。促织的声，敲衣的声，听得人心酸起来。只恰得一个人儿搂着睡才好。一到了冬天一发难过。日里坐了对着火炉也没趣，风一阵，雪一阵，只要睡了。冷飕飕盖了锦被，里边又冷，外边又薄，身上又单，脚后又像是水一般，只管把两脚缩了才睡。思热烘烘的睡，搂了一个在身上，便是老头也好。思想前边守节的几年，后边还不知有四五十年，怎么捱得到老？

麻氏经过这番劝说，也就破戒与东门生私通了。这段话很富于人情味，写尽了寡妇的性苦闷心理，表述得入情入理，非常细腻。《杏花天》第三回里，卞玉莺劝有夫之妇珍娘与封悦生相爱：

珍娘道："此事也好，只是名行不雅，清节有亏，有负丈夫。"玉莺道："你便有金石之心，那傅姐夫忍心弃了远去，一年有余，音问不通，字无半缄，人远情非，一至于此。姐姐何必守此活苦。做妹子的吐肝胆的陈其事，姐姐也须三思。若是寻常下品之人，妹妹亦不敢开口。又因那物之妙，世间罕有。况姐夫远离，你便清操如冰，在那远行人亦不得而知。想人青春难再，欢乐有限。"珍娘闻言，心中暗想道："狠心人抛去，叫奴苦守，到是妹妹言得有理。人生在世，不可虚度青春。况那人（封悦生）是远客，非我本地之人，一夜之事，料然无妨，且解片时之渴。"遂道："妹妹，承你高情，将美满之事赠我，虽一宵之乐，也是前缘定数。明日倘事就，切不可扬丑于外，日后为姐的必当重报。”

次日珍娘果然去客店里与封悦生暗中成欢了。这些所表现的不是优美的情感，只是非常真实而合理的原欲冲动，甚至原欲的对象并非很明确的。她们的原欲大大超出了正常封建婚姻的范围，也违背了一般社会道德准则，属于不正常的婚外行为。这正是理学家们极力要扑灭的人欲，但是她们竟不顾及一切社会不良后果的发生，而服从人的自然本性。

艳情小说中的男女主人公们以大胆的冒险行为秘密地偷情，享受青春的欢乐，从性欲的满足中体验生命的意义。其中所描绘的种种丑的艺术，虽然会令读者触目惊心，甚至感到污秽猥亵，但仅是将自然的真实展现。它是中国特殊文化背景下长期禁锢“人欲”所导致的物极必反的必然结果。西方现代精神分析学家弗洛伊德说：

> 人们在处理性方面的问题时，常具体而微地表现出他在生活的其他层次上的反应和态度。一个人若能对其爱欲对象锲而不舍，我们便不难相信他在追求别的东西时，也一样能成功。反过来说，不管为了什么，一个人若禁绝其性本能的满足，他的人生态度便难免和易谦让，不能积极地去获取。从一个人的性生活中可以看出他对人生其他方面的态度。①

我们在艳情小说中见到的人物——除历史题材而外，大都是普通

① ［奥］弗洛伊德：《爱情心理学》第179页，作家出版社1988年版。

的芸芸众生，而主要是市民阶层的人物，他们对情欲对象的勇敢追求，应是人生态度积极的一面，必然在人生的其他方面也是充满活力的。若从当时人们——尤其是市民们重新探寻生命意义的角度来理解艳情小说，则我们是会对它作出宽容评价的。欧洲文艺复兴时期也曾出现过对肉欲的歌颂和对生命意义的重新认识，它是与人本思想紧密相连的，因而“肉欲最终恢复了名誉，并且达到了文艺复兴时期所建造的大厦的顶端。这个大厦的基础，即是文艺复兴时期所提供的主要东西，就是恢复名誉和人的灵魂的解放”。[①] 我们感到遗憾的是：中国艳情小说仅停留于对肉欲的追求与描写，未能进一步通过两性关系揭示更深刻的东西，未能表达出两性自然而神圣的情感，未能赋予人本思想的光照，因而大大削弱了它的价值。在宋人话本小说、宋元南戏、元人杂剧、明代传奇、拟话本中曾有许多光辉的市民形象——他们是有个性的，争取个人自由，努力实现自己的价值，在斗争中求得完善，成为一个真正的人；作品通过他们表达了人本思想。可惜这个优秀的文学传统没有在艳情小说里继承和发扬，而沦为迎合小市民庸俗趣味、服从商业利益的消遣品了。

在重新认识生命意义的同时，明清艳情小说不幸进入新的误区。作者在性描写中不适当地夸张了男性器官的绝对意义，这种夸张非常明显地违背了人体解剖学的常识而变得荒诞了。作者以此来弥补性描写艺术的低劣笨拙。他们的另一种弥补方法便是不厌其详地图解古代房中术，自《如意君传》和《痴婆子传》以后，陈陈相因，千篇一律，形成公式化，将本来美妙神秘的东西变为简单的技术了。人们正常的性欲满足与放纵宣

---

① ［苏］尤里留里科夫：《三欲望》第 103 页，中国文联出版公司 1988 年版。

淫是有区别的，艳情小说则落入后者的窠臼，人的生命意义受到极大的歪曲。从性文化里，我们无法隐讳中国传统文化中的确存在某些消极与畸形的因素，艳情小说的性描写即是一例。

明清艳情小说的主要人物，就他们内在的个体意识而言是在重新认识生命意义，而他们的客观行为则表现为向儒家伦理观念的挑战。儒家的伦理学说是中国两千多年封建社会伦理观念的基础，它在维护封建社会秩序中发挥了非常重大的作用，而其禁锢人性所带来的消极作用亦是难以估计的。新文化运动时期的思想家和文学家们所批判与攻击的封建的吃人礼教，指的是儒家伦理观念的核心。儒家学说在西汉时取得了独尊的地位，上升为统治思想，同时建立了封建伦理纲常体系。儒家圣人孔子谈到“仁”与“礼”的关系，提供了一种社会伦理模式。孟子将它具体化了。他说：“人之有道也，饱食暖衣，逸居而无教，则近于禽兽。圣人有忧之，使契为司寇，教以人伦，父子有亲，君臣有义，夫妇有别，长幼有序，朋友有信。”（《孟子·滕文公》）汉儒提出“三纲”、“五常”：“三纲者何谓也？谓君臣、父子、夫妇也。……君为臣纲，父为子纲，夫为妻纲……人皆怀五常（仁、义、礼、智、信）之性，为亲爱之心，是以纲纪为化。”（《白虎通德论》）汉儒为维持纲常的封建秩序，主张对人民以“礼”的规范“防欲”而达到教化的目的。董仲舒说：“夫礼体情而防乱者也。民之情不能制其欲，使之度。礼：目视正色，耳听正声，口食正味，身行正道；非夺之情也，所以安其情也。”（《春秋繁露·天道施》）自此，以礼教为中心的封建伦理观念为历代统治阶级所坚持与维护，而对于男女大欲之防更是日趋严密了。儒家经典《礼记·内则》规定：

> 男不言内，女不言外；非祭非丧，不相授器……内外不共湢。不共湢浴，不通寝席，不通乞假。男女不通衣裳。内言不出，外言不入。男子入内，不啸不指，夜行以烛，无烛则止。女子出门，必拥蔽其面，夜行以烛，无烛则止。路道，男子由右，女子由左。

在家庭内部已经“内外各处，男女异群”。严厉禁止一切非礼的行为，甚至要求女子“行莫回头，语莫掀唇，坐莫动膝，立莫摇裙，喜莫大笑，怒莫高声”（《女论语》），“耳无妄听，目无邪视，出无冶容，入无废饰，无聚众群辈，无看视门户”（《女诫》）。儒家礼教对男女大欲的防范是惧怕由于性关系的紊乱而破坏家庭，以导致封建社会基础的动摇。封建社会允许男子纳妾、嫖妓、使婢，有一定的性自由，却剥夺了女人的一切自由。女人只得在“三从”、“四德”的人性枷锁下保持自己的贞操。所有这些封建伦理规范，在北宋以前并非普遍的恪守，而在战乱年代则更为松弛。自北宋中期理学兴起之后，古代儒家的伦理观念被强化了。明代中期以来，一方面统治阶级私人道德日益败坏，另一方面则是儒家伦理观念成为社会舆论的道德标准而渗透到世俗下层社会。这样出现了非常矛盾的文化现象：统治阶级私下腐化淫乱，谈论房术，流行春画与淫具；社会上却严行两性隔离，禁止妇女抛头露面，提倡贞节烈女。明代嘉靖三十五年（1556）葡萄牙传教士加斯帕·达·克鲁兹到广州见到的情形是：

> 她们通常深居简出，在广州全城，除某些轻佻的妓女

和下层妇女外，竟看不见一个女人。而且她们即外出，也不会被人看见，因为她坐在遮得严严实实的轿子里。任何人到家里也别想见到她们，除非是好奇，她们才偶尔从门帘后面偷窥外来的客人。

另一传教士马丁·德·拉达在中国南方考察了八年后说：

女人都深藏闺阁，严守贞节，除干瘪的老太婆外，我们很难在城里和大地方见到女人。只有在乡村，愈是质朴淳厚的地方，反而才能经常见到女人，特别是她们在田里干活的时候。①

每个时代社会思想的变革都最先在伦理观念的变化方面表现出来，尤其是妇女敏感地力图逃出重重的牢笼。当西方传教士见到中国南方禁锢女性的同时，艳情小说《如意君传》和《痴婆子传》问世了。它们都是表现女性自由的作品，开始对儒家伦理观念进行肆无忌惮的破坏与猛烈疯狂的冲击。《痴婆子传》中的上官阿娜说：

我中道绝也，宜哉！当处闺中时，惑少妇之言而私慧敏，不姊也；又私奴，不主也；既为妇，私盈郎，又为大徒所劫，亦不主也；私翁，私伯，不妇也；私饕，不嫂也；私费，不姨也；私优复私僧，不尊也；私谷，不主人

① 转引自［荷］高罗佩：《中国古代房内考》第353～354页，上海人民出版社1990年版。

也。一夫之外，所私十有二人。（《痴婆子传》卷下）

这是一个破坏封建伦理关系和争取自由的妇女典型。上官阿娜虽然在晚年以悔悟的心情谈及往事，也表示了自我的道德谴责，但皆由情事败露，不为社会舆论所容而采取的权宜态度。如果社会对她的行为宽容，她会毫无悔吝地勇往直前的。相继问世的艳情小说所表现的观念的大胆激烈都超过了《如意君传》和《痴婆子传》，这主要表现在以下四个方面：

第一，无视妇女贞操。艳情小说中的妇女们是没有贞操观念的，她们不相信“饿死事小，失节事大”，而是注重现实的感性追求，将婚姻关系的束缚置之不顾，冲破种种藩篱。《绣屏缘》第二回里，作者否定了封建婚姻制度，他说：

你看父母作主，媒人说合，十对夫妻定要配差九对。但凡做媒人的，只图吃得好酒，那管你百年偕老之计……所以世上夫妻，只因父母做主，再不能够十分和合，男要嫌女，女要嫌男……不如放下礼文，单身匹马，往各处寻花觅草，倘然遇一个十分称意的，只把一点真情为聘，就好结个恩爱同心了。

《绣屏缘》虽然按传统习惯列入艳情小说，但它实属才子佳人型的小说，所以在批判封建婚姻制度不合理的同时，强调了当事人在情感基础上的婚姻自主。艳情小说与一般才子佳人小说的区别，是只强调了男女之间的性冲动，其对象也不一定是闺中淑女，结局也不一定是美满姻缘。因此，艳情小说中偶有一些才子佳人的虚名幻影，而实质上那些男女皆是市井之辈。

《闹花丛》第二回描写书生庞文英与小姐刘玉蓉相会，便与传统的才子佳人的含蓄羞涩迥然相异。玉蓉建议一起游园时：

文英笑道："深蒙小姐垂爱，没世难忘，但名花虽好，终不如解语花。趁此园空人静，今日愿得与小姐一会阳台，铭心百岁。"小姐道："妾便与君同好，芝兰共咏，但闺中老母，户外狂且，一玷清名，有招物议。"文英道："小姐说那里话。岂不闻柳梦梅与杜丽娘，张君瑞与崔莺莺故事，先以两情相期，后得于飞百岁，至今传闻。况小生与小姐俱未婚姻，今日若便事露，老夫人必当自为婉转成婚，岂不更妙?"小姐听了微笑道："羞人的事，怎么去干？倘有人撞见，却不稳便也。且随我到楼上来。"

他们不必含蓄婉曲，直接到达目的地。艳情小说更多的是表述婚外的性关系。《灯草和尚传》第五回：

秋姐道："我们姊妹四个都有丈夫，都不受丈夫管束。如今世界，那一个妇人家谁不想偷几个男子汉？只因丈夫家深院内，耳目众多。穷人家衣食不足，朝愁暮叹，便怎也动不得什么火，只索忍了。若有些门户，任他小的老的，好的坏的，那一个不心心念念，想这件事情!"……冬姐插嘴道："如今世界，女婿偷丈母的均有，打成一伙儿，不怕不竭力奉承。"

这些妇女不愿受丈夫管束，渴望去偷尝禁果，只要事情不败露，仍然是贞节的。《绣榻野史》表现了更大胆的观念。东门生鼓励妻子与赵大里私通，他为妻子护理：

> 金氏见东门生洗得这等殷勤妥贴，扑的流下泪来。东门生问道："因甚么这样？"金氏含泪道："妇人家养汉是极丑的事，丈夫知道老婆不端是极恨的，不是杀了，定是休了。我如今弄出这样丑的情形，你又不杀我，又不休我，又怕我死了，煎药我吃，又是这样爱我，难道我比别人两样么？只因爱心肝的紧，方且是这样呢。你爱了我，我倒爱了别人，我还是个人吗？叫我又羞又恨，怎么对过你！我决要吊杀了。"东门生搂住也流泪道："我的心肝，有这等正性……成事不说了。"

像这样的丈夫对妻子的态度，也许是中国文学史上破天荒的，而在艳情小说中则是常见的现象。关于片面提倡寡妇守节的问题，在艳情小说中是经常成为攻击对象的。《禅真后史》第十四回叙述濮氏临终时痛切地留下遗训："后边子孙们，倘遇夫妇有不到头的，切不可守寡以误大事。"作者插评云：

> 看官，你道这濮氏的言语有理么？还是没理呢？……不知"色欲"二字，不要说妇女被它所迷，自古及今多少英雄豪杰，都被那色欲败国亡家，殒躯丧命，希罕这妇人家不致失节！大凡妇人家孀居，少年容易，壮岁至难。那少年时血气充足，欲火不炎；一到三旬之外，四旬以来，血渐衰矣。血衰则欲火如炽，鲜有不败其守者也……守节一世，失节一时。故孀居清得到底的能有几人？……种种污秽不能尽述，反不如那三媒四大证，大落落地嫁一丈

夫，到也干净。

此外，例如花子虚之妻李瓶儿与西门庆隔墙密约，终于成奸，仆人来旺儿之妻宋惠莲与西门庆私通（《金瓶梅》）；浪子买通钱婆，挑动寡妇潘素秋，钱婆遂引浪子偷情（《浪史》）；汪氏夫人年已三十二岁，先后与灯草和尚、道士周自如、天竺寺和尚明元等淫乐（《灯草和尚》）。这些都表现了妇女抛弃了传统的贞操观念。

第二，暴露乱伦关系。儒家将人伦关系看得特别重要，严格区别内外与长幼尊卑，如果人伦关系紊乱则叫“内乱”。这在封建社会的刑律里属“十恶”大罪之列，将要受到极严的惩处。艳情小说却较普遍地表现了两性间的乱伦关系，除避开了直系血统——父女、母子、兄妹，凡翁媳、岳母与女婿、诸姑、伯叔、表兄妹、姨侄之间都经常存在性关系。作者们似乎认为仅有人伦名分而无直接血缘的性关系是不算乱伦的。这与儒家的伦理观念和法律规定都是相违的。显然，当时人们在这个问题上有着与传统不同的认识，所以在艳情小说里有许多描写，将丑恶的关系坦率地表露出来。《绣榻野史》中东门生的妻子金氏与麻氏的儿子赵大里私通，而东门生又与麻氏偷情，于是：

一日金氏对麻氏说：“你日日把我丈夫占去了，便是常常得弄，怎算得一夫一妻呢？你又多心我，我又有些多心呢……”麻氏对东门生道：“我有这个妙计策儿。我只大得你三年，大嫂也只大得我儿子三年，如今你写个帖儿寄儿子，叫他急急回来，我与你做了一对夫妻，大嫂便与我儿子做了老婆。一家人过了吧，却不是好么！”……麻氏（对金氏）道：“你也不必计较了，你依旧同东门生弄，只是头上配上大里吧。若这个事情，不要露出来，现成受用；若被人首告了，大家都弄不成了。”

他们商议后同意麻氏母子与东门生夫妻之间建立性合作关系。《浪史》第八回写浪子先与寡妇赵大娘私通，赵氏又拉女儿妙娘入伙，劝慰女儿依从：

妙娘把身子侧转，只管推开浪子。那妇人（赵大娘）便走到床前道：“吾儿做了妇人，前后有一日的，从了吧！”妙娘道：“他要做甚么，便有娘在，怎么又来缠我。我不去。”妇人道：“痴儿，前后有一日的……”妙娘道：“羞人答答的，怎么好?”妇人道：“有甚羞处，做了女子，便有这节。你娘先与他干了。我也爱他，把做心肝来叫，你却不爱这标致书生，却不错过!”妙娘方才翻过身来……

赵大娘与浪子和女儿联欢了。《金瓶梅》第三十八回写潘金莲与女婿陈敬济通奸，他们“又拿出《春意二十四解》本儿放在灯下，照着样儿行事。”《株林野史》述春秋时夏姬未嫁时与叔兄子蛮偷情，其夫亡后与孔宁、仪行父、陈灵公君臣私通。陈灵公对夏姬说：“惟愿与卿常常相见，此情不绝。其他任卿所为，不汝禁也。”孔宁对陈灵公说：“譬如君有味，臣先尝之；若尝而不美，不敢荐于君也。”灵公遂约孔、仪二人同去株林与夏姬联欢，君臣同乐。在许多艳情小说里，作者对这些乱伦关系并未给予谴责，而着重表现男女之间原欲，认为是极自然的事。

第三，描写集体淫乱。人类自进入文明社会以后，男女之间的性关系都是具有排他性的。中国礼制虽然主张帝王有众多的妃嫔，贵族可以有不少的媵妾，但帷箔衽席之间也遵守内则的礼制，不许淫乱的。艳情小说虽然也是在一夫多妻的文化背景下，而却公然描绘了集体淫媾的许多场面，使男女两人之间丑的艺术公开化和集体化，表现性的自由与疯狂，嘲笑传统的礼法观念。《浪史》第二十九回写浪子设计使同性恋伙伴——仆人陆珠与妻子文妃成奸：

> 文妃道："心肝，你若再一会儿旁定，这条性命准准送坏了。"正恁地说，只见浪子道："陆珠好么？"文妃道："臭王八，吾道是你，那知真个是陆珠。你怎的来智（计算）吾也？今叫我如何做人！"浪子道："陆珠便是吾'妾'，你便是吾正夫人。三人俱是骨肉，有甚做人不起。"文妃道："这也是妇人家规矩，你恁地却不怪我？"浪子道："你怎恁地容我放这个'小老婆'，我怎不容你寻一个小老公。"文妃道："寻来的不是我，寻来者自己如此，悔之无益，只是后次再不许了。"浪子道："一次两次，也不拘了，只凭你一个便了。"文妃道："难得心肝好意儿。"陆珠道："只恐贱人没福。"文妃道："你到不谦了。"浪子道："今夜吾三人同做一榻。"

此外例如未央生通过香云，勾引瑞珠、瑞玉，四人常常连床为欢（《肉蒲团》）；婆子带了春、夏、秋、冬四女来到杨家，胁迫杨官儿与夏姐成婚，夏姐变戏法，口吐一男子当着杨官儿夫妻之面交合，男又吐一女子复与相交（《灯草和尚》）；席元浩先与下属陶臣之妻靓娘私通，妻亡后收婢女春燕做妾，春燕与靓娘结为姊妹，三人同床共欢（《载花船》）；文士李芳与友人之妻月姬，及友人之妹素贞，三人一起交欢，轮流取乐（《巫山艳史》）；白守义喜爱男色，将少年姜勾本引至家中行奸，并与妻妾侍女合作一处淫乱，此后姜勾本随意出入白家，与白守义之妻妾侍女奸宿（《桃花艳史》）。最奇特盛大的场面是《杏花天》第十三回写封悦生的“大团圆”：

> 悦生携了众家眷回家，屋宇褊窄，安住不下，随购邻乡宦大房一所，花园湖石假山，无不齐备，遂移大厦内居住。又因寝榻狭小不畅，随唤木工细造合欢床一张，长二六，宽三八，拣采花梨木小磨造作，数月方成，果然奇妙。雕龙舞凤，万字回形，影照人双，纤毫莫爽。又制锦衾绣被一床，长二五，宽三六，用蜀锦十端，西洋棉帛二六为衬，重裀叠褥。流苏大帐，金钩分挂。鸳枕三付，安置两端。珍娘为主，玉、瑶等次之，挨序而立，惟连爱月同妹居末。日则同席合餐，夜则连衾共枕。

关于这些集体淫媾的描绘，在近代以前的中外文学作品中都是罕见的，其中有不少猥亵不堪的场面。在这里，一切神圣的原则，美妙的想象，纯洁的情感都荡然无存，为疯狂的肉欲所取代了。

第四，表现性的畸变。艳情小说中的性描写，基本上是采取新奇的刺激，以迎合小市民的好奇心理，使庸俗恶趣达到极度。这与中国自古代以来暗中流行的房术，以及社会的变态心理有关。例如西门庆于永福寺为御史蔡蕴饯行，偶遇胡僧求得淫药，试药于王六儿与李瓶儿（《金瓶梅》）；赵大里使用春药，使金氏受伤（《绣榻野史》）；白公子性好龙阳，见武三思美，阴结之（《浓情快史》）；汉成帝荒淫日甚，有方士献丹，一次合德给成帝服丹七粒，以致帝崩（《昭阳趣史》）；未央生访知一老道善房中术，乃求其授术，历三月而成（《肉蒲团》）；夏姬原名素娥，十五岁时梦见普真人传授素女采战之法，采阳补阴，却老还少（《株林野史》）；封悦生终日寻花问柳，路遇庐山全真道人，授予房中丹丸，在仪真又遇古棠万衲子传授房中比甲之术（《杏花天》）。在艳情小说中有两部中篇小说集——《弁而钗》与《宜春香质》是写男同性恋的。明代有“南院”，“乃聚众小官养读之所，盖宋有官妓，国朝无官妓。在京官员不带家小者，饮酒时便叫来司酒，内穿女衣，外罩男衣。酒后留宿，便去了罩服，内衣红紫，一如妓女。也分上下高低，有三钱一夜的，有五钱一夜的，有一两一夜的，以才貌兼全为第一，故曰南（男）院。”（《弁而钗·情奇记》第一回）他们认为：“情之所钟，正在我辈。今日之事，论理自是不该，论情则可男可女，女亦可男，可以由生而死，亦可自死而之生。非于女男生死之论者，皆非情之至也。”（《弁而钗·情真记》第一回）只有在这两部同性恋故事集里，作者表现了变异逆反的真情实感，而在其他描写男女关系的故事中则基本上是有欲无情的。这种现象是非常奇特的。艳情小说关于两性的描写自《如意君传》开始即着重描写异常与变位的特殊方式，等于为古代房中术作图解，而且众多作品的描写已形成公式化了。这是忽略正常的性描写，或许无法表现正常的优美的性关系，只得乞援于变异的描写所造成的刺激效应，以补救艺术表现的拙劣。

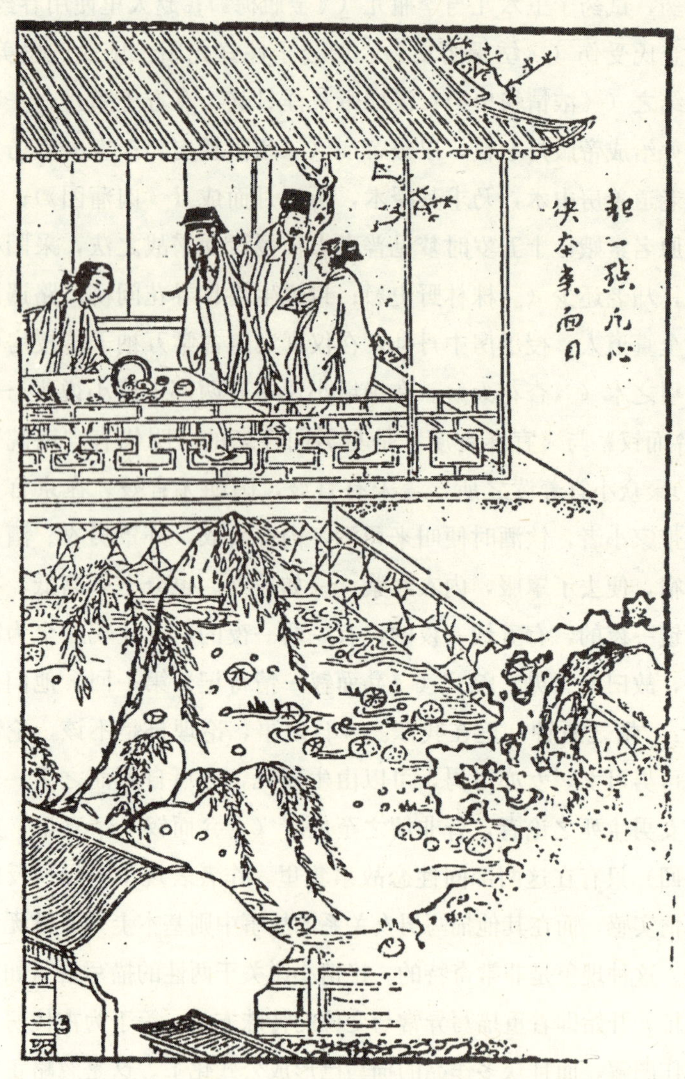

明代笔耕山房本《弁而钗·情奇记》插图

从上述可见，明清艳情小说的无视妇女贞操、暴露乱伦关系、描写集体淫乱和表现性畸变，这都违背了儒家的礼教精神，是为封建道德规范所不容许的，是传统文化精神中的异端；所以它自来是为统治阶级严禁的淫书。我国古代以儒家思想为核心的文化精神，已作为文化的积淀，保留在我们民族文化精神之内。儒家的伦理观念在我国社会发展中也曾有某些积极的作用，例如维持社会秩序、增强民族的凝聚力，有助于良好社会风气的形成，然而它毕竟是封建社会的统治思想。自近代以来，它的保守性与反动性同没落崩溃的封建制度相连接，在某种意义上已是中国近代和现代人们前进中的一种顽固的阻碍。因此，无论我们怎样认识和评价明清艳情小说都不得不承认：它是在向儒家伦理观念挑战。在此意义上，它不是具有一定的历史进步意义吗？

清王朝建立后，既要巩固在中国的统治地位，又要维护没落的封建制度，因而充分利用儒家的伦理体系以加强文化专制与思想禁锢。自清初将禁毁“淫词小说”作为基本国策固定下来，汉民族在思想压抑的同时也严重地伤害了性活动。这种压抑一直深入到我们现代的文化精神之中成为一种潜意识症结的宿因。我们很难冷静地与实际地去认识艳情小说这一文化现象。荷兰汉学家高罗佩系统地考察了中国清代以前的性与社会的关系，得出的结论是：

> 由于中国人认为性行为是自然秩序的一部分，而且性交是每个男人和女人的神圣职责，所以性行为从来和罪恶感及道德败坏不相干……也许正是这种几乎不存在任何压抑的精神状态，使中国古代性生活从总体上讲是一种健康

> 的性生活，它显然没有像其他许多伟大的古老文明那样有着许多病理和心理的变态。①

这种估计未免过于乐观一些，应该说儒家礼教始终是人性的敌人，但在理学兴起之前，人们受到的压抑是不很严重的。明代中期以后出现的对生命意义的再认识，或许可说是“一种健康的性生活”的重现。这自然涉及一些性心理学的问题，绝非简单的道德判断能解决的。我国当代人类文化学家潘光旦在译注英国著名性学家霭理士的《性心理学》时说：

> 中国人的道德观念是，邪正、善恶一类对待的判断也是分得相当清楚的。但和西洋人有三点不同。一、中国人一般的生活观念里本自经常、权变、同异等等的着法，“经常”虽属重要，“权变”也自有它的地位……二、邪正、善恶的观念在中国只是社会的、伦理的、人为的，而并没有宗教的裁可，所以它的绝对性并不太大。三、中国的一般的自然主义向称发达……在他们看来，奇则有之，怪则有之，道德的判断也时或有之，但绝对的罪孽的看法则没有。②

这可以作为我们认识明清艳情小说的基本出发点，从而可能发现在正常的现象中存在变异，在变异里包含着正常的因素；而且从性心理的角度来看，在热烈性爱中的人们其审美的标准与

---

① ［荷］高罗佩：《中国古代房内考》第 69 页，上海人民出版社 1990 年版。
② ［英］霭理士：《性心理学》第 280 页，潘光旦译注，三联书店 1988 年版。

道德的标准都会发生变化的。

明清的民间俗语云："淫为万恶首，三纲败坏五常休。"（青阳野人编演《春灯迷史》卷首）这体现了统治阶级所提倡的社会伦理观点。按照中国传统的"惩恶扬善"观念，"淫"既为万恶之首，必然会遭到天道的报应和惩罚。所以宋元话本小说《金虏海陵王荒淫》的作者说："渔色不休，贪淫无度，不惜廉耻，不论纲常。若是安然无恙，皇天福善祸淫之理也不可信了。"明清艳情小说里常以极偏激的态度否定了这种观念。《肉蒲团》第二回里，未央生以思辨方式回答高僧孤峰长老的指责：

> 师父说"天堂地狱"四个字，未免有些落套，不似高僧之言。参禅的道理，不过是要自悟本来，使身子立在不生不灭之处便是佛了，岂真有天堂可上乎？即使有些风流罪过，亦不过玷辱名教而已，岂真有地狱可堕乎？……天公立法虽严，行法亦未尝不恕。奸淫必报者虽多，奸淫不报者亦未尝不少。若挨家逐户去访缉奸淫，淫人妻女者，亦使其妻女偿人淫债，则天公亦甚亵矣！

这冷静的辩驳摧毁了因果劝惩的理论基础，只承认"风流罪过"是对"名教"的践踏而已。《灯草和尚》的结尾，巧妙地借用劝惩观念，表现揶揄的态度，以为杨官儿门风的败坏和全家的堕落正是一种报应。和尚对杨夫人说：

> 你家老爷原是个好人，只因在越州作官的时节，有个乡官也是明经出身，他家夫人与小厮通奸，被人出首，拿

在当官。你家老爷动起刑来，那乡宦青衣小帽上堂，再三哀告，全他脸面。杨官儿不肯，差人提出，当堂众目之下，去了下衣，打了十板。那乡宦回家气死了。故此上天震怒，差我下来，引你的邪心，坏他的门风，转嫁周自如，代乡宦还报。

这种报应是奇怪的。杨官儿不尊重人，当众羞辱了乡宦夫妻，不该小题大做，滥用刑罚，以致遭到残酷的天理报应。小说揭露了统治者的伪善面目，淋漓痛快地为被羞辱的人们报仇雪恨。这是以反讽的笔调表达了进步的市民伦理观念。

明清艳情小说作者的思想倾向总是鲜明地表现在对人物和事件的最终评价之中。我们试将明清艳情小说的结局进行分析，便可见到作者的思想倾向了。作品的核心人物遭到报应的是极少数，如《金瓶梅》里的西门庆纵欲淫乐，服春药过量，脱阳而死，其姬妾四散，家败人亡；《宜春香质》里的小娈童伊人爱，后来家道败落，妻子沦落为妓，随人私奔了。相反的情形是作品的绝大多数核心人物虽然尽情淫乐，他们的结局却是较好的，并未因之受到报应。一些主人公们入道求仙去了：东门生梦见麻氏变成母猪，赵大里变成公骡，忽悟报应的道理，出家当和尚（《绣榻野史》）；未央生的妻子为娼而死后，他看破红尘，往括苍山寻孤峰长老，削发修行（《肉蒲团》）；合德与飞燕死后，如意真人向玉帝求情，许她们在真人院内受戒，修身炼性（《昭阳趣史》）；李又仙寻得匡时、蒋氏，报仇雪冤后，入山修行，羽化登仙（《弁而钗》）；晋悼公领兵围捕巫臣与夏姬，他二人将要被捕时，忽然风沙大作，浪游神将他们搭救而去（《株林野史》）；庞文英娶一妻四妾，状元及第，选为翰林院编修，后得次襄奉赤松子之命，度文英一家仙去（《闹花丛》）。他们充分满足了欲望，产生了厌腻之感，终于看破红尘，走向求仙长生的道路。这是公然违反了循环报应的观念，似乎他们略有悔悟便洗去了一切罪恶，可以通往天国了。此外，还有一些主人公竟是以美满的大团圆为结局的：同性恋者张机与钟图南因功俱获朝廷封赐，辞官归隐后，两家联姻，世代相好（《弁而钗》）；尹若兰与楚粲生得到狄仁杰帮助，终于团圆，粲生补为宏文馆检讨（《载花船》）；李芳共有妻妾八人，见世运将衰，干戈不息，遂隐逸不仕，在家与八美追欢取乐（《巫山艳史》）；封悦生家有十二钗，后以开当铺致富，受朝廷封荫，既富且贵（《杏花天》）；金华终与娇娘、俊娥结为夫妻，娇娘一胞生二子，俊娥亦生一子，分继三家香火（《春灯迷史》）；李辉枝与金桃儿婚后不久，辉枝考中进士，旋归苏州原籍，隐居深山，过着快乐的日子（《桃花艳史》）。最典型的是《浪史》的结局：

> 这浪子也登黄甲，赐进士出身。浪子也不听选，告病在家受用。春夏秋冬，一年四季，无日不饮，无日不乐。又娶着七个美人，共二个夫人，与十一个侍妾，共二十个房头。每房俱有假山花台，房中琴棋书画。终日赋诗饮酒，快活过日。人多称他为地仙。

从上述结局可见，明清艳情小说故事基本上都是圆满收场的。其中的主人公们若不是欲望达到饱和状态，产生厌腻心理，入道求仙；便是有许多娇妻美妾，过着富裕和谐的享乐生活，在世俗中亦如神仙一样。这都表明作者们对艳情故事的评价是持肯定的赞赏的态度。它否定了封建社会的伦理的、道德的、习俗的、传统的观念。

艳情小说故事里虽然有古代帝王后妃、前朝才子佳人或本朝士绅富商，其具体的文化背景和思想意识却是现实世俗的。作品中的人物的婚外恋、乱伦、集体淫乱、性自由等在当时都是属于越轨的社会行为，它们不受社会的制约是不可能的。明清是封建制度强化与思想禁锢的时代，儒家礼教仍维系着封建秩序，男女之间的隔离与防范愈益严密。因而像艳情小说的故事及其结局，在现实生活中是非常罕见的；尤其是关于性描写的夸张变异，无论在当时和现代都是不可能的。这些既非生活的真实，也非艺术的真实。男性和女性都存在某种性的幻想与浪漫的梦，即使德高望重的男子和贤淑贞节的妇女均所不免。法国女作家西蒙·波娃谈到女性的梦幻时说：

> 受旧道德影响的保守妇女，往往不敢采取真正的行动，走极端之路。但是她的梦境里，却充满着情欲的幻影，即使在清醒的时刻，欲望也萦绕着她；她对子女表现出强烈而肉感的爱；对于她的儿子，她会有乱伦的意志；她或者偷偷地、接二连三地，爱上了年轻人；她像少女一般挥不断被强奸的奇想；她也晓得自己有当妓女的疯狂欲望。①

男子自来有着比妇女更多的性自由，而其性幻想就比妇女更为

---

①［法］西蒙·波娃：《第二性——女人》第 365 页，湖南文艺出版社 1986 年版。

离奇和丰富了。许多十分可敬的男性和女性产生的种种性幻想都是正常的，虽然他们最后以强烈的意志和道德观念约束和压抑了性欲。艳情小说的读者对象主要是都市的男性市民群众，他们可以从小说故事里感受到种种新奇的刺激，以满足性的幻想。只要有人类社会存在，有男性的性幻想存在，艳情小说便有广大的社会基础，也就有读者市场，而这类作品便会以新的形式与新的内容不断产生。古今中外的色情文学大都是如此。美国现代性科学专家西金的研究结果表明：

> 在这类色情文学作品中，女性称赞男性生殖器和交欢的能力，作品常以相当大的篇幅强调女性强烈的性倾向和她无餍的性欲。所有这些描写揭示了一个问题：这样的女性正是绝大多数男性所希望的人，这些描绘典型地展示出男性就是这样解释一般女性对心理刺激作出反应的能力。它们之所以这样，是因为对男性作者和消遣的读者都具有相当的刺激和诱惑。而这些消遣读者绝大多数是男性。①

明清艳情小说表现的是圆满的男性之梦，它受到男性消遣读者的欢迎，有着广阔的读者市场。梦是一种精神现象，它尽管以虚幻离奇的形式出现，但总有现实条件和人生经验为基础的。

中国古代婚姻制度是一夫多妻与一夫一妻制并存的。有权势和财富的男子可以有若干姬妾，普通民众则固守单婚制，这都是正常的。明清艳情小说产生的社会基础是一夫多妻制和单

---

① 转引自［英］蒙哥马利·海德：《西方性文学研究》第 32 页，海南人民出版社 1988 年版。

婚兼多恋的。除了《如意君传》《痴婆子传》《株林野史》《浓情快史》是写女性主人公多恋的情形而外，其余的艳情小说都是写某一男性与若干女性的婚恋关系。例如浪子娶七个美人和十一个侍妾（《浪史》），李芳有妻妾八人（《巫山艳史》），封悦生家有十二钗（《杏花天》），庞文英有一妻四妾（《闹花丛》），都反映了多妻制的性关系。他们并非按照父母之命与媒妁之言而得许多妻妾，而是男主人公以非礼法的方式与女子和妇人有了性关系后再纳入一夫多妻制轨道的。其他的男主人公们虽未构成妻妾成群的家庭，却于婚外与许多妇女偷情，并不受一夫一妻制的约束。所以小说中男主人公们有很大的性自由，可以同时喜欢几个女人，而这些女人之间还和谐相处。这种现象在近代文明社会感到不能理解，然而当时却是正常的。

由于在一夫多妻制的社会背景下，男子需要应付众多的妻妾，于是不得不求助于指导性生活的房中术，以求得妻妾间性关系的平衡与和谐。艳情小说中的主人公大都是懂得房中术的，以至于小说的性描写等于是房中术的图解，而某些具体经验则来自青楼。作者们很可能将他们从青楼获得的性体验用于作品之中，而且常常留下一些线索。所以他们的描写往往是畸变的、易位的、猥亵的、狂乱的。这样，才可能对男性消遣读者产生巨大的诱惑与刺激，使他们感到惊异与新奇，甚至从中获得某些启蒙知识。

南方江苏与浙江一带是产生艳情小说的中心。作者主要是江南的一些下层文人，偶尔也有一二名士。作者们是忌讳在作品里署上真实姓名的。《如意君传》署的徐昌龄，《灯草和尚》署的高则诚，《僧尼孽海》署的唐伯虎，均是书贾伪托的。一般的作者是用的室名别号，如餐花主人、芙蓉主人、兰陵笑笑生、又玄子、情痴主人、艳艳生、西泠狂者、天放道人、青阳野人等，其真实姓名俱不可考，但他们都是江南文人则是无疑的。艳情小说故事发生的地点主要在江南，如扬州（《绣榻野史》《灯草和尚》《杏花天》）、苏州（《痴婆子传》《巫山艳史》《桃花艳史》）、杭州（《浪史》《载花船》《春灯迷史》）、南京（《闹花丛》）。这些地方自明代中期以来工商业特别繁荣，是盐业、纺织业、铸造业、图书业的中心，而随着商品经济的活跃，在秦淮河及南运河两岸的歌楼画舫应运而生。这些地方是富商大贾积聚之处，市民力量较大，封建统治相应地薄弱，风俗趋于淫靡，逐渐形成春画与艳情小说的发源地而向全国扩散。清代严禁淫书淫画便是以这一带为重点清查对象的。一位地方官员说：

> 访闻苏郡坊肆，每将淫书淫画，销售射利；炫人心目，亵及闺房，长恶导淫，莫此为甚。（余治《得一录》卷十一）

一些江浙文人在书贾们的利诱之下写作畅销的艳情小说，一时蔚为风气。艳情小说是文学商业化的必然产物，也是文人在商品大潮下堕落的表现，所以它是没有文学追求的。作者主观上是为了经济利益而去迎合消遣读者的庸俗趣味，却不自觉地反映了江南地区的市民思想意识。艳情小说的作者编织了一个圆满的男性之梦，它有着鲜明的东方色彩，也有着明清时代社会病态的特征，于是成为古老文明的中国的一种奇特的文化现象。高罗佩认为明代艳情小说与春画是中国性观念的最后标本。他说：

> （明代）江南的色情文学和套色春宫版画，因为在随

> 后的几个世纪里，再不曾展现过如此完整而坦露无遗的性生活画卷。况且，这幅画卷的背景乃是代表着传统中国文化处于顶峰状态的环境。①

中国自清代数次禁毁“淫词小说”以来，人们的性观念发生了重大变化，中国人已难认识到艳情小说是代表着传统中国文化处于顶峰状态环境下的产物了。这正如自清朝政权建立以来，汉族人民被迫长期薙发留辫而误认为是一种传统，当辛亥革命之后又强迫剪去辫子，人们竟像丢失了什么东西一样又难于接受了。文化传统的变易给人们造成的心理误区，在历史上竟如此之稳固，而又如此之荒谬！这令人百思莫解，而艳情小说的文化现象是最为典型的了。

第三节　明清时调小曲的文学性质与艺术价值

明代成化七年（1471）金台鲁氏刊行了四种通俗韵文，即《四季五更驻云飞》《题西厢记咏十二月赛驻云飞》《太平时赛赛驻云飞》和《新编寡妇列女诗曲》。② 这是中国音乐文学史上一个新时期的开端，它标志了一种新的音乐文学样式的兴起。稍后万历间刊本《玉谷调簧》里有《时尚古人劈破玉歌》，《词林一枝》里有《时尚急催玉》和《时尚闹五更哭皇天》。③ 沈德

---

① ［荷］高罗佩：《中国古代房内考》第 437 页，上海人民出版社 1990 年版。

② 今为台湾“国立”故宫博物院图书馆收藏。

③ 见《善本戏曲丛刊》第一辑，台湾学生书局 1984 年版。

符在《万历野获编》卷二五谈及“时尚小令”云：

元人小令行于燕赵，后浸淫日盛。自宣（德）、正（德）至成（化）、弘（治）后，中原又行《锁南枝》《傍妆台》《山坡羊》之属。李崆峒先生初自庆阳徙居汴梁（河南开封），闻之以为可继《国风》之后；何大复继至，亦酷爱之。今所传《泥捏人》及《鞋打卦》《熬𩭹髻》三阕，为三牌名之冠，故不虚也。自兹以后，又有《耍孩儿》《驻云飞》《醉太平》诸曲，然不如三曲之盛。嘉（靖）、隆（庆）间乃兴《闹五更》《寄生草》《罗江怨》《哭皇天》《干荷叶》《粉红莲》《桐城歌》《银纽丝》之属。自两淮以至江南，渐与词曲相远，不过写淫媟情态，略具抑扬而矣。比来又有《打枣竿》《挂枝儿》二曲，其腔调约略相似，则不问南北，不问男女，不问老幼良贱，人人习之，亦人人喜听之；以致刊布成帙，举世传诵，沁人心肺。其谱不知从何来，真可骇叹。

这真实地记述了新体音乐文学初期的社会化情形。沈氏指出此体文学的兴起时间早在明代宣德年间（1426～1435），它深受各阶层人们的喜爱，书贾们遂刊印流行，风靡一时。李崆峒与何大复两位先生曾经赏爱的歌曲，在戏曲家李开先的《词谑》里录下数首，如《鞋打卦》：

鞋打卦，无处所求，粉脸上含羞。可在神面前出丑，神前出丑！告上圣听诉缘由：他如何把人不睬不瞅，丢了我又去别人家闲走？绣鞋儿亵渎神明，告上圣权将就。或

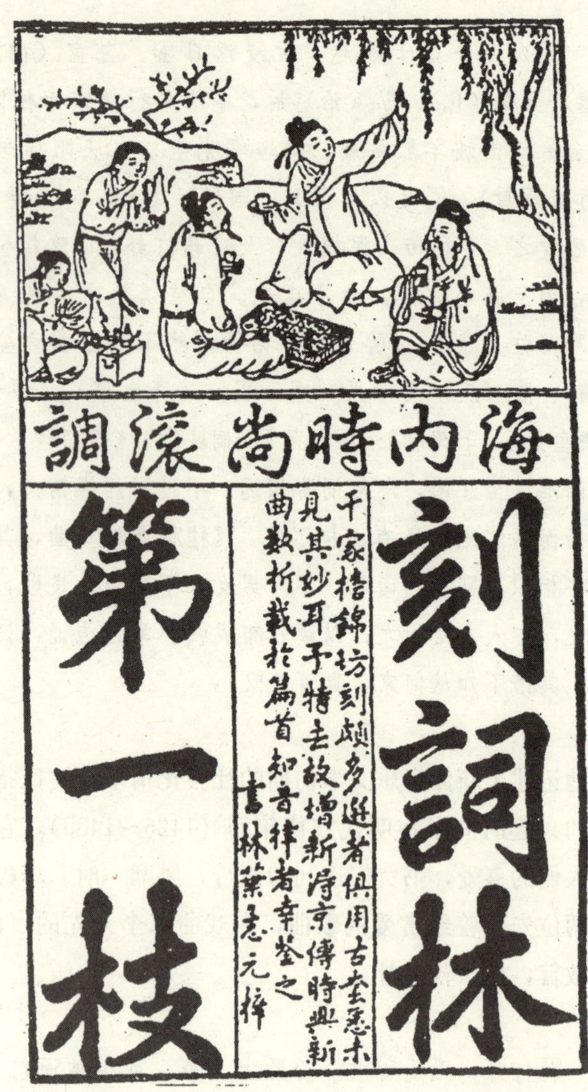
海内時尚滚調

刻詞林

第一枝

千家摘錦坊刻頗多選者俱用古套悉未見其妙耳予特去故增新得京傳時興新曲數折載於篇首知音律者幸鑒之

書林葉志元梓

明万历福建坊本《词林一枝》扉页

是他不来？或是他另有？不来呵根儿对着根儿；来时节头抱着头，丁字儿满怀，八字儿开手。

此曲的曲调不是来自传统的宋词和元曲，而曲词的文学风格也与宋词和元曲迥异。明代末年通俗文学家冯梦龙编集了《挂枝儿》，存曲词三百七十九首；继编了《山歌》，存曲词三百八十首。清代乾隆三十九年（1774）京部永魁斋刊行的《时尚南北雅调万花小曲》存唱本十一种，共百余曲。[①] 乾隆六十年（1795）由曲师颜自德编集、王廷绍点订的《霓裳续谱》收曲词六百余首。嘉庆九年（1804）华广生编集的《白雪遗音》收曲词八百四十六首。[②] 此外，近世编《曲词集编》[③] 和《时调大全正集》[④] 收集了晚清流行的曲词千首以上。这些新的音乐文学作品是以坊间刊本和抄本流传的。它们今存的数目究竟有多少，尚待大规模的普查。刘复、李家瑞编的《中国俗曲总目稿》收俗曲六千零四十四种。[⑤] 傅惜华编的《北京传统曲艺总录》收集曲艺作品数千种，其中“时调小曲”目录八卷。[⑥] 关于这类作品，郑振铎曾深有感慨地说：“曾搜集各地单刊歌曲近一万二千余种，也仅仅只是一斑。诚然是浩如烟海，终身难

---

① 存旧抄本，马隅卿藏。

② 《挂枝儿》《山歌》《霓裳续谱》《白雪遗音》均收入《明清民歌时调丛书》，1959年中华书局排印出版，1987年上海古籍出版社以《明清民歌时调集》为名重印。

③ 《曲词集编》，未题编选者，中华书局排印本。

④ 中央编辑所编选：《时调大全正集》，上海中央书局1936年版。

⑤ 《中国俗曲总目稿》，1932年中央研究院排印，台湾文海出版社1973年再版。

⑥ 傅惜华编：《北京传统曲艺总录》，中华书局1962年版。

窥其涯岸。”[①] 这是中华民族一宗珍贵的文学遗产，但由于近世复杂的社会原因，其价值长期以来未引起学界应有的重视，而且还遭到三次大的劫运。

晚清同治七年（1864），江苏巡抚丁日昌得到朝廷的支持，发动了禁毁小说戏曲的运动。此次公布的禁毁“小本淫词唱片”计一百一十一种。郑振铎于20世纪30年代搜集的小唱本万余种在上海毁于战火，“荡为云烟，存者百不及一”。[②] 中央研究院历史语言研究所收藏的各地传统曲艺曲本，于抗日战争时期由南京运往云南时，中途沉没江中，全部毁灭。这是明清新体音乐文学作品在近世的三次浩劫。虽然如此，但传统优秀的作品，因其流传极广而得以幸存，在中国戏曲研究院、北京图书馆、北京大学图书馆及台湾“中央”研究院历史语言研究所、“国立”故宫博物院图书馆所收藏的作品尚多，而各地图书馆、音乐学院及私家收藏亦复不少。此均有待进行普查、搜集、整理等艰巨工作。

自明代中期新的音乐文学产生以来，它在中国各地盛行了约五百年，而学术界关于其名义尚是众说纷纭而无定论。学者们对其名义的认定，实即体现了对其性质的理解。新体音乐文学是明清时代社会上流行的通俗歌词，而音乐系统与文学风格都是异于传统文人词曲的，这是易于为人们认识的特点。明清时期它虽盛行一时，却无定名，如称“小曲”、“小调”、“牌子曲”、“时兴杂牌新曲”、“时调”、“杂曲”、“时调小曲”。20世纪以来学者们则称它为“俗曲”、“民歌”或“民歌时调”；这

---

① 郑振铎：《中国俗文学史》下册第408页，1938年商务印书馆版。

② 《郑振铎文集》第六卷第488页，人民文学出版社1988年版。

三个名称都各有不确切之处。

关于“俗曲”，张继光认为《霓裳续谱》所收的作品是俗曲。他解释云：

> 所谓“俗曲”，据杨荫深《中国俗文学概论》（台北世界书局 1985 年出版）云：“歌曲可以分为合乐与不合乐的两种，而不合乐的依通常习惯，又有‘歌’与‘谣’的分别……合乐的，普通即称为‘俗曲’。”同书又云：“‘俗曲’就是通俗的歌曲，普通又称为‘小曲’、‘小调’，或‘时曲’、‘时调’。因为它都是平民所作，故称‘小’；它又随时随地在产生，旧的过去了，新的又起来了，故称为‘时’。”刘半农在《中国俗曲总目稿》（台北文海出版社 1973 年版）序中也云：“‘歌谣’与‘俗曲’的分别在于有没有附带乐曲；不附带乐曲的……叫做‘歌谣’；附乐曲的……叫做‘俗曲’。”《霓裳续谱》中所收录的……几乎全部都用民间通俗流行的曲调，故本论文称之为“俗曲”。①

“附带乐曲”的文学作品，实即音乐文学，亦即歌词。如果将流行于“民间的”的歌词称为“俗曲”，那么它是可以包括古代《诗经》中的作品，汉魏的乐府歌辞，南北朝的乐府民歌，唐代的声诗，宋词和元曲中的部分通俗作品。这样，它并不特指某一时期的音乐文学作品，所以“俗曲”这一名称失之空泛。事实上明清新体音乐文学作品是雅俗共赏的，如《时尚南

---

① 张继光：《霓裳续谱研究》第 8 页注，台湾文津出版社 1989 年版。

北雅调万花小曲》《新集时调雅曲初集》《新集时调马头调雅曲》《霓裳续谱》《白雪遗音》，这些歌词集都标明“雅”的倾向，而《新刊雅俗同欢挂枝儿》则表明是雅俗共赏的。

关于“民歌”，最初郑振铎于30年代著的《中国俗文学史》里是将明清新体音乐文学分列为“明代的民歌”与“清代的民歌”作专章论述的。他追述了散曲在元末明初的衰微之后说：

> 文人们的创作不复有民间的气息了；出色当行的民间作风的曲子，在明代是几乎绝迹了。但究竟曲子还是在民间流行着的东西，旧的调子死去了，新声便不断的产生出来，填补了空缺。当文人学士们把握住了《小桃红》《山坡羊》《沉醉东风》《水仙子》诸调的时候，民间却早又有新的东西产生出来代替着它们了。①

民歌属于民间文学，它是广大劳动群众口头创作的，以口头的方式传播。明清新体音乐文学则是有格律的作品，以刊本和抄本的方式流传。它虽然是通俗的，却不具备民间文学的性质。近年民间文学研究者即反对将民间文学的概念扩大化，以为“把一切与庙堂文学相对的不登大雅之堂的通俗文学都称之为‘民间文学’，其结果必然把封建阶级、没落文人的通俗作品以及市民阶级的俗曲、说唱文学等都当作了研究对象”。② 明清新体音乐文学是市民文学之一，它不属民间文学，因而称它为

---

① 郑振铎：《中国俗文学史》下册第258～259页，商务印书馆1938年版。

② 乌丙安：《民间文学概论》第3页，春风文艺出版社1980年版。

"民歌"是极不恰当的。若称之为"民歌时调"就更是不伦不类了。可是我们如何解释冯梦龙辑的《挂枝儿》和《山歌》的性质呢？它们好似民歌，因为冯氏《叙山歌》里说明这些作品是"近代之留于民间者"。此"民间"是含混的概念，实以区别正统的庙堂文化而言。《挂枝儿》和《山歌》是明代中期以来流行于民间的曲调，这由曲调名称可知其最早是产生于乡村的。当它们流传入城市以后，文人们和艺人们为之谱写的新词则具有市民文学性质，再也不是淳朴的民间文学作品了。《挂枝儿》和《山歌》在冯氏搜集它们时已经传唱于青楼，其青楼文学的性质非常明显，例如《挂枝儿》中的《久交》《妓馆》《怕闪》《哄》《鸨儿》《鸨妓问答》《者妓》《子弟》《妓家问答》《夜客》《妓》《教乖》，《山歌》中的《多》《后庭》《瘦妓》《壮妓》《大脚妓》《骗》，等等。其余的大都是情歌，它们表达的恋情，也基本上属于青楼性的，真真假假，含糊混乱，能起到娱乐消遣的作用。

明清新体音乐文学的定名，我们可按传统习惯称之为"时调小曲"；这是最能概括此种文学的特点和性质的。清代嘉庆间无名氏辑有《时调小曲丛钞》①，此是文献里第一次出现"时调小曲"之名称，但在此以前的文献里亦分别有"小曲"和"时调"。关于"小曲"，明人王骥德《曲律·杂论》云："北人尚余天巧，今所传《打枣竿》诸小曲有妙入神品者"；又云："小曲《挂枝儿》即《打枣竿》，是北人长技，南人每不能及"；陈宏绪《寒夜录》里云："明人独创之艺，为前人所无者，祗此小曲耳。"清代的小曲集已有《万花小曲》《新刊南北时尚丝

① 关德栋：《曲艺论集》第189页注①，上海古籍出版社1983年版。

弦小曲》《小曲六十种》和《马头调各样多情小曲》。关于“时调”，李开先《词谑》记述云：

> 有学诗文于李崆峒者，自旁郡而之汴者。崆峒教以：“若似得传唱《锁南枝》，则诗文无以加矣。”请问其详，崆峒告以：“不能悉记也。只在街市上闲行，必有唱之者。”越数日，果闻之，喜跃如获重宝，即至崆峒处谢曰：“诚如尊教。”何大复继至汴省，亦酷爱之，曰：“时调中状元也。”

清代乾隆时钱德苍编选的《缀白裘》三集内有《时调杂出：小妹子》。以“时调”命名的集子则有《新集时调雅曲初集》《新集时调马头调雅曲二集》《新刻时调大秧歌》等。“时调小曲”是一个集合概念，戏曲学家洛地认为：

> 恐怕大多数学者们有意无意地会把所谓的“明清时调小曲”中的“时调”与“小曲”混为一谈，这是不对的……“小曲”以其有异于“时调”的方面而言，一是其“小”，单曲单篇，基本上或大多数是单曲单段成篇，也有多段成篇的，其多段也是单曲；二、它是“曲”，这句话的意思是指：叙说古事新闻（说唱）及扮演文艺（戏剧）中的唱辞，一般观念中不称为“小曲”……“时调”这个称谓是在清中叶后才有的。同时，它犹流行于今日，至少在江南一带的老百姓是人人皆知，而且是十分明确其所指的……简而言之，“时调”是指：扮演的“时调戏”以及“词调”，而“词调”有唱说、坐唱、扮演三种方式……现

今江南老百姓的这个“时调”观与（清）“时调”一致并相通。①

这样的解释是符合明清新体音乐文学各种集子所收作品的实际情况的。由此我们才能理解小曲集子中常有说唱词和短剧混杂的现象。《山歌》卷九所收“长歌”是“曲白间用”的，其中《陈妈妈》《烧香娘娘》《山人》等是说唱词。《霓裳续谱》中的《五更盼郎》《深闺静悄》和《女大思春》均由正旦和小旦两人演唱，有唱词，有道白；《乡里亲家》则是由三人演唱的独幕小剧；《忽听得中堂人语喧》乃据传奇《红梅记》改写的唱段。《白雪遗音》卷二的《母女顶嘴》《婆媳顶嘴》《王大娘》和《盼五更》，亦是曲白间用，由三人或两人演唱的短剧；卷四收有《占花魁》剧中的《醉归》和《独占》两出，还收有戏剧《玉蜻蜓》全本。清初戏曲选本《缀白裘》内即有许多独幕小剧属于时调，第三集的《小妹子》特标明为“时调杂出”。清光绪三十年（1904）抄本《时调小书并谱》收了《四季相思》和《十把扇》两种；它们都是单曲联章，附有工尺谱，是典型的小曲，然而又标明为“时调小书”。可见“时调小曲”在清代，其概念仍有含混之处，但它特指明清新体音乐文学则是传统习惯而约定俗成的。

时调小曲里有极少数作品是艺人作的，这在冯梦龙编的《挂枝儿》里留下了一些线索，如卷四中的《送别》：

① 洛地：《关于明清时调小曲的音乐系统——答谢桃坊的一封信》，载《四川戏剧》1996 年第 1 期。

送情人，直送到无锡路，叫一声烧窑人我的哥。一般窑怎烧出两般样货？砖儿这等厚，瓦儿这等薄！厚的就是他人也，薄的就是我。

劝君家，休把那烧窑的气。砖儿厚，瓦儿薄，总是一样泥。瓦儿反比砖儿贵。砖儿在地下踹，瓦儿头顶着你。脚踹的是他人也，头顶的还是你。

冯氏注云此是“名妓冯喜生所传也”。歌词朴质，所用比喻富于民间情趣。这当是艺人的作品，经过文人加工的。《时调小书并谱》的《十把扇》，其语意重复之处较多，如“二把扇子骨里黄，”“三把扇子骨里青”，“五把扇子骨里黄”，“九把扇子骨里红”。其所述十把扇存在明显的胡编乱造的痕迹，如“四把扇子四角查”，“六把扇子六枝花”，“七把扇子狗咬狗”，这都于义不通。其第五把扇子，忽然又叙述“大伯相与弟媳妇”乱伦的情况，与全曲处于游离的状态。这种粗制滥造的情况，当是由于艺人偶然编作，随口演唱的，但它生气勃勃，通俗有趣，仍然取悦于听众。

明代中期以后，不少文人投入了通俗文学创作，其中还有较著名的冯梦龙、刘效祖、凌濛初、张竹坡、蒲松龄、招子庸等；但市民文学作者的基本成员仍是无名的类似书会先生的没落文人，他们是时调小曲的主要作者。沈德符谈到明代时调小曲“刊布成帙，举世传诵”，这是由书贾为商业利益而刊行的。清初的《时尚南北雅调万花小曲》卷首有书贾永魁斋主人题云：“此集小曲数种，尽皆合时，出自各家规式。本坊不惜重金，刊梓以供消闲清赏。”时调小曲的作者，他们编写或创作唱本的目的是为了经济利益的，服从商业化需要；他们与传统文人的创作道路是有本质区别的。冯梦龙在《挂枝儿》和《山歌》里注明为文人的作品有米仲诏的《打》、董遐周的《喷嚏》、黄方胤的《是非》、李元实的《骰子》、苏子忠的《捉奸》。他们在当时当地是小有名气的文人，为青楼女子即兴写下一些小曲。书会先生等文人通常是编写市民喜爱的俚俗作品，供艺人和妓女演唱的。苏州唱本《送情郎五更》结尾云："说书人一言难追未来事，说到这里把笔封。"这是作者编写小曲时留下的痕迹，表示故事写到此处只得暂告停止，他封笔了。书会先生们有的仍欲展露才华与学识也写了一些颇为"博雅"的作品。《霓裳续谱》卷一里大约有二十余首小曲是婉约雅致的，如《恨锁深闺》：

> 恨锁深闺，懒听黄鹂声唤。却被他勾起闲愁，意迟迟无语凭栏。庭院悄然。惟有那檐前游蜂，雕梁紫燕。无奈何回转香闺，傍妆台似醉如痴，情绪恹恹。猛刻间惊醒春眠，却是剪剪清风，摆动珠帘。薄幸留恋在天边，顿忘了挨肩携手，鸳枕上盟海誓山。对菱花暗自伤惨，因多情瘦损芙蓉面。

这类作品很可能是《霓裳续谱》的点订者王廷绍作的。他是科场与仕途都较得意的人，而且喜爱时调小曲。当曲师颜自德请他点订《霓裳续谱》时，其作品也混入了一些。《白雪遗音》里还有一些逞才炫博之作，例如《四书注》《诗经注》表示作者精通儒家经典；《古人名》《九座州》《九座山》《九个郎》《九座楼》，表示作者有丰富的历史和地理知识；《诗词歌赋》《人生守分》《琴棋书画》，表示作者懂得宇宙人生的学问和具有风雅的趣味。

这些作品实际上是知识的通俗化，而对于民众来说，它们则是高深玄奥的，比如《才分天地人》：

> 才分天地人，八卦定君臣，五行生出父子恩，阴阳配合夫妇顺，兄友弟慕朋友信：此所谓十义纲常，人之五伦。《诗》《书》《易》《礼》《春秋》学问。钟鼓礼乐把玉书分，教化流传，孝悌忠信。自古至今，谁不敬万代为师的孔圣人。

这介绍了儒家伦理道德，宣扬了统治思想。流行于安徽寿县的《十杯酒》，它与《送郎十杯酒》和扬州调《十杯酒》相比较是显得雅致含蓄的，其第九杯酒云：

> 九杯酒，独上红楼，望眼将穿，望不见郎归舟。斜阳流水，对此难消受，只欲把沉忧积闷，付与沙鸥。眉紧皱，泪双流，悔教夫婿觅封侯。不堪往事空回首，好几月相思抛去，又上心头。

以上可见，明清时调小曲的作者主要是都市下层的没落文人。他们熟悉市民生活，了解市民的思想情感，为艺人创作唱词脚本，或为书贾编写唱本小书，以此谋生。他们犹如宋元时期的书会先生一样是未留下姓名的市民文学作者。

时调小曲是音乐文学中的新体歌词，其审美效应与娱乐作用必须通过演唱方式才能充分实现；其所具市民文学的消遣性质是很突出的，因而成为明清数百年间民众所喜闻乐见的文艺形式。在都市的歌楼、妓院、戏园、茶肆、酒店、街头巷尾、富家宅院及乡镇等处，均有歌妓、青楼女子、优伶及民间流浪艺人为各阶层人们演唱时调小曲。这是富有我们民族特色和时代特色的一种文艺。

自明代新兴的时调小曲本是青楼文艺，如沈德符所说“不过写淫媟情态，略具抑扬而矣”。冯梦龙自青年时代科场失意之后即在青楼歌馆过着放荡生活，他追忆云：

> 每见青楼中，凡受人私饷，皆以为固然，或酷用，或转赠，若不甚惜。至自己偶以一扇一帨赠人，故作珍秘，岁月之余，犹询存否？而痴儿亦遂珍之秘之，什袭藏之，甚则人已去而物存，犹恋恋似有余香者，真可笑已。余少时从狭邪游，得所转赠扇、帨甚多。（《扯汗巾》注，《挂枝儿》卷五）

冯氏编集《山歌》和《挂枝儿》其资料即主要来源于青楼，如他追述：名妓冯喜生“美容止，善谐谑，与余称好友。将适人之前一夕，招余话别。夜半，余且去，问喜曰：‘子尚有不了语否?’喜曰：‘儿犹记《打枣竿》（《打枣竿》即《挂枝儿》）及《吴歌》（即吴语《山歌》）各一，所未语若者即此耳。’因为余歌之。”（《送别》注，《挂枝儿》卷四）可见时调小曲在其初期是流行于青楼歌馆的。青楼女子在当时必须学会演唱时调小曲。她们常在小曲里自述云：“告俺爹娘，爱银钱，将奴卖在烟花巷，到烟花，十三十四学弹唱”；“埋怨爹和娘，生生卖奴在烟花巷。到烟花又学弹来又学唱”；“妓女悲伤，恼恨爹娘，最不该将奴卖在烟花巷。你把那礼义廉耻一概忘。十二十三学弹唱”。① 清人捧花生记述秦淮青楼女子蒋玉珍，“丰姿濯濯，向人瓠犀一露，百媚俱生；性尤灵敏，工小调（小曲），近有新腔号《三十六心》者，当筵一奏，令人魂魄飞越”（《秦淮画舫录》卷上）。李斗记述扬州风月场中演唱时调小曲的情形云：“小唱以琵琶、弦子、月琴、檀板合动而歌。最先有《银纽丝》《四大景》《倒板浆》《剪靛花》《吉祥草》《倒花篮》诸调，以《劈破玉》为最佳……近来群尚《满江红》《湘江浪》，皆本调也。其《京舵子》《起字调》《马头调》《南京调》之类，传自四方，间亦效之，而鲁斤燕削，迁地不能为良矣。”（《扬州画舫录》卷十一）晚清黄协埙记述上海的情形说：“近日曲中（妓院）竞尚小调，如《劈破玉》《九连环》《十送郎》《四季相思》《七十二心》之类。珠喉乍啭，如狎雨柔莺，袅风花软。颇足荡人心志。”（《淞南梦影录》卷二）关于风月场合演唱时调小曲的具体情形，这常见于明清小说之中，例如乾隆时李伯川著的《绿野仙踪》第四十回描述温如玉等人在妓院里饮酒玩乐时：

> 萧麻子道：“令是我首起的，我就先唱罢。”金钟儿（妓）道：“我与你弹琵琶。”萧麻子道：“你弹上，我倒一句也弄不来了，倒是这样素唱为妥。”说着，顿开喉咙……何公子将酒饮罢，自己拿起鼓板来，着跟随家人来吹上笙箫，唱了个《阳告》里一支《叨叨令》。如玉道：“何兄唱得抑扬顿挫，真堪落石停云，佩服，佩服！”……次后应试，是金钟儿唱了。金钟儿拿起琵琶，玉磬儿（妓）弹上弦子，唱道：“初相会，可意郎，也是奴三生有幸

① 《白雪遗音》卷一《告爹娘》，卷二《最苦烟花巷》，卷三《妓女悲伤》。

……”萧、苗二人一齐叫好，也不怕把喉咙喊破。温如玉听了，心中恨骂道：这淫妇奴才唱的这种曲儿，她竟不管我上不得来，下不得来……如玉唱完，众人俱各称羡不已，道：“这一篇小曲，撒在嫖场内，真妙不可言。”

晚清邗上蒙人著的《风月梦》里有许多描写吃花酒的情形，如第五回写道：

贾铭、袁猷、陆书、魏璧，每人出了一个令，挨次行终。凤林、桂林、双林、巧云、月香，每人唱了几个小曲。文兰唱了一个《寡妇哭五更》，唱毕，众人喝采。袁猷向文兰道：“我听见人说你有什么《常随叹五更》，又时新又好，我们今日要请你唱与我们听听。”文兰推说不会，袁猷定要她唱，又叫凤林、月香两人各将琵琶弹起，又喊污师（乐工）坐在席旁拉起提琴。袁猷用一双牙箸，一个五寸细磁碟子在手中敲着，催促文兰唱《叹五更》。文兰道：“唱得不好，诸位老爷、众位姐姐包含。”众人道：“洗耳恭听。”文兰遂唱道：“一更里窗前月光华，可叹咱们命运差……”文兰唱毕，众人齐声喝采……吴珍见穆竺已去，就拿出一张六折票子，代文兰把了江湖礼，又把一张二千文钱票与文兰，辞别去了。

时调小曲的兴盛繁荣与明清时期的京津、扬州、秦淮、沪上、岭海等都市青楼歌馆的发展是同步的，它们是一种有关联的文化现象。

明清戏剧演员——优伶也兼演唱时调小曲。明末张岱记述朱云峡教女戏："未教戏，先教琴，先教琵琶，先教提琴、弦子、箫管、鼓吹、歌舞，借戏为之，其实不专为戏也。"（《陶庵梦忆》卷二）其家女优是兼擅歌舞弹唱的。清代优伶兼演唱时调小曲已经较为普遍，例如：

庆瑞，姓刘，字朗玉，年二十一岁。三庆部魏长生之徒也，幼以小曲著名。

翠林，姓王，名锦全，字秀峰，年二十岁，安徽怀宁县山桥镇人。春台部，伶工中之铮铮矫矫者，昆乱俱谐，跌扑便捷，工小调，能吴语。①

凤翎，陈姓，字鸾仙。菊部中推弦索好手，演《花大汉别妻》；弹四条弦子唱《五更转》曲，歌喉与琵琶声相答。②

庆龄，能弹琵琶，名"琵琶庆"，男子中夏姬也。嘉庆即擅名……见其《荡湖船》小曲，抱琵琶出临歌筵，且弹且歌，曼声娇态，四座尽倾。③

以上都是燕都梨园的优伶。王廷绍在《霓裳续谱序》里说："京华为四方辐辏之区，凡玩意适观者皆于是乎聚，曲部其一也。妙选优童，延老技师为之教授。"《霓裳续谱》是曲师颜自德教授优童多年搜集的时调小曲作品集，所以研究《霓裳续谱》的学者以为："随着（明代）'小唱'系统的发展，优童中又产生一种虽偶

① 小铁笛道人：《日下看花记》卷一、卷二。

② 杨掌生：《京尘杂录》卷一。

③ 杨掌生：《辛壬癸甲录》。

侑觞，但以表演小曲歌舞为主，甚或专门表演而不侑酒的团体，即所谓‘清音’，其确切年代已不易查考，但到了清初，专演唱戏曲选段的清唱和市井流传时调小曲的‘清音’已很盛行……当时京师的‘档子’所选皆十一二岁之清童，教以时调小曲，每班二人，打扮成京师妇女妆束，但不缠脚，主要在人家宴客时演出。演出时在席前施一氍毹，联臂踏歌，或溜秋波，或投纤指，极为清童声情变态。”① 关于梨园优童演唱时调小曲的具体情形，蕊珠旧史杨掌生在《梦华琐录》里记述云：

> 今梨园登场日例有“三轴子”：“早轴子”客皆未集，草草开场，继则三出散套，皆佳伶也；“中轴子”后一出曰“压轴子”，以最佳者一人当之；后此则“大轴子”矣。大轴子皆全本新戏，分日接演旬日乃毕……李小泉言：“嘉庆初年，开戏甚迟，散戏甚早，大轴子散后，别有清音小队，曰档子班，登楼卖笑。浮粱子弟，迷离若狂，金钱乱飞，所费不赀。”今日虽有档子班，但赴第宅清唱，如打软包之例，不赴园搬演矣。又近来诸部大轴子恒自日昳乃罢，惟四喜部日未高春即散，犹是前辈风格。内城无戏园，但设茶社，名曰杂耍馆，唱清音小曲，打八角鼓、十不闲，以为笑乐。南城外小戏园或暇日无聊，亦有档子赴园，然自是杂耍馆之例，非复当年大戏散继登场之意也。②

---

① 张继光：《霓裳续谱研究》第 30 页，台湾文津出版社 1989 年。张先生认为《霓裳续谱》之时调小曲其演出者仅为优童。此则与实际情形不符，值得商榷。

② 张次溪辑：《清代燕都梨园史料》第 355 页，中国戏剧出版社 1988 年版。

杨柳青年画《十不闲》图，乾隆年间作品。“十不闲”原是流行于满族子弟中的唱词，由“瑞谷丰登”一类民间喜庆语言组成，此图画儿童们在节日吹拉弹唱，表演玩打“十不闲”的欢乐场面。

自时调小曲流行之后，戏剧演员为使演出内容更丰富，偶尔在戏剧演出时穿插时调小曲，以满足观众新的审美趣味。

当时调小曲盛行时，其演唱者不仅是都市的青楼女子与梨园优伶，还有其他的江湖艺人；其演出场所亦不仅限于妓院、戏园，还有宅院、茶肆、街头、乡镇等处。明代小说《金瓶梅》第六回描写潘金莲在家唱小曲的情形：

> 西门庆饮酒中间，看见妇人壁上挂着一面琵琶，便道：“久闻你善弹，今日好歹弹个曲儿我下酒。”妇人（潘金莲）笑道：“奴自幼粗学一两句，不十分好。你却休要笑耻。”西门庆一面取下琵琶来，搂妇人在怀，看她放在膝儿上，轻舒玉笋，款弄冰弦，慢慢弹着，低声唱道：“冠儿不戴懒梳妆……”西门庆听了，欢喜得没入脚处，一手搂过妇人粉颈来，就亲了个嘴，称夸道：“谁知姐姐

有这段儿聪明，就是小人在勾栏三街两巷相交唱的，也没有你这手好弹唱。”

清初梆子小戏《打面缸》是写县官、吏员、衙役等人在周腊梅家，听她演唱小曲取乐的一幕喜剧。[①] 西泠野樵的小说《绘芳录》第二十二回描述王德与女主人在家弹唱小曲：

一日王德备了几色精致果肴，夜来代尤氏解恼，六个人（王德、尤氏、四个婢女）团团坐下，猜拳行令，你嘲我笑。吃至半酣，王德又取过一面琵琶，弹唱了一支小曲；又逼着春兰等每人唱了一支。随后自己唱一套《十八摸》，叫春兰与他对唱，要摸到那里唱到那里，引得尤氏、春兰等笑个不止。

在大都市的某些茶社里，偶有专业艺人演唱时调小曲。张焘记天津茶社的曲艺演出：

津门茶肆，每岁底新正，添设杂耍，招徕生意。其名目有大鼓书、京子弟、八角鼓、相声、时新小曲等类。茶钱不过三五十文。小住为佳，亦足以消闲遣兴。但时新小曲有如《蓝桥会》《十朵花》《新五更》《妓女自叹》《妈母好糊涂》等牌名，皆淫亵粗鄙之词，留枕窥帘，铺排任口，断云零雨，摹拟尽情。未免少年情窦初开，血气未定者，易于移惑耳。更有两人合唱者，作为一男一女，彼即

① 《缀白裘》第十一集。

自居巾帼，不特淫声入耳绝类妖嬖，抑且眼角含情一如荡妇。(《津门杂记》卷下)

在都市的街头巷尾，时有流浪艺人卖艺，如《霓裳续谱》卷八《留神听》所述：

猪儿市口往南一行，列位呀！静听我分明。有一伙子女人，没有眼睛。一个弹琵琶，一个抓筝，还有一个弦子那么发愣。有个女孩站在当中，手里拿着拉琴，嘴里念诵。也有围着把她看，也有坐着伛自听。

这位流浪女艺人唱的是西调小曲。《绘芳录》第八回记述街头唱曲叫化的人：

(陈)小儒等吃了饭，身上觉得甚冷，换了狐裘貂冠，到店门外间，眺见东首一带空地上，大大围了个人圈。众人忙踱步过来，向人丛中望去，是一个唱曲叫化的人，身上甚为蓝缕，站在空地上。北风又大，冻的脸上青紫二色，听他唱得多颤抖抖的。小儒细把那人上下望了几眼，见他生得颇有骨格，形容虽然憔悴，那眉目之间尚隐隐带着一团秀丽之气。唱了好半会方住，向众人作了一揖，道："小子路过贵地，脱了盘川，不得已干此忍辱的勾当，实因饥寒交迫，望诸位仁人君子，可怜异乡难民，慨赠少许，没齿不忘。"

晚清孙家振在《海上繁华梦》第二十七回记述一位上海街头唱

曲卖艺的：

> （志和）当真编了许多山歌，带了一只胡琴，除了白天不便出去，一到晚上，便向各处小弄里拉动胡琴，沿门卖唱。果然引动许多听客，听完时，也有给他几十个钱，一二角小洋钱的。有时有些住家女眷，听他唱得甚好，叫到屋里去唱，一角洋钱三支，就是两角洋钱七支。起初只唱《吴歌》，后来带唱《剪剪花》《满江红》《湘江浪》《梳妆台》《劈破玉》《九连环》《四季相思》《多多调》《哈哈调》《鲜花调》《五更调》等。长的一角洋钱一支，短的一角洋钱两支。

在京都郊野，杨掌生曾见：“几道邮亭，抱琵琶入店，小女子唱《九连环》带都鲁，每卸妆酤村酿解乏。听之亦资笑乐，皆与京都《马头调》不同也。”（《京尘杂录》卷四）晚清时浙江一带流行《滩簧》的曲调，“前滩”类似昆曲，“后滩”近于小曲。这种小戏小曲还在乡镇等处演出。余治说：“今观于某乡，因演《滩簧》数日，两月内屈指其地寡妇改醮者十四人。”（《得一录》卷十一）这些例子，都可说明时调小曲为广大民众所喜爱，因而广泛流行于各种文化圈内。

当时调小曲由艺人们演唱时，即已将音乐文学转化为劳务向受众们提供消遣娱乐，从而获得劳务的经济收入以作生活的来源。这是文学的商业化。青楼女子以唱时调小曲娱客，如《金瓶梅》第八十回里作者插言：“院中唱的，以卖俏为活计，将脂粉作生涯……见钱眼开，自然之理。”所以《风月梦》里妓女文兰，唱了小曲得到一张“二千文钱票”。优童及专业艺人无论在戏园、宅院、茶社的演出，更属于商业性的活动。他们从票房收入或从班主那里得到酬劳，也从某些观众那里取得缠头。街头巷尾及村镇的流浪艺人，他们临时演唱则按江湖规矩向听众索取赏钱。因此，时调小曲是具有宋以来市民文学的消遣性，服从都市文化市场的需要的。

当时调小曲在明代中期兴起之后，甚为通俗文学家和戏曲家们所重视。王骥德认为其"措意俊妙"（《曲律·杂论》），何大复认为其"如十五《国风》出诸里巷妇人之者，情词婉曲，有非后世诗人墨客操觚染翰、刻骨流血所能及者，以其真也"（《词谑》引）。凌濛初在《南音三籁》所附《谭曲杂札》里说："今之时行曲，求一语如唱本《山坡羊》《刮地风》《打枣竿》《吴歌》等中一妙句，所必无也。"凌氏所说的"时行曲"是指明末文人作的散曲，指出它远不如新兴的时调小曲唱本的艺术水平。清人常琴泉在《白雪遗音序》里将时调小曲与中国古代音乐文学相比较而认为："兹之借景生情，缘情生景，虽非引觞刻羽，可与汉唐乐府相提并论，而其中之词意缠绵，令人心游目想，移晷忘倦。"显然，明清时调小曲的艺术特色是突出的，其艺术成就亦是较高的，但长期以来它遭到官方的禁毁与守旧文人的斥责，以至 20 世纪 60 年代之初俗曲研究者感叹说："有关市民文学特别是民间时调小曲的文学性质、艺术价值等问题，需待解决的问题很多。"① 时间又过了三十多年，这些学术问题仍有待去解决。

在中国诸种音乐文学里，时调小曲是最后的一种，其艺术

① 关德栋：《挂枝儿序》，《明清民歌时调集》第 36 页，上海古籍出版社 1987 年版。

表现趋于丰富，艺术特点也更为突出。这表现在高度的口语化、泛声的新发展及修辞方面比喻与双关的巧妙运用。古代《诗经·国风》、汉魏乐府歌辞、南北朝乐府民歌和唐代声诗，它们都是音乐文学，被公认为是口语化或接近口语的作品，但这是很值得怀疑的，因为我国古代的书面语言与口语是脱离的，而这些作品的接受对象并非普通的民众。宋词和元曲中有一部分是接近口语的作品，但大多数作品仍属文人圈子内流传的。时调小曲是无名的下层文人或书会先生们为艺人和书贾写作的，完全服从于文化市场的需要，其受众基本上是不识字或识字很少的市民，因而作品必须充分的通俗化，而且要求是口语化的。明代小曲集《挂枝儿》多用北方土语，而《山歌》则纯用南方吴语，它们都便于地区性的民众接受。清代的时调小曲逐渐克服了方言土语的缺陷，在使用普通口语方面极为成功。例如：

为乖为乖只为乖，不为乖乖，当真的我不来。为乖走了多少路，为乖穿破了脚下几双花鞋。肉儿俏乖乖，趁着没人儿，快当些你过来！（《霓裳续谱》卷七）

“乖乖”、“肉儿”是对情人的昵称。此曲纯用市井口语，表现约会时的急切心理，流露出女子的火样热情。在各地流传极广的《小寡妇上坟》表现贫苦无依的年轻寡妇为亡夫上坟，最后一段里她对亡灵诉说：

旁人家夫妻们同偕来到老，惟有你苦鬼——伤心的苦人哎，能隔千山并万水。我的叫不应的苦人哎，不隔无情板，板一层，千山万水能相会。怀抱娇儿忙跪倒，我的薄情的苦人哎，可知你家苦妻？多磕上几个头，伤心的苦人哎！

此犹如记下的哭诉，其悲哀之声足可感动天地。这些小曲乍看起来是用的俚俗口语，但它朴素真实，表达了特定环境下人物的内心情感，达到了白话文学的极高艺术水平。它与传统的词曲相较，表现力是更强的。小曲中问答的表现方式是习见的，在问答时更体现出口语化的优长。明代小曲《母女相骂》里母亲盘问女儿的私情，女儿与娘争辩：

（母）：小贱人，生得自轻自贱。娘叫你怎的不在跟前？原何唬得筛糠战？因甚的红了脸？因甚的吊了簪？为甚的缘由，甚的缘由，儿，揉乱青丝纂？

（女）：告娘亲非是我自轻自贱。娘叫我一时不在跟前，因此上走将来得心惊战。擦胭脂红了脸，耍秋千吊了簪。墙角上攀花，角上攀花，娘，挂乱了青丝纂。

（母）：小贱人休得胡争辩，为娘的幼年间比你更会转弯。你被情人扯住心惊战，为害羞红了脸，做表记去了簪；云雨偷情，云雨偷情，儿，弄乱青丝纂。

（女）：小女儿非敢胡争辩。告娘亲恕孩儿实不相瞒。俏哥哥扯住唬得心惊战，吃交杯红了脸，俏冤家抢去簪；一阵昏迷，一阵昏迷，娘，我也顾不得青丝纂。[1]

---

① 《时尚古人劈破玉歌》，收入万历刊本《玉谷调簧》。

母女相骂中纯用口语，而且格律与音韵又严整和谐，实为早期的佳作。江南唱本《堂上一对小夫妻》里，丈夫劝妻子安分守己，不要梳妆入时，以免招惹是非；妻子理直气壮地反驳。他们各有各的理由：

> 娘子呀！才上茶坊多听话，两个浮生说我妻。娘子呀！劝你腰结汗巾秋香色，劝你娘子依不依？娘子呀！芙蓉面上何必擦脂粉，小口樱桃何必用胭脂点；三寸金莲算不得大，绣花鞋内衬什么内高底。娘子呀！你四季鲜花何必戴，家常何必穿新衣，空闲何必门前立；不可对人笑微微，——你是无心他有意。
>
> 相公呀！我穿的衣都是件件嫁时衣；若说不穿衣，在家箱内贴封皮。封皮出拉何方地？女人不足穿新衣，何等人家穿何等的衣。四季鲜花，娘家都插惯；胭脂花粉原是年轻拓。相公呀！你不引人看。别人不希奇你妻，劝君莫要太多疑。①

丈夫说了许多酸腐道理，妻子将丈夫反问得哑口无言。这类问答体的小曲，由两人演唱，描摹声口表情，极为生动形象，甚受民众喜爱。

古代音乐文学作品已出现“泛声”与“和声”，即为音乐节奏的需要或增强歌词的气氛而常在歌词间加“妃呼稀”、“女儿”、“竹枝”、“嗬嗬嗬”等词语。时调小曲大大发挥了“泛声”与“和声”的作用，它与词意贴切，增强了表现作用与音

① 顾颉刚收集，载《歌谣周刊》第70号，1924年11月30日。

乐效应，如《九连环·五更》：

> 我的嗳，乾郎儿咿呀哟，依呀依呀哟！情人儿嗳，送我的九连环，九连九连环。双双手儿解，解又解不开。解不开咿呀哟！情人儿嗳，解开我的九连环，九连九连环。我与他做夫妻，是我的男，男儿汉嗳咿呀哟！变一对鸟儿飞上天，飞嗳飞上天。飘飘摇摇落下来，奴家再与他重，重相见嗳咿呀哟！雪花儿飘，飘得三尺三寸高。飘一个雪美人，与奴家怀，怀中抱嗳咿呀哟！一更嗳一点是咿呀哟，咿呀咿呀哟！二更嗳二点是不来了，不来不来了。三更鼓儿交半夜，四更鼓儿金鸡报晓咿呀哟。五更嗳五点是天明了，天明天明了。进香房，象牙床，轻纱帐，红绫被，鸳鸯枕；枕儿思，枕儿想。怎不叫奴思，怎不叫奴想。相思病嗳咿呀哟！（《白雪遗音》卷三）

九连环是铜制玩具，得法者须上下八十一次才能将相连的九个圆环套入一柱，再八十一次才能将九环全部解下。小曲中大量用了表示感叹的泛声。余如“茉莉花儿开”（《采莲苔》），“咦呀咦呀呀”（《赐儿山》）、“唔唔唔”（《时尚闹五更哭皇天》）、“哎哟哎哟”（《送郎》）等，它们往往在小曲里回环出现，声韵优美，十分感人。

在南朝乐府民歌里如《子夜歌》《读曲歌》长于运用比喻与双关的修辞手段，产生含蓄而又形象的效果，使词意愈加优美。时调小曲亦善运用这些修辞手段以表现隐晦的私情，如《虚名》：

蜂针儿尖尖的刺不得绣，萤火儿亮亮的点不得油，蛛丝儿密密的上不得筘，白头翁举不得乡约长，纺织娘叫不得女工头。有甚么丝线儿的相干也，把虚名挂在旁人口。（《挂枝儿》卷一）

“蜂针”、“萤火”、“蛛丝”、“白头翁”、“纺织娘”或是动物名或与之相关，与人间实事无涉，仅徒具虚名。此曲用了一连串比喻，以表明外面的虚名与己无关。小曲《我好似》：

我好似蜻蜓，我好似柳容。我好似一弯新月被人蒙，我好似杨花西复东。我好似水面上的浮萍无依靠，我好似檐前铁马儿动。我好似半明不灭一盏孤灯。（《霓裳续谱》卷六）

此曲全用比喻，表现不幸妇女漂泊与孤独之情绪，引人产生联想与同情。小曲《姑嫂陶情》里运用比喻技巧尤为高明；下面是姑嫂的对话：

我与你二人好比鲜花样，两朵开时你道那一朵香？

嫂嫂，你好比那夜来香，小奴好比秋海棠。夜来香得人人爱，奴是秋海棠儿怕日光。

姑娘呀，寒露探花嫩蕊好，佳人二八配才郎。

嫂嫂呀，穿旧花鞋行步稳；池内荷花开得香。

姑娘呀，盘中果子新鲜好。

嫂嫂呀，老头甘蔗蜜如糖。

姑娘呀，人老珠黄钱不值，你是含蕊将开分外香。

嫂嫂呀，你是雪里梅花能练久，并且佳人半老情更长。(《白雪遗音》卷三)

她们的对话互有情爱的暗示，但用比喻表现便含蓄有趣。双关的运用在吴歌里最常见，如“挟绢做裙郎无幅（福），屋檐头种菜姐无园（缘)”、“将刀劈破陈桃核，霎时间要见旧时仁(人)”、“好似学堂门子箍桶匠，一边读字（独自）一边箍(枯)”、“你好像浮麦牵来难见面（颜面)，厚纸糊窗弗透风”(《山歌》卷三)。句中巧妙利用了汉字同音异义的关系，如谜语一样让人去猜谜底，使欲表达之意转为晦涩，显示了民间的智慧与联想的丰富。这些比喻与双关都是民众生活中所熟悉的事物连类取喻的，它们的巧妙与贴切在某种程度上是为传统文人所难及的。口语化、和声与泛声、比喻与双关等艺术表现手段的使用固然形成时调小曲的明显的艺术特点，但这都是其他种类的音乐文学所习用的，尚非时调小曲的真正的艺术特色所在。

“时调小曲”是一个较模糊与混杂的概念，亦表明其内涵的丰富。它包含了都市流行的时新小曲、说唱文学、戏曲唱段及小戏，但又与传统的散曲、说唱文学和戏曲有一些区别。当时调小曲成为一种新兴的音乐文学时，它吸收了散曲、说唱文学和戏曲的艺术表现形式，体现出一种艺术综合的趋势，因而增强了表现能力，能满足各阶层民众多种多样的审美趣味。“时调小曲”的单曲与元曲的小令没有性质的区别，只在于它是明代中期以来流行于都市的新曲调，如《锁南枝》《傍妆台》《耍孩儿》《驻云飞》《醉太平》《闹五更》《寄生草》《罗红怨》《哭皇天》《干荷叶》《粉红莲》《桐城歌》《银纽丝》《挂枝儿》等，它们皆非元人习用的曲调。此外时调小曲中也同元曲一样有套曲——“散套”、“套数”。套曲是由数只不同的曲调而成的组曲，其主要标志是有“尾声”。时调小曲中的套曲如：

《娇滴滴玉人儿》——〔黄沥调〕〔折桂令〕〔黄沥调尾〕；

《腮边现放着牙痕印》——〔寄身草〕〔银纽丝〕〔刮地风〕〔寄生草尾〕；

《隔窗儿咳嗽了一声》——〔黄沥调〕〔耍孩儿〕〔黄沥调尾〕；

《卸残妆等候才郎》——〔平岔〕〔弦子腔〕〔吹腔〕〔黄沥调〕〔剪靛花〕〔银纽丝〕〔岔尾〕；

《妓女悲伤》——〔四大景〕〔碧桃花〕〔叠断桥〕〔南罗儿〕〔罗红怨〕〔太平年〕〔倒推船〕〔诗篇〕〔空腔〕〔尾〕。

这些套曲不仅由流行曲调组成，而且其艺术风格也与元曲相异，例如《俺家住在杨柳青》：

〔平岔〕俺家住在杨柳青，我可紧靠着玉河。把奴聘在了独柳，这是怎么说？也是我前因造定受折磨。这个，天哪！可有时候了。〔独柳调〕一更鼓儿多，独柳的生活指着这个：教奴家推磂碉（磨），累的我实难过。思量奴的命薄，浑身上下破衣啰唆。每日里织蒲席，才把那日子过。我也是无其奈何。儿夫一去两三月多，到而今不回来，急的我双脚儿跺。〔岔尾〕丈夫拉短绛，一去不见回，撇的奴家冷冷清清，孤孤单单独自个。思想起来，这是俺爹爹妈妈一时也无了主意，噫！就信了媒婆。（《霓裳续谱》卷四）

此模拟贫妇声口毕肖，而日常自然，情词婉曲。“时调”之本义即时兴戏曲，所以时调小曲中由传统戏曲而改编为小曲的颇多，如改自《红梅记·鬼辩》的《忽听得中堂人语喧》和改自《目连戏·思凡》的《俺双亲看经念佛把阴功作》（《霓裳续谱》卷二）都是成功的例子。余如《乡里亲家》《女大思春》《补缸》《寂寞寻春》《母女顶嘴》《婆媳顶嘴》《王大娘探病》等，则都是有说白有唱词的独幕小剧，由两人或三人演唱。《白雪遗音》卷四所收的戏曲《占花魁》两出与《玉蜻蜓》全本，当属于极特殊的例子。这使戏曲通俗化、简单化，丰富了时调小曲的表现形式。时调小曲还大量吸收了宋元以来说唱文学诸宫调的叙述方式，可以说唱较长篇的民间故事。《山歌》卷八和卷九是长篇“兼具说白”的，它与小戏的区别在于作第三人称的客观描写，而又间插对话。例如《山人》：

> 说山人，话山人，说着山人笑杀人。（白）身穿着僧弗僧俗弗俗个沿落厂袖，头戴子方弗方圆弗圆个进士唐巾。弗肯闭门家里坐，肆多多在土地堂里去安身。土地菩萨看见子，连忙起身便来迎。土地道：“呸！出来！我只道是同僚下降，元来到是你个光斯欣……”

此外还有一些叙事性的唱词，亦是受说唱文学影响的，以第三人称的语气讲唱，如《孟姜女》《海棠花枯》《戏表妹》《书生戏婢》《琵琶记》《问卦》《杨姑娘上吊》《姑娘吵架》《闺女思嫁》等。时调小曲因吸收了散曲、戏曲和说唱文学的表现方式，因而成为一种艺术综合性的音乐文学。这是它异于和优于其他音乐文学之处。

作品结构的程式化是明代以来通俗小说和戏曲的普遍现象，例如才子佳人故事：才子与小姐邂逅相逢，一见钟情，后花园私订终身，西厢偷情，父母许婚，才子上京求名，皇榜高中，大团圆。这已成为程式化的故事结构。时调小曲的程式化结构也是突出的，却又有别于小说和戏曲，它是以传统文化中表示规律的或过程限度的数目为结构纳入抒情或叙事的内容，例如“五更”、“四季”、“十杯酒”、“十二月”，它们很符合民众传统的思维习惯，易于为文化程度低下的民众接受。明代小曲《时尚五更哭皇天》表述女子在晚上从一更至五更，整夜思念情人的痛苦心情。此后类似结构的作品极多，如《五更天》《盼郎》《边关调》《红日归宫》《叹五更》《日落黄昏》《绣荷包》《绣汗巾》《五更》《五更佳期》《鼓儿天》《送情郎五更》，它们表现妻子、妓女、姑娘或少妇整夜的相思、离别或欢会的过程。以“十”为程式的有《十字排》《十望郎》《十送郎》《十怨命》《十杯酒》《十把扇》，其中如《十杯酒》和《十望郎》皆有多种。以“四”为程式的如《四季相思》有数种。以“十二月”为程式的如《十二月》数种亦述女子相思之情。有的作品虽以数字为程式却仅利用民众的接受习惯心理，并不遵照严格的程式，例如《五更驻云飞》仅写了“初鼓才敲”、“月下星前”、“闷对银釭”，未依次叙述五更次的情景；又如扬州调《四季相思》仅叙相思之情，而与四季无关。从这两例可见程式化所造成受众的思维定式，使小曲作者不得不去适应与利用。这些数目程式的小曲并不妨碍作者的创作自由，许多优秀作品都善于在程式结构中将行为与思想情感过程表述得细致生动，如唱本《十杯酒》以女子自诉方式表达离别之情；其三杯酒云：

> 三杯酒，扯住郎的衣。奴同你本是这露水夫妻！自从那一时竖着毫毛，瞒着爹娘，相交就是你。哪一时，哪一刻，小奴家丢掉你？早起郎出门，晚上总要早点回来。你若是不回来，小奴家时时刻刻挂念在心怀。你今日丢得奴家家中要出外，好一似半空中无情剑，斩断两分开！

像这样送别时劝情人十杯酒，每劝一杯都絮絮叨叨地诉说无限的离情，细致地表现了离别的全过程。《叹五更》是以一夜五更的思绪为线索表述妓女的悲惨命运，如到五更时：

> 五更里，窗前月光迟，可叹奴家冬夏时，苦有谁知？饥寒饱暖，自己怜惜。最怕寒冬冷，披衣送相知；又怕的六月炎天干那事。迎新送旧，怕到老时。细想苦处，自受自知。我的天哪，咳！死后问阎王，查一查来生世。

这将下层妓女精神生活的痛苦描述备尽。可见程式化之类的作品仍有不少艺术水平极高的优秀之作。

我们可以将时调小曲视为情歌，它主要是表现两性的私情。这固然是文学的永恒主题，但时调小曲表现它时有自己的创新。音乐文学本以抒情见长，时调小曲则以内心独白的方式取胜。它表述两性细致而复杂的私情，有许多长篇将女性心理揭示得极深刻，在艺术表现上臻于新的高度。作者从接受者的需要与商业利益考虑，迎合文化消费者的趣味，不断提高艺术水平，使这永恒的文学主题具有市民的美学趣味与消遣文学的性质。时调小曲中最为人们赏爱并且有很高艺术价值的应是表达女性意识的独白抒情的作品。明代万历刊本《词林一枝》的小曲《罗红怨》大都是女子独白式的情歌，例如：

纱窗外，月影斜，奴害相思为着他。叫我如何丢得下！终日里默默咨嗟，不由人珠泪如麻。双手指定指定名儿骂，骂几句短幸冤家，骂几句短命天杀！因何把我把我抛撇抛撇下？忽听得宿鸟归巢，一对对唧唧喳喳，教奴孤灯独守，心惊心惊怕。

同时的小曲集《挂枝儿》和《山歌》的大多数作品也是这样的抒情方式，犹如女性在倾诉自己的离合悲欢。《霓裳续谱》卷四《寄生草》：

又是想来又是恨，想你恨你都是一样的心。我想你，想你不来反成恨。我恨你，恨你不来越想的甚。想你的当初，恨你的如今。我想你，你不想我，我可恨不恨？若是你想我，我不想你，你可恨不恨？

这表现复杂矛盾的心理，按照内心规律推测，所言是常理，亦是朴素的真理，如在当面质询。《白雪遗音》卷二《马头调》：

濛松雨儿下得细。你我相交原不在一时。咱二人，你有情来我有意，恩和爱只在你我心里记。人多眼杂，难定佳期。你要会佳期，另拣上个日子遂你的意；要偷情，总要你做得密。

这是女子对情人的劝告，有情有理，表现出争取爱情自由幸福的愿望。《缀白裘》第三集的《时调杂出·小妹子》是独幕小剧，演唱长篇情歌，是一支优美动人的小曲。全曲可分三段，第二段云：

> 负心的贼呀！你记得我和你在月下星前烧肉香疤的时节？我问你：凭那冤家呀改肠时也不改肠？你回言道说“姐姐，我就死在九泉之下永不改肠。”因此上，听信你说道永不改肠，才和你把那香疤儿来烧了。谁想你大胆的、忘恩薄幸的、亏心短命的冤家，你便另娶上一个婆娘。凭你呀，娶上一个妙人儿，总然是妙杀了，只怕不如小妹子的心肠也！怎如我行里、坐里、茶里、饭里、梦里、眠里、醒儿里、醉里，想得你的慌！

全曲六百余字，一气呵成，如泣如诉，如话家常，哀怨愤激，模拟市井女子语气逼真，朴素天然，自是佳作。其他如《叹五更》《十望郎》《十杯酒》《烟花自叹》等长篇情歌都是以内心独白的方式展示了市井妇女的丰富而微妙的情感世界。从这些情歌可见到，无论从数量、篇幅、抒情深度、文化意义和艺术表现方面，均已大大超越了以前诸种音乐文学的情歌。它们因而有强大的艺术生命力，所以能在清朝统治阶级禁锢之下继续流行，在民间不断地传唱。

明清时调小曲在艺术表现手段方面使用市井俚俗语言并使之口语化，发展了古代音乐文学中的“泛声”与“和声”，采用比喻与双关的修辞方法，使其艺术特点显著。其真正的艺术创新是吸收了散曲、戏曲和说唱文学的表述形式而具有艺术综合的趋向；发展了通俗小说和戏曲的程式化结构，而在表述时采取了符合受众思维习惯的数目结构将情感过程与事件过程描述极为细致，出现了许多长篇的作品；以内心独白的方式表现市井女性复杂细腻的情感，深刻地揭示了她们的情感世界：这些都是时调小曲优于其他音乐文学之处。时调小曲艺术表现的综合化、多样化和细致化与其复杂的音乐系统结合起来，便能产生较强的美感效应与娱乐作用。所以它在明清数百年间足可与通俗文艺中的小说、戏曲、说唱文学抗衡争胜，立于不败之地，拥有广泛的受众。

当我们充分肯定明清时调小曲的艺术成就时，却不能不见到它的艺术水平是不一致的，而且存在一些明显的缺陷。这主要表现为某些作品的恶俗、粗糙、抄袭和敷衍。

恶俗之作如《挂枝儿》和《山歌》中的《痒》《牙刷》《消息子》《笃痒》《拨弗倒》《鸨儿》《窃婢》等。此外如流行的《十八摸》《借东西》及各种窑调。它们以市井粗俗词语表现淫秽猥亵的两性私情，仅为迎合小市民庸俗趣味，已经不具备文学的意义，不能给人以美感，只能起到感官的刺激了。这些作品历来为社会舆论所禁止并为学者们所深恶痛绝，都是理所当然的。

粗糙之作如《乡下夫妻》的“见妻儿在灶跟前，不觉冲冲发怒。作甚业，晦甚气，讨你这夜叉婆，黄又黄，黑又黑，成什么货”（《挂枝儿》卷十）；《船艄婆》的“笑嘻嘻，笑嘻嘻，亏你昨夜那忍得到晓鸡啼。小阿奴奴私房本事侪吃你听会子去，只怕你搭家婆到弗得我介会顽皮”（《山歌》卷七）；《两口变脸》的“你不梳头，不洗脸，甜酱粥，一大碗，油炸鬼，一大串，吃炸糕，要大馅，热馒头，银丝面，吊炉烧饼特会玩”(《白雪遗音》卷三)。这些小曲是无文学性可言的，随口编造，只取俚俗入耳，而且毫无思想意义。

抄袭之作如明代李开先在《词谑》里录了一首优美的小曲：

> 熨斗儿熨不开眉间摺皱，竹掤儿掤不开面皮黄瘦，顺水船儿撑不过相思黑海，千里马儿也撞不出四下里牢笼扣。俺如今吞了倒须钩，吐不的，咽不的，何时罢休？奴为你梦魂里挝破了被角，醒来不见空迤逗。泪道也有千行呀，恰便是长江不断流。休休，阎王派俺是风月场行头；羞羞，夜叉婆道你是花柳营对手。

因此曲甚为市民喜爱，于是在此基础上的改制之作极多，如《挂枝儿》卷一的《耐心》《霓裳续谱》卷四的《熨斗儿熨不开眉间皱》和《熨斗儿熨不开满面愁象》《白雪遗音》卷二的《熨斗儿》，它们都与原作大同小异，辗转抄袭。《霓裳续谱》卷二的《俺双亲看经念佛把阴功作》本是改编戏曲《思凡》而成，因改编成功，广为流行，而相同的改作亦不断出现，如《霓裳续谱》卷五的《敲罢了暮钟烧毕了香》《白雪遗音》卷二的《小尼姑》和《思凡》。此外如《屈死了大郎》《赴考的君瑞索人送》《碧云天黄花地》《凤仪亭》《过五关》《单刀赴会》《西游记》《秦琼》等作，皆是将通俗小说和戏曲的故事改编为小曲，仅仅作简单的故事叙述，使原有的故事简单化了，而且改编得枯燥乏味。这些作品都是没有创造性的。

明万历十年高石山房刻本《目连记》尼姑下山图

敷衍之作虽非粗制滥造，但平庸而无意义，散缓而不精彩，如《歪缠》的“回转头来看见子卖草纸个后生，就叫卖草纸个，你阿有萧山，阿有富阳？卖草纸个说无得，一头便是包扎，一头便是薄光”（《山歌》卷八）；《鱼船妇打生人相骂》的“只见个婆娘参起来叫四邻，便骂道你个丢丢响个乌龟弗要走了去，也搭你搂一个六江水也浑。说起行户申问来我搭你芦菠上芦菠下，称起骨头来你八两我半斤”（《山歌》卷九）；《听我胡诌》的“出门遇见两条狗；这条狗有些面熟，这条狗好像我大大爷家的大耷拉耳朵的白鼻梁挠头狮子狗，那条狗好像二大爷家里二耷拉耳朵白鼻梁子挠头狮子狗”（《霓裳续谱》卷六）；《郭巨埋儿》的“闻听说太爷你就多好善，周济穷人是爱怜贫，常舍常有你就常常富，增福增寿你是活财神”（《霓裳续谱》卷七）。这些作品内容本来贫乏，表现技巧低劣，偏又铺叙展衍，构成长篇，令人生厌。

除以上情况而外，我们还可见到时调小曲流传在各地方时，各地艺人或书会先生为适应本地受众的兴趣而将原作略为改动。《花鼓曲》原曲结尾是：

> 我的姣姣，我的姣姣，我弹琵琶，姣姣吹着箫。箫儿口中吹，琵琶怀中抱。吹来的弹去，弦线断了。我待要续一根，又恐怕那旁人来笑。

此曲流传在四川东部地区改名为《鲜花调》，结尾改为：

> 弹也弹得好，吹也吹得妙。正好上调，弦断了。奴本得接起再来弹，又恐怕词儿不合调，词儿不合调，完了。

《白雪遗音》卷二的《王大娘》或作《王大娘探病》，流传在四川即改名《纱窗外》，“因为都是用‘纱窗纱窗外呀’一句起曲的缘故……这《纱窗外》曲调，各种牌子曲引用时，都标作《四川歌》。歌文中每段末句的尾音都作‘哳哳’，实四川语尾音也”。① 各地类似的例子很多，然就一般情形而言，后来改写本的艺术价值都不如原作。

现存的时调小曲极其浩繁，唱本数以万计，作者的文化修养参差不齐，创作旨趣各异，其中不免泥沙俱下。造成时调小曲的某些恶俗、粗糙、抄袭、敷衍的原因是文学的商业化。在大众文化圈内，文学生产的主动权操纵在刊行通俗作品的书贾手中，服从商业的利益与文化市场的需要。这样构成一种冷酷的机制，进入恶性循环的运动。某些无名的作者，当他们摆脱了商业化堕落的机制时，才可能表达市民反封建的社会情绪，才可能探索市民美好的情感世界，才可能追求艺术的高深境界，于是创作出了通俗而优美的歌词，而且使它们在中国音乐文学史上取得辉煌的艺术成就。

自清代中期以来，时调小曲即成为禁毁的对象。晚清同治七年（1868）江苏巡抚丁日昌得到朝廷支持厉行禁毁“淫词小说”，其查禁书目内的“小本淫词唱片”共百余种，因它们早已流传民间，虽经厄运而大都幸存下来，例如《杨柳青》《十送郎》《十二杯酒》《妓女叹五更》《书生戏婢》《十八摸》《小尼姑下山》《四季相思》《王大娘问病》《九连环》《姑嫂谈心》

① 李家瑞：《北平俗曲略》第111页，中央研究历史语言研究所印行，1933年。

《美女淋浴》《望郎送郎》《一匹绸》《妓女滩头》《跳槽》《哈哈调》《美人闺怨》《小儿郎》等。20世纪之初的新文化运动以来，社会价值观念发生了根本变化，封建思想遭到猛烈抨击。在此文化背景下民间歌谣与时调小曲的新的文化意义为学术界所发现，时调小曲集如《挂枝儿》《山歌》《霓裳续谱》《白雪遗音》等陆续整理出版，并给予了其在中国俗文学史上的相当重要的地位。时调小曲基本上是抒写男女私情的，其中尚有不少猥亵的作品，它与明清艳情小说是一种共生的文化现象。我们可以相信："在一切民族的歌谣里，在数量上占最多的歌谣是关于爱情的歌谣。它们的题目永远是一样的，但是色调的变化却是难以数计；像颂赞自己所爱的女孩子的美丽，对于她的无情的怨望，关于不幸的爱的描写，嫉妒的痛苦以及其他等等"。[①] 冯梦龙编集明代小曲《挂枝儿》时，将情分为十类，即私部、欢部、想部、别部、隙部、怨部、感部、咏部、谑部和杂部。可见明人对情感的认识已经很细致了。在各种明清时调小曲集内，大约百分之八十以上的作品都是表现男女私情的，它们虽然歌唱人类永恒的文学主题，却有自己的时代特色，具有新的文化意义。例如《调情》：

娇滴滴玉人儿，我十分在意，恨不得一碗水吞你在肚里。日日想，日日捱，终须不济。大着胆，上前去亲个嘴。谢天谢地，她也不推辞。早知你不推辞也，何待今日方如此！（《挂枝儿》卷一）

---

① ［西班牙］卡萨斯：《歌谣论》，《歌谣》第二卷第22期，1936年10月。

这表现了男子强烈而大胆的情欲，它如烈火，希望对方一同燃烧起来。《心事》则是女子表现思恋之情：

> 心中事，心中事，心中有事。说不出，道不出，背地里寻思。左不是，右不是，有千般不是。虽有姊和妹，有话不相知。怎能够会一会冤家也，我的心儿才得死。（《挂枝儿》卷三）

这是一段苦涩难言的心事，无人理解，必须亲自验证是真是假，是实是虚。《风》是咏物小曲，将两情表现得较为含蓄：

> 情哥郎好像狂风吹到阿奴前，揭袄牵裙弗避介点嫌。姐道：我郎呀！你道无影无踪个样事务看弗见、捉弗着，也防备别人听得子，我只是关紧子房门弗听你缠。（《山歌》卷六）

男子的情感像狂风，无所顾忌，而女子则出于谨慎的考虑，适当以理智控制自己。《偷情》表现女子因产生爱情而成熟了：

> 情人进房床边坐，冰冷的手儿将奴的咂咂摸。摸的奴，浑身上酸麻实难过。问情人，胆战心惊怕那一个？上无有公婆，又无有兄弟，就是那邻舍也管不着我。我那当家的，实是一个痴呆汉，倘若是碰见了，你就说俺娘家两姨哥。（《白雪遗音》卷一）

这表现了封建婚姻制的不合理，以致妇女采取越轨的方式进行反抗。她懂得怎样对付社会习俗偏见，而努力争取自己的幸福。《采莲苔》描写情人约会的情形：

姐在园中采莲苔，大胆的书生撩进砖头来，撩进砖头来。你要莲苔奴房里有，你要风流，风流晚上来，风流晚上来。

你家墙高门又大，铁打的门闩，叫我怎进来，叫我怎进来？

我家墙外有一棵梧桐树，你攀着梧桐，跳过粉墙来，跳过粉墙来。你在园中装一声猫儿叫，奴在房中，情人进房来，情人进房来。房门口一盆洗脚水，洗脚盆上放着好撒鞋，放着好撒鞋。梳妆台上一碗参汤在，你吃一口参汤，情人上床来，情人上床来。青纱帐中掀起红绫被，鸳鸯枕上情人赴阳台。（《白雪遗音》卷三）

这与传统文学中表现的情形极不相同，两性间的外在距离缩短了，简化了，似乎只描写欲而无情，但这在民众中则是真实的。这一类的作品与以往的音乐文学相比较是将两性的情感表达得通俗、细致、坦率、强烈，有似这些充满情欲的男女的心声。然而时调小曲与以往的音乐文学之区别主要在于它有许多猥亵的情歌，例如下面三首：

喜只喜的红罗帐，爱只爱的象牙床。喜只喜三寸金莲肩上扛，爱只爱红绣鞋儿底朝上。喜的是樱桃小口，爱的是口吐丁香，喜只喜杏眼朦胧魂飘荡，爱只爱哼哼唧唧把情声放。

情人爱我脚儿瘦，我爱情人典雅风流。初相交就把奴温存透，提罗裙故意把金莲露。你恩我爱是那般温柔。手儿拉着手，肩靠着肩儿走。象牙床上，罗帏悬挂钩，咱二人今晚上早成就。舌尖嘟着口，情人莫要丢。浑身上酥麻，顾不的害羞。哎哟，是咱的，不由人的身子往上凑；凑上前，奴的身子够了心不够。

玉美人儿才十六，挽了乌云，欲梳油头，露出了鲜红的兜兜，雪白的肉。勾惹的年轻的玉郎望上凑，手扶着肩膀，要吃个舌头。佳人便开口，你莫要瞎胡搂，梳罢油头，再去风流。玉郎说，这阵欲火实难受。木梳往桌上丢，顾不得两手油。垂下帐幔，落下金钩，他二人重入罗帏把佳期凑。二人到了情浓处，口对着香腮，叫声乖乖，又叫声肉。

这三首小曲均见于《白雪遗音》卷二。20世纪20年代诗人汪静之在《白雪遗音续选序》里特别引用了它们并评论云：

这样大胆的、真实的、赤裸裸的性欲描写，这样热烈的、狂纵的、浪漫的、火一般的情歌，是《国风》里寻得出的么？是《子夜》《读曲》里寻得出的么？是庸凡的大诗人的集子里寻得出的么？[①]

他对这些作品给予了高度的评价。民间文学家钟敬文早年在搜集海丰的猥亵歌谣的后记里说："歌谣之所以猥亵，大概是因

① 汪静之主编：《白雪遗音续选集》，上海北新书局1927年版。

为‘肉的描写’，妇人的乳房、阴户等，便是描写的极好材料。”①他对猥亵歌谣亦是持肯定态度的。这都表明新文化运动在学术界所产生的影响，使学者们敢于从文化意义来重新认识为封建统治阶级所严禁的猥亵情歌。当然，我们绝不能盲目地赞赏或肯定猥亵的作品，而其具体情形亦是较复杂的。清初流行的《时尚南北雅调万花小曲》内有《十和偕》二十首，都是猥亵的，如郑振铎批评云：“每首都是粗俗不堪的，都是最恶俗的赤裸裸的性的描写，大约连妓女们也不会唱得出口的吧!”②这种性质的小曲还有《十六不谐》《十八摸》《泗州调·月亮一出照楼梢》《吴歌·夏日炎炎日正长》《借东西》，以及《挂枝儿》中的咏物小曲和《山歌》中的私情小曲。猥亵小曲是迎合小市民庸俗趣味的，以感官的刺激获取恶俗的娱乐效应，这势必造成社会性的文化污染，理应受到学术界的抵制与社会的禁黜。在时调小曲中那些表现两性间真率优美的爱情的作品，略有猥亵的成分而又含蓄的具有较高艺术性的作品，则我们应从文化意义来重新评价。

北宋中期兴起的新儒学，以理性思辨的方式探索儒家经典的义理，从致知穷理以认识儒家之道，通过诚意、正心、修身的道德自省途径以期实现齐家、治国、平天下的最高理想，其基本精神是“存天理，灭人欲”。它在南宋之初被称为“道学”，南宋后期以“理学”的名义上升为统治思想。明代以来，理学作为统治思想的地位日益巩固。此后人们理解的“道”，即是新儒学派的“天理”，亦即“三纲”、“五常”的异化；它

---

① 钟敬文：《猥亵的歌谣》，《歌谣周刊》第74号，1924年12月。

② 郑振铎：《中国俗文学史》下册第416页，商务印书馆1938年版。

成为封建社会后期的价值标准。明清时调小曲所代表的市民文化是具有鲜明的反“道学”精神的。冯梦龙在《叙山歌》里宣告编选时调小曲之目的乃是“借男女之真情，发名教之伪药”。“名教”即是以正名定分为中心的封建礼教，为宋明道学家极力宣扬的。冯氏认为它犹如标榜救世而卖的伪药，于是揭发其虚伪，以让民众不再相信。冯氏又在一首小曲《亲老婆》后评云：“忽然道学”。（《山歌》卷五）他指出作品所受传统思想的毒害。在小曲里常将“道学”与私情相提并论，实借以嘲讽统治思想，例如“道学先生口里出只孔夫子，情人眼里出西施”（《山歌》卷四）。这认为儒家圣人孔夫子与越国美女西施的价值是相等的。在《秀才嫖》的小曲里，借妓女以嘲笑秀才兼及道学：“既是个秀才，不该来嫖；既来嫖，或是钱来或是钞。风月中谁人与你瞎胡闹，讲甚么文章，论甚么道学！”（《白雪遗音》卷二）这从现实的观点否定道学，亦揭露了道学君子的虚伪面目。小曲里时有对儒学经典断章取义，任意穿凿附会，以资取笑的情形，如下面两首：

> 绣房儿正与书房近，猛听得俏冤家读书声，停针就把书来听：“汤之盘铭曰：苟日新，日日新，又日新。”圣人的言语也，其实妙得紧。（《书声》，《挂枝儿》卷七）

> “汤之盘铭曰”儿照，“其命维新”睡不着。盼才郎，“邦畿千里”来不到。他那里“宜兄宜弟”同欢笑。“其叶蓁蓁”甚是难熬。到如今“桃之夭夭”心内焦，恨将起“寤寐”“辗转”把苍天叫。（《四书注》，《白雪遗音》卷二）

这是以男女私情去附会儒家经典，有意亵渎圣贤，意在攻击道学。可见明清时调小曲的作者和编者是自觉地同封建统治思想——道学处于对立的地位，表现出反传统的倾向。这一倾向主要是从女性的角度，表现她们女性意识觉醒之后，对于传统的社会伦理、道德规范、三从四德、三纲五常等的否定与背离，从而体现她们新的价值观念。

民众的情义观念有特定的含义，它不受统治思想的约束和封建礼教的规范。时调小曲里表现出“情义无价”的人生价值取向，如《当真恩爱》：

> 当真恩爱在胸前挂，太平之世称甚么典雅。奴住在谢家胡同的东角下，有一座青石灰门楼不甚大，自要你前去细细的访查。门前有三棵柳，院中有数棵花。有柳有花，就是奴的家。你咳嗽声，奴就懂你的话。这月初七八，俺娘不在家，斟下美酒，倒下香茶，等情郎站在帘笼下。佳期莫要差，佳期莫要差。错过佳期，把奴想杀。想杀奴，奴的灵魂儿将你骂。须知道：人生情义原无价。（《白雪遗音》卷一）

自明代中期以来，情感至上已是通俗文学的价值观念，它是民众对抗商品社会拜金主义的思想武器。“情”，特别是两性间最美的真情，乃人生最可宝贵的东西；为了它而勇往直前，乐于奉献，承担责任，这就是“义”。“情”是最高价值，“义”是指导实践的原则。两性间一方有情，一方则有义；有情有义是人生的理想境界之一：“情人爱我，我爱冤家。冷石头暖得热了放不下。常言道：人生恩爱原无价。”（《人人劝我》，《白雪遗音》卷二）两性之间的“情义”即“恩爱”，有恩有情，有爱有义。小曲《偷》抒写私情暴露后，女子勇于承担责任：“拼得到官双膝馒头跪子从实说，咬钉嚼铁我偷郎。”（《山歌》卷二）这位女子表现出非常的重义气。《情人进门你坐下》表述女子即将出嫁时，剪下头发留赠情人并约定后会之期。她对情人说：“你要想起了奴家，看看我的头发。要相逢除非等奴回门罢，那时节与你共解香罗帕。”（《霓裳续谱》卷四）这是有情有义的女子，不因封建婚姻关系而舍弃情人。如果爱情遭到阻碍或挫折时，为了情，他们是义无反顾的。在《手拉手儿》里女子的态度是很坚决的：

手拉手儿把黄河下，就到了黄河也不把手撒。咱二人就死死在一处罢，免的咱思思念念常悬挂。转世为人，还是咱俩，长大时你不娶来我不嫁，到那时方称你我心中话。（《白雪遗音》卷二）

苏州唱本《送情郎五更》是一篇优秀作品，叙述苏州的一位年轻女子的爱情故事：

一更里跳过墙，手扒窗棂细端详，美貌佳人灯前坐，十指尖尖绣鸳鸯。二更里掩门听，二姐开门笑盈盈。双手搂抱奴怀内，亲亲哥哥叫几声。三更里进绣房，手扯手儿上牙床，用手揭开红绫被，满脸胭脂桂花香。四更里月过西，咱二人玩耍有谁知？奴的臂膀与你枕，仔细玩耍五更里。不要慌，不要忙，不要穿错奴的衣裳。奴的衣裳红挽袖，哥哥衣裳袖儿长。休要慌，休要忙，手扯手儿送情郎。

送郎送在影壁桥，两泪汪汪告诉郎：今日为你打一顿，明日为你骂一场；打奴骂奴皆为你，舍了皮肉舍不了郎。

送郎送在大门前，赶上情郎打一拳。我问情郎那里去，休要吃酒去赌钱。

送郎送在大门外，老天又刮西北风。我劝老天下雨雪，我留情郎过一冬。

送郎送在御花园，腰间取出两串钱：一串与你雇驴骑，一串与你作盘川。

送郎送在玉河涯，腰里拿出红绣鞋。这只绣鞋与了你，想起奴来看绣鞋。

送郎送在玉桥头，手扶栏杆望水流。水流千遭归大海，露水夫妻不到头。

送郎送在十字坡，再送几程也不多。路上若有人盘问，就说妹妹送哥哥。

送郎送的要起程，咱二人何日再相逢？

二人若要重相逢，等到来年二月中。[①]

当送情人离家时，她已估计到严重的后果，相送过程中温柔多情。这短暂一场恋爱，令她终生难忘。流行于江浙的小曲《十月望郎》叙述一位女子的情人病入膏肓。她每月初一去探病；情人死后，她不顾世俗的议论，尽管名分不正，仍前去送丧：

① 《送情郎五更》，苏州唱本，载《歌谣周刊》第六十号，1924年6月22日。

正月初一去望郎，一包枣子一包糖。枣子拨郎郎过药汤，糖拨郎郎泡糖汤。

二月初一去望郎，手擿白米煮粥汤。眼泪汪汪在里床。

三月初一去望郎，梳头绕脚煎药汤。药汤煎好郎官吃，眼泪汪汪在胸膛。

四月初一去望郎，四扇城门贴药方。有名先生装（医）得我郎好，赏你金来赏你银。

五月初一去望郎，手捏香烛进家堂。家堂菩萨保佑得我郎好，混（浑）猪混羊谢家堂。

六月初一去望郎，西瓜桃子去望郎。桃子吃得嘴里甜，西瓜吃得心里凉。

七月初一去望郎，我郎困得象牙里半床。双手劈开青纱帐，青纱帐里好凄凉。

八月初一去望郎，望（我）郎抬得大厅上。四亲八眷都接到，并无年少夫妻守孝堂。

九月初一去望郎，我郎抬来大街上。四亲八眷都来送，奴奴毛（没）青布衫沿街送。

十月初一去望郎，我郎抬得钱塘江边上。只见黄梅大水白哀哀，勿见我个老望郎。①

死神夺去了她的情人，却无法夺去她的爱情。她贫穷，送丧时

① 《十月望郎》，载《歌谣》第二卷第17期，1936年9月26日。按此曲每月四句，二月仅有三句，疑脱落一句。

竟无一件青布衫，但情感却是丰富而宝贵的。这些小曲所反映的情事，若从封建伦理道德观念来看，它们都违反了礼教，而且是非法的；然而它们真情感人，有内在的合理性，表达了情义至上的观念，对冷酷的世俗社会展示了人性之美。

情义至上并非主张情感的永恒不变，这是明清时调小曲与传统文学关于永恒主题的相异之处。市民们能清醒地看待现实生活，不为理想的色彩所迷惑，所以关于两性情感，他们虽然重视情义，但不相信它是不变的。情变是现实的必然。他们相信人生存在某种神秘的缘法："有缘法那在容和貌，有缘法那在前后相交，有缘法那在钱和钞。有缘千里相会，无缘对面遥。用尽心机也，也要缘法来得巧。"（《缘法》，《挂枝儿》卷一）缘法即缘分，民众相信它是个人命中注定的机遇。人生的聚散离合皆充满许多难以解释的偶然因素：有缘则聚会，缘尽则离散，遵循自然，不可勉强。所以"缘法儿尽了，心先冷淡。缘法儿尽了，要好再难。缘法儿尽了，诸般改变。缘法儿若是尽了，把好言当恶言。"（《缘尽》，《挂枝儿》卷五）当缘尽之后，恩情可以两断，没有忧愁悲伤，这是"解的开的连环扣，放的下的挂心钩，钝刀儿割的断的连心肉"（《霓裳续谱》卷六）。从现实利害考虑，非法的恋情是不长久的，而恋情中的女子总是最先清醒。小曲《俏人儿》里少妇劝情人说：

> 俏人儿，我劝你回心转意。休想奴容颜好，奴是别人妻。将钗环赠与你拿回家去，寻上一房妻，早早会佳期。到后来，人谈论，反是奴误了你，反是奴误了你。（《白雪遗音》卷二）

因有了情变的思想准备，人们不会为不能百头偕老，从一而终所苦恼，亦不为习俗和礼教所制约，努力争取情感的自由，获取人生的幸福与快乐。

古代称那些为封建礼法殉身的女子为“贞节烈女”，地方政府为了旌表她们，特请示朝廷准予建造贞节牌坊。明清时代因理学思想的普及，加强了对妇女的束缚，社会大力提倡“贞节烈女”，而社会道德风气却并不因之有所好转。民众看清了这些虚伪的陋俗，他们理直气壮地问道：“盘古以来也是有数个三贞并九烈，近来能有几个得身清？”（《撇青》，《山歌》卷二）他们所知道的贞烈妇女并非都是清白的，只是一种社会假象而已。所以妇女不需要贞节牌坊，她们要爱情，要自由。小曲《捉奸》表达了大胆的性爱自由的思想：

> 古人说话弗中听，那了一个娇娘只许嫁一个人。若得武则天娘娘改子个本《大明律》，世间啰敢捉奸情！（《山歌》卷一）

女性反对儒家礼教，反对封建法律，这不是异想天开，而是有历史的依据与合理的人权要求。《仙家幻》描述一位女子对待情变的态度，她表示：“冤家有日回来到，我和你从新诉一宵。你若是一步儿来迟，我和别人去好。那时节教你进退无着落。”（《霓裳续谱》卷二）这是对付情变最有效的办法，便不会因被遗弃而悲伤了。《一见情人》也是表述女子对付情变的，她对情人说：“你要睡，就与那人睡个够，也不用花言巧语，也不用苦苦的哀求。对你说：再想从前不能够；要开恩，除非断绝那条路。”（《白雪遗音》卷二）她以情义原则要求情人作出选择，绝不低声下气去保持原有关系，表示了人格的独立。女性为了自由，有意使自己不做情感的俘虏，她们认为：“相好不如不相好的妙，不相好的比相好的还高。相好了时时刻刻丢不掉；若是不相好，又不牵挂又不懆。不相好欢喜，相好就心焦。”（《白雪遗音》卷二）她们主张淡淡相交，以免陷溺于情爱之中而不能自拔。这是非常理智的态度，亦是情场的经验总结，它的深刻的现实意义是不容易为阅世甚浅的人们所理解的。《王大娘》又名《王大娘探病》是流行的长篇小曲。它叙述一位姑娘因游春时遇见了一位青年——“他年小是书生，他爱奴家红粉是佳人，临行说了几句调情的话”，于是她相思成病。邻居王大娘来探病，经过几番盘问，姑娘终于道出真情，但此事在封建社会时代是不容易圆满的。下面是她们的一段对话：

“调情不调情，不怕你爹妈知道么？”

“奴的爹爹，七十又加八。奴的妈妈，耳聋又眼花。爹爹妈妈，可是奴不怕。”

“不怕你哥哥嫂嫂知道么？”

“奴的哥哥，时常不在家。奴的嫂嫂，常走娘家。他们二人我是全不怕。”

“不怕你姐姐妹妹知道么？”

“奴的妹子，年小不知煞。奴的姐姐，合奴不差煞。我们二人说的是一样的话。尊声王大娘，你是俺干妈。低身往下拜，哀告俺干妈，这桩事儿你可成全了罢！”（《白雪遗音》卷二）

王大娘当然成全了她。于是姑娘由恋爱而结婚，巧妙地选择了自己所爱的人，争取了婚姻的相对自由。《姊妹玩月》通过姊妹谈心表现新旧观念的碰撞。下面是两姊妹的对话：

> "贤妹呀！凡为女子须贞节，一马从来配一鞍。就是游山看戏迎神会，概不关心谁敢谈！"
>
> "姐姐呀！可叹青春能有几？一到花残万事难。只要男若怜香女惜玉，何分彼此论交关？"
>
> "贤妹呀！痴心女子无情汉，世上男人刁转湾。凭你万倍恩情重，少有差迟就动蛮。"
>
> "姐姐呀！只要他心无二念，刁蛮忍受好包含。男贪女爱图长久，有意何愁天就坍！"
>
> "贤妹呀！大才虽好终非久，怎比明媒六礼攀。淑女流芳扬后世，贪淫遗臭带羞惭。"
>
> "姐姐呀！凭你千言来相劝，奴的思郎刻不安。先见之明凭姐晓，惟有人心难于猜。"
>
> "贤妹呀！机关败露非同小，生死交关难转湾。难揣你心中未了事，古云名节重如山。"
>
> "姐姐呀！死生大数皆前定，就死何辞命脱凡。姐姐若再将言劝，就是碎剐凌迟心亦甘！"（《白雪遗音》卷三）

这妹妹珍惜青春，执着于爱情，蔑视封建礼法与婚姻制度，为了幸福愿付出最大代价。她摆脱了传统贞节观念的羁绊，去争取个人自由，女性意识得到充分的体现。这些新的伦理观念是属于市民意识的性质，具有反封建伦理的倾向，破坏着旧的思想，预示着新的意识的不可遏止的力量。

市民重视个人利益并看重金钱的作用，这与传统思想形成强烈的反差。明清时调小曲将这种市民意识表现得很突出，它使男女私情也染上商品社会的色彩。“忠孝节义”是传统的伦理道德标准，“妻财子禄”是有违儒家仁义学说的；社会提倡的是前者，贬抑的是后者。小曲《琴棋书画》说：“忠孝节义尽是名人，世间上，妻财子禄人人奔。”（《霓裳续谱》卷四）这将二者的现实关系揭示得很清楚。市民一方面强调情义无价，另一方面在情感交往中亦暗受商品交换原则的支配。一位女子感叹：

> 情人许下我把红纱扇，情人许下我根白玉簪，还许下二尺绸子与我作鞋面，还许下二两五钱扎花线。对着旁人说我费了你的钱，到而今四件给了我那一件？细想想，四件给了我那一件？（《霓裳续谱》卷四）

他们在情感的交往中显然违背了等价交换的原则，势必不能再继续下去了。长篇小曲《烧香娘娘》叙述市井少妇去烧香还愿，虽然家里贫穷，却偏要着意打扮，于是四处去借衣物首饰：

> 头上嵌珠子天鹅绒云髻要借介一个，芙蓉锦缎子包头借介一方，兰花头玉簪要借一只，丁香环子借介一双。徐管家娘子有一个金镶玉观音押鬓，陈卖肉新妇有两只摘金桃个凤凰。张大姐有个涂金蝴蝶，李三阿妈借子点翠个螳螂……（《山歌》卷九）

少妇借了许多衣物首饰，穿得美丽豪华，一路乘船坐轿，烧香游玩。作者虽然意在嘲讽妇女的虚荣，实反映了她们对于物质的追求与对奢侈生活的向往。苏州唱本《时髦阿姐》描述一位姑娘，她“的角四方方额角，两条眉毛湾湾咙，本色面孔勿要拍得粉，着一双俏眼睛。耳朵浪金刚钻圈耀眼睛；梳仔绢光的滑风凉头，一只珠花骑中心，一朵红花插勒当头顶。雪白一个白头颈，一根金链条脚来称一称，分量起码廿五斤”。这位阿姐，其实是富人家的丫鬟，上街来为少奶奶买东西的。作者嘲讽她追求时髦，与低贱的身份不合。长篇小曲《相伴着黄荆篮》叙述一位渔家少妇提着黄荆篮到都市卖鱼，试图一展丰姿，盼望遇着有情人以改变自己贫苦的命运。她在路上感叹：

> 我怎敢恨天怨地。可惜奴花容月貌，女工针黹！有谁人晓我心腹事？羞答答怎肯向人提。万种千条苦自知，教人怎不悲啼。又不曾污了身躯，似我清白女被人轻视。哎，天呀！何日是我趁心时？只落得长吁气。要随心在几时？料应这捕鱼儿为活计，有什么终始，不知到后来那是我的归期！
>
> 那是我的归期？若要我随心遂意，除非把竹篮儿弃了，另弹别调，早定佳期。那时节穿绫罗，著锦衣，口食珍馐，身居华阁，任意施为。我也去春游芳草，夏赏荷池。随时消遣，举案齐眉，也强如吃淡黄薤。朝早起，夜眠迟，冲风冒雪，受累担饥。（《霓裳续谱》卷一）

她盼望改变命运后过上富裕悠闲的生活，这愿望应是合理的。商品经济的发展，使社会的物质财富增加了，也刺激了人们对物质的需求，增强了生活的欲望，不再安于简朴匮乏的生活了。时调小曲所表现的人欲与物欲皆是理学家所要扑灭的对象。文化的核心是思想。明清时调小曲的文化意义即在于它表达了具有近代启蒙性质的市民思想意识，它是我们民族文化中的积极精神。

时调小曲虽然以表现市井男女私情为主，同时也有一些社会性的题材。《山歌》卷八所录《灯笼》《老鼠》《门神》《鞋子》《破鬃帽歌》《山人》等长篇，其对社会讽刺与对世俗的嘲笑都是用意显露的。《霓裳续谱》里的《骂鸡》和《回骂鸡》表现市民为个人小利而无赖地争吵。《白雪遗音》里的《不认的粮船》表达市民对"钦命江西督粮道"官员的仇恨，《叹五更》表述妓女的痛苦，《李毓昌案》反映正直的县官为赃官陷害而死，《鸦片烟》叙说鸦片对人们的毒害。唱本《新刻湖丝十怨命》描述晚清丝厂女工的劳累贫困的生活。因有了这些社会性题材，使时调小曲的内容丰富了。

民俗的内容在时调小曲里是较为引人注意的。《霓裳续谱》里的《腊月二十三》反映民间祭灶的习俗，《本在乡村》叙述王大娘补缸的故事，《说老西》描写山西农民进城经商的情形，《太平年儿》备述船家少女的服饰打扮。《白雪遗音》里的《两亲家顶嘴》《婆媳顶嘴》《母女顶嘴》《绣荷包》《绣汗巾》等表述日常家庭生活与民间工艺过程。北平小曲《须子谱》叙述普通民众在广德楼观看戏曲演出的情形。苏州唱本《上海景》描绘晚清沪上工商业的繁荣与娱乐活动。《时尚南北雅调万花小曲》中的《闺女思嫁》详介民间婚俗，表现说亲、订婚、迎娶、拜堂、坐床、谢亲的全过程。这些作品不仅有文学价值，而且保存了民俗资料，它们组成明清时期的民情风俗的生动画卷。

时调小曲的受众基本上是不识字或仅具初等文化程度的市民，因而以通俗方式介绍传统文化知识是会得到受众欢迎的。受众由此获得杂乱的文化知识与生活经验。《白雪遗音》里介绍历史知识的作品如《张角作乱》《桃园结义》《凤仪亭》《过五关》《西游记》《九里山》《醉打山门》《闯潼关》《罗成托梦》《跨海征东》《长生殿》《昭君出塞》等，介绍儒家经典的有《诗经注》《四书注》，介绍地理与名胜的有《九座州》《九座山》《九座楼》等，介绍人生经验的有《四季》《福》《禄》《寿》《喜》《酒》《色》《财》《气》等等，还有一首很奇特的小曲《谈古》：

> 莺莺小姐问红娘：你可晓得越国西施归何处？出塞昭君献那邦？貂蝉女，贵妃娘，有一个带发修行的陈妙常。千娇百媚孟姜女，花魁女子配秦郎。梁山伯，祝九娘，三载攻书共学堂，到后可得两成双？
>
> 红娘听，善洋洋，低语莺莺亲姑娘：那越国西施献吴国，出塞昭君献番邦。貂蝉后来归吕布，杨贵妃宫内伴唐王。陈妙常配了潘必正，花魁独占卖油郎。苦只苦千娇百媚孟姜女，她千里寒衣送夫郎。梁山伯，祝九娘，他二人三载攻书共学堂，到后来不得成夫妇，变一对花蝴蝶儿在世上。

这所谈的古事都是来自小说戏曲故事，有的是民间传说的人物。市民群众从这些通俗的传统文化知识里形成了特殊的文化观念，它是异于统治思想的。

明清时调小曲的绝大部分作品是描述市井男女私情的，其中还有一些猥亵之作，它们通过私情表达新的社会观念，意味着对封建伦理道德的背叛，它是中华民族文化精神中的积极因素，是传统文化的异质。时调小曲属于消遣娱乐的市民文学，它在某种意义上不是传统纯文学所能规范的，而有次文学的成分，因而其文化意义是较为丰富的。新文化运动之后，明清时调小曲的艺术价值与文化意义渐为学界注意，然现在仍尚待我们去进一步的认识。

第四节　凤阳花鼓词的艺术特色

说凤阳，话凤阳，凤阳原是好地方。自从出了朱皇帝，十年倒有九年荒。大户人家卖田地，小户人家卖儿郎；惟有我家没有得卖，肩背锣鼓走街坊。

这首《凤阳歌》见存于清代乾隆中叶的戏曲选集《缀白裘》第六集收的梆子戏《花鼓》内。此地方小戏系据明末戏曲家周朝俊的《红梅记》第十九出插入的街头打花鼓艺人一段改编而成的独立剧目。《花鼓》剧表演凤阳花鼓的演唱过程：夫妻两人卖艺，女的抱着花鼓，男的手提着锣，在街头敲着锣鼓，被富家少爷邀入家中；女的先唱《凤阳歌》，继唱《花鼓曲》、富家少爷付钱时，有意调戏卖艺女人；夫妻都感到“被人嘻笑元何故，只为饥寒没奈何”。明代画家顾见龙绘有一幅打花鼓图，所绘的是在其家乡江苏吴江所见一乡下男子打锣，一乡下女子打鼓，两面对扭着；男子背着小孩，旁边有一位观者脚踏圆凳观看。[1] 我们从周朝俊关于凤阳花鼓艺人卖艺活动的描写和顾见龙所绘的打花鼓图，可证实属于江湖卖艺的凤阳花鼓在明代已经流行，而且卖艺者的行迹已到江南。今所传《凤阳歌》约有十余种，但都大同小异，表明它长期以来在口头流传中所发生的变异。《凤阳歌》产生的年代不可确考，它收入《花鼓》小戏时显然早已为打花鼓的凤阳艺人传唱了。凤阳卖艺行乞者打着花鼓以吸引观众，他们唱起古老的《凤阳歌》作为开场白，遵从江湖卖艺规矩，表明他们是何方人氏，卖艺行乞的原因，以此希望得到人们的同情。

凤阳在皖北淮河边上，汉代为钟离县，隋代为濠州，明代初年改称临濠，洪武七年（1373）改称凤阳，为府治所在。明代开国皇帝朱元璋便出生在这里。明王朝建立（1368）后，朱元璋在其父母的葬地城南太平乡兴建宏伟庄严的皇陵并营造中都城。朱元璋的乡土观念很重，有意使家乡繁荣富庶，采取了若干措施，如蠲免租税等，又从山西和江南移富民十余万户以充实家乡。然而连年的大规模的建筑给当地人民增加了经济负担和劳役，以致怨声载道，终使营造六年的中都城被迫停工。早在元代末年濠州曾发生过严重的旱灾，继而瘟疫流行。朱元璋的兄长和父母都在瘟疫中相继死去。从明代永乐（1403）以后的大约两百年间，凤阳的自然灾害特别严重，黄泛、干旱、蝗灾、水涝、饥荒，都相继频繁地出现，例如正统五年（1440）、六年、七年、十二年发生蝗灾，二年河泛，七年大雨成灾；正德元年（1506）平地水深一丈五尺淹没民居无数，七

---

① 此图现藏美国波士顿美术馆，参见蒋星煜：《中国戏曲史钩沉》第 87 页，中州书画社 1982 年版。

年、九年、十五年大旱，三年、十三年大饥荒。[①] 地方志里描述云："明中期凤阳灾荒频繁，淮水泛滥，陆地行舟；大旱来临，井泉枯竭，田无麦禾，野无青草，流徙载道，饥民相食。"[②] 为什么凤阳在明代中期以来会遭受各种的长期的自然灾害呢？凤阳人民认为这个地方本来很好，自从出了一个皇帝就使山川的积蓄枯竭并失去灵气了。当然，这些善良的人们尚未认识到经济剥削、政治腐败与自然灾害相互为虐关系，但却表现了一种无可奈何的怨愤。他们不以家乡出了当朝皇帝而感到骄傲和光荣，而是感到自此带来了无尽的灾难，落得离乡背井逃荒，被迫去卖艺行乞。他们在卖艺时首先唱起描述苦难流浪生活的《凤阳歌》。

我们从《凤阳歌》长期口头流传，明末凤阳花鼓艺人已在江南卖艺和明代中期以后凤阳人因灾荒频繁而流离等情况，可以断定此歌是产生于明代中期以后的。当代研究戏曲与民间音乐的学者有的认为《凤阳歌》不可能产生于明代，主要的理由有两点：一是"明代凤阳，是开国皇帝朱元璋的家乡，也是大明王朝'宗社万年基'、'龙脉'之重地。这里的百姓打花鼓四处逃亡，对明政府来说，已是面色难堪，疾首蹙额之事了，何况允许他们唱出'自从出了朱皇帝，十年倒有九年荒'，有损皇祖之辞！明朝'文字狱'非常残酷，故凤阳歌出自明朝一说似乎很难成立"[③]；二是据顾见龙所绘之图里，打花鼓的男子"既然背着小孩，一定也不唱'我家没得儿郎卖，身背着花鼓

① 据《明史·五行志》记载。

② 光绪重修《凤阳府志》卷四。

③ 夏玉润：《凤阳歌初考》，杨春编《唱遍神州大地的凤阳歌》第 7～8 页，中国文联出版公司 1995 年版。

走街坊'"。[①] 这两点皆属推测性的论断。凤阳虽为明王朝开基之地，但中期以来连续的自然灾害所造成的严重情形，政府无力解除，也无法阻止人们的逃荒。凤阳人民打着花鼓卖艺去逃荒，或农闲时外出卖艺行乞以补助家庭生活，这从明中期以来已成为一种富于地方特色的传统了。当他们唱"自从出了朱皇帝，十年倒有九年荒"，明政府能将这许多难民定罪吗？能将他们依"文字狱"之惯例来惩处吗？正因他们是朱明皇帝的家乡人，只可容忍了。如果说《凤阳歌》产生于清初，距朱元璋时代已三百余年，凤阳人还抱怨家乡的"朱皇帝"则显得太空泛了，或者可以说"自从前明出了个朱皇帝"还较为适宜，但这不会是他们行乞的原因了。顾氏图中所绘打花鼓的夫妻，男子背着孩子，却正好说明他们也属小户人家，但他们不像别的夫妻卖掉孩子——舍不得和不忍心，所以一家只有打花鼓走四方了。

《建德县志》里存有清代雍正年间李干龄的一篇《禁游民议》，文云：

> 伏见凤阳、寿县及其接壤州县，历来积习之游民，每至秋末冬初，收获既毕，则封其室庐，携其妻儿，备箩担，挑锅釜，越州窬县，百十成群，以乞丐为事。居宿亭庙，遍历乡村。又或以花鼓歌唱为取讨钱米之谋。直至来岁夏初麦熟，始负载提携而归。

由于凤阳的逃荒行乞者的卖艺活动在中国南北各地的影响，

① 蒋星煜：《中国戏曲史钩沉》第 88 页，中州书画社 1982 年版。

《凤阳歌》广为传唱，凤阳花鼓也由乡村进入城市成为市民喜爱的文艺形式。清初以来昆剧、徽剧、汉剧和京剧都有《打花鼓》的小戏。民国年间各个唱片公司录制了许多凤阳花鼓词以广流传。今凤阳歌调库存旧唱片歌曲有：

《小尼姑下山》，王美玉、王卓珍唱，蓓开唱片公司；

《手扶栏干》，赵佩英、筱桂荪，蓓开唱片公司；

《扬州五更调》，王无能，蓓开唱片公司；

《打花鼓》，华惠麟、周五宝，蓓开唱片公司；

《凤阳花鼓》，金翠香、金翠玉，胜利唱片公司；

《四季春调》，范小山、范醉春，胜利唱片公司；

《孟姜女过关》，陆长生、葛锦华，胜利唱片公司；

《哭七七》，王美玉、王爱玉，高亭唱片公司；

《五更十送》，袁玉梅，高亭唱片公司；

《孟姜女寻夫》，王爱玉，高亭唱片公司；

《四季春调》，丁少兰、丁畹娥，高亭唱片公司；

《新凤阳歌》，黎莉莉，百代唱片公司；

《凤阳花鼓》，小先生，百代唱片公司；

《十送郎》，倪子云，百代唱片公司；

《十二月相思》，叶长根，百代唱片公司；

《美女宿草厝》，孙乌镇，百代唱片公司；

《梳妆台》，林黛玉，Victor 公司；

《十二月想郎》，陆菊芬，Victor 公司；

《烟花女叹十声》，刘桂兴。①

---

① 据张仲樵编：《凤阳歌调库存旧唱片部分模版目录》，《唱遍神州大地的凤阳歌》第 184 页，中国文联出版公司 1995 年版。

从以上目录可见其中大部分曲词与明清时调小曲是相同的。这种现象表明，当凤阳花鼓进入都市后，原有的素朴的《凤阳歌》和《花鼓曲》等类歌曲已不能满足受众的需要，于是花鼓艺人以打花鼓的方式演唱时兴的小曲，而各地的小曲艺人也模仿花鼓形式演唱小曲。这样使凤阳花鼓在数百年间逐渐传遍中国并流播于南洋华人文化圈了。

凤阳花鼓又称"凤阳双条鼓"，是曲艺；它与"花鼓戏"和民间歌舞"花鼓灯"被称为"凤阳三花"。凤阳花鼓因演唱时以一双鼓条轮流击鼓，在鼓条上端系有彩色花绒；所唱的为民间通俗小曲，故也称"花鼓小调"。关于凤阳花鼓演唱的情况，文艺工作者吴长俊曾作过具体考察，他说：

> 凤阳花鼓为二人表演。解放前花鼓艺人外出逃荒卖艺，多为母女、姑嫂、妯娌或邻里姐妹同行。我们通过了解很少发现夫妻同行的。表演时，一人打花鼓，一人敲小锣作为节奏乐器穿插于小调中。她们在演唱时多是齐唱或一唱一帮腔。凤阳花鼓演唱形式为两种。一种是唱门头，一种是坐场。唱门头是指艺人们走街串巷沿门乞讨，演唱的多是一些短小的民歌，其内容多是一些"奉承"之类，曲调多是凤阳歌、凤阳调、秧歌调几种曲调；坐场多在人群较集中的茶馆酒楼、街头巷尾坐场演唱，这种形式演唱的多是带故事情节近似琴书的段子，只是曲调用的是花鼓调，伴奏用的是花鼓小锣。她们演唱的曲目有《王员外嫌贫爱富》《杨姑娘上吊》《廿四孝》等。有的段子很长，甚至

能演唱几个晚上。[1]

这所述完全可以印证有关历史文献的记载。20世纪之初，顾良记录了上海流传的《十二只花鼓》的歌词：

头一只花鼓圆丢丢，小女淘米（唠）有人留。娘问侬因女能烦难？打翻（仔）白米借掸帚。

第二只花鼓圆丢丢，小女挽水（唠）有人留。娘问侬因女能烦难？新排（个）水桥等潮头。

第三只花鼓圆丢丢，小女挑菜（唠）有人留。娘问侬因女能烦难？我（末）棵棵要拣白部头。

第四只花鼓圆丢丢，小女烧饭（唠）有人留。娘问侬因女能烦难？打脱（仔）芒头隔壁兜。

第五只花鼓圆丢丢，小女买油（唠）有人留。娘问侬因女能烦难？新开（个）糟坊三皮头。

第六只花鼓圆丢丢，小女脱花（唠）有人留。娘问侬因女能烦难？我（末）排着一穴兴草（唠）阔豌豆。

第七只花鼓圆丢丢，小女捉花（唠）有人留。娘问侬因女能烦难？我（末）排着一穴黄花脚盖头。

第八只花鼓圆丢丢，小女轧花（唠）有人留。娘问侬因女能烦难？新装（个）木杆勿对手。

第九只花鼓圆丢丢，小女弹花（唠）有人留。娘问侬因女能烦难？新装（个）均弦勿对手。

第十只花鼓圆丢丢，小女纺纱（唠）有人留。娘问侬

---

[1] 《唱遍神州大地的凤阳歌》第62页，中国文联出版公司1995年版。

因女能烦难？新车（个）锭子勿对手。

第十一只花鼓圆丢丢，小女织布（唠）有人留，娘问侬因女能烦难？新装（个）扣夹勿对手。

第十二只花鼓圆丢丢，小女卖布（唠）有人留。娘问侬因女能烦难？新开（个）布庄三皮头。

顾良说："这是上海一带的花鼓调，打花鼓的往往是年轻的姑娘，近几年来已经不常见了。每逢唱的时候，总是先打花鼓，吸引听众，人数差不多了便开唱，唱完一节，又打一通花鼓。唱这个调时，每唱每节第一行，必用双手拇指食指轻轻围着花鼓，比多么的'圆'——情景美丽之极。全调一面唱一面有许多表情，加以调声非常动听，每唱全场为之倾倒。'圆丢丢'是圆溜溜的意思。这歌原是情歌，用侧面写，读者或者可以看出的吧！"① 此则资料可见凤阳花鼓流传在各地，为该地民间艺人吸收并习用了，而且产生了许多新的花鼓词。都市民众为这种通俗的文艺表演所吸引，从中获得审美的娱悦。

凤阳花鼓艺人卖艺行乞过程中，他们在《凤阳歌》的基础上编制了不少歌曲，唱出他们离乡背井的凄凉哀怨之情；这些歌词我们可以称之为卖艺行乞者之歌。现在安徽凤阳燃灯乡还保存着一只《老凤阳歌》，它是原始《凤阳歌》的发展：

说凤阳（啊），道凤阳。凤阳本是个好地方。就起出了个朱洪武（哇），十年倒有九年荒。大家小户（是）没有办法呀，思想各人过生活。大家（你）户口卖骡马，二

---

① 《十二只花鼓》，顾良记录，《歌谣》第二卷第33期，1937年1月16日。

（了）等（小）户口（就）卖田庄，三等（你）户口没有的卖哟，身背着花鼓转四方。

大家的生活也好过，穷人的生活苦坏人。慢慢地走，慢慢地行（啊），走了（个）一村又一村。到了（个）晚上没有头子歇，住在孤庙寒凉亭。住（那个）凉亭真正苦，一阵大风旋出门。东风一刮也是凉（啊），西风一刮凉飕行。也是个冷，凉飕行，你看（这）穷人多难心。我们白天也好过（哇），就到（个）晚上愁坏了人。

走到（个）人家门口头，婶子大娘喊几声。我们姑嫂没有事干哪，我们（小）打个莲相给你听。打个莲相到你门，大家的欢喜笑盈盈。也有的老奶奶端饭来哟，也有小姑娘拿块饼。端饭来呀，拿块饼，饼吃过了好动身。

这两姑嫂诉说在家乡的灾难与不幸，流浪生活的凄苦，在沿路村庄向善良的人们乞讨充饥的食物。曲词质朴俚俗，生活气息浓重，表现了早期凤阳艺人的卖艺活动。清代乾隆年间的小曲总集《霓裳续谱》卷七收有两首叙述凤阳卖艺行乞者在乡村打花鼓唱秧歌的情形，如《凤阳歌来了》：

凤阳歌来了，呀呀哟！粗胳膊跟着倒有一百多，绍兴鼓儿旋子锣。有人家请他上席儿上坐，先吃元宵，后把茶喝。东家开言，设摆下椅桌。四碟子小菜，摆在了四角；剩下的年菜，攒了个火锅。冰冷的馒头，片子饽饽。不用谦让，不用张罗。你夺我抢，一齐都吃货。盅子筷子，得空儿拽着。酒醉饭饱，就唱秧歌。

紧打鼓，慢筛锣，消停慢来孤唱歌。古人名儿有几段，将来我唱请听着。日头出来红似火，听我唱个馋老婆。馋老婆，怎样说，好吃嘴来懒做活。偷了小米换酒喝，偷了鸡蛋换饽饽。锅里煮的肥羊肉，灶火里又把酒儿煨着。隔壁大嫂来掏火，问声锅里是什么？馋老婆，她会说：温点热水烫烫我的脚。忙把大嫂支出去，慌慌忙忙掀开锅。酒儿肉儿吃了一个饱，躺在炕上咳哟哟。男子汉，回家转，问声妻儿是怎么？忽然得了一个冤业病，不知我心里是怎么。男儿闻听这句话，一出门来跺跺脚。跑到东庄请大夫，又来到西庄请师婆。那师婆，就来了，叫声大哥你听着：要得你妻儿病儿好，还得羊肉夹饽饽。

唱了一个又一个，一连唱了到有七八个，把个东家喜欢的笑哈哈。

这保留了明末清初凤阳花鼓演唱的真实情况。卖艺者所唱的是民间馋老婆的笑话，引得听众笑乐，以求得庄主赏赐一点粗陋的食物。另一首《凤阳鼓凤阳锣》的结构相同，所唱的是民间拙老婆的笑话。这两支小曲，当是艺人即兴编制的，粗糙而无意义，却有一定的史料价值。乾隆时花溪逸士的小说《岭南逸史》第五卷第十二回叙述梅映雪与梅英姊妹假扮凤阳打花鼓女子。梅映雪头缠青绉纱，身穿玄色夹袄，大红紧袖，红呢领。梅英亦穿短上衣，头戴包巾，身穿二色带，淡红裤，缎子鞋。她们敲起花鼓进城演唱，共唱了三曲：

姐儿也，凤阳来，那怕千山万水，越破弓鞋。但愿得个多情君子，赠我金钗。扳郎颈斗个嘴来合和谐，漫道郎垂还是奴垂。

凤阳来，看尽（许乡）王孙贵客半是庸才。那有得（如相公）风流气概，倜傥情怀。怜芳也，踏雪寻梅。（合）归来不是牙牌，就是诗牌。

妹儿也，凤阳来，看杀许多蛾眉粉绿，绝少珠胎。那得如（姑娘）天然秀美，不假安排。风情也占断寒梅。（合）奇哉！不羡天台，那数阳台。

这反映了凤阳花鼓在清初已流传到广东。梅氏姊妹模仿打花鼓方式，即兴表演，唱词中恭维贵家公子小姐，唱得众人“心摇目荡，智乱神迷”。20世纪30年代著名歌唱家周璇演唱了一首《凤阳花鼓》：

左手锣，右手鼓，手拿着锣鼓来唱歌。别的歌儿我也不会唱，单单唱个凤阳歌，凤凤阳歌呀。嚎哟唉唉呀，得儿铃铛飘一飘，得儿铃铛飘一飘，得儿飘，得儿飘，得飘得飘又得飘，飘飘又一飘。

我命苦，真命苦，一生一世嫁不着好丈夫。人家丈夫做官又做府，我家丈夫单会打花鼓，打打花鼓。嚎哟唉唉呀，得儿铃铛飘一飘，得儿铃铛飘一飘，得儿飘，得儿飘，得飘得飘又得飘，飘飘又一飘。

我命薄，真命薄，一生一世讨不着好老婆。人家老婆绣花又绣朵，我家老婆两只大花脚，量量一尺多。嚎哟唉唉呀，得儿铃铛飘一飘，得儿铃铛飘一飘，得儿飘，得儿飘，得飘得飘又得飘，飘飘又一飘。

此曲自周璇演唱后，迅速在国内各地流传开来。其歌词质朴俚俗，表现夫妻二人卖艺的情形。他们互相鄙视取笑，潜藏着流浪艺人的社会卑贱之感。它可能是一首较为古老的卖艺者之歌。20世纪之初学者胡怀琛曾见到凤阳花鼓唱本《盼情郎曲》，它是凤阳卖艺行乞者之歌中最优美和最有文学价值的作品：

描金花鼓两头圆，趁得铜钱也可怜。五间瓦屋三间草，愿与情人守到老。青草枯时郎不归，枯草青时妾心悲。唱花鼓，当哭泣，妾貌不如郎在日。

凤阳鞋子踏青莎，低首人前唱艳歌。妾唱艳歌郎起舞，百药那有相思苦！郎住前溪妾隔河，少不风流老奈何！唱花鼓，走他乡，天涯踏遍访情郎。

白云千里过长江，花鼓三通出凤阳。凤阳自出朱皇帝，山川枯槁无灵气。妾生爱好只自怜，别抱琵琶不值钱。唱花鼓，渡黄河，泪花却比浪花多。

手提花鼓向长街，弯腰拾得凤头钗。双凤蹁跹钗落股，妾随阿娘唱花鼓。唱花鼓，过沙场，白骨如山不见郎。

阿姑娇小颜如玉，低眉好唱《懊侬曲》。短衣健儿驻马听，跨下宝刀犹血腥。唱花鼓，听不得。晚来战场一片月，只恐照见妾颜色。

欲啼不啼干吃吃，残杯冷炙沿门乞。东邻小姊新嫁娘，窄衣小鞋时世装。可怜侬是寄生草，容颜那得邻家好。唱花鼓，得郎迎，回眸一笑百媚生。[①]

① 胡怀琛：《中国民歌研究》第79～80页，商务印书馆1925年版。

这不是一般的艳歌情曲，它是凤阳女子血与泪的诉说，表面上以寻情郎为线索而实际上是以自我抒情的方式表现女艺人辛酸痛苦的复杂人生感受；同时展示了战乱年代自淮河至黄河以北地方的触目惊心的惨相，体现了下层弱女子与苦难命运斗争的精神。我们或者可以说，这是《凤阳歌》主题最富个性化的具体发挥。这位凤阳女子本来对人生没有多大的奢望，只希望有几间简陋的屋子与情人相守终老，然而情人离去不归——很可能是因灾荒与战争之故，而且又因家乡自出了皇帝之后而贫瘠枯槁难以为生，于是随着阿娘卖艺行乞，羞愧地在人前唱起艳歌，趁得铜钱，浪迹江湖。曲子非常含蓄地揭示了江湖卖艺的实质性原因，尤其是以经过白骨如山的沙场和为宝刀犹带血腥的战士歌唱的描述，使它有一种特殊的时代色彩。这样，此曲具有了广阔的社会意义和深刻的思想。它的感人之处还在于卖艺女子的命运和展示的内心复杂而凄凉的情感。她所盼望的情郎是非常渺茫的，饱尝了相思之苦，自觉青春难驻，容颜憔悴，特别是感到屈辱地失去了自尊。“妾生爱好只自怜，别抱琵琶不值钱”，暗示了一种自我价值丧失的难言之根，所以设想：战场惨白的月光如果照见了她的容颜都会为之惊恐的。她羡慕时世梳妆的新嫁娘的幸福，而愈加感到命运的不平与可悲。古代文人的长歌当哭是难与这位沿门行乞、忍辱卖艺的女子“唱花鼓，当哭泣”相比较的，因为她是在生存与死亡的线上挣扎了。全曲结尾的“得郎迎”，仅是一种空虚的自我安慰的一线希望。由于凤阳花鼓产生的特殊历史条件，它的腔调和唱词在我国通俗文艺里自成特色。它没有欢愉谐谑的审美效果，却以真率的情感动人；它缺乏温柔狎昵的情调，却有悲壮剽悍的气质；它不去歌颂历史上的伟大英雄和多情的才子佳人，却传达出下层民众的灾难和痛苦。这是凤阳花鼓的本色，也只有卖艺的凤阳女子才能唱得出这种精神。

清初地方小戏《花鼓》保存的《花鼓曲》，它同《凤阳歌》一样在中国各地广为传唱。这应是凤阳花鼓进入都市后为适应市民群众的审美需要而以花鼓文艺形式演唱的时调小曲。它们基本上是情歌，然而没有猥亵的成分，也没有欢乐的气氛，却特具悲哀激越的情调。这与凤阳花鼓艺人的生活经历、文化传统和社会观念有关，于是它在明清时调小曲中显得特殊，是一种异音或别调。且看这支优美的《花鼓曲》：

> 好一朵鲜花，好一朵鲜花，有朝的一日落在我家。你若是不开放，对着鲜花骂。你若是不开放，对着鲜花骂。
>
> 好一朵茉莉花，好一朵茉莉花，满园的花开赛不过她。本待要采一朵戴，又恐怕看花的骂。本待要采一朵戴，又恐怕看花的骂。
>
> 八月桂花开，九月菊花黄，勾得张生跳过粉墙。好一个崔莺莺，就把那门儿关上。好一个崔莺莺，就把那门儿关上。
>
> 哀告小红娘，哀告小红娘，可怜的小生跪在东墙。你若是不开门，直跪到东方儿亮。你若是不开门，直跪到东方儿亮。
>
> 豁喇喇的把门开，豁喇喇的把门开。开开的门来不见了张秀才。你不是我心上人，倒是贼强盗。你不是我心上人，倒是贼强盗。
>
> 谁要你来瞧？谁要你来瞧？瞧来瞧去，丈夫知道了。亲哥哥在刀尖上死，小妹子就悬梁吊。亲哥哥在刀尖上

死，小妹子就悬梁吊。

我的心肝！我的心肝！心肝的引我上了煤山。把一双红绣鞋，揉得希脑子烂。把一双红绣鞋，揉得希脑子烂。

我的哥哥！我的哥哥！哥哥的门前一条河，上搭着独木桥，叫我如何过？上搭着独木桥，叫我如何过？

我也没奈何，我也没奈何，先脱了花鞋后脱裹脚。这的是为情人，便把那河来过。这的是为情人，便把河来过。

雪花儿飘飘，雪花儿飘飘，飘来飘去三尺三寸高。飘来了个雪美人，更比冤家儿俏。飘来了个雪美人，更比冤家儿俏。

太阳出来了！太阳出来了！太阳出来姣姣化掉了。早知道不长久，不该把你怀中抱。早知道不长久，不该把你怀中抱。

此曲又称《鲜花调》，适宜于两人演唱，结构较为复杂，以比兴、叙事和对白，表现了平民男女由相爱到私奔的情事。这里所描述的爱情是粗犷、大胆、激烈的，具有勇往直前、义无反顾的决心，充满着反抗礼法的精神，是一曲热烈活泼的生命赞歌。全曲共分三大段。第一段描写男青年对少妇的恋爱与追求，以鲜花比喻少妇。他盼望这朵鲜花终有一天会在他家开放，虽然想摘取它，又似乎有种种极不利的条件，因而“恐怕看花的骂”。少妇就像四季的鲜花盛开，勾动他的心魂。他终于不得已而效法张生大胆跳墙的故事。谁知少妇也像莺莺小姐一样顾忌与矜持；这逼得他跪在门前以表示对爱情的渴望与坚决的态度，而且愿跪到天明。如果真的跪到天明，自然会引起一场家庭风波的。第二段纯以少妇自白的方式，表现她始而矛盾，继而勇敢无畏。她显然怕引起风波，只得开门，骂他是“贼强盗”，否认是自己的心上人，以此伤害他，希望他的热情冷却，快快回去。他并未因此改变初衷，仍跪地不起。她被固执的痴情感动了，于是向他说明现实的利害关系。这种偷情行为一旦被丈夫知道，必然是一场流血的死亡的悲剧；他将作为奸夫而被杀，而她唯有自尽以终止世俗的耻辱。最后他们为追求自己真正的爱情幸福，抛弃一切，只能私奔了。自从开始私奔，少妇变得异常坚强起来，迸发出巨大的力量与热情。她视他为“心肝”和“哥哥”，跟着他一路历尽艰难，准备承受未来生活的一切痛苦与不幸，即使他门前有一座危险的独木桥，她也愿“把那河来过”。这种刚强的态度和悲剧的性格是非常感人的，有一种悲壮之美。在这段抒情的自白中虽然省略了某些情节的叙述，却又生动地显示了情事发展变化的过程，体现出巧妙的民间艺术技巧。最后一段是具有童话色彩和哲理寓意的。忽然抛开现实的情事叙述，以优美之笔描绘美丽的雪花。雪花飘成的雪美人，成为这位少妇形象的化身。她太纯洁美丽了，可惜她的生命是短暂的，像雪美人一样，当太阳出来她就融化和消失了。青年男子由于痛苦而引起冷静的思考，早知她像雪美人一样会被温暖消融，就不该以热情去拥抱她，竟给她带来了不幸与毁灭。这支曲子表现了封建制度下社会下层的人们为着幸福而斗争的英勇精神和所付出的沉重代价，而阅世较深的人们才可能真正理解其中蕴含的深刻意义与教训。流行于安徽凤阳燃灯乡的传统曲目《送郎》，其主题与《花鼓曲》相同，但表现得更清楚细致：

蒙蒙小雨东北风那么呀，少年子姐又家。乖姐姐引郎哎哟哎哟，花园了一个中啊。乖姐姐引郎十晚上那么呀，少年子姐又家。只怪老娘哎哟哎哟，进房了一个中啊。大门又上双簧锁那么呀，少年子姐又家。房门又上哎哟哎哟，封条了一个封啊。天井又上天罗网那么呀，少年子姐又家。脚底下又上哎哟哎哟，绊脚了一个绳啊。大街上又上石灰粉那么呀，少年子姐又家。红纱帐子哎哟哎哟，坠响了一个铃啊。

老娘一听风铃响那么呀，少年子姐又家。慌慌忙忙哎哟哎哟，进房了一个中啊。你是哪家的男子汉那么呀？少年子姐又家。你是哪家哎哟哎哟，小书了一个生啊？你偷人家骡马该何罪那么呀？少年子姐又家。你占人家仙女哎哟哎哟，罪不了一个轻啊。

送郎送到个一里亭那么呀，少年子姐又家。一里亭上哎哟哎哟，说私了一个情啊。人多难说私情话那么呀，少年子姐又家。眉毛弯弯哎哟哎哟，把眼一个睁啊。

送郎送到个二里亭那么呀，少年子姐又家。家老姐姐忘是哎哟哎哟，锁房了一个门啊。有心回来把门锁那那么呀，少年子姐又家。舍不得路上哎哟哎哟，有情了一个人啊。

送郎送到个三个里亭那么呀，少年子姐又家。大骂三遍哎哟哎哟，问三了一个声啊。问郎可有亲生母那那么呀，少年子姐又家。吃酒贪花哎哟哎哟，要小了一个心啊。

送郎送到个四里亭那么呀，少年子姐又家。抓它一把豇豆哎哟哎哟，与来了一个生啊。豇豆老了结角子那那么呀，少年子姐又家。那有个人老哎哟哎哟，转少了一个年啊。

送郎送到个五里亭呀，少年子姐又家。送郎个烟袋哎哟哎哟，共汗了一个巾啊。送郎烟袋吃烟那那么呀，少年子姐又家。送郎个汗巾哎哟哎哟，郎揩了一个汗呀。

送郎送到个六里亭那么呀，少年子姐又家。没有人子哎哟哎哟，送亲了一个人啊。送郎一把乌云伞那那么呀，少年子姐又家。上遮日头哎哟哎哟，下遮了一个阴啊。上遮日头不晒郎的脸那么呀，少年子姐又家。下遮阴凉哎哟哎哟，凉风了一个风啊。

送郎送到个七里亭那么呀，少年子姐又家。郎送簸箕哎哟哎哟，姐送了一个筛啊。筛子筛米团团转那么呀，少年子姐又家。簸箕簸米哎哟哎哟，粮撒了一个开啊。

送郎送到个八里牌那么呀，少年子姐又家。郎送包头哎哟哎哟，姐又送了一个鞋啊。郎送包头要钱买那那么呀，少年子姐又家。姐送花鞋哎哟哎哟，手做了一个咪啊。先做底来后做帮那那么呀，少年子姐又家。丝线锁口哎哟哎哟，闹嚷了一个嚷啊。

送郎送到个九里亭那么呀，少年子姐又家。糯米做酒哎哟哎哟，绿澄了一个澄啊。糯米做酒给郎喝那那么呀，少年子姐又家。糯米绿酒哎哟哎哟，绿郎了一个身啊。

送郎送到个十里亭那么呀，少年子姐又家。十里亭上哎哟哎哟，放风了一个筝啊。风筝一去线自在那那么呀，少年子姐又家。小郎子一去哎哟哎哟，永无了一个踪啊。

送郎送到瓦碴子岗那么呀，少年子姐又家。瓦碴碰鞋哎哟哎哟，响仓了一个仓啊。瓦碴子碰鞋响仓仓那么呀，少年子姐又家。花鞋擦破哎哟哎哟，两三了一个双啊。

送郎送到个七桥头那么呀，少年子姐又家。大桥头上哎哟哎哟，望水了一个流啊。你这个水不是常流水那么呀，少年子姐又家。露水夫妻哎哟哎哟，不到了一个头啊。

此曲表现青年男女不顾家庭的约束，争取恋爱自由。在离别相送的过程中细致地表达了女子的深情和她对爱情的现实态度，没有留下遗憾，也不必遗憾了。《姑娘吵架》是叙述女子争取婚姻自由的：

姐在（的那末）房里头（哇）巧（哇）梳（来）妆哎，翘腿直脚走进娘的房。两眼泪汪汪哎哎哟，两眼泪汪汪呢。娘问的那女孩子呀，哭得什么东西哎？

哥有嫂哟奴家没有郎，小脚冻得冰凉哎，哎哟哟，小脚冻得冰凉哎。

娘骂的那女孩子呀，好也不知道丑哎。哪有个姑娘想女婿，厚脸的小东西哎，哎哎哟，厚脸的小东西哎。我的们哪时间呀，二十单三岁哎，二十三岁结的夫妻哟，老娘还不放心哎，哎哎哟，老娘还不放心哎。

姑娘开言道哎，老娘你是听哎，一朝君子一朝臣，现在不像当初的人哎哎哟，现在不像当初的人哎。

十六那十七呀，你也莫出门哎，十六十七要出门，老娘还要心疼哎，哎哎哟，老娘还要心疼哎。

姑娘开言道哎，老娘你是听哎。姑娘大了人家人，为什么要心疼哎？哎哎哟，为什么要心疼哎？

等到的那个有钱的呀，老子回来家呀，请他两个木匠打嫁妆，到秋送你成双哎，哎哎哟，到秋送你成双哎。等到的那个有钱的哎，哥哥回来家呀，请他两个裁缝做衣裳啊，到秋送你成双，哎哎哟，到秋送你成双哎。

饱汉子的那不知道啊，饿汉子饥呀，骑驴的不知道赶脚的呀。哪能守到秋的吔，哎哎哟，哪能守到秋的吔。你叫的那哥哥呀，莫进嫂嫂房哎，大大莫进娘的房；大家把皮扛哎，哎哎哟，大家把皮扛哎。对门的那还有个啊，小哎小大姐呀，跟妹妹同年同时生哪，她跟妹妹一样的人哎，哎哎哟，她跟妹妹一样的人哎，大的也会走哎，小的也会爬哎，肚里头生根又发芽。小妹妹还未出嫁哎，哎哎哟，小妹妹还未出嫁哎。隔壁子哪还有个呀，王呀三嫂子哎，先养儿子后出门，她是个能干的人哎，哎哎哟，她是个能干的人哎。姐家的那个门口头呀，还有个俏奇椿哎，先发叶子后扎根，它是俏奇椿哎，哎哎哟，它是俏奇椿哎。高高的那山上啊，拾那棉来花呀，抬头又看老婆婆家，心酸肉也是麻哎，哎哎哟，心酸肉也是麻哎。看见的那老公公啊，也没好来喊呐，看见老婆婆喊她一声妈；才郎子可在家哎，哎哎哟，才郎子可在家哎？去家的那对我的呀，才郎子讲哎，去它一个老轿共喇叭，把妹妹娶到家哎，哎哎哟。把妹妹娶到家哎。该她娘的死哎，遭她娘的瘟哎，手拿着银钱娶后婚，绿帽子送上门哎，哎哎哟，绿帽子送上哎门。不要真不要哎，不要再重找哎。打它一个包袱下江西，找它一个好女婿哎，哎哎哟，找它一个好女婿哎。找它一个说文的哎，找它一个教武的，找它一个会说会讲的，气死你个老东西哎，哎哎哟，气死你个老东西哎。

女子理直气壮地回答母亲，用现实生活的例子说明自由婚姻的必要，表示坚决离家出走，去寻找自己的幸福。她准备选择的对象已具有时代的特点，反映了晚清西学东渐加剧，新思潮对农村的影响，以致农村姑娘也要选择新的人物了。在合肥一带曾流行的一支花鼓曲则又表现了城市商品经济发展使青年男女的爱情也受到物化的损害，酿出一场近代性质的悲剧：

姊在房中想私情，耳听门外郎喊声。擦着火，点着灯，思思想想不出门："你在南京作买卖，把妹丢在九霄外。"

亲哥哥喊出："我的人，开开门儿说恩情。水路走得八十里，旱路十里到姊村。空着肚子难说话，饥着肚子难作声。再喊几声不睬我，一肩撞死姊家门！"

姊在房里笑嘻嘻："你拿性命来吓人？"手提红灯来相照，小郎撞死不作声。十指尖尖扶郎起，小郎包袱看一看。包袱人事值千金：南京本红带一疋，北京天青作一身；打开绒线看一看，绒线带得有半斤。晓得小郎有这意，小妹怎得不开门！双脚跪在朝阳地，大小菩萨显威灵。哪个菩萨保郎好，十八罗汉姊穿金。菩萨听得哈哈笑：那有死去却还魂！①

此曲叙述村里一个晚上发生在妇人家门前一个不应有的悲惨故

① 《安徽情歌》，李德然记录，《歌谣》周刊二卷第四十期，1937年。

事。女子的情人出外到南京经商，当他买了许多衣料——当然还赚了许多钱，忍受路途辛苦，兼程摸黑赶到家时，既疲劳又饥饿，可是乖戾的女子却有意为难，故意不开门。这男子受到意外的刁难折磨，他气愤性烈，撞死门前了。如果说女子最初不开门是因情人经商逾期未归而赌气，但情人多次喊门均置之不理，则表现了极端的冷漠与不近人情。她根本不顾及往日的恩情，而且还给以恶毒嘲笑。当她发现情人真的死在门外，却急切地翻捡包袱内的钱物；由于发现钱物的惊喜，遂产生悔恨，希望菩萨显示威灵，以使情人复生。此曲情歌以民间的叙述方式，谴责了一个受商品经济毒害的、冷酷自私的女子，终于自食恶果，铸成不可饶恕的过错。

以上数首情歌，皆缺乏男欢女爱的内容，却充满血泪、私奔、死亡和不幸。当我们读惯了文人古典作品而再读凤阳女子所唱的歌词时，不能不为那种沉重的苦痛、刚烈的性格、悲壮的气氛，而引起内心巨大的震动。这就是凤阳花鼓的特色，也是它的基本的艺术风格。它让我们认识到数百年来中原人民的苦难和他们对生命意义的执着追求。

凡是通俗文艺都必须具有娱乐的作用，否则便不能在文化市场里存在下去。凄凉哀怨虽然是凤阳花鼓的基本情调，但它在城市流行并成为市民文艺之一种样式时，也必然迎合小市民的趣味，甚至某些庸俗的趣味。所以凤阳花鼓里有演唱“馋老婆”、“拙老婆”的笑话，有串唱历史传奇的十二月词，有为朝廷祝寿并歌颂升平的词，也有缠绵悱恻的《十杯酒》，等等。这些各种内容的花鼓词，其适应范围就非常广阔了。凤阳花鼓的艺术生命力特别旺盛，流传到一个地方，便扎下根来，开花结果，于是出现各地各式的花鼓。各地花鼓的艺术表演形式基本相同，保留了“凤阳腔”，又增加了“本地腔”。无论各地花鼓词在内容与情调方面有着怎样的变化，人们听着花鼓，总会想起凤阳花鼓和那支古老的卖艺行乞者凄凉哀怨之歌的。

第五节　晚清禁毁小说戏曲的历史经验

自公元 16 世纪，即明代中期以来，中国的商品经济再度活跃，出现了资本主义萌芽，市民阶层得以壮大发展。城市通俗文学渐渐繁荣兴盛，坊间书贾为了获取商业利益，把握住这种文化趋势，组织下层文人编写通俗的小说、戏文、唱本，将它们刻印发行，加速和促进了通俗读物的社会化进程。这些通俗读物中存在着一些迎合市民庸俗趣味的淫秽描写，而且是可以判断为错误的性刺激材料。明代崇祯十五年（1642）曾由朝廷颁发过严禁长篇通俗小说《水浒传》的法令[①]，但不是将它作为淫秽书，而是作为鼓动农民起义的邪说书禁止的。清王朝建立以后，为了巩固封建制度，加强思想统治，以“正人心，厚风俗”为理由，将禁毁“小说淫词”作为国家基本法律而固定下来。康熙五十三年（1714）颁布了一项重要禁令：

> 凡场肆市卖一应小说淫词，在内交与八旗都统、都察院、顺天府，在外交与督抚，转行所属文武官弁，严查禁绝，将板与书，一并尽行销毁。如仍行造作刻印者，系官

---

① 王晓传辑录：《元明清三代禁毁小说戏曲史料》第 15 页，作家出版社 1958 年版。

革职；军民杖一百，流三千里；市卖者杖一百，徒三年。该管官不行查出者，初次罚俸六个月，二次罚俸一年，三次降一级调用。(《大清圣祖仁皇帝实录》卷二五八)

凡有狂妄之徒，因事造言，捏成歌曲，鄙俚喋亵，刊刻流传，沿街唱和者，内外各地方官□□查拿，照不应重律治罪；若有妖言惑众等词，仍照律治罪。(孙丹书《定例成案合钞》卷二六)

此项禁令于雍正二年（1724）、乾隆三年（1738）、嘉庆七年（1802）、道光十四年（1834）均作为定例重新颁布施行，然而却收效甚微。当时统治集团禁书的重点是那些具有反满意识的政治性书籍，对小说淫词的禁毁因无具体措施和专门机构认真执行，以致如《金瓶梅》《灯草和尚》《如意君传》《浓情快史》《株林野史》《肉蒲团》等淫书仍然在社会上流行；其势有增无减，花样翻新。在中国历史上禁毁小说戏曲最为严厉而又颇有成效的是晚清的“同治中兴”时期。这次禁毁小说淫词运动的发起者是洋务派的著名人物之一的丁日昌。

丁日昌，字雨生，或作禹生，广东丰顺人，生于道光三年（1823）。鸦片战争结束时，他正十九岁。他以廪贡生治乡团，选为琼州府学训导，继因功升为万安、庐陵等地知县，曾入曾国藩戎幕。1863年被李鸿章调至上海专办军事工业。从1865年起历任苏松太道、两淮盐运使、江苏巡抚、福建巡抚。此间曾兼任江南制造局总办，主持福州船政局。1879年会办南洋海防，节度水师；后充兼理各国事务大臣。卒于光绪八年（1882）。著有《抚吴公牍》五十卷，《丁禹生政书》三十七卷。

在中国近代内忧外患交迫之际，丁日昌以效忠清室、改革吏治、办理洋务著称。李鸿章赞赏其“洋务吏治，精能罕匹，足以干济时艰”（《李文忠公朋僚函稿》卷十五）。因而他是晚清统治阶级自强运动中非常具有代表性的人物。同治三年（1864）太平天国革命被清政府镇压下去，江苏地区亟待恢复社会秩序。同治七年（1868）丁日昌新任江苏巡抚，以“端吏治”、“正人心”为己任。他“认为治道之隆替，系于风俗之盛衰，因乎人心之邪正，而人心之邪正，则由于教化之兴废。特别于大乱（太平天国革命）之后，伦常纲纪之恢复，尤属刻不容缓”①，为此，于二月二十一日向朝廷进呈《设立苏省书局疏》。建议设立官书局刊行政书及儒家经典，同时建议禁毁淫词小说。其疏云：

> 奏为苏省设局开刊书籍，拟刻牧令各书，以端吏治而正人心……臣更有请者：目前人心不古，书贾趋利，往往淫词邪说荟萃成编，《水浒》传奇等书，略识之无如探秘笈，无知愚民平日便以作乱犯上，最足为人心风俗之忧。臣在吴中业经严禁，诚恐此等离经叛道之书，各省皆有，应请旨敕下各直省督抚，一体严加禁毁，以隐戢人心放纵、无所忌惮之萌，似亦维持风化之一端。所有臣在苏省设立书局先刊牧令各书，并请禁传奇邪说缘由，是否有当，伏祈皇太后、皇上圣鉴训示。（《抚吴奏稿》卷一，《丁中丞政书》）

① 吕实强：《丁日昌与自强运动》第137页，《中央研究院近代史研究所专刊》(30)，台湾1982年。

当时清王朝号称“同治中兴”，实为慈禧太后垂帘听政。慈禧甚为重视丁日昌的建议，于三月初十日谕内阁：

> 丁日昌奏设局刊刻牧令各书一摺。州县为亲民之官，地方之安危系之。丁日昌现拟编刊牧令各书，颁发所属，即著实力举行，俾各州县得所效法。其小学经史等编有裨学校者，并著陆续刊刻，广为流布。至邪说传奇，为风俗人心之害，自应严行禁止。著各省督抚饬属一体查禁焚毁，不准坊肆售卖，以端士习而正民心。（《大清穆宗皇帝实录》卷二二六）

此谕很快经礼部下达：“江苏巡抚遵照办理可也。”丁日昌于四月十五日发布通令，在省内公布查禁书目，由书局附设销毁淫词小说局，严饬各府县禁毁，并“谕令各书铺，将已刷陈本及未印板片，一律赴局呈缴，由局汇齐，分别给价，即由该局亲督销毁；仍严禁书差，毋得向各书肆藉端滋扰”。（《抚吴公牍》卷一）第一批应禁书目有：

龙图公案	品花宝鉴	昭阳趣史	玉妃媚史
呼春稗史	春灯迷史	浓情快史	隋炀艳史
巫山艳史	绣榻野史	禅真后史	禅真逸史
幻情逸史	株林野史	浪史	梦纳姻缘
巫梦缘	金石缘	灯月缘	一夕缘
五美缘	万恶缘	云雨缘	梦月缘
雅观缘	什痴符	桃花艳史	水浒
西厢	何必西厢	桃花影	梧桐影

鸳鸯影	如意君传	二妙传	姣红传
循环报（肉蒲团）		贪欢报（欢喜冤家）	
红楼梦	后红楼梦	补红楼梦	红楼圆梦
红楼复梦	红楼重梦	金瓶梅	唱金瓶梅
续金瓶梅	艳异编	日月环	紫金环
天豹图	天宝图	前七国志	增补红楼
红楼补梦	牡丹亭	脂粉春秋	风流野志
七美图	八美图	杏花天	桃花艳
载花船	闹花丛灯草和尚		痴婆子传
醉春风	怡情阵	倭袍	摘锦倭袍
两交欢	一片情	同枕眠	同拜月
皮布袋	弁而钗	蜃楼志	锦上花
温柔珠玉	石点头	奇团圆	清风闸
蒲芦岸	八段锦	今古奇观	情史
醒世奇书	汉朱奇书	碧玉塔	碧玉狮
摄生总要	梼杌闲评	反唐	文武元
凤点头	寻梦托（柝）	海底捞针	国色天香
拍案惊奇	十二楼	无稽谰语	双珠凤
摘锦双珠凤	绿牡丹	芙蓉洞	乾坤套
锦绣衣	一夕话	解人颐	笑林广记
岂有此理	更岂有此理	小说各种	宜春香质
子不语	北史演义	女仙外史	夜航船
风行艳史	妖狐媚史	杨柳青	男哭沉香
龙舟闹五更	五更尼姑	十送郎	情女哭沉香
十二杯酒	王文赏月	怨五更	端阳现形
妓女叹五更	如何山歌	叹五更	西湖遇妖

三十六码头　夜合思梦全传　文鲜花　百花名
湘江滩头　戏叔武鲜花　王文听琴　刘氏思春
叫船　书生戏婢　西厢待月　新刻送新房诗
剪剪花　窗前自叹　十二月花神
薛六郎偷阿姨山歌　十八摸　六花六节
小尼姑下山　大审乌梅县全传
卖草囤四季小郎　十双红绣鞋　毛龙访兄茶坊
新码头　红娘寄书　王大娘补缸　捉文密拏钦召
娘姨赋　寡妇思夫　玉堂春　妙会
送符服毒全传　插兰花　四季相思　王大娘问病
杨丘大山歌　拷红　上海码头　赵圣关山歌
三戏白牡丹　佳期　堂名滩头　唱说拔兰花
大审玉堂春　卖橄榄时辰相思　文必正卖身
庵堂相会　跳槽　妙常操琴　小红郎山歌
八美图　九连环　门倚栏干
来福唱山歌花灯乐　巷名　半老佳人
十二月花名　拾玉镯　哈哈调　三笑姻缘
沈七哥山歌　玉蜻蜓　湘江浪　姑嫂谈心
小翟冈山歌　卖胭脂　男相思　美女沐浴
花魁雪塘　南京调　女相思　偷鞋戏美
送花楼会　冷打调　断私情　望郎送郎
诊脉通情　志诚嫖院　小郎儿　女风花动
姑苏滩头　琴挑　巧连环　一匹绸
结私情　新码头

四月二十一日公布的第二批应禁书目有：

隋唐	九美图	空空幻	文武香球
蟫史	十美图五	凤吟	龙凤金钗
二才子	百鸟图	刘成美	绿野仙踪
换空箱	一箭缘	真金扇	鸾凤双箫
探河源	四香缘	锦香亭	花间
笑语	盘龙镯	绣球缘	双玉燕
双凤奇缘	双剪发	百花台	玉连环
巫山十二峰	万花楼	金桂楼	钟情传
合欢图	玉鸳鸯	白蛇传	

以上两批应禁书共二百六十八种。这次禁毁淫词小说由江苏地方政府发起，经朝廷批准，试点推行，措施具体，设立专门机构，公布查禁书目，地方各级政府负责执行，因而效果显著。它不仅在中国近代文学史上，而且在中国文化史上都具有典型性，因它蕴含着十分丰富的文化意义，产生了广泛深远的社会影响，留下了值得思考与借鉴的历史经验。

晚清禁书的对象主要是淫秽的小说、戏剧、时调小曲。在当时有关文献里有“淫书”、“淫秽之词”、“淫词小说”等名目，均指淫秽的通俗文学作品。丁日昌关于禁毁淫词小说的通令云：

> 查淫词小说，向干禁例；乃近来书贾射利，往往镂板流传，扬波扇焰。《水浒》《西厢》等书，几于家置一编，人怀一箧。原其著造之始，大率少年浮薄，以绮腻为风流，乡曲武豪，藉放纵为任侠；而愚民少识，遂以犯上作

乱之事，视为寻常。地方官漠不经心，以致盗案奸情，纷歧叠出。(《抚吴公牍》卷一)

这便是禁毁的理由。在清代朝廷禁例中关于“小说淫词”的概念内涵并无解释。清代中叶丁大椿曾云：“今之小说，以淫奔无耻为逸韵，以私情苟合为风流，云期雨约，摹写传神。”[①] 这可视为对淫词小说的具体解释，当指描写男女淫奔、私情和猥亵细节的作品。丁日昌虽以禁“淫词小说”为对象，而却扩大到《水浒》等“诲盗”的“邪说”小说戏曲，而且认为“淫词”、“邪说”的小说戏曲是诲淫诲盗的材料，煽动人民犯上作乱，造成严重的社会后果，以致“奸情盗案”大量发生。《水浒》等歌颂农民起义的作品被列入“淫词小说”，这看似较为荒谬，然而以丁日昌为代表的封建统治集团却有其深远的政治考虑，认为如“近来兵戈浩劫，未始非此等逾闲荡检之说默酿其殃”，故附带一并查禁。我们从丁日昌的查禁书目来看，被确定为“淫词小说”的标准是什么呢？可以说并无严格的标准，只要是被列入查禁书目内的就是应该查禁的。古今中外，关于淫秽书的概念自来难以界定，完全是由禁止者来决定的。因为淫秽书通常是被判断为错误的性刺激材料。“什么是性刺激？刺激性情感是好还是坏？各社会对此的判定和评说千差万别，但有一点是共同的，即竭力限制性刺激及性刺激所导致的行为，正是从这些主张限制的人们的观点出发，违反限制就是

① 《元明清三代禁毁小说戏曲史料》第107页，作家出版社1958年版。

性行为越轨”。[1] 越轨行为是违反社会公共准则的，必然为社会所禁止。丁日昌查禁之书，当时作为法令规定是不容许有任何异议的，只能按照规定执行。然而对这种文化现象从历史经验的角度予以考察，却显而易见其查禁范围是极其错误地扩大化了。造成扩大化的原因是查禁者在认识方面的紊乱，这表现为：

（一）从社会价值观念出发，否定文学价值，以致对作品良莠不分。例如《红楼梦》《西厢记》《牡丹亭》《三国演义》[2]《水浒》等古典文学名著有很高的文学价值，被混同于一般粗劣庸下的通俗作品而一并查禁。

（二）提倡禁欲主义，以致将作品中男女爱情的表现与淫秽描写，不加区分而一律对待。例如《姣红传》《艳异编》《情史》《鸳鸯影》《桃花艳史》《国色天香》《十二楼》《钟情传》等大都属才子佳人的爱情故事，以及绝大部分抒写市井男女真挚坦率的爱情的时调小曲，都被列入“淫词小说”。

（三）不考虑作品的整体价值，凡其中有极小部分或个别情节略涉秽笔，则因之被禁。如《五美缘》《倭袍传》《蜃楼志》《今古奇观》《梼杌闲评》《拍案惊奇》《女仙外史》《禅真逸史》《绿野仙踪》等均是可作删节处理的。

（四）有意从加强思想专制出发，扩大查禁范围，对于历史演义、公案小说、神魔小说，如《龙图公案》《天豹图》《清风闸》《反唐》《绿牡丹》《北史演义》《蟫史》《刘成美忠节全

---

① ［美］杰克·D. 道格拉斯、弗兰西斯·C. 瓦克斯勒：《越轨社会学》第 217 页，河北人民出版社 1987 年版。

② 查禁书目内有《汉宋奇书》，为明人熊飞编，收《三国演义》和《水浒传》两种。

传》《绣球缘》《白蛇传》等并不属于“淫词小说”的作品也被查禁。这在查禁者主观上是有意混淆淫书界限的。

由于查禁者在认识上的模糊与有意混淆，使此次禁书范围扩大化。他们以为可以达到正人心厚风俗的愿望，而在文化史上却是一次浩劫，使许多文学作品被毁灭或流散，使民众的精神遭到极大的压抑。自明清以来流行于社会的淫秽书，基本上都被列入禁毁书目之内了，在查禁扩大化的过程中大有一网打尽之意。

无论古今中外关于淫秽作品概念的规定有种种差异或不确切之处，但按照社会普遍的伦理道德准则是易于作出常识性判断的，即它是错误的性刺激材料，属于性行为越轨。每个社会都有相应的法律对它采取各种方法予以限制或禁止。在丁日昌查禁书目内确有不少的淫秽书，无论是在当时或现在都应属于严禁的。它们大致可分为三种类型：

（一）以古代后宫淫乱生活为题材，表现女祸思想的作品。这类作品自明代中期的文言中篇小说《如意君传》肇其端。它所写的是唐代武则天与薛敖曹的故事。小说中关于武则天的后宫淫乱生活有非常细腻的描绘，对明清淫秽小说的性描写产生了极大的影响。此后属于这类白话小说的还有写汉代赵飞燕故事的《昭阳趣史》，写唐代杨贵妃故事的《玉妃媚史》，写武则天故事的《浓情快史》，写隋炀帝故事的《隋炀艳史》，写春秋时夏姬故事的《株林野史》等。作者摭拾古代史料与轶事敷衍成文，其中有连篇累牍的淫乱细节描写。这些作品以后宫题材与淫乱描写满足读者的好奇心理。它们表面上宣扬“淫女乱国”的女祸思想，而实际上给读者以错误的性刺激材料。

（二）以现实社会世情或艳情为题材，表现封建的劝善惩恶或因果报应思想。这是中国淫书的主要部分，数量最多，淫秽描写的程度最严重。明代中期出现的浅显文言中篇小说《痴婆子传》是这类小说的先声。小说女主人公上官阿娜以回忆的方式自述一生的性生活体验。在这篇小说里社会背景隐没了，纯以个人的性体验为描写对象，表现出纵欲的态度和乱伦的关系。继此之后，这类题材的白话长篇小说于明末和清初大量涌现。其中最猥亵的当推明末的《肉蒲团》。它叙述元代致和年间的未央生自恃相貌才情，甚为好色。布袋和尚以淫人妻者妻必为人所淫的循环报应相戒。未央生不听，于是回乡娶道学先生之女玉香为妻，婚后不久便借出外游学为由而寻访佳丽。离家后，未央生偶宿旅舍，遇侠贼赛昆仑，与之结为兄弟。他访得三位美女的姓氏和住址，欲先图贩丝商人权老实之妻艳芳。三月后打听得权老实外出卖丝，入其家勾引艳芳，相约晚间行事。入夜，未央生误认一丑妇为艳芳，先与淫乐，后又与艳芳行事。权老实归家，疑心赛昆仑与妻子有奸情，遂将艳芳卖与他。赛昆仑将艳芳转赠与未央生，使二人完婚。未央生又与邻家妇女香云、瑞珠、瑞玉有私，四人连床淫乐。权老实知道实情后，为报复未央生，至其家勾引玉香，并携其丫鬟如意一起私奔；主婢被权老实卖至京都为娼。瑞珠、瑞玉之丈夫卧云生与倚云生，将玉香包在京都寓所，轮流取乐。后来未央生闻京中名妓，便入京嫖妓，谁知此妓正是其妻玉香。玉香羞愧自缢。从此，未央生看破红尘，前往布袋和尚处削发修行，皈依佛门。在这部小说里突出了因果报应的思想和悔悟入道的结局。此后的通俗小说如《呼春稗史》《绣榻野史》《浪史》《灯月缘》《梧桐影》《欢喜冤家》《灯草和尚》《怡情阵》《一片情》《醒世奇书》等，大都隐没社会背景，将故事情节集中于淫乱的放纵的性描写，以因果报应为主题，使一些作品中的男主

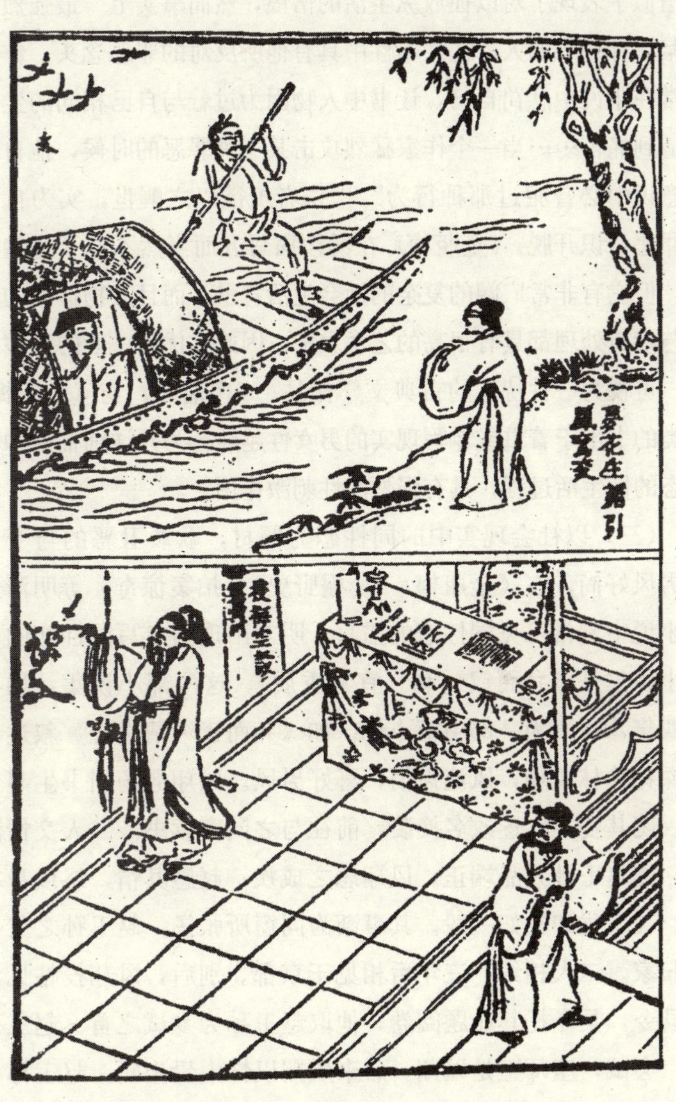

明崇祯刊本《欢喜冤家》第八回插图

人公在纵欲过度而产生厌腻心情之后便悔悟而入道求仙了。这种悔悟似乎表现了对以往放纵生活的憎恨，然而事实上“最强烈憎恨某一种罪恶的人，往往本性中具有他所反对的罪恶念头。作家常常在小说中惩罚自己，让书中人物因为过着与自己相同的生活而遭到痛苦……当一个作家猛烈攻击某一种罪恶的时候，他自己潜意识中必曾犯过那种行为”。[①] 作者虽欲以之醒世，实为自己的罪恶意识开脱。《金瓶梅》在淫秽描写方面当然不亚于这些作品，但它有非常广阔的复杂的社会生活背景，而且人物形象的塑造与细节处理都具有很高的艺术水平，因此它优于一般的淫秽小说，可视为一种特殊的古典文学作品。《肉蒲团》与《金瓶梅》等类的书由于着重或专写现实的男女性越轨行为并详细描绘种种变态的性生活过程，具有强烈的性刺激作用。

（三）以社会现实中的同性恋为题材，歌颂丑恶的与变态的男风好尚。在《金瓶梅》《绣榻野史》《拍案惊奇》等明清通俗小说中常常可见同性恋的描写。明末出现的专写同性恋的中篇小说集是《弁而钗》和《宜春香质》。这两部小说集，均各分四集，每集为一部中篇小说。如《弁而钗·情贞纪》叙述新科探花翰林风翔，风流俊俏，喜好男风。风翔遇扬州书生赵王孙，羡其姿容，遂改名换装，前往与之同窗读书。二人交情渐笃，然赵王孙人品端正，风翔思之成疾；赵感其情，终以身相就，二人犹如夫妇一般。其事渐为同窗所张扬。赵王孙之父召子归家。二人相约：三年后相见于京都。别后，风翔投帖见江都县令，县令托其命题阅卷，他取赵王孙为乡试之首。赵王孙入京会试，座师正是风翔。后来风翔以忤中贵坐斩，赵王孙力

① 莫达尔：《爱与文学》第 100 页，湖南文艺出版社 1987 年版。

白其冤而得免。此后二人弃官，挈家归隐于白门，世代相好。《宜春香质·风集》叙述书生孙宜之，性好玩乐，沦为小官，供人宣淫，“鸳鸯帐底作生涯，孽海波中为活计”，终于被人害死。晚清陈森的《品花宝鉴》写清初以来京师狎优伶之风尚。小说中的两个主要人物，一是贵家子弟梅子玉，一是名旦杜琴言，他们品貌相当，情意缠绵，心心相印，重在神交。同性恋属于性行为越轨，而男性恋尤为丑恶。这类小说对于同性恋往往有非常淫秽的描写，尤其是作者是持以欣赏与歌颂的态度。

以上三类淫秽小说之所以应禁止，不仅因它们存在大量的关于性行为的细致描写，还在于表现了错误的性观念。这些作品在性描写中以男性为中心，非常强调男性器官的绝对作用。男主人公的性器官都被夸张为特殊的，异于常人功能的。如果它本来是正常的，都需服药或经异人矫正以使之特殊，尤其认为只有异常的器官才能使女性产生快感。这完全否定了正常情况下两性间的社会因素和心理因素的作用，导致错误地认为女性对男性的选择是以男性器官为标准，女性仅仅是作为鼎器而存在的；而且为了使女性得到充分满足，还借助于药物和各种淫具。这些作品不满足于描写正常的性行为方式，基本上按照中国古代房中术所介绍的各种方式进行细致描述，而且大都千篇一律地形成公式化。这些作品也以表现性变态为突出内容，例如写翁媳、叔嫂及亲属间的乱伦关系，母女与奸夫同榻，主婢、仆人、朋友、妻妾等集体淫乱，同性恋以及性虐待的花样百出的恶作剧，等等。它们都以满足男性的变态心理为目的，提倡损害和蹂躏女性的人格与肉体。这些作品是为适应初等文化水平的普通读者阅读的，属于通俗文学，但由于作者词语的贫乏和表现技巧的低拙，或者为了迎合小市民的庸俗趣味，凡涉及性器官的称谓和性动作的叙述，都往往直接采用了俚俗的词语，没有进行艺术化处理，使得其描写污秽丑恶，令人厌恶。其中许多肮脏的秽语是稍有教养的人都会感到羞耻而难以启齿的，而竟在作品中频繁地出现。如此的种种性描写情况正表现了主体的错误的变态的性观念。人类爱情在文学中是永恒的主题，而爱情实为男女之间的性爱，因而人们希望有那种格调高尚、健康正常、富于艺术价值的性文学作品，以丰富精神生活，提高人们的道德水平，使人们认识真正的生命意义。英国文学批评家沃尔特·艾伦说：

> 我们无法断言性文学是否能使人堕落或具备使人堕落的倾向；但我们却可以认定性文学历史的客观存在，而且在实际生活中，无论基于何种理由，只要人们（无论男人或女人）头脑中那种无法彻悟的性想象仍然存在，则性文学必将存在下去。①

性文学既有其历史的客观存在，那些优秀的性文学作品自然有其存在的合理性，但粗劣的性文学作品却不具备存在的合理性，因其违反社会准则和情感准则而必然遭到禁止。晚清丁日昌禁毁的《如意君传》《痴婆子传》《肉蒲团》《绣榻野史》《弁而钗》等正是属于没有文学价值的粗制滥造的淫秽之作。

我们从文学的角度来审视，文学作品并不排除性的描写，但它应服从情节发展或人物塑造的需要，而且必须作艺术的处

① 转引自［英］蒙哥马利·海德：《西方性文学研究》第237页，海南人民出版社1988年版。

理；一般的性过程则如饮食、排泄过程一样是人们日常生活经验中熟悉的，没有必要绘声绘色的描摹。如果将性过程作为一种常识来介绍，则更非文学所宜肩负的任务了。文学引起人们审美的感觉与兴趣，而不是庸俗地以描写性交、饮食、排泄等过程而引起人们快感或生理刺激。这是作品有无文学价值的一个重要区别。《如意君传》等作品的严重缺陷是在于将人物的性过程作为全书描写的基本部分，将它夸大为人们生活的中心，这无疑是违背人们社会生活真实的。这些作品实际上在性描写方面的技巧显得非常笨拙和无能，无法表现出人物在特定环境中两性间最富个性特色的、最微妙的或最优美的感受，便采取新奇变态的描写以作补偿；而且即使这样的写法也遵循一定公式或是因袭的。这些作品最主要的缺陷还在于：很多地方若从主题、情节、人物的文学关系来考虑是根本没有必要作详细的性过程描写的。之所以造成这些作品在文学上的如此严重缺陷，应是通俗作品服从于商业利益——文学的商业化带来的恶果。从文学社会学的观点来看，当文学染上立见盈利的特点，在社会化的机制中自然出现一种堕落的运动。

丁日昌在《设立苏省书局疏》里提出了关于禁毁“邪说传奇”的建议，请求朝廷“敕下各直省督抚，一体严加禁毁”。朝廷同意了这一请求，但是否旨谕各省开展禁书运动则不得其详。江苏的禁书是得到朝廷和整个封建统治阶级有力支持的。余治说：

> 淫书本干禁例，自宜官为严禁，立予销毁。惟官府如传舍，恐旋作旋辍，日久懈弛，仍复滋蔓。必须札饬各邑善堂、义学、乡约、绅董，就善堂中另筹一款，设局收

毁，随见随收，随地查办，永为定例。（《得一录》卷十一）

他是主张动员地方一切封建势力开展长期禁毁淫书的。丁日昌在江苏的禁书运动对全国各地是很有政治影响的，从当时广泛的社会舆论的支持来看，各地也有类似的行动，只是具体查禁的情形及成效不尽相同而已。丁日昌在通令里规定由“现在书局，附设销毁淫词小说局”专管禁书运动。自江苏设立官书局在苏州以后，影响所及，各省纷纷设立书局，如同治八年（1869）开设湖北书局、金陵书局、淮南书局，同治十年开设成都书局、广东书局、浙江书局，同治十一年开设山东书局、江西书局，同治十二年开设广西书局。① 这些书局很可能依江苏省之成例附设有销毁淫词小说局。显然丁日昌所发起的禁毁淫词小说运动是朝廷支持的，由江苏试点，在全国逐渐推行。光绪十八年（1892）上海县署受理了淫书讼案一件。书业董事管斯骏呈请：

今年六月初间，闻有《倭袍》《玉（肉）蒲团》，并将《红楼梦》改为《金玉缘》等绘画石印，曾经禀请英公廨饬查在案。继查有严登发订书，作坊伙冯逸卿与书贩何秀甫托万选书局石印之《金玉缘》二千五百部，严亦附股。旋竟商通差伙，由何装运他埠发售等语。因思既经运去，即可缄默了事。距本月中，闻何在他埠，已将书销完，又托万选覆印等情。派人采访，果印有《金玉缘》《绿牡丹》

① 据梅宪华：《晚清官书局大事记略》，《文献》1992年第1期。

等。据实具呈，乞饬提西门外万选书店书主宋康安，着交坊伙冯逸卿，订书作主严登发并何秀甫等到案究办。①

县令黄承暄收到呈文后遂移文英公廨会审查办。呈文中提到的小说都属丁日昌应禁书目。可见此次禁书运动一直持续到清代末年。

江苏的禁书运动在丁日昌的直接领导下曾雷厉风行地展开，成绩卓著，在很短时期内如山阳县收缴应禁各书五十余部和唱本二百余本，江北收缴五百余部，上元县收缴八百余部，苏州与常州各属县收缴数千或数百部不等，所收缴版本均运至省书局验明焚毁。其他全国各地也有大致类似的成效。经过这次运动后，丁日昌所列应禁之书二百六十八种，其中的小说与戏文一百五十六种已有七十四种至今下落不明或竟禁绝了，时调小曲唱本一百一十二种，大约也有三分之一被禁绝了。然而出乎当时禁止者所料，共约有百分之六十的应禁书经历浩劫之后侥幸保存下来了，尤其是那些最淫秽的小说，如《昭阳趣史》《玉妃媚史》《呼春稗史》《浓情快史》《绣榻野史》《浪史》《株林野史》《灯月缘》《梧桐影》《如意君传》《肉蒲团》《金瓶梅》《灯草和尚》《痴婆子传》《怡情阵》《一片清》《弁而钗》《醒世奇书》等，均禁而不绝。淫词小说的存在是有广大社会群众基础的。当通俗文学以商品的形态出现之后，生活在现实社会的普通消费者从消遣的角度出发对书贾为之提供的东西按照自己的好恶进行选择，他们更倾向于选择消遣性最强而颇为刺激的淫词小说。所以丁日昌一再叹息说："忠孝廉节之事，

① 《元明清三代禁毁小说戏曲史料》第137页，作家出版社1958年版。

千百人教之而未见为功；奸盗诈伪之书，一二人导之而立萌其祸。”

晚清经过这次规模颇大的禁书运动之后，淫词小说在市面上大为敛迹，却转入了秘密渠道流行。民间所私有的因其被禁而隐藏甚密，在知交好友中常常辗转抄录。我们现在所能见到的影印手抄本即有《红楼梦》《金瓶梅》《痴婆子传》《绣榻野史》《怡情阵》《绿野仙踪》等。坊间书贾秘密刻印禁书，奇货可居而获得可喜的商业利润。他们巧妙地将禁书改名重印，如《如意君传》改为《阃娱情传》，《肉蒲团》改为《循环报》，《红楼梦》改为《金玉缘》，《浪史》改为《梅梦缘》，《欢喜冤家》改为《贪欢报》，《灯草和尚》改为《灯花梦全传》，《绿牡丹》改为《四望亭全传》。这些小说改名重印后便可暂时逃避官府查禁而得以在市面流行。有的禁书甚至并不改名，很快又刻印出版了，例如《天宝图》有同治八年芥子园刊本，《锦上花》有同治十三年学余堂刊本，《清风闸》有同治十三年重刊本。清末光绪年间由于西方石印和排印的印刷技术的引进，中国图书出版业一时兴盛起来，许多禁书也因印刷技术的改进而大量出版流行；也许封建王朝的末日已临，自顾不暇，书禁相对松弛了。清末石印和排印出版的禁书有《龙图公案》《隋炀艳史》《禅真逸史》《浪史》《水浒传》《西厢记》《桃花影》《肉蒲团》《欢喜冤家》《红楼梦》《灯草和尚》《倭袍传》《石点头》《今古奇观》《汉宋奇书》《梼杌闲评》《十二楼》《绿牡丹》《女仙外史》《九美图》《五凤吟》《绿野仙踪》《锦香亭》《钟情传》《白蛇传》等。有的禁书在丁日昌查禁之前早已通过种种渠道流传于海外，为日本、英国、法国、美国、俄国等国的图书馆收藏，其中有不少珍贵的原刻本和抄本，有的竟成孤本，如

《龙图公案》（日本）、《隋炀艳史》（英国、日本）、《绣榻野史》（日本）、《禅真后史》（日本）、《浪史》（日本）、《五美缘》（英国、日本）、《梧桐影》（日本）、《欢喜冤家》（英国）、《红楼梦》（俄国）、《杏花天》（日本）、《载花船》（日本、英国）、《闹花丛》（日本）、《倭袍传》（法国、英国）、《一片情》（日本）、《蜃楼志》（英国、法国）、《国色天香》（日本、法国）、《绿野仙踪》（英国）、《双凤奇缘》（英国、日本）、《金瓶梅词话》（日本）。[①] 这些珍贵的善本皆在海外而幸存。

唱本因其体制短小，而且为民间说唱艺人所传习，在下层民众间流传十分普遍，更难于禁绝。所以被查禁的“小本唱片”大部分都流传下来了。清末文人黄协埙说：“近日曲中（妓院）竞尚小调如《劈破玉》《九连环》《十送郎》《四季相思》《七十二心》之类。”（《淞南梦影录》卷二）这些唱本可以适合多种曲艺形式演唱，甚受下层民众欢迎，比起小说来它的生命力更为旺盛。如《十八摸》《王大娘补缸》《小尼姑下山》《书生戏婢》《王大娘问病》《妓女叹五更》等时调小曲都在很多省内长期流行，难以查禁。

色情文学作品不仅在我国清代禁而难绝，这种情况在欧洲也是如此。英国蒙哥马利·海德考察了西方性文学之后得出的结论是：

> 用立法手段强行查禁不过是治末之策，它只能限制明目张胆的发行，而秘密传播的渠道是无论如何难以禁绝

① 以上资料据江苏省社会科学院主编《中国通俗小说总目提要》，中国文联出版公司1990年版。

的。历史证明，愈禁愈严，色情文学的泛滥愈烈，维多利亚时代的教训值得记取。①

虽然如此，每个时代的政府为了维护公认的社会准则，也为了青少年的健康成长和妇女的社会权利，必须采取一定的措施对淫秽作品加以限制或禁止。这是非常必要的。我们从晚清禁毁小说戏曲运动中可发现某些有借鉴的历史经验：

（一）不宜以通令方式强行查禁，尤其不应公布查禁书目。因为一些淫秽作品本来鲜为人知，一旦明令查禁，引起人们的好奇心理，欲一睹为快。这样反而起到宣传与推介的作用，使这类作品得以秘密传播，甚至秘密偷印再版。

（二）查禁对象应确切，不能使范围扩大化，以免影响群众正常的文化生活而导致对社会的不满情绪的产生。在确定查禁对象时注意保护某些文学价值很高而略涉性描写的优秀作品，对某些作品存在个别淫秽的情节可以采取删节的办法。

（三）一些确可定为淫秽的作品，应该采取有效的方法，如不准出版，已出版的禁止发行流通，但是不宜毁绝，可以由图书馆和学术研究部门少量保存。因为这些作品虽无社会价值和文学价值可言，但从文化的角度来看仍是有价值的，例如有的可以作为性科学和民俗学的研究材料。

（四）设立专门的机构，以避免各政府部门之间意见的不一致、责任不明、互相牵制的弊端发生，而且可以做到当淫秽作品随时出现随时处置。这样可以避免查禁过程中时而紧张、

① ［英］蒙哥马利·海德：《西方性文学研究》第237页，海南人民出版社1988年版。

时而松懈的现象，也可避免突击运动给图书市场带来的种种扰乱。

（五）收缴禁书可以采取向书商和书店收购，或给予适当的经济补偿，但对查禁后通过秘密渠道销售者则应按法律惩处。这样有利于收缴工作的顺利进行，可以有效杜绝秘密流通渠道。

当然借鉴历史上某一运动的历史经验，并不意味着对其性质的肯定。

在丁日昌发布禁毁淫词小说的通令不久，上海英租界的《北华捷报》立即发表社论批评说：

> 此项措施，可以获得一项倾心向善官吏之声誉，却使书商遭受骚扰；可以获得若干读儒书学子之称道，认为恢复古代纯善生活与习性深值赞美之努力，却为在愉快与迅速成长中之一代所笑。此项工作，虽未必不能达到，却可能为近于“力士”之人方能负担。

这离开对运动本身的批评，误认为纯是丁日昌提高自已政声之举，并从不同社会群体的反应中发现了潜藏的阻力，暗示了恢复古代纯善生活与习性的努力已经非常不容易了。继而该报又发表社论云：

> 丁氏道德的激动，固应给予相当的赞誉，其将“有害于道德之出版品”与叛乱相结合之观念，与扫空书店以增进社会道德之作风，则不能不使人感到可笑。丁氏幻想他正向罪恶之深处著手。然阅读此类书籍为一般人之倾向，

> 欲彻底变换此种心理，必须有一种较中国现在有更高水准之教育。①

批评丁日昌在观念上颇为紊乱，而措施也不恰当。批评者又根据欧洲的历史经验，清楚地见到这场运动表面上虽然轰轰烈烈，却不能彻底。一个世纪之后——20 世纪 80 年代台湾学者吕实强评论云：

> 尽管，丁日昌查禁淫书，尺度或不免失之过严，范围或涉太广，然此应仅属技术方面之问题。就原则而言，国家之治乱，系于社会之隆污，社会之隆污，系于人心之振靡。日昌从净化社会大众之读物著手以厘正人心风俗，并非不切乎需要。就尺度而言，《水浒》《西厢》《红楼》等书，昔人亦有与丁氏同感者……可知亦非丁氏个人之偏见。且于大乱之后，力谋复苏，日昌殚虑竭思，于开局刊刷各种经世济用、尊崇正学书籍之外，并禁毁淫书，较之以往所历次办理者，应更具深意。②

这完全从当时立法者和执法者“戢人心而维风化”的观点对运动作了基本的肯定，甚至对发起者的道德动机与社会责任感颇为赞扬。

---

① Tne Nortn China Herald June 2，1868；Ibid Jnly 3，1868；转引自《丁日昌与自强运动》第 142～143 页，《中央研究院近代史研究所专刊》（30），台湾，1982 年。

② 吕实强：《丁日昌与自强运动》第 143～144 页，《中央研究院近代史研究所专刊》（30），台湾，1982 年。

现在当我们总结此次运动的历史经验时，应当怎样对它重新评价呢？历史上某些时代和现代社会都曾严禁淫秽作品，虽在形式上相似，却往往有性质的区别，很难一概而论；因为各有其特殊的文化背景，各立法者的意图，各执法者的措施，以及各自的客观效应都不尽相同。晚清查禁淫词小说的运动虽然由丁日昌发起，然而得到了最高统治者的支持和整个封建统治阶级的积极响应，因而绝不能将此次运动仅仅视为个别官员的偶然的道德动机所致。它在实质上是晚清“同治中兴”时期封建统治阶级“自强”运动的一个组成部分。同治七年（1868）前后正值西方帝国主义列强稳固在中国的既得利益而暂缓侵略势力的扩张，而清皇室依靠湘军和淮军相继将太平天国革命、捻军起义和回民起义镇压下去，在封建统治阶级杰出人物的努力下挽救了王朝的崩溃，又恢复了社会秩序，国内出现了稳定的局面：这就是清史上的“同治中兴”。在此过程中统治阶级掀起了自强运动。“从1861年开始‘自强’一词在奏折、谕旨和士大夫的文章中经常出现。这表现出人们认识到需要一种新的政策，以应付中国在世界上的地位所发生的史无前例的变化。为此目的就提出了许许多多的方案，但并非每个建议都是付诸实施的，也不是所有建议都是成功地得到贯彻的。不久‘自强’一词就变成与其说是一个号召，为革新而作真正努力的呼吁，倒不如说是一个用来为开支辩护和为官僚阶级利益集团服务的口号”。[①] 曾国藩、左宗棠、李鸿章、丁宝桢和丁日昌等都是这个运动的著名人物。他们从维护封建制度出发，在新

① ［美］费正清主编：《剑桥中国晚清史》上卷第531页，中国社会科学出版社1983年版。

的形势下提出“中学为体，西学为用”的主张，试图在洋务与内政两方面努力以使王朝富强起来。丁日昌当时在办理洋务和改革吏治方面都显示出卓越的才干。他任江苏巡抚时为改革吏治而设立官书局刊印牧令政书，同时将禁毁淫词小说作为“近来兵戈浩劫”之后“戢人心而维风化”的一项重要内政措施。他从封建统治者的立场顽固地强调“治道之隆替，系于风俗之盛衰，因乎人心之正邪；而人心之正邪，则由于教化之兴废”。这是一种非常错误的理论，它将国运与民心的关系完全颠倒了：似乎清王朝内部的腐朽没落及对外的丧权辱国的原因并不是由于当时封建制度下的整个政治经济结构的反动，而是由于人心不古了。事实证明，这次运动确实起到了某种“戢人心而维风化”的社会作用，销毁了大量的淫词小说，然而出乎封建统治者的主观愿望，并没有因之而挽救中国封建王朝彻底覆亡的历史命运。四十三年之后，辛亥革命的成功，在中国结束了封建制度。这样，我们较易认识到丁日昌禁毁淫词小说运动的性质了：它实质上是晚清封建统治阶级挽救危亡的自强运动的组成部分之一。

淫词小说属于性行为越轨，应为社会所禁止或限制，但它在整个国家政治经济结构中所起的消极作用毕竟是非常有限的，不可能对社会政治经济发生严重的影响。我国古代国势最强盛的唐太宗贞观时期，有的大臣提出禁止流行的淫词艳曲，为此君臣展开了一场讨论，《新唐书》卷二十一记载此事云：

太宗谓侍臣曰：“古代圣人沿情以作乐，国之兴衰，未必由此。”御史大夫杜淹曰：“陈将亡也，有《玉树后庭花》；隋之将亡也，有《伴侣曲》。闻者悲泣，所谓亡国之音哀以思。由是观之，亦乐之所起。”帝曰：“夫声之所感，各因人之哀乐。将亡之政，其民苦，故闻以悲。今《玉树》《伴侣》之曲尚存，为公奏之，知必不悲。”尚书右丞魏徵进曰：“孔子称‘乐云乐云，钟鼓云乎哉。’乐在人和，不在音也。”十一年，张文收复请重正今乐，帝不许，曰：“朕闻人和则乐和，隋末丧乱，虽改音律而乐不和。若百姓安乐，金石自谐矣。”

唐太宗对国家命运充满乐观的信心，在“百姓安乐”与文艺之事二者之间，他更关心和看重前者的意义。这对我们在认识上是非常有启发意义的。淫秽作品的概念是随着人类文明进步而变化的。它作为性刺激材料，当其刺激在某个社会时期达到饱和状态时便失去原有的刺激作用而变异其性质，例如古代《诗经》中的淫奔之诗，后来的情形便是如此。淫秽作品基本上都是庸俗丑恶、粗制滥造的东西，当人们的文化素质普遍提高之后，自然会有正常的或高尚的审美趣味和艺术判断力，便可能选择优秀的作品——也包括优秀的性文学作品。因此，杜绝淫秽作品的治本之策仍在于提高人们的文化素质和艺术欣赏水平。

第六章

中国市民文学的尾声

市民社会是一种历史形态。中国的市民社会是在封建社会后期商品经济发展到一定程度的北宋时期形成的，它随着最后一个封建王朝——清朝在20世纪之初的覆亡而解体，共存在八百余年；其历史亦可谓悠久了。经济学家沈越关于"封建市民"之含义说：

马克思恩格斯著作中的封建市民有狭义和广义之分：狭义的市民指作为资产者前身的富有市民，包括作坊主、工场主、大商人、银行家等经营工商业致富的有产者；广义的市民则把作为无产阶级前身的帮工、学徒等城市平民包括在内，即城市的第三等级。马恩之所以对市民作狭义的和广义的划分，主要是为了论述近代资产阶级和无产阶级的形成历史。当时富有市民虽然具有一些近代资产者的特征，但还不能说近代资本主义经济关系已经形成，可以把市民等级等同资产阶级……作为封建社会的市民，他不仅是资产阶级的前身，同时也是无产阶级的前身。[①]

广义“封建市民”是包括城市富裕的工商业主和城市平民的，它们在封建社会中构成一个市民阶层。这个阶层在封建制度崩溃或被消灭之后便逐渐分化为资产阶级、小资产阶级、无产阶级和城市贫民。公元1911年中国的辛亥革命是资产阶级性质的革命，它的胜利宣告了中国封建社会制度的结束。中国历史上的市民社会和市民阶层在辛亥革命后逐渐解体了。因而在辛亥革命之后，由于社会政治经济结构的变化，市民文学理应随同市民社会的解体而终结，它必将为新文学所取代。然而由于辛亥革命将推翻清政权作为主要目标，以致反清任务完成后未能彻底清除封建势力；又由于公元1919年的新文化运动对待传统文化所采取的虚无主义态度，以致新文化缺乏广大的社会群众基础；这样使中国现代社会状况和文化状况变得十分复杂，旧的市民文学遂以传统的和新变的形式仍然占据文化市场。

自1911年辛亥革命迄于1949年新中国建立的近四十年间，是中国市民文学发展的余绪。这个时期，中国各大都市里有很多戏院演出着传统剧目，说唱艺人和时调小曲艺人活动于都市的茶园、酒楼、游艺场所和街头巷尾，也演唱着传统的曲目，章回体的鸳鸯蝴蝶派小说繁荣兴盛而独领风骚。茅盾先生将20世纪30年代盛极的武侠小说称为“封建的小市民文艺”[②]，这是准确的判断。新武侠小说以及整个鸳鸯蝴蝶派小说

① 沈越：《“资产阶级权利”应译为“市民权利”》，《天津社会科学》1986年第4期。

② 沈雁冰：《封建的小市民文艺》，《东方杂志》第30卷第3号，1933年2月。

都属旧的市民文学，而各种流传的旧的通俗小说、传统剧目、传统曲目则是市民文学的遗存，它们在20世纪均是“封建的小市民文艺”，仍以通俗性、消遣性和商业性获得社会广大的群众。中国市民文学没有在近代掀起文艺复兴，却在现代社会里以旧意识和旧形式苟延下去。这在世界文学史上是一种很特殊的现象。兹将其情形略述于下：

（一）各种地方剧种兴起，改编并演出传统剧目。清代乾隆五十五年（1790）安徽三庆班剧团入都祝寿之后，除徽班的二黄调之外，昆山腔、弋阳腔、梆子腔、罗罗腔等剧种陆续进入北京，地方剧种发展起来。辛亥革命以后，京剧流行于各省，古典的昆曲在北京与上海呈复兴之势，各省剧团吸收了流行的腔调又保持地方特色，于是出现了豫剧、浙剧、越剧、徽剧、陕剧、湘剧、汉剧、川剧、楚剧、闽剧、沪剧等地方剧种。京剧、昆剧及各地方剧种所演出的基本上是传统剧目。京剧保存的传统剧目有一千一百二十余出，如《挑滑车》《八大锤》《打渔杀家》《五人义》《三击掌》《六月雪》《法场换子》《铡美案》《空城计》《群英会》《打严嵩》《打金枝》《水帘洞》《白蛇传》《宝莲灯》《春秋配》《花钿错》等。[①] 川剧主要流行于四川，兼及云南、贵州和西藏的部分地区，演出的传统剧目主要有：高腔四大本——《金印记》《琵琶记》《红梅阁》《班超》；弹戏四大本——《春秋配》《梅绛亵》《花田错》《芙奴传》；五袍——《红袍记》《白袍记》《青袍记》《绿袍记》《黄袍记》；四柱——《碰天柱》《水晶柱》《九龙柱》《五行柱》；江湖十八本——《彩楼配》《汉贞烈》《木荆钗》《白蛇传》《玉

① 参见陶君起编：《京剧剧目初探》，中国戏剧出版社1963年版。

簪记》《青萍剑》《四块玉》《中三元》《白鹦鹉》《三孝记》《渡蓝关》《荆轲墓》《龙凤剑》《铁冠图》《放白蛇》《葵花井》《三天香》《五桂联芳》。① 这些传统剧目是各剧种根据宋元以来古典剧本改编的。新编的时装新戏剧目极少，其艺术水平亦不高。

（二）方言说唱艺术在各地兴起。清末民初，苏州弹词女艺人在苏州遭禁，陆绣卿、汪雪卿等到上海演出，造成弹词艺术兴旺；演唱曲目有《倭袍》《双珠凤》《三笑》《白蛇传》《玉蜻蜓》等。北京天桥单弦艺人主要说唱根据《聊斋志异》《今古奇观》《水浒》等小说改编的故事。京韵大鼓艺人刘宝全用北京方言演唱《单刀会》《长坂坡》《大西厢》等，用京剧唱腔、梆子腔和马头调等唱法改进了传统大鼓艺术。扬州评话在民国时出现了高峰，有著名艺人王少堂、康又华、吴少良等，他们讲说《水浒》《列国》《三国》《西汉》《西游记》等古典小说故事。河南坠子是将小鼓三弦改制成坠胡，促进音乐唱腔改革，艺人乔秀清在天津等地演唱《蓝桥会》《昭君出塞》《杨家将》《呼家将》等故事。四川竹琴在演唱时敲击竹筒，配以简板，曲调受道家音乐影响，唱说传奇故事和历史故事。四川清音原名“唱月琴”，以 20 世纪 30 年代在成都和重庆成立“清音改进会”而命名，演唱传统时调小曲和传统剧目。二人转是在东北大秧歌的基础上吸收河北莲花落的内容与声腔而形成的，演唱传统剧目如《西厢》《蓝桥》等。粤曲是广东戏曲、

① 参见陈国福：《川剧艺术浅谈》，重庆出版社 1983 年版。

民歌和器乐曲之集大成，由专业女艺人演唱传统剧目和时调小曲。[①] 说唱艺术的听众极广泛，但主要为普通平民所喜爱。

（三）时调小曲的传统曲目为各地方戏剧艺人、说唱艺人及小曲艺人所沿用，新创作的曲目不多。民国初年北京中华书局排印出版《曲词集编》，北京宝文堂排印出版《太平歌词》，1936 年中央编辑所编的《时调大全正集》由上海中央书局印行。它们所收的曲目基本上是传统的，其中仅有极少数是新创的。各地流行的以方言表演的时调小曲，大都是据传统曲目改制的。

（四）旧的通俗小说因印刷技巧的改进而大量重印。民国以来的启新书局、育文书局、神州图书局、有正书局、萃英书局、会文堂书局、文华书局、文元书局、天宝书局、共和书局、沈鹤书局、大新书局、中华书局、文明书局、大成书局、亚东图书馆、世界书局、新民书局、进步书局、大达书局、广益书局等出版各种石印本和铅印本的旧通俗小说。[②]

（五）鸳鸯蝴蝶派小说的繁荣兴盛。辛亥革命之后，上海出现的杂志如《小说月报》《游戏世界》《小说海》《红玫瑰》《紫罗兰》等刊载一些消遣性的小说，畅销全国各地。其中每星期出版一次的《礼拜六》的影响尤大。这些小说常写爱情故事，大都是“卅六鸳鸯同命鸟，一双蝴蝶可怜虫”，因而被称为鸳鸯蝴蝶派，亦称礼拜六派。《申报》副刊《自由谈》和《新闻报》副刊《快活林》常刊载小说，作者是鸳鸯蝴蝶派的

① 参见中国艺术研究院曲艺研究所主编：《说唱艺术简史》，文化艺术出版社 1988 年版。

② 详见韩锡铎、王清原编：《小说书坊录》第 147～163 页，春风出版社 1987 年版。

名家。此派的作家成员及作品内容均极庞杂。“作家们都以写小说无非供人消遣，因而不免偏重于趣味，往往把情节写得非常曲折，借以吸引读者。所写男女恋爱故事每以悲剧结束，为的赚人眼泪。早期多写才子佳人或娼门艳迹，最有代表性的是徐枕亚的《玉梨魂》和李定福的《美人福》。中期也出现了侦探小说和武侠小说，如程小青的《霍桑探案》和顾明道的《荒江女侠》之类。后期则以所谓黑幕小说为主，专以非常尖刻的笔调发人阴私，甚至不惜造谣中伤……在这方面写得最多的是张秋虫和平襟亚两个人”。[①] 此派小说基本上可分为八类：哀情类的有天虚我生的《玉田恨史》、李定夷的《香闺春梦》、徐枕亚的《玉梨魂》、蒋毓如的《断肠花》等六十二种；社会类的的有不肖生的《留东艳史》、包天笑的《上海春秋》、李涵秋的《广陵潮》、海上漱石生的《海上繁华梦正续集》、张恨水的《金粉世家正续集》、张秋虫的《海市莺花》、漱六山房的《九尾龟正续集》等三百四十三种；言情类的有王小逸的《野花香》、李涵秋的《情场之秘密》、红绡的《恋爱网》、秦瘦鸥的《秋海棠》、韩天啸的《未婚夫妻哀史》等四百种；武侠类的有不肖生的《江湖奇侠传》、白芸的《大侠霍元甲》、任景星的《峨眉剑侠传》、顾明道的《荒江女侠》等四百六十一种；侦探类的有吕侠的《中国女侦探》、程小青的《原子大盗》等一百四十九种；滑稽类的有徐卓呆的《人肉市场》、程瞻庐的《滑稽春秋》、黄花奴的《情场怪现状》、刘铁冷的《惧内趣史》等七十一种；宫闱类的有王艺的《明宫艳史》、孙静庵的《清宫秘史》等三十八种；历史类的有吴虞公的《青红帮演义》、陶寒翠的

① 宁远：《关于鸳鸯蝴蝶派》，香港《大公报》1960 年 7 月 20 日。

《民国艳史演义》、蔡东藩的《前汉通俗演义》等八十二种。这些小说大都是章回体白话小说，供人消遣娱乐，为各阶层读者所喜爱，排挤了新文学，占领了文学市场。20世纪20年代一位读者写信给郑振铎说：

我想新文学到现在真是一败涂地了呀！你看，什么《快活》杂志、《新声》《礼拜六》《星期》《游戏世界》，已经是春笋般茁起了。他们出世一本，同时便宣告你们的死刑一次。像这种反动的"泥"潮，也不要太轻易地把他放过。中国的土地不会扩大也不会缩小，新文学所能占领的地域，本就只一角，于今又被他们夺回去了，他们高唱着"光复之歌"，你们真不动心么？①

同时成仿吾也感叹说：

世间不少奇怪的事情，然而最为奇怪的，莫过于我们文学界的现状，像革命时的满清督抚一般，一时抱头鼠窜、逃得无影无踪了的。《礼拜六》自从去年复炽以来，几个月的工夫，就把她的一些干儿干女、干爹干妈之类的东西，差不多布满了新中国的全天地。到了现在，我们的出版物之中，一天天增加的，几乎尽是这些卑鄙寄生虫拿来骗钱的龌龊的杂志。我亲爱的青年同胞们，这是何等的时代错误！复辟真的成功了么？②

---

① 转引自郑振铎：《悲观》，载《文学旬刊》第30号，1922年5月。

② 成仿吾：《歧路》，载《创造季刊》第一卷第3期，1924年2月。

这种现象曾令新文学家们忧虑与愤恨，他们欲发起再度的文学革命，然未成功。20世纪40年代文艺理论家们重新探讨关于文学的民族形式问题，但这并未动摇鸳鸯蝴蝶派在文化市场上的地位。新中国建立后，戏曲和曲艺进行改革，批判鸳鸯蝴蝶派，这才结束了中国市民文学的历史。

自辛亥革命迄于新中国建立的近四十年间，中国市民文学的余绪是错综复杂的，需要进行认真的考察。因限于条件，在作了极简略的介绍之后，仅拟对本期富于创新意义的鸳鸯蝴蝶派小说进行探讨，而且选择了其中的白话青楼小说和现代武侠小说进行重点研究，其余的只得从略。

白话青楼小说出现于晚清，盛行于清末民初，当它在20年代逐渐衰落之时，现代武侠小说兴起了。鸳鸯蝴蝶派小说在新中国建立后已经绝迹，谁知20世纪80年代之初随着新时期的到来，台港新武侠小说在大陆盛行，重又夺回了通俗文学市场。早已应该退出历史舞台的市民文学，似乎又在唱起“光复之歌”了。这一段历史是很值得我们追溯的。

第一节　近世白话青楼小说的盛衰

青楼小说即狭邪小说。“青楼”与“狭邪”皆指妓女聚居之地，但后者颇具贬义，而且在现代人看来是很生僻的词语。最早论及青楼小说的是鲁迅，他称之为“狭邪小说”。鲁迅在《中国小说史略》里，谈到清代之狭邪小说时，关于《板桥杂记》等著以为是“大率杂事琐闻，并无条贯，不过偶弄笔墨，聊遣绮怀而已。”他继而介绍了《品花宝鉴》《花月痕》和《青楼梦》，以为“自《海上花列传》出，乃始实写妓家，暴其奸谲。”[①] 却又将《板桥杂记》等文言青楼小说与《海上花列传》等白话青楼小说未作文学性质的区别，并将描写优伶生活的《品花宝鉴》归入狭邪小说，这都会在概念上造成某些误解。关于白话青楼小说的研究，甚被学者们所忽略。近年有学者感叹说：“在晚清，狭邪小说风行社会，但我们的研究者，对此似乎不屑一顾，很少有人提起。”[②] 晚清兴起的白话青楼小说是较为特殊的一种文学现象，其盛衰的原因与文学的意义均值得我们去探索。

晚清以来直至民国初年的六十年间，以都市妓女生活为题材的白话青楼小说不断涌现，在社会上最流行的有：

《花月痕》五十二回，清咸丰八年（1858）眠鹤主人自序，光绪十四年（1888）刊行，有民国二十三年（1934）大达书局版和民国二十四年（1935）世界书局版。此书叙述韦痴珠与刘秋痕、韩荷生与杜采秋两位才子与太原名妓的故事。作者魏秀仁，字子安，别号眠鹤主人，福建侯官（福州）人，生于嘉庆二十四年（1819），卒于同治十三年（1874）。他为道光间举人，屡试进士不第，曾游幕山西、陕西，主讲于成都芙蓉书院；另著有《石经考》《陔南山馆诗话》等。

《风月梦》三十二回，光绪九年（1883）上海申报馆排印本，有道光二十八年（1848）作者自序。作者邗上蒙人，生平

① 《鲁迅全集》第九卷第 256～263 页，人民文学出版社 1982 年版。

② 袁健、郑荣编著：《晚清小说研究概说》第 111 页，天津教育出版社 1989 年版。

不详。小说叙述扬州浪荡子弟袁猷与盐运司衙门清书贾铭、差役吴珍、牢吏之子陆书等与妓女月香、翠云、双林、凤林等的情事。

《青楼梦》六十四回，亦名《绮红小史》，题厘峰慕真山人著，郑弢序于光绪四年（1878），光绪十四年（1888）刊行。小说叙述苏州才子金挹香、叶仲英、邹拜林与名妓章幼卿、吕桂卿、陆丽仙、胡碧娟、陈秀英、陆绮云等十二金钗之事。作者俞达（？～1884），字吟香，自号慕真山人；长洲（苏州）人；著有《醉红轩笔话》《吴中考古录》《闲鸥集》等书。

《绘芳录》八十回，西泠野樵著，光绪四年（1878）序，光绪二十年（1894）申报馆丛书聚珍版。小说叙述金陵（南京）名妓聂慧珠、洛珠、蒋小凤、赵小怜与才子祝登云、王兰、陈小儒、云从龙等的情事。这几位才子皆宦途顺利，富贵荣华，聚了名妓，共建绘芳园，作为晚年休致之处。序云“粤寇之乱”，指1850年太平天国革命，时著者年十七，则当生于道光十三年（1833）。作者乃浙江上虞人。“竹秋”为著者之名，西泠野樵为别号。

《海上花列传》六十四回，曾以《青楼宝鉴》《海上青楼奇缘》《海上花》等名刊行。光绪十八年（1892）在文艺刊物《海上奇书》石印刊行，每期两回。全书石印本序于光绪二十年（1894）。小说叙写上海妓女王阿二、沈小红、黄翠凤、周双珠、双宝、双玉、林素芬、陆秀宝等事。作者韩邦庆（1856～1894），字子云，号太仙，别署大一山人，江苏松江（上海）人。作者自幼随父居北京，后南归应科举考试，成秀才后考举人不第，在河南做过幕僚，曾长期寓居上海，为《申报》撰稿。《海上花列传》出版后不久病逝，年仅三十九岁。

《海上繁华梦》初集三十回，二集三十回，后集四十回，原题《绣像海上繁华梦新书》、“古沪警梦痴仙戏笔”。初集、二集于光绪二十九年（1903）由上海笑林报馆排印，后集有光绪三十二年（1906）笑林报馆校刊本。小说叙述苏州秀才谢幼安、杜少牧在上海与妓女桂天香、巫楚云、花媚香、花艳香、颜如玉、阿珍等的情事。作者孙家振，上海人，自创《笑林报》，追欢买笑，挥霍甚豪。其著自谓如释氏现身说法。

《海天鸿雪记》二十回，二春居士编，南亭亭长评，作者实为李伯元。原由游戏报馆分期刊行，光绪三十年（1904）由世界繁华报馆出版单行本。小说叙述上海青年颜华生等与妓女陈小仙、小宝、江秋燕、金秀珠、凌漱芳、宝林、湘兰等的情事。作者李伯元（1867～1907），名宝嘉，别署南亭亭长，江苏武进人；少擅制艺及诗赋，屡试不第，乃到上海办《指南报》，后又办《游戏报》《繁华报》，主编《绣像小说》；著有《文明小史》《官场现形记》等。

《九尾龟》一九二回，漱六山房著，宣统二年（1910）点石斋刊行。小说以常熟名士章秋谷在上海的冶游为线索，叙述上海四大名妓陆兰芬、金小宝、林黛玉、张玉书的故事，故又名《四大金刚外传》。书名《九尾龟》取其新奇之意，非关主旨。小说中叙及贵官康己生闺闱丑事，作者于一二七回交代云：“虽然康中丞这个人并不是书中的正角色，但在下的这部小说既然名目就作《九尾龟》，在下做书的自然也不得不把这位无绪先生姑且当作全书中间的主人翁”，因为“这位康中丞家里头有五个姨太太，有两个姑太太，有两个少奶奶，恰恰是九个人，又恰恰的九个人都是这样风流放诞的宝贝”，于是人们称康中丞为“九尾龟”。作者张春帆，常州人，久寓沪上，为各报馆撰写短篇小说，后至粤东，任随宦学堂监督；民国光复后任江北都督府要职。

《人间地狱》八十回，《申报》自1923年起每日刊载，1924年结集出版。小说叙述杭州乡绅柯连荪、报馆编辑姚啸秋、资本家程藕舲在上海先后与妓女秋波、老五、碧嫣、白莲花等的情事。作者毕振达（1891～1925?）字倚虹，号几庵，又号娑婆生，江苏仪征人；少年时擅诗文，十五岁时进京捐官兵部郎中，后改刑部。1911年入上海中国公学读法政。1916年经包天笑介绍主持《时报》“余兴”栏，兼编《小说时报》《妇女时报》；著有小说多种。《人间地狱》为未完稿，写至六十回，后二十回为友人包天笑所续。包天笑（1876～1973）名公毅，字朗孙，别署拈花，江苏吴县人；年十九举秀才，通英、法、日文；1906年至上海主持《时报》笔政，著有小说十余种。

此外在清末民初尚有老上海的《海上新繁华梦》、梦花馆主的《九尾狐》、黄小配的《廿载繁华梦》、嫖界个中人的《最近嫖界秘密史》、天梦的《苏州繁华梦》、顾曲周郎的《九尾鳖》、馨谷的《情界因》、谭溪渔隐的《新贪欢报》和佚名的《名妓争风传》《女总会》《美人计》《情天劫》等等。[①] 这足见白话青楼小说的繁盛状况，但它在中国小说史上仅有六十年的历史，随即衰亡了。其题材之特别，一时之流行，生命之短促，皆构成一种罕见的文学现象。

白话青楼小说在晚清之勃兴并有广大的受众，这是有复杂的社会文化背景的。白话青楼小说的故事都发生在近代中国的

---

① 参见阿英：《晚清小说史》第172～173页，人民文学出版社1980年版。

大都市，如《花月痕》的故事发生在太原，《风月梦》在扬州，《青楼梦》在苏州，《绘芳录》在南京，而《海上花列传》《海上繁华梦》《海天鸿雪记》《九尾龟》《人间地狱》等的故事皆发生在上海。娼妓本是都市经济的寄生物，它依存都市经济的发展。清代初年在京都曾实行过禁娼的法律，规定凡伙众开窑诱取妇人子女之首犯照光棍例斩决，从犯则发配黑龙江等地为奴。清末则凡昵娼、买奸或代媒合及容留止者，“处十五日以下、十日以上之拘留，或十五元以下、十元以上之罚金”。自光绪三十一年（1905），北京设内外城巡警厅，抽收妓捐，凡月缴妓捐者已为法律所默许。① 晚清娼妓制度的松弛，促使娼妓在都市的活跃，而以上海最为突出。1842 年上海对外通商之后，经济呈现畸形繁荣，娼妓亦与工商业同步发展。张春帆认为：

> 只说上海地方，虽然是个中外通商的总码头，那些市面上的生意，却一半都靠堂子里头的那些倌人。那班路过上海的人，不论是什么一钱如命、半文不舍的宝贝，到了上海，他也要好好的玩耍一下，用几个钱，见识见识这个上海的繁华世界。凭你在别的地方，啬克得一个大钱都不肯用，到了堂子里头，就忽然舍得挥霍起来，吃起花酒来，一台不休，两台不歇，好像和银钱有什么冤家的一般。所以上海市面上的总机关，差不多大半都在堂子里头的倌人身上，堂子里头的生意很好，花钱的客人很多，市面上的资本家也很多。（《九尾龟》第一五八回）

---

① 参见王书奴：《中国娼妓史》第 287 页，生活书店 1935 年版。

这从都市消费的一个方面强调了娼妓与都市的关系，但只见到二者的表层现象，而且夸大了“倌人”的作用。李伯元则较客观地描述了上海的繁华景象：

> 上海一埠，自从通商以来，世界繁华，日新月异，北自杨树浦，南至十六浦，沿着黄浦江，岸上的煤气灯、电灯，夜间望去，竟是一条火龙一般。福州路一带，曲院勾栏，鳞次栉比，一到夜来，酒肉熏天，笙歌匝地。凡是到了这个地方，觉得世界上最要紧的事情，无有过于征逐者。正是说不尽的标新眩异，醉纸迷金。那红粉青衫，倾心游目，更觉相喻无言，解人艰索。（《海天鸿雪记》第一回）

这繁华之中因有“曲院勾栏”的点缀更将人们对于声色物质的欲求体现出来。近代都市的工商业资本家、官吏、政客、乡绅、买办、自由职业者，他们掠取并聚敛财富，同时又浪费财富，过着醉生梦死的放荡生活。“这种财富的这种用途使人的本质力量的实现，只是被看作放荡的愿望、古怪的癖好和离奇的念头的实现”。① 自来都市是最大的消费者的聚居所，在资本主义的初期，“大都市对于奢侈发展的重要，尤在它创造快乐而丰富的生活方式的完全新的可能性，以及因此而引起的奢侈的新形态。它将向来为王公宅第的廷臣所单独庆祝的宴会传播于人口广大的阶层中，他们此时也同样创造自己的娱乐场所，

① 马克思：《1844年经济学哲学手稿》第95页，人民出版社1983年版。

常规地耽于娱乐”。[①] 都市的妓院自然成为满足放荡愿望的娱乐场所。近代中国都市繁华的阴暗角落就是白话青楼小说故事的场景，亦是这些故事产生的社会条件。

市民文学随着近代都市的发展而增强了其商业性与消遣性。西方近代印刷技术传进中国，咸丰七年（1857）上海墨海书局有了铅印本，光绪初年上海点石斋有了石印本，光绪十五年（1889）铜板印刷技术开始推广；这皆为都市通俗文学的流传提供了便利的条件，因而消遣性的文学繁荣起来，书贾亦从中获得厚利。上海曾出现报道青楼新闻的种种小报。《海上繁华梦》的作者孙家振“自创《笑林报》馆，青楼中人，苟色艺有一节之可取，必极意揄扬之。出墨池而登雪岭，枇杷门巷，多有因此而骤获芳誉者”。[②]《海天鸿雪记》的作者李伯元也办过这类小报，据胡适云：

> 李宝嘉，字伯元……后来在上海办《指南报》，不久就停了；又办《游戏报》，是上海小报中最早的一种。他后来把《游戏报》卖了，另办《繁华报》。他主办的《游戏报》我不曾见过，我到上海时（1904），还见着《繁华报》。当时上海已有好几种小报专记妓女的起居，嫖客的消息，戏馆的角色等事。《繁华报》在那些小报之中，文笔与风趣都算得第一流。[③]

---

① ［德］伟·桑巴特：《现代资本主义》第一卷第 499 页，商务印书馆 1962 年版。

② 转引自《中国小说史料》第 253 页，上海古籍出版社 1982 年版。

③ 《胡适古典文学研究论集》第 1231 页，上海古籍出版社 1988 年版。

这类小报与白话青楼小说都是适应都市人们消遣需要应运而生的，它们极为畅销。魏秀仁的《花月痕》“其同宗或取而刻之，闻亦颇获利市；近又闻上海有翻本矣”；“有人携之南中，不及镂板，即以铅字刊行，流传甚广，文士多喜阅之”。[①]《海上花列传》的作者韩邦庆曾担任《申报》撰著，其小说“即属稿于此时，初为半月刊，遇朔望发行，每次刊本书一回，余为短篇小说及灯谜酒令谐体诗文等。承印者为点石斋书局，绘画甚精，字亦工整明朗。按其体裁，殆现今各小说杂志之先河”。[②]孙家振的《海上繁华梦》问世不久，“年必再版，所销不知几十万册”（《退醒庐笔记》卷下）。张春帆的《九尾龟》书名奇怪，“喜阅小说者，以其名之奇，购阅者甚众，是又引人注意之一法也”[③]，因而畅销。都市人们对消遣文学的需要，上海消遣小报关于青楼新闻的报道，都促使白话青楼小说的风行。

从文学渊源来看，近世白话青楼小说是清代前期文言青楼小说的发展。唐代崔令钦记述宫中歌妓的《教坊记》，唐末孙棨记述都城长安妓女的《北里志》，元代黄雪蓑记述歌妓女伶小传的《青楼集》，它们在中国文言小说里已形成了一种传统题材。清代康熙三十五年（1696）之后不久，余怀的《板桥杂记》三卷问世。此著记述明末清初南京秦淮青楼轶事，为青楼女子立传，寄寓沉痛的兴亡之感。嘉庆二十一年（1816）捧花生的《秦淮画舫录自序》云：“自是仿而纂辑者有《续板桥杂记》《水天余话》《石城咏花录》《秦淮花略》《青溪笑》《青溪

---

① 孔另境编：《中国小说史料》第230页，上海古籍出版社1982年版。

② 转引自《胡适古典文学研究论集》第1210页，上海古籍出版社1988年版。

③ 孔另境编：《中国小说史料》第252页，上海古籍出版社1982年版。

赘笔》各书，甄南部之丰昌，纪北里之妆襐，不下一二十种。”这些琐语类的文言青楼小说估计将超出五十种，而其中较为流行的自《板桥杂记》以下有《续板桥杂记》《秦淮画舫录》《画舫余谈》《秦淮感旧集》《竹西花事小录》《吴门画舫录》《吴门画舫续录》《白门新柳记》《海鸥小谱》《雪鸿小记》《潮嘉风月记》《珠江名花小传》《兰芷零香录》《海陬冶游录》和《花国剧谈》等十余种。[①] 作者以优雅含蓄的旨趣，抒写名妓与才子的逸闻，尽力发掘青楼女子未泯的人性，充满理想的色彩，以清新短小的小品文方式表述。文言青楼小说甚为文人们所欣赏，在社会上较为流行，这无疑启发了通俗白话小说的作者们开拓青楼题材的尝试。文言青楼小说应是中国小说发展过程中从艳情小说到白话青楼小说之间的一个重要环节。然而白话青楼小说的产生，因在近代历史文化条件下，作者趋向写实的态度，而且是以较为严格的近代小说体裁来具体描述的，所以更富于近代的特色与现实的意义。

娼妓是社会的一种丑恶的现象，然而“以通奸和卖淫为补充的一夫一妻制是与文明时代相适应的”。[②] 中国的唐宋传奇、诗词、戏曲、文言小说皆有妓女题材，以表现封建制度下官方社会以外的两性爱情，歌颂人们争取恋爱自由的精神，因而具有一定的反对封建伦理思想的意义，所以有的作品竟是古典文学名篇。当此种题材以白话小说的方式具体地、形象地、真实地将娼妓的社会现象揭示出来，于是其性质发生了惊人的变

---

① 参见谢桃坊：《论清代文言青楼小说》，《天府新论》1997 年第 4 期。

② 恩格斯：《家庭、私有制和国家的起源》，《马克思恩格斯全集》第二十一卷第 88 页，人民出版社 1965 年版。

故。它原有的风雅的理想的诗意的面纱被撕破，人们见到的是书寓的敲诈，野鸡的寒乞，龟鸨的恶毒，金钱的交易，无耻的挥霍，贪婪的物欲，污秽的色相，懒惰的积习，粗俗的花酒，疯狂的赌博，黑色的鸦片，卑劣的灵魂，堕落的深渊：这就是李伯元所谓的“人间地狱”。李伯元的写作意图即在于描绘人间地狱的变相：

> 世界众生能有几人不在地狱中讨生活，偌大的世界能有几处地方没有地狱中的怪现状。那显而易见的自不消说得，即如最闹热的功名富贵也不知包含了多少铜柱油锅，最旖旖的酒阵歌场也不知埋伏了多少刀山剑树，交际场中也不知混杂了多少牛头马面，绮罗队里也不知安排了多少猛兽毒蛇。身受者固然可为痛哭，旁观的也不免惋惜一番。因此，在下发下一个愿心，将这些人间地狱中牛鬼蛇神，痴男怨女狰狞狡猾的情形，憔悴悲哀的状态，一一的详细的写它出来，做一副实地写真。（《人间地狱》第一回）

“人间地狱”实即堕落社会，对它的“实地写真”，遂使达官贵人、富商巨贾、乡绅地主、洋务买办、律师记者、幕僚文人等等较有社会身份的人原形毕露；他们的放荡与丑恶，令人触目惊心。中国白话小说史上从才子佳人题材向妓家题材的演变应是一种进步。才子佳人巧结良缘的故事表达了文人们的生活理想，它富于浪漫的诗意的色彩，却是极不现实的，具有空幻与虚伪的性质。因为我国封建制度下没有提供这类传奇故事的社会条件，而男子可以自由接触的女性只能是娼妓。白话青楼小说的出现，无疑是标志文学创作面向社会的真实，而且意味着对传统风雅文化的否定，所以它在鸳鸯蝴蝶派中被归属于社会小说。在《花月痕》《风月梦》《青楼梦》和《绘芳录》里，作者虽写妓家，却仍抱着才子佳人的梦幻。自《海上花列传》的出现，才将这一题材引向完全写实的道路，更富于批判与暴露的意义。作者们将都市的罪恶与人性的堕落描绘出来，让人们见到我们民族文化的消极面，激起人们的文化反思。这样，其社会意义仍是深远的。

晚清刊本《绘芳录》人物

关于白话青楼小说的评价，似乎其艺术成就超越于题材的意义。胡适说：

> 前人写妓女，很少能描写她们的个性区别的。19 世纪中叶（1848）邗上蒙人的《风月梦》出世，始有稍稍描写妓女个性的书。到《海上花》的出世，一个第一流的作者用他的全力来描写上海妓家的生活，自觉地描写各人的“性情、脾气、态度、行为”，这种技术方才有充分的发展。①

① 胡适：《海上花列传序》，《胡适古典文学研究论集》第 1221 页，上海古籍出版社 1988 年版。

我们如果将白话青楼小说与同时的武侠小说、公案小说和其他谴责小说相比较，它在艺术上是毫无逊色的。白话青楼小说的作者魏秀仁、邗上蒙人、俞达和西泠野樵是有深厚的传统文学修养的，而韩邦庆、孙家振、李伯元、张春帆、毕振达和包天笑等，则不仅有丰富的传统文化知识，而且还注意吸收西方近代小说创作经验；他们均注意艺术表现技巧，并力求艺术的创新。他们的作品里描绘了众多的妓女，都各具个性特征，例如《海上花列传》中黄翠凤之泼辣，张慧贞之凡庸，吴雪香之憨直，周双玉之骄横，陆秀玉之放浪，李漱芳之痴情，赵二宝之忠厚；《海上繁华梦》中颜如玉之笼络，巫楚云之聪明，桂天香之沉静，阿素之谄客，阿珍之惑人，花媚香之媚，花艳香之艳，杜素鹃之淫荡，卫莺俦之圆融，花彩蟾之可怜：她们的个性都十分鲜明。作者主要从人物的行动来展示人物的性格，同时还注意人物的形象描绘。韩邦庆描绘上海烟馆所见“野鸡”：

这花雨楼原是打野鸡绝大围场，逐队成群，不计其数，说笑话，寻开心，做出许多丑态。实夫看不入眼，吸了两口烟，盘膝坐起，堂倌送上热手巾，揩过手面，取水烟筒来吸着。只见一只野鸡，约有十六七岁，脸上擦的粉有一搭没一搭；脖子里乌沉沉一层油腻，不知在某年某月积下来的；身穿一件膏荷苏线棉袄，大襟上油透块倒变做茶青色了；手中拎的湖色熟罗手帕子还算新鲜，怕人不看见，一路尽着甩了进来。（《海上花列传》第十五回）

孙家振写妓女颜如玉疯后流落街头：

她头上边七长八短的几根头发，蓬得好如乱草一般，一半披在肩上，一半掩至眉心。身上穿一件元色绉纱旧羊皮紧身，外罩芝麻呢衫，下身芝麻呢的夹裤，虽然不甚破碎，浑身垢腻不堪。一只足上缠着条白洋布脚带，一只足上缠的乃是青布，那袜套头俱没有穿，脚底下的一双黑布鞋子后跟已经绽裂的了，亏她怎还跑得来路。两只手并不拿甚东西，只在那里东指西点。口里头固怪巡捕驱她，不知讲些什么。(《海上繁华梦》后集第三十九回)

张春帆为上海名妓“四大金刚”之一的张玉书作了一幅漫画似的写生：

张玉书家常穿的一件湖色绉纱棉袄，妃色绉纱裤子，下穿品蓝素缎弓鞋，觉得走起路来不甚稳当，想是装着高底的缘故。头上却是满头珠翠，灿烂有光。再打量她的眉目时，只见她浓眉大目，方面高颧，却漆黑的画着两道蛾眉，满满的擦着一脸脂粉，乍看去竟是胭脂铅粉同乌煤合成的面孔，辨不出什么妍媸。更且腰圆背厚，舌大声洪，胭脂涂得血红，眉毛高高吊起，只觉得满面上杀气横飞，十分可怕。(《九尾龟》第五回)

这些形象深刻地将人物的社会本质与个性特征反映出来了，让人感到可厌、可怖，而又可怜，在艺术上的表现是成功的。自《海上花列传》以后的白话青楼小说，作者旨在暴露妓家的奸谲。妓女们设下种种圈套，诈骗勒索客人的金钱财物。孙家振

晚清石印本《海上繁华梦》人物

叙述名妓颜如玉对杜少牧采取的手段：

少牧遂乘机住下，如玉在枕边又讲了好些知心的话。这一觉直到旁晚方醒。起来梳洗过了，给了三十块钱住夜下脚。张家妹等满心欢喜，晓得这户客人甚好，自然巴结万分。如玉当日且不抄他小货，要先把这个收伏住了，慢慢的与他开口，免他依旧去做楚云。这是名妓手段，比不得有的妓女，一接客人便要砍他斧头，砍得客人害怕，以后就绝迹不来。但是此种妓女她不来算计着你则已，若来算计，不是数十块钱的事，下手必定甚辣，比别的不同。少牧却见她不来要长要短，自己过意不去，反问她可买甚东西。如玉一口回绝。给她一百块钱钞票零用，也不肯收，只说现时没甚用处。（《海上繁华梦》第十五回）

张春帆通过小说中主要人物章秋谷劝说幼恽的一段话，指明上海名妓陆兰芬的厉害工夫：

你想那陆兰芬是四大金刚中数一数二的有名人物，平时何等风头！真有好些大人先生的客人，花了整千整万的银钱，近不到她的身体。你是个初到上海的人，向来又没有什么名气。通共在张园见过一面，摆了一台酒，却轻轻易易留你住下，就是平常的倌人也不到如此迁就，她是贪图你的什么？为着晓得你是有名富户，想要弄你一大注钱，先给你些甜头，不怕你不死心塌地的报效，这是她们擒拿客人的第一厉害工夫。你是个富子弟，又没有到过此间，那里懂得这些诀窍？以为第一台酒就留你住下，又是个有名妓女，自然荣幸非常。殊不知既已入了她的圈套，便如飞蛾投火，高鸟惊弓，随你一等吝啬的人，也不得不倾筐倒箧。（《九尾龟》第九回）

毕振达叙述了妓家发生的类似盗窃的行为：

老七自从与姓王的结识以后，双宿双飞，说不尽的恩情快乐。就是前一夜，姓王的又到老七那里去了，穿了一件貂皮袍子。有人说是细毛貂，有人说是东洋貂，有人说是貂翎眼的，其说不一，但是貂皮袍子总算不假了。姓王的解衣登榻，那貂袍子随手脱下，放在沙发上。等到第二天午后两三点钟的时候，姓王的和老七好梦初回。一觉醒来，姓王的下床寻皮袍子，早已不翼而飞。以为是妓嫂或娘姨替他藏在橱里呢！挨个细细问，大家全说没瞧见。姓王的道："袍子不打紧，袍子的袋内还有七百多块钱钞票，是昨夜打扑克赢来的。又有一本交通银行的支票簿，支票号是凭签字可以取银，偷了去没用，但也要去挂失，免得发现了生出不测。"（《人间地狱》第二十五回）

这些妓女皆具两重性：她们挥霍浪费，又敲诈勒索；她们损害客人，又被侮辱被蹂躏。她们的人格是复杂的。作者们在叙述她们对客人的贪婪奸谲之时，也描写了她们身心遭受的损害。孙家振叙述上海妓女阿金与阿珍姊妹，门前冷落之后，遂买了讨人经营生意。[①] 她们对讨人是残忍恶毒的：

〔讨人〕好好不敢延迟，急与黄家姆坐部东洋车赶到宝兴里内。一进门即见阿金板着面孔，横着眼珠坐在房中，不觉暗吃一惊，不知为着何事，只得进房去，战战兢兢的叫了一声"阿姨"。阿金应多没有应她。好好又走至阿金床前，叫了一声"姆妈"。其时阿珍睡在床中，听见好好到来，伸手就是一记耳光，喝声："你昨夜干得好事！"打得好好倒退数步，心上边乱跳一阵，半句话多不

① 讨人：旧时妓院中买来预备当妓女的女孩子。

敢问她，眼眶里的眼泪已水汪汪的盘将出来，却又不敢滴下，只得忍了进去。阿珍打了一记耳光之后，阿金便接口道："你今天身子不好，莫要动火，待我问她。"遂把好好叫至面前，将如何在戏馆里遇见姓周的客人，如何一同至院，如何擅作主张由他吃酒的话，先盘问一遍。次问她姓周的没有下脚洋钱，为甚要你借钞与他，这钞票你是那里来的？……阿金连称真是该打，便伸手去剥她衣服，把身上衣衫脱个尽绝，下身那条绉纱裤子也剥掉了，只剩一条洋布衬裤，叫她跪在地板上面。阿金寻了一条鸡毛掸帚，仃倒拿在手中。那帚柄是藤条的，遂把它当做刑具，从上身揪至下身，不知揪了几十藤条，只打得好好浑身青一条红一条的疼痛难禁，口中连呼"饶命"不绝。（《海上繁华梦》后集第十二回）

包天笑写妓女白莲花倾诉鸨母之压榨剥削的狠毒情况：

现在因为生意稍为好一点，面子上总是阿囡长阿囡短，人家看着像煞喜欢我们的。其实骨子全是假的。只要今天堂唱少了几个，或者是风大落雨，客人们不出来，面孔就竖起了，说出话来好像吃了生人脑子，叫俚也不答应，只在喉咙里转一个音。要是一礼拜吭不花头，走出走进就是骂人，又说你们全是死人，不会打合打合客人，两只眼乌珠子突出子，真正连饭也不敢吃饱了。现在还算好一点。从前我没有做生意辰光，打两记，捩几把，那是不算一回事。最难受的是她揪住你一把头发，用力的把你的头，去墙壁上撞，常常被她撞得头昏眼黑，好半天看不出

东西。(《人间地狱》第六十一回)

这些青楼女子在人间地狱里屈辱地生活着，挣扎着。她们之中多数的精神已被摧毁，麻木不仁，人性泯灭；但也有的因尝尽人间的冷暖辛酸，更能懂得和识别真正的情感。魏秀仁在《花月痕》里带着理想的光照和才子佳人的情调描述了书生韦痴珠与妓女秋痕的生死之恋。他们山盟海誓，真情感人：

痴珠喝了半杯酒，留半杯递与秋痕，叹口气道："你的心我早知道，我与你终久是个散局。"秋痕怔怔地瞧着痴珠，半晌道："怎的？"痴珠便将华严庵的签，蕴空的偈，并昨夜所有想头，一一述给秋痕听了。秋痕听了一句，吊一点泪，待痴珠说完了，秋痕不发一语，站起身来，走出南屋，回来就坐，说道："千金市骨，你这话到底是真是假？"痴殊道："我许你再没不真。"秋痕道："痴珠你听"，突的转身，向北窗跪下说道："鬼神在上，刘梧仙(秋痕)负了韦痴珠，万劫不得人身。"此时风刮得更大，月色阴阴沉沉的，痴珠惊愕！秋痕早起来说道："你喝一杯酒"，一面说，一面站起，将左手小袖，露出藕般玉臂，把小刀一点，裂有八分宽，鲜血流溢。痴珠蹙着双眉道："这是何苦呢？创口大了，怕不好呢！"秋痕不语，将血滴有小半杯，将酒冲下，两人分喝。(《花月痕》第二十四回)

他们虽然两心相许，却免不了非常悲惨的结局：痴珠病死旅途，秋痕为之殉情而自尽了。李伯元描述钧伯与宝林的一段情谊：

惟时钧伯也已坐起，一手拿了手巾擦泪，一手搭在宝林肩上，呜呜咽咽说道："耐耐先说格闲话，阿是真心介?"宝林不由的也噙着泪答道："自然是真心格啘。倪骗仔耐末活勿到年格!"钧伯忙拿手去掩住宝林的嘴，道："该该号闲话勿许说，我我相信耐格。"当下钧伯想着：自己一生愚拙，事事都在人后，现在蓬飘萍梗，来到上海，想谋点事做，也颇不容易，乃弟双人相与的一班酒肉大老倌，又却有点看不起他。忽然在风尘中得了个巾帼知己，也算是平生奇遇，可以慰眼前的侘傺。又想：古来名士名妓彼此倾心，往往传为佳话。我余钧伯虽然百不如人，居然在上海长三堂子里得了个沈宝林，将来回到家乡，那段风流轶事传播开去，也强似衣锦荣归。(《海天鸿雪记》第十三回)

余钧伯的美梦很快为残酷的金钱社会击得粉碎，他无力量珠为聘，只得悄悄回到家乡湖州了，空负宝林一片心意。毕振达笔下的妓女秋波是懂得人情世故而看重情感的，却不得不在客人间周旋。她对柯莲荪说：

不对，不对，起先你是相信我的，我也很明白。近来你很有些不相信我的意思，仿佛我和你全用的一种假手段。唉！我年纪虽轻，人情的真假我是心中有数目的。你待我这般好，我还能用假手段对付你吗？这一层你千万放心，你千万要相信我。有许多地方很有些关系，我不能自

由，这一层也要你原谅我，也要你可怜我。（《人间地狱》第三十二回）

这说的都是真情。自来情变是现实的必然，何况妓女之情因其所处迎新送旧、卖笑追欢的生活环境而更容易变化。毕振达通过阿金表达了她们的见解。阿金对赵栖梧辩解说：

大少，你不要动气，你这一句话真真是书呆头了。女人变不变心不能问女人，也不能怪女人，第一要先问男人变心不变心。倘然男人一心一意向着女人，女人也一样是人，一样也有良心，怎么肯变心？有一班男女起初很要好，后来大家不对，走散了。那种事体说起来，男人一定说是女人变心，女人一定说是男人负义。据我看，十个当中倒有八九个是男人先变，逼得女人也不得不变了，怎么可能尽怪女子一个人呢？……就怕大少你或是日子多了，又碰着什么标致的人，厌弃我们大小姐（妓女灵芸）了，或则听了一句半句闲话，瞎起了疑心，那个我可不敢保险了。（《人间地狱》第二十二回）

青楼薄幸是由妓女与客人双方所处的社会地位决定的，其情变的是非不可能辨清，因为即使正常的两性恋情亦根据双方具体情形而异，很难或不可能寻到一个必然的规律。韩邦庆叙述朱淑人已另定亲事，有负妓女双玉，双玉于是采取极端的行为准备与他同归于尽：

双玉亲自关了前后房门，并加上闩，转身踅来，见淑人褪履上床，双玉笑道："慢点困喤，我有事体来哩。"淑人怪问云何，双玉近前与淑人并坐床沿。双玉略略欠身，两手却搭在淑人左右肩膀，教淑人把右手勾着双玉脖项，把左手搂住双玉心窝，脸对脸问道："倪七月里来里一笠园，也像故歇实概样式，一淘坐来浪说个闲话，耐阿记得？"淑人心知说的系愿为夫妇生死相同之誓，目瞪口呆，对答不出。双玉定要问个明白。淑人没法，胡乱说声"记得"。双玉笑道："我说耐也该不应忘记。我有一样好物事，请耐吃仔罢。"说罢，抽身向衣橱抽屉内取出两只茶杯，杯内满满盛着两杯乌黑的汁浆。淑人惊问："啥物事？"双玉笑道："一杯末耐吃，我也陪耐一杯。"淑人低头一嗅，嗅着一股烧酒辣气，慌问："酒里放个啥物事嘎？"双玉手举一杯凑到淑人嘴边，陪笑劝道："耐吃喤。"淑人舌尖舔着一点，其苦非凡，料道是鸦片烟了，连忙用手推开。双玉觉得淑人未必肯吃，趁势捏鼻一灌，竟灌了大半杯。淑人望后一仰，倒在床上，满嘴里又苦又辣，拼命的朝上喷出，好像一阵红雨，湿漉漉的洒遍衾裯。淑人支撑起身，再要吐时，只见双玉举起那一杯，张开一张小嘴，咽嘟咽嘟尽力下咽。（《海上花列传》第六十三回）

这悲惨的场面表达了被侮辱与被损害的青楼女子的愤恨与绝望，宣告了关于永恒爱情的破灭。我们从这些片段的描写，可见作者们在追求一种真实而深刻的艺术表现，将他们在风月场中的体验与观察以艺术形式再现。这个作者群体的作品在题材、风格、表现手法等方面都有明显的共同之处。他们努力再现生活的本来面目，长于细腻的情节描绘，能够深刻地分析人物的心理活动，采用通俗的口语或具地方色彩的吴语使人物对话最具个性。它近于同时的欧洲自然主义的创作方法，解剖着都市繁华背后阴暗一角的人们的病态精神，同时亦传达出年轻女子沦落于污秽风尘的痛苦呼声。人间地狱里会有真、善、美的存在吗？它们依稀模糊，若有若无，让人们难以辨认，——这才是生活的真实，也是白话青楼小说的作者们苦心孤诣之所在。

白话青楼小说的作者们基本上是在劝诫的动机的指导下进行创作的，旨在用他们久历风月欢场的沉痛教训警告世人：切勿再蹈覆辙，留下悔恨。邗上蒙人说：

> 在下也因年幼无知，性耽游荡，在这烟花寨里迷恋了三十余年，也不知见过多少粉头，与在下如胶似漆，一刻难离；也不知发多少山盟海誓，也有要从良跟我；也有跟着住家，将在下的银钱哄骗过去；也有另自从良；也有广卷货财回归故里；亦有另开别处码头去了。从前那般恩爱，到了缘尽情终之日，莫不各奔东西。因此将这玩笑场中看得冰冷，视为畏途。（《风月梦》第一回）

韩邦庆说：

> 只因海上自通商以来，南部烟花日新月盛，凡冶游子弟倾覆流离于狭邪者，不知凡几。虽有父兄，禁之不可；虽有师友，谏之不从。此岂其冥顽不灵哉？独不有一过来人为之现身说法耳。

晚清刊本《风月梦》人物

他于是以“过来人”的身份“具菩提心，运广长舌，写照传神，属辞比事，点缀渲染，跃跃如生，却绝无半个淫亵秽污字样，盖总不离警觉提撕之旨云”（《海上花列传》第一回）。

张春帆说：

> 在下做这部书的本旨，原是要唤醒诸公同登觉岸，并不是闲着工夫，形容嫖界。所以在下这部书中，把一班有名的倌人，一个个形容尽致，怎样的把客人当作瘟生，如何的敲客人的竹杠，各人有各人的面目，各人有各人的口风。总而言之，都是哄骗了嫖客的银钱，来供自家的挥霍。(《九尾龟》第七十九回)

作者们的这种劝诫动机无论是否真实，它最易造成假象，对读者产生迷惑的作用。文学作品的客观形象是永远比作者的主观意图更为重要和真实的。因此，白话青楼小说的客观形象往往成为作者劝诫意图的无情嘲讽——产生了与作者初衷相背离的效应。例如邗上蒙人在《风月梦》里实际上歌颂妓女双林。小说的主人公袁猷，扬州人。祖父乃府学廪生，代他援例捐职从九品。他性耽花柳，在妓院中与双林相好，代其落籍，娶为妾；正室杜氏不容，只得与双林另居古巷。袁猷不久患重病，双林日夜服侍，焚香祈神。当她见袁猷命已垂危，遂以鸦片和酒一饮而尽，到床上与袁猷共枕死去。袁猷之父“因双林为他儿子捐躯殉夫，又未有好棺衾收殓，心中甚是不忍。等待袁猷百日出殡之后，邀请了地保邻佑，开具事实册结，联名具词，同到江都儒学并江都县衙门投递，求代双林呈请旌表。”上奏朝廷后，“皇恩浩荡，奉旨依议，准其入礼，给帑建坊”。这虚构的结尾与作者申明的写作意图相反了，竟为妓女立了贞烈牌坊。《海上花列传》的作者虽以严肃的写实精神客观地描绘了上海妓家，但“现身说法”实是以欣赏和留恋的态度回味纸醉金迷、花天酒地的糜烂生活。韩邦庆在跋语里以旅游为喻，试以说明小说中之境界如游名山大川之美感，“客曷不掩卷抚几以乐于游者乐吾书乎?”这不仅是指艺术的较高境界，应包含对冶游之乐的向往。《九尾龟》的作者张春帆在小说中塑造了一个深知“堂子中近来的规矩”的“杰出”人物章秋谷以表述风月场中逢场作戏的经验。章秋谷以资深者的身份向友人介绍“嫖界资格”说：

近来上海的倌人，第一是喜欢功架，第二才算着银钱，那相貌倒要算在第三；至于“才情”二字，不消谈起，是挂在瓢底的了！什么叫做功架呢？只“功架”二字，就如人的工夫架子一般，总要行为豪爽，举止大方，谈吐从容，衫裳倜傥，这是功架的外场。倌人做了这种家人，就是不甚用钱，场面上也十分光彩。再要谈到功架的内场来，这是神而明之，存乎其人；可以意会，不可以言传的。只好说个大概给你听：比如初做一个倌人，最怕做出那小家子相，动手动足，不顾交情的深浅，一味歪缠……若是做了多时，见成熟客，倌人未免要留住夜，却万不可一留便住，总要多方推托，直至无可再推，方才下水。倌人们擒纵客人，只靠一个“色”字，你越是转她的念头，她越是敲你的竹杠。客人们有了这一身功架，倌人就有通天本事，也无可如何。总之，以我之假，应彼之假，我利彼钝，我逸彼劳，这才是老于嫖界的资格。若用了一点真情，一丝真意，就要上她们当了。这几句话，便是功架的捷径，嫖界的指南。（《九尾龟》第九回）

这样，作者“形容嫖界”并未导致“唤醒诸公同登觉岸”的效果，而成为“嫖界指南”了。小说的客观形象大大削弱了青楼题材应有的社会意义，仅使创作服从了商业化利益，适应市民消遣的庸俗趣味。

“专叙妓家”是白话青楼小说的共同特点，其题材被表现得极为狭隘。关于此问题，韩邦庆辩解说：

> 或谓书中专叙妓家，不及他事，未免令阅者生厌否？仆谓不然。小说作法与制艺同：连章题要包括，如《三国》说汉魏间事，兴亡掌故了如指掌，而不嫌其简略；枯窘题要生发，如《水浒》之强盗，《儒林》之文士，《红楼》之闺娃，一意到底颠倒敷陈，而不嫌其琐碎。彼有以忠孝、神仙、英雄、儿女、赃官、剧盗、恶鬼、妖狐，以至琴棋书画，医卜星相，萃于一书，自谓五花八门，贯通淹博，不知正见其才之窘耳。（《海上花列传·例言》）

《海上花列传》是无法与韩氏所提到的四大古典小说比肩的，仅就题材而言便不如它们的丰富与宏伟，尤其是它未将题材深化与展开，自囿于“专叙妓家”的琐事。如连篇累牍的吃花酒，赌博，吸鸦片，唱曲，敬茶，叫局，这类琐屑描述，一再重复，的确令人生厌，而且几乎每部小说均是如此，致使人物形象类似而模糊，环境单一雷同而失去典型意义。这些小说好像挤压在一个狭小的模式里，群体的特色显著，而个体的特色隐没。虽然作者们力图在中国小说园地里开拓新的题材，而且力求达到较高的艺术境界，但对题材的处理却留下深深的遗憾。

明清以来《金瓶梅》《红楼梦》《儒林外史》等古典小说的成功，它们体制结构的经验为青楼小说的作者们所吸取，其中特别是《儒林外史》的影响最大。韩邦庆明言：

> 全书笔法自谓从《儒林外史》脱化而来，惟穿插、藏闪之法，则为从来说部所未有。一波未平，一波又起，或竟连接十余波，忽东忽西，忽南忽北，随手叙来，并无一事完，全部并无一丝挂漏；阅之觉其背面无文字处尚有许多文字，虽未明明叙出，而可以意会得之。此穿插之法也。劈空而来，使阅者茫然不解其如何缘故，急欲观后文，而后文又舍而叙他事矣；及他事叙毕，再叙明其缘故，而其缘故仍未尽明，直至全体尽露，乃知前文所叙并无半个闲字。此藏闪之法也。（《海上花列传·例言》）

韩氏在继承《儒林外史》的笔法时又有创新，使连环式结构穿插变化，黏合紧密，悬念层出，波澜迭起。后来的白话青楼小说均仿此结构与笔法。《儒林外史》的成就主要在于深刻的社会讽刺意义与精湛的艺术表现，而它之所以不为普通受众所喜爱，其结构松散和情节破碎而类似短篇小说的连缀，应是重要原因。白话青楼小说作者采用这种连环结构与其记叙琐事的特点适应，所以乍看某个小故事时，它在艺术表现上较为成功，而综观全书则枝枝叶叶，冗冗蔓蔓，片断支离，使故事情节缺乏完整性。关于此点，稍后的作者包天笑已经意识到，但他仍坚持韩邦庆的模式写下去。他在《人间地狱》将结束时，就故事的结局回答读者说：

> 这许多人不过是写小说的人随便题的名字，原来不是实有其人。便是书中所载的事实，也不过载酒看花，游山踏月，并没有自首至尾写一段传奇轶事。有什么结束不结束？至于其中几个妓女，更没有结束不结束可言。譬如她们今天嫁了一个人，要算是结束的了，其实何当是结束，过了一年到半载，依然在外面飘荡，这便算得结束吗？连她们自己也不知道萍踪絮影到哪一天可才结束。我们做书的人却可以和她们强为结束吗？所以这许许多多书中人只可一言蔽之，唤做“不结束的结束。”（《人间地狱》第八十回）

当然妓女的命运在社会现实尚无一个满意的解答方案时，她们生活的故事是难以寻到理想结局的；但是作者处理妓女题材时理应保持结构与情节的完整性。这种完整性是相对的，即作家不可能表现一般生活过程的完整发展，却可表现这过程的相对完整的一段，写出人生一支完整的插曲。由此才可能将人物性格与生活矛盾充分展开。然而白话青楼小说的作者从自然主义的态度出发，过分强调细节的真实，执着于生活的原型，便以妓家为人物活动的场所，犹如记妓家流水账一样，从而丧失了结构与情节的完整。这亦是他们创作尝试中的教训。

白话青楼小说从劝诫出发而不自觉地宣扬了都市的堕落生活方式，产生了极坏的消极的影响；其题材未能充分展开，亦未能深入发掘，仅局限于狭隘的圈子里，难以克服内容单一、重复、凡庸的缺憾；其结构散乱与情节支离破碎，使人物个性未能丰满，使故事的矛盾归于浅薄，失去艺术的完整性。这些都是白话青楼小说发展过程中的内部的不可克服的否定因素，它成为其发展的对立面。因此白话青楼小说原有的谴责性、消遣性、艺术性，均在其社会化过程中逐渐消失。读者多读几部这类小说之后就颇感厌腻与失望了。所以这类小说短期繁荣兴盛之后，在20世纪20年代渐趋衰落，终至一蹶不振了。显然，这时都市繁华与妓家活动的社会条件并未有根本性的变化，即产生青楼小说的环境依旧存在，而却由文学内部发展因素致使白话青楼小说终结了。同时兴起的现代武侠小说，其故事情节惊险怪诞或曲折离奇，遂很快成为广大民众的消遣读物，排挤了白话青楼小说而占据了文化市场。

在中国晚清第一部白话青楼小说《花月痕》成书的前十年——公元1848年，法国小仲马的小说《茶花女》问世了。小仲马所写的虽是巴黎一个妓女的故事，但“她生平经验过一桩严肃的爱情。她为这爱情苦，她死于这爱情”。作者将高贵的品格与牺牲的精神聚于一个卖淫的妓女身上，表现了伟大而庄严的爱与死的文学永恒主题，提出了一个尖锐的伦理问题。后来作者改编为剧本上演，在当时的法国社会引起了深切的关注与巨大的轰动。光绪二十五年（1899）林纾将小说翻译为《巴黎茶花女遗事》出版，亦曾在中国同样引起很大反响，“一时纸贵洛阳”。为什么晚清的白话青楼小说没有一部能取得像《茶花女》那样的思想与艺术的成功呢？虽然它们都是选取同类的题材。中国的作者们如韩邦庆、孙家振、张春帆、李伯元、毕振达，他们的文学修养与小说创作经验都是深厚而丰富的，而且善于发现新的妓女题材并苦心孤诣地以求艺术高境，但作品畅销一时，供读者消遣之后，很快就丧失艺术生命了。

他们失败的原因绝非艺术技巧的问题，主要的原因应是他们从封建文人的冶游兴趣来处理妓女题材，没有将这些题材深刻地引向反封建主义、反传统伦理道德思想的道路去，因而始终缺乏近代社会进步意识的光辉。白话青楼小说在近世文学史上是有一定地位的，其繁荣与衰落的历史经验很值得我们去总结和记取。

第二节　现代武侠小说与中国传统文化

20世纪初日本作家押川春浪的三部小说——《武侠舰队》(1900)、《武侠之日本》(1902)、《东洋武侠团》(1907)在日本引起轰动的社会效应。1903年，梁启超在日本创办的《新小说》月报，其《小说丛话》专栏内作者定一论及《水浒传》，认为是“遗武侠之模范”。次年在梁氏《中国之武士道》序中出现“武侠”的概念。1915年12月林纾在《小说大观》第三期发表短篇《傅眉史》标明为“武侠小说”。①

关于“侠”之义，《说文》：“侠，俜也”；《广韵》：“侠，任侠”；裴骃《史记集解》于《季布栾布列传》注引如淳曰：“相与信为任，同是非为侠。所谓‘权行州里，力折公侯’者也，或曰：任，气力也；侠，俜也。”俜，乃放任之意。这样，侠之本义乃指某地区以任性放纵、党同是非的一类强人。他们即中国古代的游侠、剑士、刺客、江洋大盗、绿林响马、草泽英雄、丐帮豪杰，以及种种鸡鸣狗盗之徒。春秋时期哲学家庄

① 参见韩云波：《侠林玄珠》第14页，四川人民出版社1995年版。

周在《庄子·说剑》里最初描绘了“剑士”的形象：

> 蓬头、突鬓、垂冠，曼胡之缨，短后之衣，瞋目而语难；相击于前，上斩颈领，下决肝肺。

他们蓬头乱发，冠帽低倾，组缨紊乱，愤怒于形，语言艰涩，互相击剑搏斗。庄周说：“此庶人之剑，无异于斗鸡，一旦命已绝矣，无所用于国事。”这种匹夫之勇对于国家是无用无益的，因而甚为庄周所鄙薄。战国末年法学家韩非从维护国家法制的观念出发，认为“侠”乃乱国的“五蠹”之一。《韩非子·五蠹》里指出“侠以武犯禁”的危害性，以为君主若“废敬上畏法之民，而养游侠私剑之属”，则欲求国家之治是不可能的，因此建议除掉他们。韩非所概括的“侠”的社会本质是深刻而确切的，后世武侠的性质未能逾此。汉代史家司马迁因个人所遭受的政治挫折而深感社会法律的不公正，特为西汉以来游侠朱家、田仲、王公、剧孟、郭解之徒立传，以颂扬他们。他在《史记·游侠列传》里说：

> 今游侠，其行虽不轨于正义，然其言必信，其行必果，已诺必诚，不爱其躯，赴士之厄困。既已存亡生死矣，而不矜其能，羞伐其德，盖亦有足多者矣。

这指出了游侠的某些优良品格。司马迁感到人们在困厄之际，遭遇祸害而无能为力；感到拘学抱义之士获取荣名的艰难，他们不若游侠，“千里诵义”；感到游侠与贫寒的儒者“比权量力，效功于当世”，而儒者反而显得可怜。因此，他从偏激的愤世的态度出发，记下了游侠的事迹。尽管司马迁肯定并赞赏游侠的某些品格，亦见到他们某些任侠行为体现了个人的本质力量，然而他们毕竟是“不轨于正义”的，实际上在国家社会生活中不能起到积极的作用。此后中国的正史里再也没有为侠立传了，因为他们以私仇私剑未曾在历史上扮演任何值得称道的角色。侠的传奇性的小故事仅偶尔在民间流传一时而已，侠的精神亦偶尔为失意的文人在诗歌里赞叹几句。

唐人传奇里已有一些“豪侠小说”，如李公佐的《谢小娥传》、薛调的《无双传》、杜光庭的《虬髯客传》、牛僧孺的《郭元振》、袁郊的《红线》、裴铏的《昆仑双》和《聂隐娘》。其中“侠客”、“剑侠”、“剑仙”的传奇故事形成了武侠小说的基本格局。南宋时话本小说中的“朴刀”与“杆棒”基本上是讲述武侠故事的，如《十条龙》《青面兽》《大虎头》《花和尚》《拦路虎》等，计有二十余种。元代末年以来长篇白话小说兴起，长篇武侠小说亦渐渐发展，施耐庵著的《水浒传》一百二十回，是众多武侠小说中最优秀的和社会影响最大的。真正现代意义的武侠小说出现在20世纪的20年代。1921年平襟亚主编的《武侠世界》月刊创刊，次年包天笑主编的《星期》周刊开辟了“武侠号”。自此，武侠小说家大量涌现，武侠小说风行。自20年代至40年代武侠小说作家约二百人，作品则数以千计。著名的作家作品有：向恺然（1889～1957），笔名平江不肖生，他的《江湖奇侠传》（1923）、《江湖大侠传》（1925）、《江湖异人传》（1935）；赵焕亭（1877～1951）的《奇侠精忠传正续集》（1923～1925）、《大侠殷一官轶事》（1926）；李寿民（1902～1961），笔名还珠楼主，他的《蜀山剑侠传》

(1930)、《大漠英雄》(1949)、《青城十九侠》(1949);白羽(1901~1966)的《十二金钱镖》(1937)、《联镖记》(1939)、《青衫豪侠》(1947);郑证因(1900~1960)的《鹰爪王》《巴山剑客》(1949);王度庐(1909~1977)的《鹤惊昆仑》《风雨双龙剑》(1947)。这是近世武侠小说的第一个浪潮,成为通俗文学的主流。

新中国建立后在新的文化背景下对武侠小说进行了批判与清除,使20世纪20年代以来兴起的武侠小说浪潮平息了。然而武侠小说似与中国现代文化有着奇怪的不解之缘,始终阴魂不散,它竟在香港一隅由一个极偶然的事件再度诱发。1952年香港武术界的太极派与白鹤派发生争执,当然纯属江湖意气之争。双方先在报纸上互相攻击,约定在澳门新花园擂台比武,以决胜负。港澳报纸等宣传媒介扩大了比武的影响,造成轰动性新闻。这场打擂比武非常令观众失望,在几分钟的时间里,太极派掌门人吴公仪即将白鹤派掌门人陈克夫打得鼻流鲜血而告终。香港《新晚报》乘机在比武的次日预告有精彩的武侠小说连载,以消解社会群众对此次比武的失望情绪,让他们在编造的武侠故事中得到愉悦与满足。第三日《新晚报》果然连载梁羽生的《龙虎斗京华》,报纸畅销。于是我国香港、台湾等地及新加坡、马来西亚等国的报刊从商业利益出发,均大量刊载武侠小说,而香港地区的武侠小说作者至有四百余人,作品之多则难以估计。新武侠小说的热潮席卷东南亚,流行于海外华人社区,并在70年代末传入中国大陆。大陆虽然出现了冯育楠、残墨、田芳、王占君、魏琼、宋梧刚等武侠小说作者,也出现了《津门大侠霍元甲》《神州擂》《追魂箫与无情剑》《武林侠魔》《白衣女侠》《达摩剑》等，“但因起步较晚及其他种种原因，大陆武侠小说作家作品的成就，仍达不到台港武侠小说的一流水平”。[①] 台港的重要武侠作家作品有梁羽生的《龙虎斗京华》（1952）、《七剑下天山》《江湖三女侠》《萍踪侠影录》《冰魄寒光剑》《武当一剑》（1984），金庸的《书剑恩仇录》（1955）、《射雕英雄传》（1957）、《神雕侠侣》（1959）、《飞狐外传》（1960）、《倚天屠龙记》《天龙八部》《笑傲江湖》（1969）、《鹿鼎记》（1972），古龙的《楚留香传》（1967）、《多情剑客无情剑》（1969）、《英雄无泪》（1978）、《怒剑狂花》（1982），温瑞安的《说英雄，谁是英雄》《四大名捕》，陈青云的《丑剑客》，东方玉的《扇公子》，柳残阳的《断刀》，卧龙生的《风尘侠隐》（1957）、《飞燕惊龙》（1959），肖逸的《红线女杰》《甘十九妹》等等。新武侠小说与20年代以来的旧武侠小说存在继承与创新的关系。台湾武侠小说作者古龙说：

> 我们这代的武侠小说，如果真是由平江不肖生的《江湖奇侠传》开始，至还珠楼主的《蜀山剑侠传》到达巅峰，至王度庐的《铁骑银瓶》和朱贞木的《七杀碑》为一变，至金庸的《射雕英雄传》又一变，到现在又有十几年了，现在无疑又到了应该变的时候。[②]

在20至40年代，中国武侠小说创作狂潮时，郑逸梅曾感

---

① 陈墨：《新武侠二十家》第3页，文化艺术出版社1992年版。

② 古龙：《多情剑客无情剑·代序》，海天出版社1988年版。

叹说："我国的旧小说汗牛充栋，但十之六七属于武侠方面。"①80年代以来，中国大陆再度掀起武侠小说的狂潮，它在现代小说所占的比例可能超过"十之六七"了。这种奇特的文化现象是应引起重视与深思的。武侠小说属于现代文学中的鸳鸯蝴蝶派，早在30年代新文学家们曾对武侠小说给予了严肃的批评。茅盾认为它是"封建的小市民文艺"，他说：

> 1930年，中国的"武侠小说"盛极一时。自《江湖奇侠传》以下摹仿因袭的武侠小说，少说也有百来种罢。同时国产影片方面，也是"武侠片"全盛的时代；《火烧红莲寺》出足了风头以后，一时以"火烧……"号召的影片，恐怕也有十来种……
>
> 这种"武侠狂"的现象不是偶然的。一方面这是封建小市民要求"出路"的反映，而另一方面，这又是封建势力对于动摇中的小市民给的一碗迷魂汤。小市民痛恨贪官污吏，土豪劣绅，于是武侠小说或影片中也得攻击贪污土劣，作为对照替统治阶级辩护。小市民渴望"出路"，于是小说或影片中就有了"为民除害"的侠客，并且这些侠客一定又依靠着什么圣明长官、公正士绅，并且另一班"在野"的侠客一定又是坏蛋，无恶不作。侠客是英雄，这就暗示着小市民要解除痛苦还须仰仗不出世的英雄，而不是他们自己的力量。②

---

① 转引自《新武侠二十家》第3页，文化艺术出版社1992年版。

② 茅盾：《封建的小市民文艺》，载《东方杂志》第三十卷第3号，1933年2月。

民国本《江湖奇侠传》人物

茅盾的意见至今看来仍有其合理性，但它实际上为当代武侠小说研究者所遗忘或否定了。当代武侠小说研究者认为武侠小说的理想追求不仅包括道德与伦理，也包括自由与正义；侠与人格意气融入人生性情之中，成为一种人生方式；表现了民族的集体无意识，还具有从民间角度作文化揭示与文化批判的功能。现代武侠小说赋予了侠的概念以新的意义，较多表现人民群众的斗争；艺术地再现历代与武林世界直接或间接联系的社会真实面貌，真切地描绘中国文化瑰宝之一的武术，给人以正确的社会知识和经验、勇武和美德的陶冶、唯物精神的感召；让豪侠回到市井乡里芸芸众生中生存、体验、斗争，经受人世的熬煎，痛苦和欢乐，表演着人生的悲喜剧。因此认为：过去我们有过漫长的三十年间，一方面要建设民族大众文化，一方面又将通俗文学禁在国门之外的“历史的垃圾堆”中，这种奇异矛盾现象给中国的民族文化的建设带来的影响，消极的一面大于积极的一面。现代武侠小说研究者不主张将其定为低级小说类型，也不主张为其“画句号”（注定衰亡）；期待它可能有所突破与创新；断言要理解中国人和理解中国文化不能绕开儒释道，也无法绕开大侠精神。

中国在 20 世纪之初已结束了封建制度，封建社会后期形成的市民社会也分解了，然而由于辛亥革命清除封建制度不彻底，以至封建主义势力残留在现代社会。这使中国市民文学的余绪在现代文化中存在，“武侠热”即是典型的现象。为什么真正的武侠概念出现在其文化背景早已消失了的现代社会，为什么广大接受群众会沉迷于虚幻荒唐的武侠世界，为什么现代高度文明的人们会向往落后愚昧的武侠意识？这些文化现象值得我们冷静的思考与理性的认识；因此，很有必要探讨武侠小说的基本特征、社会意义和它与中国传统文化的关系。

关于武侠小说的艺术性，确如梁羽生所说：“此时此地，看看武侠小说作为消遣，应该无可厚非。若有艺术性较高的武侠小说出现，更值得欢迎。但由于武侠小说受到它本身形式的束缚，我对它的艺术性不抱过高期望。”[①] 所以其艺术性是无足道的。

由20世纪20年代向恺然建立的现代武侠小说格局，经50年代梁羽生的发展，在中国形成了一种特殊类型的通俗文学。它摆脱了中国古代侠义传奇故事、历史演义和公案小说的模式，为读者虚构了一个武侠活动的江湖社会。这个“社会”的文化背景是中国古代，但却并无具体的历史环境；它脱离或游离于现实的官方社会和平民社会，不受国家法律和社会伦理道德的约束，是一个幻想的武侠独有的自由与暴力的世界。新武侠小说作者古龙坦率地承认：

> 在我们这些故事发生的时候，是一个非常特殊的时代。在我们这个特殊的时代里，有一个非常特殊的阶层。在这个特殊的阶层里，有一些非常特殊的人。这个时代，这个阶层，这些人，便造成了我们这个武侠世界。在我们这个世界里，充满了浪漫与激情，充满了铁与血，情与恨，在暴力中的温柔，以及优雅的暴力。铁血相击，情仇纠结，便成了一些令人心动神驰的传奇故事。[②]

这样，武侠小说由虚幻思维方式构成的传奇故事，便与神魔小说在性质上相同。神魔小说所叙神仙、妖魔、鬼怪的故事，因其荒唐不经，离现实遥远，已为无神论者所否定，故在近世失

① 转引自陈平原：《千古文人侠客梦——武侠小说类型研究》第77页，人民文学出版社1992年版。

② 古龙：《猎鹰·赌局》，中国文联出版公司1992年版。

去了受众。武侠小说所叙江湖好汉的故事，与中国下层社会和黑社会有某些联系，尤其是江湖意识在文化层次较低的受众间有深厚的基础；而那些英雄好汉所具民间的传奇特色尤易为普通民众所倾慕，于是易于忽略或原谅小说的虚幻性，满足于惊险离奇故事所带来的消遣娱乐效应。受众也许明知武侠故事是某些文人胡编乱造的，却又在感觉与兴趣方面以为它们是真实的。武侠小说的作者们从商业利益出发，善于利用通俗文学受众的这种幼稚的心理与消遣需要，声称他们的故事是"现实生活的反映"。温瑞安说：

> 武侠小说一如人生，打斗只是个性。现实人生里根本充满打斗，尔虞我诈，勾心斗角，你死我活，只是采取的方式各异罢了。因此，武侠小说不过是采取象征手法表现人生，它一直是现实生活的反映。①

什么样的文学作品才能算是"现实生活的反映"，这在文艺学里是有明确解释的，而用"象征手法表现人生"——即以虚幻方式表现特殊的武侠世界，它虽然含蕴了作者某些观念，但却显然并非"现实生活的反映"，更不是某些评论者所说的"发展了现实主义因素"。1981 年古龙为新作《飞刀，又见飞刀》写的序言《关于飞刀》说：

> 李寻欢这个人物是虚构的，李寻欢的"小李飞刀"当

---

① 温瑞安：《这一抹不灭的薪火》，《七大寇》第 711 页附录，长江文艺出版社 1993 年版。

然也是。大家都认为这个世界上根本不可能有李寻欢这样的人物，也不可能有“小李飞刀”这样的武器。因为这个人物太侠义正气，屈己从人，这种武器太玄奇神妙，已经脱离了现实。因为大家所谓的“现实”是活在现代这个世界中的人们，而不是李寻欢那个时代。

古龙讲出了创作的真实情形及其故事与现实生活的关系。“李寻欢”这类人物，“小李飞刀”这类武器，都是非现实的，而且可以说武侠活动的江湖社会都是非现实的，因为现实生活中是没有此类荒诞虚幻的东西的。还珠楼主的《蜀山剑侠传》叙述峨眉剑派李英琼、齐灵云、周轻云及晚辈金蝉、笑和尚等与邪派的绿袍老祖、鸠盘婆、僵尸、万载寒蛀等妖的三次斗剑，铲除毒蛇猛兽、妖魔鬼怪，造福苍生，经历“五百年群仙劫运”，避灾升天。这种奇幻仙侠派近于神魔小说，其荒唐性在新武侠小说中也不同程度地存在着。顾明道的《荒江女侠》叙述荒江女侠方玉琴为父报仇，练就武艺，下山与师兄岳剑秋，先后大战天王寺，血洗韩家庄，大破玄女庙，扫平抱犊崮，荡灭横山岛；又联络英雄志士建立龙骧寨；因多杀峨眉弟子，引起峨眉与华山两派比武，最后两派讲和，方玉琴与岳剑秋缔结良缘。这武侠的江湖世界是现实生活中不可能存在的，而作者编造故事时根本就不考虑它的真实性，只考虑迎合通俗文学受众的趣味。无论现代武侠小说的文化背景是在怎样一个“非常特殊的时代”，但基本上是依托唐宋以来至辛亥革命以前的中国封建社会的。某些小说还牵连具体的历史事件，涉及具体的历史人物，似乎在讲述中国特殊的历史故事，新派武侠小说的创立者梁羽生的作品即涉及唐以来至晚清的不同时期的历史事实，如他的《龙虎斗京华》《草莽龙蛇传》是以近代义和团为背景的，《塞外奇侠传》《七剑下天山》《江湖三女侠》《冰河洗剑录》《侠骨丹心》《牧野流星》是写清代历史传奇的，《白发魔女传》《还剑奇情录》《萍踪侠影录》《散花女侠》《联剑风云录》是以明代为背景的，《狂侠天骄魔女》《鸣镝风云录》《瀚海雄风》《风云雷电》《武林天骄》等是写辽金宋元时期故事的。虽然梁羽生的武侠小说并不是将历史作为一种可有可无的叙事背景，而是能让中国历史的不同时期的历史人物走进小说的传奇世界，同时也让许多历史真实事件成为小说叙事的重要情节；但这并未改变其武侠小说性质，也未脱离江湖世界的环境。梁羽生的早年代表作《七剑下天山》中涉及了清初的著名人物傅山、冒辟疆、董小宛、张煌言、纳兰成德，但仅是牵扯入武侠故事，而主要讲述的是"天山七剑"即天山派的晦明禅师门下凌未风、易兰珠，卓一航门下的桂仲明、张华昭，练霓裳门下的飞红巾、武琼瑶，以及桂仲明之妻冒浣莲，他们出山之后的恩怨情仇。这些虚拟的剑侠与真实的历史人物之间出现了许多荒唐的联系。梁羽生的巨著《狂侠天骄魔女》讲述南宋大侠华谷涵、金国贵族少年武林天骄檀羽仲和北方绿林盟主蓬莱魔女柳清瑶，卷入宋金历史事件。魔女为解身世之谜，下山到山东济南，遇耿京起义。她协助辛弃疾捉拿叛徒张安国，后受虞允文与辛弃疾之托回北方召集义军，协助虞允文在采石矶大败金兵。这样，辛弃疾的英雄事业与虞允文的抗金功绩都成了虚拟的魔女的力量促成的了，历史真面目被荒诞的武侠完全扭曲了。金庸的《射雕英雄传》被称为"英雄史诗"，塑造了一个"为国为民，侠之大者"的郭靖。《宋史》卷四四九记载：

有郭靖者，高桥土豪巡检也。吴曦叛，四州之民不愿臣金，弃田宅，推老稚，顺嘉陵而下。过大安军，杨震仲计口给粟，境内无馁死者。曦尽驱惊移之民使还，皆不肯行。靖时亦在遣中，至白厓关，告其弟端曰：“吾家世为王民，自金人犯边，吾兄弟不能以死报国，避难入关，今为曦所逐，吾不忍弃汉衣冠，愿死于此，为赵氏鬼。”遂赴江而死。

据此，郭靖是川陕边地的土豪，受政府之命负责维持地方治安。南宋宁宗开禧二年（1206）叛臣吴曦自称蜀王时，郭靖在随众遣移途中，义不负宋，投嘉陵江而死，史称其为忠义之士。在金庸笔下郭靖俨然是宋末元初的历史英雄。他乃忠良郭啸天之后，父亲被害死，母亲李萍漂流蒙古，生下郭靖。他六岁时因舍命救人被蒙古大汗成吉思汗收养。江南七怪找到郭靖，传以武功，全真掌教马钰授以玄门内功。十年后成吉思汗统一蒙古，郭靖因战功而封为金刀驸马。七怪命郭靖南归，遇丐帮帮主北丐洪七公收为徒，传以降龙十八掌。半年后他在蒙古军任右军统帅。经过许多周折，南宋末年郭靖在襄阳率军抵抗蒙古军的战斗中壮烈殉国。其间又穿插了郭靖与女扮男装的小乞丐黄蓉的曲折的情事，还讲述了郭靖殉国之后杨过夫妇打败金轮法王，击毙蒙古大汗蒙哥，保全宋境。事实上蒙哥死在四川合川县，襄阳为蒙古军攻破。可见武侠小说依托历史，却毫不顾及历史的真实，使历史面目全非，历史人物变形，历史内容荒诞化。这样给文化水平低下的受众造成错误迷乱的历史观念：虚构的武侠扮演了中国历史的重要角色。当然作者是可以写历史小说的，也可以虚构一些人物或情节，但必须表现历史的真实，有着历史主义的态度。武侠小说的作者则偶尔割取一点历史事实，去重新建构一个幻想的武侠世界，它在历史上是根本未存在过的。

侠之所以横行江湖在于其“武”，因而武功、剑术、刀法的夸张描写，玄妙神奇，成为现代武侠小说获得受众欣赏的重要手段。肖逸谈及关于武功描写的经验说：

> 早些时期的武侠小说中的招势，大抵都很平实，一招一势，都和传统的武技有深厚的关联，逐渐发展之下，平实的招数已不足吸引读者了，于是作者便在传统的武技的基础上以思想哲理与构思，尽可能地将其声势扩大，姿势美化，境界提高。最常见的是用一些成语，如一柱擎天、暗香疏影等字面的意义，作一种暗示，因此招式可以简省，而着重于气氛的凝塑了。此外，更充分地利用老庄、佛教、道教思想中人天合一的理论，阐释其中武功的境界。无论这些理论是否真能运用在武功上，但其代表人与自然的一种协调，的确是武侠小说的特色之一，也无形中为武侠小说加强了深度。①

早期武侠小说关于武术的描写如还珠楼主的《蜀山剑侠》第一回：

> 英琼轻轻起身，在窗隙中往外一看，只见他师徒二

---

① 林二白、展琳：《侠歌——肖逸先生访问录》，见《甘十九妹》下册第 970 页附录，中国文联出版公司 1981 年版。

人，手中各人拿了一柄长剑，在院中对舞。燕儿的剑，虽是短一点，也有三尺来长。只见二人初舞时，还看得出一些人影，入后兔起鹘落，越舞越急，只见两道寒光，一团瑞雪，在院中滚来滚去。忽听周淳道："燕儿，你看仔细了。"语言未毕，只见月光底下，人影一分，一团白影，随带一道寒光，如星驰电掣般飞向庭前一株参天桂树。只听咔嚓一声，将那桂树向南的一枝大枝芽，削将下来，树身突受这断柯的震动，桂花纷纷散落如雨。定睛一看，庭前仍然是他师徒二人，站在原处。在这万籁俱寂的当儿，忽然一阵微风吹过，檐前铁马，兀自丁东，把一个英琼看得目定神呆。只见周淳对燕儿说道："适才最后一招，名叫穿云拿月，乃是六合剑中最拿手的一招，将来如遇见能手，仍可用它败中取胜。"

这样的描写是较平实的了。新派武侠小说将武术的描写于奇外更求出奇。古龙在《那一剑的风情·不是前言》里，通过智者与一位少年的对话介绍了一种神奇的剑：

"杨铮的钩，是为了要和他所爱的人永远相聚，所以才名为离别。"

"是的。"

"那么狄青麟的那柄其薄如纸的刀，又叫什么？"

"有影无踪，有形无质，其快如电，柔如发丝，那柄其薄如纸的刀，就叫温柔。"

……

"当温柔和离别问世后，似乎在冥冥之中有一股力量要邵空子将铸刀和铸钩的残铁融合，再加上当年太行山最悲壮的那一战中烈士的鲜血，然后铸造出第三把剑。”

“那是把什么样子的剑?”

“怒剑。”

“剑名为怒?”

“是的，因为那把剑铸好时，剑身上的纹路乱如蚕丝，剑尖上的光纹四射如火，而且那把剑刚出炉时，天地神鬼皆怒，苍穹雷声怒吼，春雨提前了半个月。”

柳残阳的《邪神外传》描写江青诛杀七海屠龙项奎所用的“天佛掌”，其力量无比：

由天佛掌易入五大散手中的“千魂灭散”一招……重重的掌，连叠的掌，万钧之力……天空仿佛黑暗下来，鬼魂仿佛突然从墓中爬涌而出……大地翻腾，空间全为纵横上下的锐风与掌影布满，有如绵绵无际的利刃……一连串肉与掌的交击声传来，一块块血肉横飞，带着血丝的骨骼，蠕蠕颤动的五脏……一个不成人形的尸，分多处飘落地上。

在金庸的小说里试图表现富于哲理与文化意义的武功技击，如：《笑傲江湖》中的西湖孤山梅庄的四位庄主，竟可将画笔、棋子、琴声作为武器，以描写内力拼搏的惊险场面；《神雕侠侣》中的朱子柳以书法为武功路数与蒙古王子霍都相斗；《侠客行》中的武术秘籍，藏在李白这首诗的字与画的笔法之内；《天龙八部》中的北冥神功图谱被画成李秋水形象的美丽裸体；

余如奔雷掌、百花错掌、降龙十八掌、灵蛇功、蛤蟆功等，成为武侠人物性格与气质的体现。所有这些武功、武器、武术的描写确如肖逸所说是作者摭拾成语，附会释道哲理而凭空捏造的，中国古代从来没有此类玄虚神秘的东西。

武侠小说中的江湖社会、事件和传统武功都是虚构的，这种虚构具有离奇荒诞的性质。古代神话以幻想的方式表达了先民关于万物起源的解释和征服自然的信念，它产生在每个民族的蒙昧时代，这是必然的。童话也富于幻想，适应儿童幼稚的认识事物方式，可以启迪儿童的智慧。如果说武侠小说是“成人童话”，那么，其应是讥讽现代社会的成人仍处于先民时代或幼稚心理状态下的蒙昧幻想。蒙昧的幻想乃是关于神秘玄妙世界的想象，是对现实生活中不可能发生的事物的向往，是对超自然力量的崇拜。美国社会学家道格拉斯说：

> 人们对于神秘超然现象的兴趣如此广泛，这说明当前的理性化社会使许多个人的要求，特别是对安全的自决的感情要求得不到满足，转而对神秘超然之物发生兴趣，实际上是在抛弃理性化社会的价值观念。这些人会认为神秘虚幻的解释令人满意，不无益处，而反对神秘解释的人自然要把他们视为越轨。①

这“越轨”是思想认识的越轨，代表着一种错误的价值观。现代西方也存在种种对神秘超然现象的兴趣，但像现代中国及华

① ［美］杰克·D.道格拉斯：《越轨社会学概论》第 422 页，河北人民出版社 1987 年版。

人世界的充满蒙昧幻想色彩的“武侠热”则是显得很特殊的。这说明中华文化精神存在一种根深蒂固的愚昧落后的因素。

当人们崇拜与迷信神秘的超然物之时，便相信有一种神秘的超然力量可以左右现实的客观世界。自从人类进入文明社会以来，阶级、国家、法律的产生，即标志人类不平等的起源。现实社会的人们因政治、经济、阶级、文化、种族、门第、职业的诸种差异皆造成人们之间的不平等。这种社会性的不平等有赖于社会改革与文明进步以求得某种程度的解决。然而，当人们的群体意识尚未觉醒，群体力量尚未形成时，他们总希望有一种神秘超然力量来主持正义，以解除个人在社会中遭受的迫害、欺凌、苦难、屈辱、灾祸、困厄。在缓急危难之际，国家的权力不能保护他们，法律对他们不公正，社会舆论不同情他们，亲友无力救助他们；他们的人身安全受到严重威胁，呼天不应，入地无门。这时亟待武侠这类路见不平、拔刀相助、救人缓急、行侠仗义的英雄豪杰来拯救他们。无论社会文明进入怎样的高级阶段，这种个人缓急的处境都会存在的，武侠于是成为惩恶扬善的超然力量的化身，武侠小说则表达了人们以个人的方式对社会抗争的信念。武侠所活动的江湖社会存在一种民间的道义，通行江湖的规矩；它是民众向往的无政府社会，寄托了他们幼稚的简单的社会理想。在现代武侠小说中惩恶扬善与替天行道的观念已渐渐淡漠，江湖道义的概念已发生了变化，江湖帮派之争已愈演愈烈，因而以个人方式对社会抗争的道路转向了更为迷误的歧途。金庸关于现代武侠小说中“以武犯禁”的武侠行为是有很清醒认识的，他说：

武侠小说中英雄的各种行动——个人以暴力来执行

"法律正义"，杀死官吏，组织非法帮会，劫狱，绑架，抢劫等等，在现在是反社会的，不符合人民大众的利益。这等于恐怖分子的活动，极少有人会予同情，除非是心智不正常的人。因为现代正常的国家中，人民与政府是一体，至少在理论上是如此，事实上当然不一定。①

虽然金庸有了这样的认识，依然写了大量的武侠小说。他以为"幸好，人们阅读武侠小说，从来没有哪一个天真的读者去模仿武侠的具体行动"。我们但愿现在的读者不去模仿武侠的具体行动，何况那些超然的暴力行动是不可能模仿的。读者若要从武侠小说中获得一种"维护正义"的感情，则它是现代社会极不可取的。我们且看这是一种什么样的"感情"。

江湖社会即地下社会，它包括秘密社会群体和犯罪的黑社会集团。中国封建社会后期，特别是明末清初以来，各种秘密社会群体和黑社会集团发展起来，它们有助于下层群众自卫抗暴和抗击外国侵略者，然而也勾结封建势力危害群众利益或被外国侵略势力所利用，其具体情况是很复杂的。现代武侠小说故事是以江湖社会中的帮派活动为基本内容的，它包括帮会、教门、绿林、镖局、捕快及其他江湖集团；例如朱贞木《七杀碑》的华山派，何一峰《大破剑光阵》的嵩岳派与五岳派，江荫香《飞剑奇侠传》的闻香派，平江不肖生《江湖奇侠传》的昆仑派、崆峒派、峨眉派、邪教，顾明道《荒江女侠》的天王寺、韩家庄、邓家堡、抱犊崮、横山岛、龙骧寨、螺蛳谷、昆仑派、峨眉派，梁羽生《江湖三女侠》的少林派、天山派、无

① 金庸：《韦小宝这个家伙》，《明报月刊》1981年10月号。

极派、蛇岛、猫鹰岛，肖逸《甘十九妹》的岳阳门、武林七修、清风堡，金庸《倚天屠龙记》的少林派、武当派、峨眉派、华山派、崆峒派、昆仑派、明教、天鹰教、海河派、巨鲸帮，古龙《陆小凤》的青衣楼、红鞋子、白袜子、白云城、魔教、黑虎堂、幽冥山庄、武当派、侠隐岛、十二连环坞，等等①，这些帮派之间殊死残酷的斗争基本上是毫无社会意义的内部矛盾。平江不肖生的《江湖奇侠传》即是以写湖南江湖帮派争夺水陆码头开始的，其第八回云：

> 于今的湖南，实在不是四五十年前的湖南，只要是年在六十岁以上的湖南人，听了在下这些话，大概都得含笑点头，不骂在下捣鬼。至于平（平江）浏（浏阳）人争赵家坪的事，直到民国纪元前三四年，才革除了这种“争水陆码头”的恶习惯。洞庭湖的大侠、大盗，素以南荆桥、北荆桥、鱼矶、罗山几处为渊薮。逊清光绪年间，还猖獗的了不得。这回常德庆出头，正是光绪初年的事，趁这时将常德庆的来历，交待一番，方好腾出笔来，写以下“争水陆码头”的正传。

这故事有一点江湖帮派的线索，可供作者施展武侠的幻想，表现帮派为了争夺水陆码头的利益，为稳固自己的势力范围而斗争。江湖帮派之间弱肉强食是自然规律。云中岳在《绝代枭雄》的开端便表述了一种江湖观念，认为强者是有任意处死弱

---

① 参见韩云波：中国侠文化系列丛书《人在江湖》第176页，四川人民出版社1996年版。

者的权力的：

> 他身旁的小弟秋雷耳力超人，嘿了一声接口道："不能怪谁，强存弱亡，理所当然。青云客名列宇内三凶三邪三菩萨之列，当然有任意处死弱者的权力，何况姓钟的咎由自取，瞎了眼便硬往鬼门关闯，怪谁？"
>
> "弟弟，你这种想法太可怕，名宿高手便可以任意杀人？不可以的，弟弟。"秋岚摇头，正色指责。
>
> 秋雷极不耐烦地冷笑，傲然地说："我只相信事实，一旦大权在握，天下间唯我独尊，为何不能处理那些该死的，替天行道，快意恩仇，方不负十载辛勤苦练，不至辜负了满腔热血与大好头颅。哥哥，你这种畏首畏尾死执理学的处事态度，我不同意。"

这毫无掩饰地表现了武侠的恶劣本性，所谓"替天行道"实为个人"快意恩仇"了。武侠们为了武林争霸而在师门之内、江湖之间以武力决定胜负，互相残杀。白羽的《牧野雄风》——《十二金钱镖前传》之二，叙述彭振武出走之后，因怨愤师父太极丁朝威将太极绝技尽传予师弟俞剑平，遂更名袁承烈，访求名师，学习绝技。他先拜在鹰爪王王奎门下，又到辽东投奔塞外大豪韩天池。袁承烈与魏天佑、韩昭弟等在商家堡约定叶茂了结仇怨，双方大战。袁承烈受到韩天池器重，天池以爱女韩昭弟许以成亲。他从此名声大振，称霸辽东。诸葛青云的《生死盟》里五毒香妃木小萍是邪魔外道的女魔头，她曾对萧瑶表示："木小萍生来执拗，偏爱逆天，我自得《五毒真经》，便苦练七种绝艺，并打算结交七位功高貌美的姊妹，来霸视江湖，号令武林。”这些武侠的权势欲发展到病态的地步，夜郎自大，似乎在一隅称霸江湖就可主宰整个中国社会的命运了。武侠们一旦在江湖便身不由己，不得不卷入这种无谓之争。温瑞安的《惊艳一枪》有一段对话：

老林和尚喟道：“人在江湖，一定打架，看是文打武打，心战还是力战而已。你是为啥而打?”

张炭道：“为朋友，为伸张正义，也为了铲除国贼而战。”

老林和尚摇首不已：“这样听来，你是输下了。”

“为什么?”

“通常真的是为了这么伟大目标而战的人，都一定会输得很惨，少有胜算。”

“也罢，输就输吧，”张炭说，“人生里，有些仗，是明知输都要打的，有些委曲求全、忍辱苟活的胜局，还真不如败得轰轰烈烈。”

老禅师略带讶异，“看你的样子非常圆滑知机，没想到像你这种聪明人，想法也那末古板得不可收拾。总有一天，你会给你这种性格累死。”

张炭一耸肩道：“死无所谓，我只怕啥也做不成，什么也做不到便死了，那才教人遗憾。”

老林嘿嘿笑道：“老衲没看错，聪明人总是知道自己该做什么，不该做什么，但一个真正有智慧、大智大慧的人，还知道去做一些不该做，但却必须做、必须做而本不该做的事。”

人在江湖就得遵守江湖的信条，服从江湖的规矩，于是必须去做那种本不该做的事。这样的好汉逃不脱江湖的怪圈，何言什么“大智大慧”，他们也并未为什么伟大的目标而战。

温瑞安在《七大寇》里说：“江湖上的规矩不外是：杀人偿命，欠债还钱，以牙还牙，以血还血，百变不离其宗。江湖上仍然讲恩怨分明，只不过更粗率一些，但也更直接一些。”武侠的私人恩怨是按江湖规矩来解决的，于是复仇便是他们习惯的行为，而且通过复仇既可表现个人的力量，并可在江湖上获得英雄豪杰的声誉。所以有学者认为构成一部武侠小说似乎只有一个简单的公式：

> 一个重要的人物，他需要或急于为父母、师父或自己所爱的人报仇；为此他作了一番重要的奋斗，同时遭到了接二连三的危机，因而把仇人杀死；后来，仇人的子女或亲人又来报仇，从而引起更大的屠杀。

这几乎成为武侠小说的基本模式。白羽的《毒砂掌》叙述清代乾隆年间，杨华逃婚，路遇南荒大侠一尘道人。他因弟子狮林三岛贪图镇观之宝，骗走寒光剑，并被人暗算，临终时请杨华告知狮林观。杨华与妻子柳叶青和岳父柳兆鸿前往狮林观索剑，遇到弹指神通华雨苍，讲述了一段恩怨。二十年前峨眉七雄与飞刀谈五结仇，一尘道人曾救助谈五。现在一尘正是遭了峨眉七雄的暗算。华雨苍立志除掉峨眉七雄，带领众侠闯入铁猫帮，其女华吟虹以五毒神砂掌大显身手，狮林观赶来助战，七雄中四人被杀，元凶康海自刎。杨华从康海的匣子内找到一尘的首级，由武林前辈骆先生出面，以一尘和康海人头换回寒光剑。杨华与妻子回赵庄探母，路遇柳兆鸿之义女李映霞求众侠替父报仇，于是又引起一场江湖大战。萧逸的《甘十九妹》叙述甘十九妹奉师父水红芍之命寻仇，杀尽岳阳门及武林七修。岳阳门尹剑平逃出，为吴老夫人所救，并学得双照堂秘功。甘十九妹来攻，吴老夫人自焚而死。此后尹剑平化名尹心，与甘十九妹在碧荷庄和银心楼战斗之后，二人相慕，遂相约夜在深山石洞幽会。尹剑平得知水红芍也是其杀父仇人，遂将他杀死。甘十九妹为师报仇，与尹剑平决斗，双方受伤后拥抱而亡。曾有学者评论金庸的《书剑恩仇录》说：

> “恩仇”是人类所具有的喜怒哀乐的感情，喜乐的执著凝聚为“恩”，哀怒的执著凝聚为“仇”，而“剑”是一种实践恩仇的力量，它将“恩仇”这两种极端的感情导致为生死，爱之欲其生，恶之欲其死，所以好的武侠小说都具有一种感情上的强烈性。①

这种极端的私人恩仇是民间的狭隘的个人主义观念，体现了通行的江湖规矩。武侠为了单纯的复仇便可置国家、民族、群众的利益不顾，违背法律，不问是非，不辨青红皂白，杀害无辜，冤冤相报，无完无了。他们以铁血的复仇求得快意，实为了个人争得江湖的荣誉，似乎体现了其个人价值。我们可以说，这种人生价值毫无社会意义可言，仅成为社会的一种破坏性暴力而已。

---

① 裘小龙、张文江、陆灏：《金庸武侠小说三人谈》，《上海文艺》1988 年第 4 期。

江湖的帮派斗争与武侠复仇行为都是在江湖义气的观念支配下进行的。“侠”与“义”总是纠结一起，故武侠小说或称侠义小说。金庸说：

> 侠是不顾自己生命危险，主持正义。武侠小说是侠义的小说。义，是正当的行为，是团结和谐的关系……中国是横面讲的，讲究人际，所以集体、群体发达。义，是中国团结发展的重要力量。①

这样关于“义”的解释是含糊而不确切的，因为各社会集团判断“正当的行为”的标准是不同的；其次，侠之“义”若是一种“团结和谐的关系”则江湖的帮派之争、意气之争和相报私仇的故事就不会有了。所以这样的解释是对武侠小说所表现的“义”之有意曲解与美化。《淮南子·缪称》关于“义”的解释最恰当：“义比于人心，而合于众适者也。”它应是一种公认的社会道义、品德根本、伦理原则，作为人们社会行为的指导准则；因而它在各个社会的具体内涵是相异的，而且它是排除个人的私利与情感的。中国古代武侠小说表现的除暴安良、劫富济贫、铲奸除害、替天行道，正是民众所理想的正义观念。然而现代武侠小说中的这种正义观念已经淡化或被歪曲了，已为狭隘的江湖义气所代替了。古龙在《关于武侠》里谈到写作“小李飞刀”是旨在表现侠义。他说：

① 转引自陈祖芬：《成人的童话——查良镛（金庸）先生北京行》，《光明日报》1994年12月10日第五版。

> "小李飞刀"，他的刀从不随便出手，但只要一出手，就绝不会落空……他的刀本来就是个象征，象征着光明和正义的力量。所以上官金虹的武功虽然比他好，最后还是死在他的飞刀下。因为正义必将战胜邪恶。黑暗的时候无论多么长，光明总是迟早会来的。所以他的刀既不是兵器，也不是暗器，而是一种可以令人心振奋的力量。人们只要看到小李飞刀的出现，就知道强权必将消灭，正义必将伸张。①

"小李飞刀"是古龙的武侠小说《多情剑客无情剑》中的主要人物李寻欢的外号，他是个江湖浪子。李寻欢以飞刀绝技名震江湖，他青年时曾为龙啸云所救，当发现龙啸云爱上其表妹林诗音，为了成全他们，遂放浪形骸，让表妹失望，退隐江湖；这样，为报朋友之恩而牺牲了表妹的爱，于友有义，于表妹则无情。他重入江湖，打伤了仗势行凶的男孩——林诗音的独生子龙小云，引起林诗音夫妇怀恨；龙府设下陷阱，将李寻欢关押起来，诬为梅花盗；阿飞将其救出并使真相大白；这是其行侠仗义和以德报怨的行为，纯属江湖私人恩怨，而且表现出其性格的优柔与矛盾。金钱帮帮主上官金虹与李寻欢决斗，其龙凤双环终为小李飞刀所破，死于高傲与轻敌；林诗音携子逃出，李寻欢与天机老人孙女孙小红获得真正爱情；这就是小李飞刀以正义战胜了邪恶。可见在武侠世界里，所谓"正义"与"邪恶"都是由江湖意识确定的，不是人们从国家民族的观念所理解的，因而丝毫值不得称赞。关于这点，温瑞安在其小说

① 古龙《猎鹰·赌局》下册附录，中国文联出版公司1992年版。

《温柔一刀》里表述得很真实。他借金风细雨楼主苏梦枕之口说道：

> 不要太斤斤计较名正不正，言顺不顺。江湖上有许多事，名虽不正但心正，言虽不顺但意顺，大凡帮会组织的斗争牵扯必巨，不可能一方面全对，一方面全不对，也不可能合帮上下，无一坏人，亦不可能堂里子弟，无一好人。你要帮朋友，根本就不必管这些，帮就帮，扯什么公道公理。

这将“侠义”的真面暴露无遗：原来武侠所说的“正义”或“侠义”，仅是江湖朋友之义而已。他们为了一点私情，可为江湖朋友两肋插刀，赴汤蹈火，不再去考虑什么“公道公理”。因此，其暴力行为往往直接践踏社会的道义与公理。我们从表面看来，武侠们很重视师门与朋友间的江湖义气，而实际上武侠故事所写的大都是师门之内、朋友之间为了一点个人意气和个人利益而背信弃义地展开你死我活的杀伐。由于“江湖义气”的盲目支配，武侠常常成为种种社会封建势力所利用的杀人工具。金庸在小说《鹿鼎记》结尾处描写韦小宝为朝廷与江湖帮派所利用后，心情矛盾痛苦，他说：

> 皇帝逼我去打天地会，天地会逼我去打皇帝。老子脚踏两头船，两面不讨好，一边要砍我脑袋，一边要挖我眼珠子。一个人有几颗脑袋，几只眼睛？你来砍，我来挖，老子还有得剩么？不干了，老子说什么也不干了！

这有什么“义”可言，这算什么英雄豪杰，只是被人利用的鹰犬，结果落得走投无路的奴才的悲哀。

从上述可见，武侠是以武犯禁的、残忍野蛮的、活动于地下社会的群伙。他们学得一身传统武功，在江湖正义的口号下，意欲称霸江湖，号令武林，挑起江湖帮派斗争。从个人恩怨出发寻衅复仇，自相残杀，危害社会与民众利益。在某些民众肤浅幼稚的社会意识里，似乎武侠代表着一种民间的素朴的公平观念，对社会造成的不平等现象进行着抗争。现代武侠小说的江湖意识是荒唐而有害的，它幻想以个人或团伙的暴力方式与社会、国家、民族和群众对立起来，蔑视和否定现代文明，错误地指出一条抗争的歧途。作者们在写作时按照传统的格局，却有意地寄寓了自己的思想，通过惊险离奇的情节与江湖英雄豪杰的形象表达了种种人生的社会的文化的观念。这样，它绝不可能仅有单纯的娱乐消遣效应。文化水平低下的通俗文学读者在阅读的消遣娱乐中必然不自觉地接受小说表达的种种观念。中华民族及华人文化圈在人类20世纪的现代文明社会里老是做着种种荒谬怪诞的武侠梦，这是为什么？难道中国传统文化与现代武侠梦之间有着深厚的亲缘联系吗?!

茅盾先生曾言现代武侠小说是“封建的小市民文艺”，这在今天看来仍是合理的判断，因为即使新派武侠小说也并未改变此种性质。武侠小说研究者不得不承认这类小说是无思想性与艺术性可言的，但他们发现了其文化意义，终于找到了其存在的价值。例如认为：让读者在欣赏惊心动魄的行侠故事的同时，了解中国历史、中国文化乃至中国人的精神风貌，真能做到这点，单是文化意义便足以说明这一小说类型的存在价值；说实在的，要讲艺术性，武侠小说很难与高雅小说抗衡，可在介绍及表现中国文化这一点上，武侠小说自有其长处。的确，在现代各种类型的小说里只有武侠小说与中国传统文化的关系最密切，它似中国传统文化的通俗阐释者，宣扬着中华的某种文化精神；因此，或以为它可“弘扬民族文化”。我们且剖析武侠小说的文化意义究竟是怎样的。

金庸于 1969 年完成的《笑傲江湖》被誉为是“一部杰作”，“堪称武侠小说经典中的经典”。作者在修订本后记里说：“这部小说并非有意影射‘文革’，而是通过书中的一些人物，企图刻画中国三千多年来政治生活中若干普遍现象。”这部小说仿佛可视为中国三千年的政治生活史，而且无意识地影射了现代中国的“文化大革命”，其历史文化的内涵丰富极了。小说的情节线索有几个方面：青城派松风观主余沧海为夺取福建福威镖局老板林震南祖传武学秘籍《辟邪剑谱》而杀了林家满门，林家大少爷林平之逃到华山门下；正派侠道人与朝阳神教（魔教）发生冲突，魔教内部老教主任我行与现任教主东方不败结下深仇；华山派内部气宗与剑宗之间矛盾斗争；少林、武当等各大门派与新的五岳剑派争夺武林霸权；令狐冲被逐出华山派，拒绝参加朝阳教而任衡山派新掌门。“以上各个线索都是围绕一个‘权’字来展开的。余沧海要夺《辟邪剑谱》看起来是为其师门报往昔一箭之仇，实则要夺得剑谱，练成绝世武功而称雄武林，完成其霸业。正派武林人之所以与魔教仇恨似海，看起来好像是‘正邪不两立’以及过去的仇杀继续，实则是听不惯魔教中‘千秋万载，一统江湖’的口号。魔教内部的任我行与东方不败之间的矛盾，说穿了也是夺权与反夺权的矛盾，是‘当权派’与‘造反派’的矛盾。华山‘气宗’与‘剑宗’的矛盾亦同样如此，剑宗的封不平等人出来找岳不群的麻烦，为的不过是华山掌门的权位而已。至于五岳剑盟是否合成一派，则正是其主持者要合并之后先诛魔教，再对付少林、武当各派，以便称雄江湖。反对合并的人则是舍不得放弃自己的‘独立天国’的权柄；而少林、武当掌门人忧心忡忡，先是怕魔教一统江湖，后又怕五岳剑派一统江湖，原因也正在于此。而小说的主人公令狐冲，虽本人无心夺权，但卷入了斗争的漩涡，也身不由己地做了政治斗争与夺权保位者的工具”。① 如果将政治生活理解为简单的权力之争，这仅是极浅薄的表象认识；如果将中国三千年的政治舞台浓缩与移换为江湖社会，这是荒谬片面的比附；如果以武侠人物作为历史上政治人物的象征，或将江湖帮派影射各种社会势力，这无疑是不伦不类的拙劣手法。小说《笑傲江湖》绝不是“中国几千年的政治历史文化的悲剧写照”，而是从古怪荒唐的江湖武侠观念出发，对中国政治历史的歪曲。它仅能对某些文化水平低下的读者造成关于政治与历史的种种糊涂与混乱的概念。这是一个非常典型的例子，由此可见现代武侠小说对中国传统文化的普遍的曲解。

中国传统文化，其重点是指中国古代学术思想。儒家思想是中国古代基本的学术思想，而且是统治思想；自汉以来的封建王朝都是尊崇儒家的。以儒家思想为基础而形成的社会价值观念最能体现中国文化精神的特质。与此旁行的还有道家崇尚自然的思想、法家的法制思想和墨家的兼爱思想，它们也能分别体现中国文化精神的某些方面。现代武侠小说所表现的并非传统思想，而是现代人幻想的夸张的江湖意识，因而宣扬一种与传统背离的价值观念。肖逸关于善恶观念问题回答记者说：

---

① 陈墨：《新武侠二十家》第 123 页，文化艺术出版社 1992 年版。

刚开始写作时，的确不免有这种观念。但现在我已发觉到人性并非如此简单，所谓善恶，很难作一个泾渭分明的判断。世界上绝对没有十全十美的人，一个通常所说的好人，也往往会做些错事，而有些坏人呢，也未尝没有他可取、可爱的一面……我只是依照一个如此的场合中，一个人能具有的人性，去作翔实的刻画，并不截然说他是好是坏。但是读者会明白他的好坏在哪里。不过话又说回来，伦理道德，惩恶扬善，一直是中国传统的价值所在，因此，无论你怎么写，在最后这一层面，是一定要照顾到的，否则便违反了道德与人性。如此一来，武侠小说就根本毫无意义可言了。①

善恶观念是抽象模糊的，各个时代与各个社会阶层都有自己的善恶标准。武侠小说的善恶标准是以民间朴素观念为基础的。民众幻想一种超自然的神秘力量来惩恶扬善，而武侠便是济人困厄之际的正义的化身。小说作者为了争取受众，善于利用他们幼稚的善恶意识，以致不明大义，否定传统的价值观念。例如金庸在《鹿鼎记》里通过流氓武侠的飞黄腾达试图表明：顾炎武的满腹经纶、陈近南的文武全才、前明公主的卧薪尝胆、李自成的英雄事业，他们相比之下都是没有什么用的。所以那种简单的善恶观念到头来是被混淆了。古龙在《圆月·弯刀》第二十六章里说：

① 肖逸：《甘十九妹》附录，中国文联出版公司1986年版。

> 李寻欢已经是侠中之圣了。丁鹏却是全身充满着魔意。何以他们都有着相同的思想，他们两个人行事全无相似之点。但他们却也有很多相同的地方，他们都是至情中人。他们都是大智大慧，绝顶聪明的人。他们都是用刀的人，而且在刀上的成就，都到了前无古人的境界。圣与魔都是一种境界，一种心灵的境界，但到了至境，圣者不一定是至圣，魔者也不一定是至邪，所谓殊途同归，莫非也是这个道理。

“正”与“邪”、“善”与“恶”，在武侠小说的境界里是殊途同归的。那些武侠貌似善与正义的代表，而实为恶与邪魔的化身，于是在江湖世界里进行着毫无意义的刀剑拼杀。中华传统的合理的价值观念，在这里杳无踪影。

从民族文化精神来看，似乎武侠体现了我们中华民族的民族性格。因为没有一个民族将“武”演化成中华民族的武术这样精致、深奥、独特的形式，它业已成为我们民族的一种独特的技术、艺术与文化的结合体；也没有一个民族对“侠”抱有中华民族这样的热情与崇敬，那是因为我们业已将英雄、伟人、骑士、明星等风采全部都糅合进了侠的审美文化形态之中。真是这样的吗？尚武嗜杀的精神是武侠英雄性格的追求。古龙在《不是集》里说：

> 写了十年之后，我才渐渐开始对武侠小说有了一些新的概念、新的认识，因为直到那时候，我才能接触到它内涵的精神。一种“有所必为”的男子汉精神，一种永不屈服的意志和斗志，一种百折不回的决心，一种“虽千万人

> 凡文学事实都必须有作家、书籍和读者，或者说得更普通些，总有创作者、作品和大众这三个方面。于是产生了一种交流圈……在这种圈子的各个关节点上都提出不同的问题：创作者提出各种心理、伦理及哲学的阐释问题；作为中介的作品，提出美学、文体、语言、技巧等方面的问题；最后，某种集体的存在又提出历史、政治、社会，甚至经济范畴的问题。①

构成文学事实的这三部分之中，社会集体的存在及其重要意义曾经在中国的正统文学里是被忽略的，只有中国市民文学兴起之后，其意义才显得非常突出。

中国古代的传统文学是表现统治思想并为统治阶级服务的，其作者是属于上层社会的贵族、士大夫和文人。他们的创作动机大约有三种：第一，出于政治的考虑，希望通过文学作品以获得统治集团的赏识，如献赋作颂以粉饰升平和称美盛德大业，或讽喻规劝以期统治阶级接受批评建议；第二，出于自我表现的欲望，言志以表达思想，缘情以抒写性灵，以作为陶冶性情或闲居鼓吹之工具，借以满足自我审美的需要；第三，出于社会交际的应制、唱和与酬赠，以作为社会关系中附庸风雅的一种方式。这样的作品能给作者带来社会声誉，也有助于仕宦的通显。作者基本上是没有经济意识的；他们偶尔为人写墓志铭或其他应用文得一点酬谢，也会为之感到愧疚的，还可

① ［法］罗贝尔·埃斯卡皮：《文学社会学》第1页，浙江人民出版社1987年版。

能遭到文坛的诟责。这些作品的读者也仅限于上层社会的贵族、士大夫和文人，此读者圈是非常狭小的。作者的意识中并未将读者对象置于重要的地位，并不希望作品在社会上广泛流传，更没有让社会广大群众接受的意愿。这种文学的存在与流通是在一个封闭的体系内，不可能充分实现社会化过程。

在封建社会后期城市商品经济发展到一定程度时，某些文学作品具有了商品性能，它们同其他物质商品一样有商品价值。人们如果要占有或欣赏这些作品必须付出货币。文学作品成了消费品。按照消费品的用途可分为生存消费品、发展消费品和享受消费品。文化娱乐属于享受消费品。北宋中期中国市民文学以瓦市伎艺为标志而兴起之后，它即作为一种享受消费品而进入文化市场，由书会先生、瓦市艺人、场地经营场共同实现了文学的商品化，向市民提供文化消费服务。市民群众具有一定的审美需求，也具有低级的消费条件，遂成为瓦市伎艺的消费者。这样，市民文学形成了双向的社会化过程。市民阶层作为一个社会集体而成为市民文学服务的对象。接受者的需要是作者创作时首先必须考虑的。文学活动完全服从商业化利益，文学作品成了文艺消费品。中国市民文学正是这样走着与传统相异的道路。

中国市民文学社会化过程是从书会先生与下层文人的编写创作，经表演的劳务形态或通俗印刷品的流通方式，为普通消费者或广大读者所欣赏和阅读；另一走向则是从消费者和读者，经过看表演和购买通俗读物而与作品发生联系。

北宋都城东京（河南开封）的民间游艺场所瓦市里，艺人们为市民群众表演各种伎艺，如小唱、杂剧、说书、影戏、诸宫调等，他们的演出都是有脚本的。有的艺人如孔三传和张山人，他们可以自己编写脚本，以此为业，“鬻钱以糊口”。大约在北宋后期瓦市发展了，从事通俗文学专业的作者增多，他们编写脚本、担任编导、教练、刻印作品。为了本行业的共同利益而形成了行业组织——书会。宋元时期的书会有永嘉书会、九山书会、古杭书会、武林书会、玉京书会、元贞书会、敬先书会等。艺人和市民群众对这些专业的通俗文学作者甚为尊敬，称他们为书会先生或书会才人。宋代可考知的书会先生，据周密《武林旧事》所记有李霜涯、李大官人、叶庚、周竹商、周二郎和贾廿二郎。元代的书会先生，据钟嗣成《录鬼簿》所记有元贞书会的李时中、马致远、花李郎和红字公。此外如郑光祖，“伶伦辈称‘郑老先生’”；曾瑞“优游于市井”；施惠“居吴山城隍庙前，以坐贾为业”；范居中“假卜术为业，居杭之三元桥前”：他们处于社会下层，或与艺人有密切关系，很可能也是书会中人物。今有宋刊《大唐三藏取经诗话》三卷，卷尾有“中瓦子张家印”。南宋临安（浙江杭州）瓦市有“中瓦”，在三元桥附近，此话本当是临安书会编印。元代建安（福建建瓯）书坊刻印的《新刊全相三分事略》《全相平话武王伐纣书》《新刊平话前汉书续集》等六种，所述故事通俗粗略，当是书会编印的文学脚本，说书艺人讲述时须添加许多细节，它们并非供普通读者阅读。艺人们所用的脚本仅在内部流传，甚至秘密传授，江湖上评书界称之为“道活儿”。这种“道活儿”为书贾购得刊印之后被称为“墨刻儿”。艺人们一般不采用“墨刻儿”作底本，因为人们可以阅读它，阅读之后便不来听说书了，“道活儿”与“墨刻儿”区别甚大，近世一位精通江湖伎艺的云游客说：

> 以《东汉》说罢，各书局售卖的《东汉》都是东西汉合在一处卖，《西汉》如何不去说它，只说《东汉》吧，共是两本，由王莽篡位，立孺子婴为帝，王莽摄政，至永平皇帝逢云台止，书中穿插不严，段段的岔头儿都接不上，亦不紧凑，看着当然无味，不能引起兴趣，那墨刻的《东汉》是不能看的。道活儿《东汉》由王莽篡位，刘秀走国，马武大闹武考场说起，直到上天台，马武打金砖，二十八宿归位止。其中节目有刘秀赶考，箭射王莽，窦融救驾，岑彭出世，马武大闹武考场，会英楼题反诗，刘秀遁潼关，路遇姚期；凡百余段。与书铺墨刻儿不惟不同，并且穿插紧凑，枝叶搭得最严，毫不懈松，使人听了能入扣。①

这种“道活儿”在明代以后大都在民间艺人中以抄本方式秘密流传。清乾隆四十六年（1781）江西巡抚郝硕在当地查办戏剧违碍字句，他向朝廷报告：

> 查江右所有高腔等班，其词典悉皆方言俗语，鄙俚无文，大半乡愚随口演唱，任意更改，非比昆腔传奇，出自文人之手，剞劂成木，遐迩流传，是以曲本无几，其缴到者亦系破烂不全抄本。②

艺人所用抄本是总结了丰富的演出经验，世代修改，可能出自

① 云游客：《江湖丛谈》第88页，中国曲艺出版社1988年版。

② 《史料旬刊》第22期。

书会先生之手。书会先生具有自觉的文学商品化意识，为市民文学的发展作出了贡献。

市民阶层在封建社会中属于被统治阶级，其文化水平是低下的，不识字者为大多数。欧洲的情形是："在意大利深入13世纪，其余的欧洲经过整个中古时代，的确只有专业商人中的一小部分懂得读书的艺术，我们从10世纪的威尼斯恰恰知道，只有少数商人能够写自己的姓名：不能写不能读的人对能写能读的人这种比例，即在中古时代后来的几个世纪中，大概也是变动得很慢的。"① 中国的情形也基本上是如此的。市民群众中仅有少数具有初等文化水平的可以阅读通俗文学作品，大多数市民唯有通过观看各种伎艺表演来满足自己对于审美娱乐的需求，并由此获得历史知识，丰富生活经验，形成人生观念。大致宋元时期中国市民文学是以劳务方式的各种伎艺表演为市民服务的。凡是与文学有密切关系的伎艺，我们可以称之为文艺。通俗的文艺表演，克服了纯文学的抽象性，不需要接受者用想象去补充，它以生动鲜明的艺术形象充分展示作品的意蕴，从而产生直接的强烈的感染效应。这种文化消费方式最适合文化水平、经济收入和审美感觉低下的普通消费群众。这种表演必须考虑到观众或听众的接受能力、审美趣味和消费水平，因而随着演出对象在各个时期的具体情形而变化。市民文学的劳务形态也是随时变化的，伎艺的种类繁多，但作为文化消费形式则有一些共同特点。宋代瓦市伎艺，在《东京梦华录》等笔记杂书里虽有一些关于艺人、伎艺类别和内容的记述，但其演出、消费、娱乐的情形仍不得其详。元曲家杜仁杰

① ［德］伟·桑巴特：《现代资本主义》第198页，商务印书馆1962年版。

的套曲《庄稼不识勾栏》以嘲讽的笔调，描述农民进城到瓦市勾栏观看杂剧演出的经过。我们从中可见到杂剧演出时在剧场门外挂有节目广告牌，有杂务人员招徕观众，入剧场须交费，场内有楼座和堂座，有戏台，杂剧演出中少不了插科打诨，引得观众大笑。清末民初北平俗曲也有描述观剧情形的：

来至了广德楼内择单座，楼上面包了一张整桌会了钱。看座的假殷勤他递和气，抵挡壶茶说我打的开水香片毛尖。看了看已经过了开场轴子二三出，文武的戏儿他们嫌厌烦。猛听得当啷啷一声手锣响，个个机伶长笑颜。出场他每认识拐磨子，毛三吃这个浪旦的名字叫玉兰。挽场儿又是花旦的戏，最可爱《挑帘裁衣》的潘金莲。此戏唱罢开轴子，果然演出《肉蒲团》。个个叫得嘴得意，买了些瓜子勒刻藏饼一并餐完。①

这表现了消费的情形与观赏的心理，显然这是当时一种较高的消费了。宋代以后真正为普通市民所欢迎的仍是民间游艺场所、茶馆、酒楼和露天场地的小戏、说唱、说书、时调小曲等等的表演。清初田文镜说：

有啰戏一种，并非梨园技业，素习优童，不过各处游手好闲之徒，口中乱唱几句，似曲非曲，似腔非腔音调，携带妻子为囮，经州过县，入寨闯村。遂有一等地头光棍，衙门人役，贪奸其妻，并留其夫攒钱，抬台搬演啰

① 北平俗曲《须子谱》，《百本张抄本子弟书》。

戏。其把持庇护，则多出于顽绅劣衿。其派饮供茶，则多出于地方乡保。其行头箱担，则多备于捕役壮丁。[①]

这种流动班社受到各地民众欢迎，同时也得到各地方势力的支持。从侧面反映了人们对文化娱乐的需求。

艺人在江湖上谋生是得严格遵循江湖规矩的。近世每个地方都有一个卖梳篦的负责联络和协调江湖生意。江湖卖艺分文和武两种：变戏法的、耍狗熊的、打把式的为武生意；唱大鼓书的、唱竹板书的、唱小戏的为文生意。他们在每个地方演出都得付给场地费。游艺场所管场地的称为“摆地的”，“干这行的都得胳臂粗，脑袋大，有点窦尔敦的派头，才能吃得了这碗饭哪！本钱不大，有几十块钱就能成的，买些桌子、凳子、竹竿、杉篙、布棚儿，弄几个生意场，再有几块地儿，就有江湖艺人找他们临时上地，挣了钱是二八下账。如若做一元钱，做艺的八角，摆地的两角”。[②] 这样的民间游艺场所和宋代的瓦市相似，棚内的观众拥挤。他们是城市中的下层人物，如小商、小贩、工匠、学徒、贫民、苦力等等。在这里观看伎艺比到大戏园的消费低得多。大戏园里的票价也分几种，以适应各类消费水平的观众。清末光绪年间，“是三庆、四喜（班社）最盛时代，池子每座当十钱六百文，后增至八百（每百枚合当十铜元一枚），楼上每桌为当十钱六千，后增至八千（每千合当十铜元十枚），官座由十八千，增至二十四千（楼之两旁近戏台

① 田文镜：《为严行逐啰戏以清地方事》，《总督两河宣化录文移》卷三。
② 云游客：《江湖丛谈》第 30 页，中国曲艺出版社 1988 年版。

处，三桌平连，隔以木板，谓之官座)”。[1] 今开封见存1915年的一张豫剧戏单：

普庆茶社日戏：栾治国、羊羔《打茶瓶》，王春、彭占元、王福元《跪韩铺》，王素云、杨同山《送金娘》，李瑞云、宋青友、王春、李春堂《阴门阵》。夜戏：王春、彭占元、宋青友、黄安《十支状》，李瑞云、何得宝、杨同山、牛青顺、李春堂、王福元、宋青友《火焰驹》，王素云、黄安、栾治国、彭占元、王青云、牛清顺、宋青友《大上吊》《望乡台》。时间：阳历十二月九日（阴历十一月初三），礼拜四。日戏十二句钟开演，四句钟止演。夜戏七句钟开演，十句钟止演。价目：女包厢每间铜元一百六十枚，女散客每位铜元十四枚；男包厢每间铜元一百四十枚，男散客每座铜元一百二十枚；女付票六枚。地址设在羊市街老戏园。[2]

由书会先生和文人们专为伎艺演出写的脚本，经艺人、场地经营者、场务人员的合作为市民提供文化消费服务；这是中国市民文学社会化的基本途径。

明代中期以后，城市商品经济进一步发展，城市通俗文学出现繁荣局面，刻印通俗文学作品的书坊甚为兴盛。书坊即书肆，是刻售书籍的店铺。宋以来虽然也有书坊，但主要是刻印

① 沈太倅：《宣南零梦录》，《清代燕都梨园史料》，中国戏剧出版社1990年版。

② 开封市地方志编委会内部资料：《开封文化艺术》第81～82页，1987年版。

供文人和学子们所用的经典、时文和文集，获利甚微；也有的书坊刻印过几种通俗作品，但影响不大。明代书坊众多，刻印的通俗作品可考知的约一百三十余种；清代的书业更盛，刻印的通俗作品仅小说即六百余种。书贾们发现刻印通俗作品的经济效益非常好，因为这类作品的印刷量最大，销售最快，获利甚厚。明代的情形如叶盛说："今书坊相传，射利之徒，伪为小说杂书。南人喜谈如汉小王（刘秀）、蔡伯喈（邕）、杨六使（文广）；北人喜谈如《继母大贤》等事甚多。农工商贩，抄写绘画，家蓄而人有之。"（《水东日记》卷二十一）许多商贾由此而致富，如清代"江南书贾嵇留，积本三千金，每刻小说及春宫图像，人劝不听，以为卖古书不如卖时文，印时文不如印小说春宫，以售多而利速也。其家财由此颇厚。"（金樱《格言联璧》）因为大有利益可图，书贾们以重金收购畅销作品，组织下层文人编写、改写或续写种种通俗故事，甚至约请文坛名士为节坊撰稿。明代书贾熊大木还自己编刻过多种讲史演义的作品。书坊代替了书会，成为了城市通俗文学的组织者、刻印者和发售者，促使市民文学发展，加速和扩大了市民文学的社会化过程。

许多文人为书贾的厚利所诱惑，遂抛弃了传统的文学观念，适应社会广大群众对通俗文学的需求，改变了固有的创作态度。冯梦龙编的话本集《喻世明言》《警世通言》和《醒世恒言》由书坊刊行后，非常畅销。书贾获得厚利，于是约请初级地方官员凌濛初编写新的拟话本。凌氏终于编了《拍案惊奇》后，又再编了《二刻拍案惊奇》。他于序言云：

丁卯之秋，事附肤落毛，失诸正鹄，迟徊白门，偶戏取古今所闻一二奇局可纪者，演而成说，聊舒胸中磊块。非日行之可远，姑以游戏为快意耳。同侪过从者索阅，一篇竟。必拍案曰：奇哉所闻乎！为书贾所侦，因以梓传请。遂为抄撮成编，得四十种……贾人一试而效，谋再试之。

经济利益的考虑是凌氏的主要动机，他却故意说成是偶尔为之。清初文人张竹坡评点《金瓶梅》完全是为了经济利益，他坦率地在《第一奇书》卷首说：

小子穷愁著书，亦书生常事，又非惜此沽名。本因家无寸土，欲觅蝇头（微利）以养生耳……况小子年始二十有六，素与人全无恩怨，本非不律以泄愤懑，又非囊有余钱，借梨枣以博虚名，不过为糊口计。

清代道光末年的陈书森是常州名士，他写的小说《品花宝鉴》完稿后，“挟抄本，持京师大老介绍书，遍游江浙诸大吏间，每至一处，作十日留。阅毕更之他处。每至一处，至少赠以二十金，因是获资无算”（《郙罗延室笔记》）。当然，他后来将书稿卖与书贾，又会获得重利的。某些通俗小说是极为昂贵的。《金瓶梅》最初以抄本流传，冯梦龙见到后以为是一部奇书，惊喜不已，怂恿书贾以重金购得，不久便在吴中刻印流传了。清初以来此书为朝廷所严禁，因而其价特贵。同治年间蒋敦民曾在书肆架上见有抄本《金瓶梅》一部，书贾要价五百两银。蒋氏请人说情，最后以四百两银买得（据《绘画真本金瓶梅序》）。毛庆臻说：乾隆时“京板《红楼梦》流行江浙，每部数十金（银两），至翻印日多，低者不及二两”（《一亭杂记》）。书肆里通俗小说售卖的盛况，如刘楷向清廷报告所说：“臣见一二书肆刊单出赁小说，上列一百五十余种，多不经语。诲淫之节，贩卖于一二小店如此，其余尚不知几何？”（《皇清奏议》卷二十二）可见此类通俗小说的畅销了。

市民文学社会化过程中无论从书会先生—文艺表演—观赏者，或从作者—通俗作品—读者，都体现了文学的商品化，文学的消遣性质是非常明显的。这样，文学终于走出狭小的上层社会的文化圈，为社会广大群众服务，因而充满生机，显示了一种不可遏止的发展趋势。

在市民文学社会化过程中有几种较为普遍的现象，即俗本、移植和续编，它们体现了市民文学发展的特殊的内部规律。

从元代以来，一些具有很高文化修养的文人投入通俗文学创作，陆续出现了许多深受民众喜爱的优秀文学作品，如《窦娥冤》《三国演义》《水浒传》《金瓶梅》《琵琶记》等，它们在艺术上达到了很高的水平。书贾们为了谋利，将这些名著按照低等文化水平的读者的接受能力而任意改窜，印刷粗糙，文笔拙劣，而却颇为畅销，明代万历年间《何璧校本北西厢记·凡例》指摘俗本之失误云：

> 《西厢》为士林一部奇文字，如市刻用点板者，便是俳优唱本……坊本多用圈点，兼作批评，或注旁行，或题眉额，洒洒满楮，终落秽道……市刻皆有诗在后，如《莺红问答》诸句，词俚语腐，非惟添蛇，真是续貂。

清代毛宗岗在《三国志演义·凡例》里指出俗本的缺点有如下几种：

俗本之乎者也等字，大半龃龉不通，又词语冗长，每多复沓处。

俗本纪事多讹。

俗本题纲，参差不对，杂乱无章，又于一回之中分上下两截……

俗本之尤可笑者，与事之是者，则圈点之，与事之非者，则涂抹之……

俗本往往捏造古人诗句……皆伪作七言律体，殊为识者所笑。

这可见书坊翻刻名著为俗本的大致情形了。某些名著词语近雅，不易为普通读者所接受。近世黄人说：

《大红袍》笔颇整饬，非今日坊间通行之本，而一传一不传，殊觉可怪。我国章回小说界中，每一书出，辄有真赝两本，如此书及《隋唐演义》与《说唐》是也。然真而雅者，每乏赏音；赝而俗者，易投时好，一小说也而遭际如此，亦可以觇我国民之程度矣。①

黄人的感叹是很深刻的，指出了文学社会化过程中的一条规律，而且似乎迄今也难以改变。

① 黄人：《小说小话》，《小说林》第一卷，光绪三十三年（1907）版。

某些作品问世之后甚受读者或观众的喜爱，遂很快移植为其他种类的文学样式，于是在市民文学中形成传统节目，在社会上长久地广泛地流传。传统节目是最能表现一个民族的文化精神的，它是民众的文化选择的结果。书会先生或书贾发现某个作品在社会上引起较大反响时，便迅即移植入其他文艺形式，广为普及，而且每每取得很佳的经济效益与社会效益。觚庵说：

《三国演义》一书，其能普及于社会者，不仅文字之力。余谓得力于毛氏（宗岗）之批评，能使读者不致如猪八戒之吃人参果，囫囵吞下，绝未注意于篇法、章法、句法，一也。得力于梨园子弟，如《凤仪亭》《空城计》《定军山》《火烧连营》《七擒孟获》等著名之剧何止数千，袍笏登场，粉墨杂演，描写忠奸，足使当场数百人同时感触而增记忆，二也。得力于评话家柳敬亭一流人，善揣摩社会心理，就书中记载，为之穷形极相，描头添足，令听者眉色飞舞，不肯间断，三也。有是三者，宜乎妇孺皆耳熟能详矣。①

这改变了文学作品只供阅读的性质，使它为各种文艺形式所使用，扩大了社会化的渠道。自元代中期刊刻的讲史书《三国志平话》之后，元明之际的三国故事杂剧达五十多种，而关于诸葛亮的剧目竟有十五种。此后诸葛亮的故事在小说、传奇、京

① 《觚庵漫笔》，《小说林》第一卷，光绪三十三年至三十四年（1907～1908）版。

戏、地方戏、评话、评书、鼓词、子弟书、弹词、木鱼书、竹琴、扬琴、八角鼓、时调小曲等内都有传统节目。[①] 其余如梁山英雄的故事、王魁与敫桂英的故事、白娘子与许仙的故事、刘知远与李三娘的故事、张生与崔莺莺的故事、孟姜女的故事、吕蒙正的故事、包公的故事，等等，都在话本、戏剧、说唱、小说、时调小曲等文艺内大量移植。这些故事代代相传，在每一种文艺里都能给受众以不同的艺术感受。在转辗移植的过程中，原有的故事情节大大丰富了，逐渐使它更适合接受群众的审美趣味，而且也使它适应新的文艺表演形式。福建莆仙戏演出剧本《西厢记》遗存戏曲《回想当日》莺莺唱道：

> 听伊，听伊这诸言语，真个是打动我心胸。左右是共君恁颠鸾凤，醉鸳鸯。掩耳休听，不管许带上闲花共野草，笑路旁言情相就语意一同，再来挑起银缸。脱金钗，解罗裳，咱双人携手并肩，相邀同上珀牙床。嘱东君，恁慢把心慌，念妾身是菡萏初开放，叶嫩秀蕊含芳。我未经风雨暴，必须看托赖恁这采花郎。[②]

这比董解元和王实甫的原作之唱词更为丰富、生动和通俗了。民众是会喜欢它的。

通俗文学作品的历史故事、才子佳人故事和民间离合悲欢的故事，当它们为民众接受之后，会产生许多奇异的效应。他们非常关心作品中人物的命运和故事的结局，往往由强烈的悬

① 参见陈翔华：《诸葛亮形象史研究》，浙江古籍出版社 1990 年版。
② 转引自刘念兹：《南戏新证》第 208 页，中华书局 1986 年版。

念而感到遗憾并胡乱想象，总希望故事有个圆满的收场。书会先生、文人和书贾把握了读者的这种心理特点，于是对那些很有社会影响的作品进行种种续编，有的还一续再续。虽然这些续书在思想与艺术上成功者极少，但续书者主要从商业利益出发，只要有读者市场，便去画蛇添足，狗尾续貂了。清人刘廷玑说："近来词客稗官家，每见前人书盛行于世，即袭其名，著为后书副之，取其易行，竟成习套。有后以续前者，有后以让前者，甚有后与前绝不相类者，亦有狗尾续貂者。"（《在园杂志》卷三）如《西游记》的续书有《续西游记》《西游补》《后西游记》；《杨家将通俗演义》的续书有《天门阵演义》《十二寡妇征西》《平闽全传》；《水浒传》的续书有《续水浒传》《水浒后传》《后水浒》《荡寇志》；《红楼梦》的续书有《后红楼梦》《续红楼》《红楼重梦》《红楼复梦》《红楼圆梦》《补红楼梦》等。石庵谈到清末的续书情形时说：

自《七侠五义》一书出现后，世之效颦学步者不下百十种，《小五义》也，《续小五义》也，再续、三续、四续《小五义》也。更有《施公案》《彭公案》《济公》《海公案》，亦再续、三续、四续之不止。此外复有所恶者，诸书以外有一《续儿女英雄传》，亦满纸贼盗捕快，你偷我拿，闹嚷喧天，每阅一卷，必令人作呕三日。余初窃不解世何忽来此许多笔墨也，后友人告余，凡此等书，由海上书伧觅蝇头之利，特倩稍识之士编成此等书籍，以广销路。盖此等书籍最易取悦于下等社会，稍改名字，即又成一书，故千卷万卷，同一乡下妇人脚，又长又臭，堆街塞路，到处俱是也。[1]

近世刘鹗的《老残游记》也被书贾们滥制续书，并刊登广告预售。刘大绅说：

> 《老残游记》行销既甚畅，坊间谋利者，窃印之不足，更从而仿作焉。此盖旧有之鄙习，非因《老残游记》而始有也。最初作俑者在汉口，名《续老残游记》，仅闻人告，未见其书，亦不知谁家出版。其后上海百新书局又仿作，名《老残游记续篇》，未出书前，曾登广告售预约。[2]

这种续书现象虽有其时代的、政治的、道德的、审美的、心理的原因，但根本的原因仍是续编者和书贾的经济利益要求。

文化娱乐的消费是市民文学社会化的核心。文学作品的生产者是为市民群众文化消费服务的，而文化娱乐是具有低级消费能力的市民群众的审美需要。市民文学培养了懂得通俗文学和欣赏通俗文艺的广大民众。在此过程中，中国文学真正开始了文学的商品化。文学转化为供人们文化娱乐的享受消费品，从而具有商品的价值。这样，文学必然带着急求赢利的目的，粗制滥造，伪劣充斥，投机取巧；因而俗本、移植和续书的现象之出现是必然的了。自北宋中期市民文学诞生之日，它在社会化过程方面即与传统文学走着相异的道路。传统文学的道路

---

① 石庵：《忏空室随笔》，《扬子江小说报》第一期，宣统元年版。

② 刘大绅：《关于老残游记》，见《刘鹗及老残游记资料》第三辑。

狭窄，市民文学的道路宽广；它们各有得失，我们很难说谁是歧途，谁是康庄？然而从历史的经验来审视，则不难发现：文学创作愈是切近功利的目的，便愈远离真正的艺术。文学的商业化无疑是极端功利观念的体现，在商品价值的推动下虽然会出现通俗文学的繁荣局面，但却难以出现伟大的传世作品。在中国市民文学史上尽管产生过《三国演义》《水浒传》《西厢记》《红楼梦》《桃花扇》等少数伟大作品，它们的作者的创作动机绝非仅为蝇头微利。这些作者虽然处于文学商品化的热潮中，其态度却是较为超然的，因而有一种执着的文学追求，努力走向艺术完美的境地。无论是伎艺脚本或是书坊印的通俗作品，它们都具有客观的商品价值。作者若盲目迎合市民的庸俗趣味和遵从书贾投机牟利的要求，从而降低文学价值，丧失文学个性，编写一些不便署名的作品，这应是文学的异化，是文学的堕落。在中国市民文学社会化过程里，是有许多经验与教训值得我们去总结的。

第二节　中国市民文学受众心理分析

中国市民文学有着近千年的历史，它长期占据大众文化市场，满足广大市民群众的文化娱乐需要，留下了种类繁多的各式各样的通俗作品。市民文学的作者无论是书会先生、下层文人和书贾，他们创作或编写通俗作品并不是为了“经国之大业”的宏伟而崇高的目的，而是为了“鬻钱以糊口”或“牟取厚利”。他们非常看重作品所产生的经济效益，为此必须考虑接受者的教育程度、审美趣味、接受能力和消费水平。他们的创作意识中存在着“意向的读者”，即为其作品所设想的读者，而且作品产生之后便服从商品的规律而在社会化过程中走着自己的道路，让受众来决定作品的命运和价值。受众的心理表现为一种倾向，它作为一种强大而顽固的势力潜在地支配着市民文学的作者，也支配着市民文学的社会化过程。这里，受众心理即是文化消费者心理。我们如果从纯文学的观念或纯美学的观念是很难认识市民文学的价值的，因它与民间文艺形式结合，具享受消费品的形态，社会化过程十分复杂，所以只有从文化的视角才能见到其真正的意义。中国市民文学里有许多貌似粗劣的、荒诞的、猥亵的、通俗的作品，好像是令人不愉快的东西，但它们可能是一个时代文化精神最真实的一面。此种文学的受众心理是受很复杂的文化原因支配的，它与传统文学的受众心理大为异趣。

受众心理是读者问题研究中至关重要的，它属于现代接受理论的研究对象。接受心理表现为一个过程：接受者的动机是由受众成员的需要与兴趣决定的，使其产生一种与媒介和内容接近的期望；接受形式即是受众对传播媒介和消费途径的选择，受众以此满足其需要；效果是接受的终极和结果，同时是文学社会功能的实现。现代接受理论的兴起是与文学的大众化趋势密切相关的：文学不能不关注受众的需要和兴趣，因而“接受理论的最一般化的趋向是需要将注意力从本文转向读者，传统批评所依附的确定的本文被接受者取而代之”。[①] 追本溯源，文学的大众化趋势，无论中国与欧洲都是始自市民文学

① ［美］R. C. 霍拉勃：《接受理论》，《接受美学与接受理论》第 447 页，辽宁人民出版社 1987 年版。

的。因此运用接受理论来研究中国市民文学是很有意义的。

中国封建社会后期新兴的市民阶层，他们的文化修养与教育程度虽然比乡村的农民的状况好一些，但仍处于低下的境地。市民们生活在都市的文化氛围中，他们在满足了生存的、安全的、归属的基本需要之后，还有对于精神文化的需要。他们需要精神文化来充实自己，希望有一个理想的世界以摆脱现实的苦难与困扰，使思想情感得到平衡；希望获得社会化的概念思维，找到自己意识的语言，形成某些价值观念，以指导自己的社会行为，应付复杂纷乱的现实生活；希望认识世界的过去和现在，获得种种有用的文化知识。他们不可能从正规的教育、书籍的阅读和独立的观察思考来满足这些精神文化的需要，只能利用休假、节日和工余之时，在低消费的文化娱乐场所观看种种民间文艺表演，或阅读低劣粗俗的作品以满足这些需要。市民文学不是纯文学，它的通俗的、大众的文化特点是与市民的接受心理和消费心理相适应的。市民们通过直接或间接的方式接受市民文学作品，于是零碎的、偶然的、一知半解地接受了世俗文化，从而形成了一种异于传统文化和乡村文化的市民文化精神，欧洲学者认为：

无论城市的实在起源是怎样，就它的生存讲，它必须看作一个整体，而它所由成立的单个社员和家庭必然依赖这个整体。这样，城市挟着它的语言、习惯及信仰，和挟着它的土地、建筑物和财宝一样，它是一个硬性的东西，虽有许多世代的递嬗，这东西仍然长久存在，并且半由于它自身，半由于它的市民家庭的遗传与教育，总是重新产生大致相同的特质和思想方法。[①]

在市民精神文化形成过程中，市民文学曾经发生了我们难以估计的巨大作用，这在中国和欧洲的情形都是如此。

从文学类型来考察，市民文学的受众兴趣是非常广泛的。他们不仅喜欢那些市民社会现实的感人的故事，还喜欢其他各种历史的和虚幻的故事。早期市民文学中的“说话家数”即有“小说”、“说经”、“史书”和“诨话”，而小说一家又有“烟粉”、“灵怪”、“传奇”、“公案”之分。[②] 元人杂剧内容更有十二科：神仙道化、林泉丘壑、披袍秉笏、忠臣烈士、孝义廉节、叱奸骂谗、逐臣孤子、朴刀杆棒、风花雪月、悲欢离合、烟花粉黛、神头鬼面。[③] 我们若将这些家数与科目合并，则基本上有四种类型，即历史演义、神魔、侠义和世情。这四种类型的通俗文学是能满足市民多种审美趣味的。

市民们受到教育程度、生活条件、社会经验和文化素质的限制，不可能形成明确的世界观，也不可能建构完整的理想世界，但他们却有许多超现实的幻想和杂乱荒诞的理想境界。梁启超关于通俗小说的作用说：

> 小说之以赏心乐事为目的者固多，然此等固不为世所重；其最受欢迎者，则必其可惊可愕可悲可感，读之而生出无量噩梦，抹出无限眼泪者也……凡人之情，常非能以

---

① ［德］伟·桑巴特：《现代资本主义》第一卷第112页引脱尼斯语，商务印书馆1962年版。

② 参见胡士莹：《话本小说概论》第109页，中华书局1980年版。

③ 参见《元曲选》卷首附录。

现境界而自满足者也。而此蠢蠢躯壳，其所能触能受之境界，又顽狭短局而至有限也。故常欲其直接以触以受之外，而间接有所触所受，所谓身外之身，世界外之世界也。[①]

受众这种身外的理想世界，我们很难揣测和描述，但市民文学里的中心人物所体现的价值成为作者与受众的共同倾向，在某种程度上真切地表达了受众的理想。这种理想寄托或依附于真命天子、英雄、清官、神仙、武侠和才子佳人等类型化的人物。刘邦、刘秀、李世民、赵匡胤、朱元璋等创业帝王结束了乱世，重建社会秩序，使人民安居乐业；他们体现了正统和天意民心。民众因对现实社会的不满，在听了这些故事后，便希望在现实中出现真命天子，同时意味着对当今皇帝的否定。这旧的正统观念竟往往是民众反对现实政权的一种理论根据："常叹贤君务勤俭，深悲庸主事荒淫"。历史上的英雄人物更是受众所崇拜的，如项羽、韩信、马武、关羽、单雄信、秦琼、薛仁贵、杨业、岳飞等，他们武艺超群，忠肝义胆，雄风劲气，英勇壮烈，立下汗马功劳，建立盖世功勋，在历史舞台上扮演了重要角色。民众既崇拜他们，又为他们感到愤愤不平，怨恨那些残忍昏庸的君主和奸险谗佞的小人，由此见到："贤才出处，关国运盛衰。"公案故事中的清官如包文正、海瑞、施世纶、彭玉麟，他们刚毅公正，廉洁无私，不畏权势，为民做主，体现了天理和正义，被誉为"青天大人"，使小民的冤屈得到申雪："方才见无私王法，留传与万古千秋"。那些贤明

① 梁启超：《论小说与群治之关系》，《新小说》第一卷第1期，1902年。

的帝王，离市民社会非常遥远，而小民却直接遭到贪官污吏和土豪劣绅的暴虐欺凌，于是渴望清官出来主持公道，以法律的权威保护社会的弱小者。清官是超自然力量在世俗社会的化身，执行着人间惩恶扬善的使命，寄托了民众素朴的是非观念。然而历史上的清官毕竟屈指可数，尤其是他们在本质上是维护统治阶级利益的。超自然力量的直接代表者是神仙，如李老君、元始天尊、观音菩萨、吕洞宾、孙悟空、如来佛、济公和尚，他们神奇变幻，法力无边，呼风唤雨，撒豆成兵，超越时空，长生不死，创造人间种种奇迹。在市民群众的观念里虚幻的与现实的东西是难以区别的。神仙们慈悲为怀，救苦救难，普度众生，引导人们脱离苦海，到一个自由极乐的仙境："方才识仙家的日月长，不再受人间的斧斤苦"。民众愈是在尘世有诸般痛苦、灾祸、劳累、贫穷、迫害所困扰，便愈益企盼超自然力量和虚幻世界的存在，给他们以未来生活的信心和精神的安慰。市民群众虽有离奇古怪的幻想，却又很重实际。他们在现实生活中清楚地认识到，真命天子、清官、英雄、神仙并不会给他们任何实际帮助的，于是常常幻想有武松、鲁智深、欧阳春、智化、艾虎、黄三泰、窦尔敦、岳剑秋、方玉琴等侠客来拔刀相助，以解决眼前不平之事。武侠是直接为民众惩恶扬善、济贫扶弱的。他们身在江湖，替天行道："哪得常能留侠义，斩他奸党佞臣头。"生活在乱世的民众，每因缺乏人身安全感，而武侠是民间社会中真正的英雄好汉，因而渴望他们来拯救自己于水深火热之中。市民阶层的反封建意识和人本意识最突出地表现在婚恋观念上。他们蔑视传统的伦理道德，摆脱礼教束缚；然而他们婚恋的现实状况往往是不如意的，尤其是许多工匠、店员、小商、小贩、贫民和苦力，因经济的原因而不能建立正常的家庭，而却有着对美满幸福婚姻的强烈愿望。才子佳人巧结良缘的故事寄托了市民们关于幸福的理想。张生与崔莺莺、吕蒙正与刘月娥、张舜美与刘素香、裴少俊与李千金、王宙与倩娘、柳梦梅与杜丽娘、侯方域与李香君、贾宝玉与林黛玉，他们悲欢离合的故事使市民们感动与同情，总是"愿天下有情人终成眷属"，希望才子与佳人有一个美满的结局。民众从这些故事里受到情感教育，将自己的恋爱对象加以美化，产生种种关于幸福的幻想，而且对私订终身与夤夜私奔等反封建礼教的行为表示赞赏与羡慕，从中接受了反封建意识。这许许多多的真命天子、英雄、清官、神仙、武侠、才子佳人，成为了市民受众的理想人物，由此构成了他们的一个杂乱而又素朴的理想世界。

每个时代民众的价值观念固然受着统治思想与传统思想的影响，但由于民众生活在下层文化圈里，其价值观念是与统治阶级有本质区别的。他们从现实社会中积累了丰富的生活经验，从通俗故事里懂得多彩的行为模式，有助于对历史和现实作出简明切当的判断。自从市民阶层形成以来，历史舞台变化多端，改朝换代，但市民群众的社会价值观念如善、情、义，却相对地稳定下来。这些观念在市民文学社会化过程中双向性的互为作用，以使其趋于稳定。市民文学特别重视善的价值，大多数的故事都将社会各阶层人物毫无例外地划分为善与恶两类，坚信有一个超自然力量的存在，给它公正地执行着惩恶扬善的原则："善恶到头终有报"。忠与奸、正与邪都是善与恶的具体表现。书会先生说：

看破治乱两途，不出阴阳一理。中国也，君子也，天

理也，皆是阳类；夷狄也，小人也，人欲也，皆是阴类。（《宣和遗事前集》）

阳类为正，阴类为邪；治世为正，乱世为邪。书会先生在历史故事里经常表现："忠臣义士之所以扼腕，恨不食贼臣之肉而寝其皮。"善与恶成为矛盾的对立面：代表善的为好人、忠臣、义士；代表恶的为坏人、奸臣、恶棍。"善恶邪正，各有分别，真是善人必获福报，恶人总有祸临；邪者定遭凶殃，正者终逢吉庇。昭彰不爽，报应分明。使读者有拍案称快之乐，无废书长叹之时"（《忠烈侠义传序》）。这两类人物的形象与性格特征都是鲜明的，而且是以角色类型出现的，因而受众易于辨识，也易于接受这些形象包含的价值取向。市民文学对人际关系涉及的情感，也将它上升为道德的判断：赞美有情，斥责无情。书会先生们引经据典以说明情之重要：

晋人有云："情之所钟，正在我辈。"慧远云："顺觉如磁石遇针，不觉合为一处，无情之物尚尔，何况我辈终日在情里做活计耶？"（宋人话本《刎颈鸳鸯会》）

市民文学里歌颂的爱情与友谊是纯真的，能感天地，动鬼神。"情不知所起，一往而深。生者可以死，死者可以生。生而不与死，死而不可复生者，皆非情之至也"（汤显祖《牡丹亭还魂记题词》）。由情可以产生出伟大的奇迹，可以超越时空界限，可以填平贵贱贫富的鸿沟，因此，"天地若无情，不生一切物；一切物无情，不能环相生。生生而不灭，由情不灭故。四大皆幻设，唯情不虚假"（冯梦龙《情史序》）。虽然市民阶层也从社会人际关系中发现现实的利益对情感的否定，所以有过许多情变的真实故事，如王魁负桂英、张协负贫女，但这些故事里仍不难见到对无情人的嘲讽与责备。市民文学在表现人们对待事物的态度时往往从义的原则出发；它是民间所理解的正义和公平。民间的朋友交游也特别强调义气："大丈夫以义气为重，功名富贵乃微末耳"（话本《范巨卿鸡黍死生交》）。因"义"，异姓朋友可以亲如手足，同甘苦，共患难；受人深恩必报，言而有信；遵守江湖规矩，互相帮助；扶弱济困，铲除奸佞邪恶。"义"总是与"情"和"忠"结合为"情义"和"忠义"，以此严格区别"义"与"不义"。在各类的通俗故事中，分别表现了"善"、"情"、"义"的价值观念。受众是从鲜明的形象与生动的情节中经感染而逐渐接受了它们所蕴含的价值观念的，而且似乎这些观念本来就是他们自己的。明代通俗文学繁荣之时，曾有人发现：

> 村夫稚子，里妇估儿，以甲是乙非为喜怒，以前因后果为劝惩，以道听途说为学问，而通俗演义一种，遂足以佐经史书传之穷。（《警世通言·叙》）

在民众的观念里是将社会伦理道德价值视为高于一切，"好人"、"有情有义"便是对人的最高评价。然而它们不是来自传统文化的经史书传，而是来自表达市民意识的通俗文学作品。因此，它们的性质和内涵均与统治阶级此类观念相区别。

市民文学的受众为社会条件所限，失去了接受正规文化教育的机会，当其踏入社会之后，又需懂得各方面的一些基本常识。市民文学正适应了这种需求，肩负了传授文化知识的职能，在某种意义上确可称为市民阶层的百科全书。它以演义的方式讲述历朝治乱兴衰，从盘古开辟天地讲到本朝所发生的史事；它通过神仙斗法、降伏妖魔、收鬼禳灾等故事，介绍了佛教、道教及民间巫术知识；它描述武侠仗义行为与复仇活动，使人们懂得江湖规矩，而渲染刀光剑影的厮杀，则介绍了各种剑法及拳路；它叙述男女偷情及淫乱故事，向读者介绍了种种性心理和春宫图式，有着性启蒙教育的意义。市民文学作品为了适应受众对文化知识的需要有时在叙述时插入有关的知识。宋人话本《张生彩鸾灯传》插入了关于勾引妇女的方法——《调光经》；话本《五戒禅师私红莲记》插入了关于佛家“五戒”的解释；艳情小说《恰情阵》插入了关于“缅铃”的来源、制作和用途的说明；《红楼梦》有关于酒令、娱乐、菜肴制作、园亭建筑等知识的介绍；《三国演义》《水浒传》则有许多关于战略、战术、阵法、兵器的知识。这些各种文化知识都是市民群众希望懂得的，他们很快即可用之于生活实践。明末农民起义领袖张献忠“日使人说《三国》《水浒》诸书，凡埋伏、攻击咸效之”（刘銮《五石瓠》）。张竹坡在《金瓶梅读法》里说：“看之而喜者，则《金瓶梅》惧焉；惧其不知所以喜之，而第喜其淫逸也……看之而怪者，则《金瓶梅》悲焉；悲其本不予人以可怪，而人想怪其描写淫逸处也。”像《金瓶梅》等艳情小说都是缺乏文学意义的，而却有一种文化价值。清末的评书艺人何茂顺“专说《东汉》《明英烈》，他是挂子行的人，并且不是腥挂，他那把式得过真传。在光绪初年时，他的叫座魔力是很大的。每逢说起《东汉》，说到马武、岑彭打仗的时候，抬手动脚，比几手刀枪架儿，特别精彩。有些干夜叉行的人，不在乎听书，为看他的把式的颇为不少”。[①] 可见在此意义上，市民文学并非纯文学，真正成了市民群众的百科全书了。

市民文学的受众是从通俗故事中以代表各类价值倾向的理想人物构建一个理想的世界，给予他们以生活的希望；他们还接受了朴素的价值观念，例如“善”、“情”、“义”的民间伦理价值，以之作为价值判断的标准；他们还从作品中获得各种有用的文化知识，以增强社会实践能力。市民群众从市民文学里满足了他们关于精神文化的需要。

市民文学的消遣娱乐性最为突出，是严格意义上的消遣文学。它本来就是以享受消费品的形态出现的。市民群众为着获得生存必需的资料而劳累、奔波、困苦、挣扎，他们的人性受到压抑与扭曲，因而是被异化了的。他们却又有着人本的意识，努力保持自己独立自由的人格。市民有种种强烈的生活欲望，消遣娱乐是他们必不可缺少的需要。近世英国哲学家洛克认为消遣与工作和食物对于人们都是同样必要的。他说：

> 因为娱乐并不是懒惰，娱乐是换种工作，把疲倦了的部分舒畅一下的意思……凡是不务工作，没有在职务上感到疲乏的人，娱乐是没有他们的份的。娱乐的时候，娱乐应该使使用疲倦了的部分得到舒畅，重新振作起来，同时还应做出一些除了目前的快乐与安适以外日后还有好处的事情。[②]

① 云游客：《江湖丛谈》第 70 页，中国曲艺出版社 1988 年版。

② ［英］约翰·洛克：《教育漫话》第 202～203 页，人民教育出版社 1985 年版。

市民们用自己感觉愉快的事来度过空闲时间，以消解愁闷烦恼，最积极的方式莫过于文化娱乐了，而民间的伎艺表演与通俗的文学作品阅读，恰恰能满足市民初等的消费水平和低级的审美需要。他们可以从市民文学的欣赏中得到快乐。市民群众因个人的情感创伤和社会现实所造成的精神压抑，如爱情挫折的痛苦，压迫剥削激起的仇恨，贫穷带来的愁闷，恶劣劳动条件造成的愤懑，动荡社会产生的恐惧；这些都需要以消遣娱乐的方式使人们暂时摆脱荒谬的人类生存条件。“文学艺术能使饱经苦难的人们经验到狂喜、愉快、游戏的冲动。这些冲动能使他们脱离历史存在和社会环境”。① 这应是封建社会后期市民文学繁荣兴盛的重要社会原因。受众从消遣文学里能经验到某种美感，在一定程度上可以满足感官的愉悦，也可满足好奇的心理。

在审美兴趣方面，市民文学的受众欣赏通俗的、鲜明生动的和类型化的东西，甚至可以说它们是粗率俗气的。英国当代文化学家威廉斯从大众传播的观点考察了大众的艺术与娱乐，他说：

> 我们断定是低劣的东西，其制作者中大多数人自己也知道是低劣的东西……实际上那些低劣的东西是技巧娴熟而且才华横溢的人为这样一些公众所写的，这些公众没有时间，或者没有足够的教育，或者说得明白一点，没有智力来阅读任何完整的、更认真、更接近众所周知的解释或

---

① ［德］姚斯：《走向接受美学》，《接受美学与接受理论》第 94 页，辽宁人民出版社 1987 年版。

论证原则的东西。[①]

中国市民文学的受众的接受情形也是如此。许多通俗故事虽然粗糙低劣，但只要通俗易懂，情节紧张，表演生动，便会受到读者与观众的欢迎。近世北方大鼓艺人“王云起的书是没有知识分子去听的，凡是无知识的人都爱听他的书。他唱的书词亦是俗不可耐，一张嘴就是：‘大众的佛台，稳坐压言，贵耳留神听。前回说了半截《呼家将》，还有半本没说清。哪里丢，哪里找，哪里接着说，书中单表那一位，表的是人前显贵、鳌里夺尊，出乎其类，拔乎其萃的呼延庆。’费了十几句唱词儿，才唱个呼延庆来。”[②] 明代戏剧家孟称舜谈到戏曲的美感效应说：

> 迨夫曲之为妙，极古今好丑、贵贱、离合、死生，因事以造形，随物而赋象。时而庄言，时而谐诨，孤末靓旦，合傀儡于一场，而征事实于千载。笑则有声，啼则有泪，喜则有神，叹则有气。（《古今名剧合选·序》）

这种情形不仅戏曲如此，其他的通俗作品和说唱表演，都有相似的效应。这些作品或表演所塑造的艺术形象基本上都是类型化的，几乎所有的才子佳人、忠臣义士、武侠剑客、得道高僧，他们的面貌、性格、行为模式等大都是相似的，因而书会

---

① ［英］雷蒙德·威廉斯：《文化与社会》第384页，北京大学出版社1991年版。

② 云游客：《江湖丛谈》第109页，中国曲艺出版社1988年版。

先生或艺人使用套语或程式化的表演。书会先生描绘佳人形象常常是：

> 水剪双眸，花生丹脸。云鬓轻梳蝉翼，蛾眉淡拂春山。朱唇缀一颗樱桃，皓齿排两行碎玉。意态自然，迥出流辈。有如织女下瑶台，浑似嫦娥离月殿。

描绘武士的形象常常是：

> 身长丈二，腰阔数围。青纱巾四结带垂，金帽环两边耀日。绫丝袍束腰衬体，鼠腰兜柰口漫裆。锦搭膊上尽藏雪雁，玉腰带柳串金鱼。如有五通菩萨下天堂，好似那灌口二郎离宝殿。

这些通俗、生动、类型化的艺术形象，尽管有些粗劣、简单、重复，却是符合市民群众的审美趣味与习惯的。在他们低下的审美意识中，这些都是美的。

事实上受众在消遣文学里感到快乐的主要是感官的愉悦，即满足感官刺激的需要。那些惊险的、艳情的、荒诞的、恐怖的作品与表演，所产生的强烈感官刺激，可以使受众感到赏心悦目的愉快。中国市民文学与西方比较是富于感官刺激的。近世学者刘复说：

> 中国却不然，种种奸淫惨杀之事，尽可在大庭广众之中广谈阔论；官厅里杀起人来，必守着“刑人于市，与众共之”的古训；戏子们更荒谬，“三更三点的见鬼”，“午

时三刻的杀人”几乎无日不有，若演《九更天》的“滚钉板”，《罗通扫北》的“盘肠大战”，《大香山》里“刀山地狱”，《蝴蝶梦》里的“大劈棺”，此是关于惨杀的一面。其关于淫秽一面的如《送银灯》《寄柬》《拾玉镯》等，每有种种肉麻动作，亦可作如是观，则演的人固然兴会淋漓，看的人也觉得分外津津有味。①

其他的通俗作品在详细描述凶杀与淫秽的场面也是绘声绘色的，使受众不需加以想象的补充，便会有淋漓痛快之感，从而达到消遣的目的。

我们从市民文学的社会化过程来看，那些反映市民现实生活的故事虽然在思想意义和艺术成就方面都是较高的，例如许多宋元话本小说和元人杂剧，它们在后世均不甚流传。戏剧与讲唱文学的传统节目则基本上是距离市民社会很远的历史、公案和武侠故事，这些故事按照市民的价值观念，以离奇惊险的情节，非现实的描绘，将受众引入一个奇妙的世界。此种世界绝非普通市民的现实生存空间所能经验到的。这样可以使受众暂时忘记整日工作的疲劳与现实生活的苦恼，获得消遣。在中国封建社会后期和中国近代的社会文化条件下，市民阅读通俗文学作品，或欣赏戏剧、说唱、时调小曲的表演，这是当时最普及最可能的积极消遣方式了。他们能从中满足审美的需要、感官的刺激和好奇的心理，由此经验到喜悦与快乐，似乎这已是生活的一个必要的组成部分了。

① 刘复：《通俗小说之积极教训与消极教训》，《太平洋》杂志第一卷第10号，1918年。

每一时代的统治思想通过行政的、制度的、教育的、舆论的、伦理的方式而向民众灌输，民众也不能不受其影响。然而民众的行为规范、价值观念、集体意识却又保持着相对独立的性质。他们虽然以“善”、“情”、“义”作为价值判断的标准与行为的规范，但在对它们的具体理解方面却与统治阶级有根本区别。通俗文学作品在民众集体意识形成过程中的作用是巨大的，其传播之迅速、广泛、深刻与持久，都会令我们感到惊异的。明清以来封建统治阶级已明显地感到通俗文学的社会影响具有一种破坏封建秩序的作用，关乎治道民心，因而曾对小说、戏曲、时调小曲等严加禁毁。清人刘廷玑说：

> 不善读《水浒》者，狠戾悖逆之心生矣。不善读《三国》者，权谋狙诈之心生矣。不善读《西游》者，诡怪幻妄之心生矣。欲读《金瓶梅》先须体认前序内云：“读此书而生怜悯心者，菩萨也；读此书而生效法心者，禽兽也。”然今读者多肯读七十九回以前，少肯读七十九回以后，岂非禽兽哉！（《在园杂志》卷二）

晚清文人邱炜萲也认为：

> 天下最足移易人心者，其惟传奇小说乎！自有《西厢记》出，而世慕为偷情苟合之才子佳人者多；自有《水浒传》出，而世慕为杀人寻仇之英雄好汉者多；自有《三国演义》出，而世慕为拜盟歃血、占星排阵之军师者多。邯郸学步，至死不顾。人哀其愚，彼适其愚。（《五百洞天挥麈》）

封建统治阶级视许多通俗文学作品为诲淫诲盗的教材，防之若洪水猛兽，这并非故意夸大其词，而是有社会现实事例为依据的。从对市民文学社会影响的考察，我们可以见到它对受众发生了三种作用，即有助于集体意识的形成，丰富社会斗争经验和认识生命的真正意义。

从戏剧和说唱文学的传统节目来看，数量最大、流传最广的是通俗的历史演义故事。书会先生和下层文人在历史演义里表达了民众可能接受的关于历史阐释的观念，它们世代相传，深入民心。明人袁宏道谈到明代中期以来历史演义流传之盛况说：

> 今天下自衣冠以至村哥里妇，自七十老翁至三尺童子，谈及刘季起丰沛，项羽渡乌江，王莽篡位，光武中兴之事，无不悉数颠末，详其姓氏里居，自朝至暮，自昏彻旦，几忘食忘寝，讼言之不倦。（《东西汉通俗演义·序》）

这所说的是两汉历史故事的传播情形。其余如三国、隋唐、五代、两宋、明代等通俗演义的传播情形也大致如此。中国的历史阐释就这样以通俗的变异的形态为民众承传。他们凭借这些似是而非的历史经验还往往能清醒地预测现实的历史动向，辨识社会的忠奸贤愚。这样有助于形成市民阶层的集体意识，它有时竟可能成为历史发展的一种潜在的力量。

明末山东梁山一带的农民起义深受了《水浒传》的传统影响，所以在官军平定之后，崇祯皇帝旨谕："降丁各归里甲，勿令仍有占聚，着地方官设法清察本内，严禁《浒传》，勒石清地，俱如议饬行。”[1] 民众从历史、武侠、神魔等小说中间接地学习到社会斗争经验，尤其是清初以来所形成的各种江湖社会与秘密集团，俱无不受通俗小说的影响。历史上轰轰烈烈的义和团在观念上便是一种特殊文化的产物。“京师从受拳法者，教师附其耳咒之。词曰：‘请请志心归命礼，奉请龙王三太子。马朝师，马继师，天光老师，地光老师，日光老师，月光老师，长棍老师，短棍老师。’要诸神仙某，随意呼一古人，则孙悟空、猪八戒、杨香、武松、黄天霸等也。又一咒云：‘快马一鞭，西山老君。一指天门动，一指地门开。要学武艺请神仙师来。’一咒云：‘天灵灵，地灵灵，奉请祖师来显灵。一请唐僧猪八戒，二请沙僧孙悟空，三请二神来显灵，四请马超黄汉升，五请济颠我佛祖，六请江湖杨柳精，七请飞镖黄三太，八请前朝冷于冰，九请华佗来治病，十请托塔天王、金吒、木吒、哪吒三太子率领天上十万神兵。’诸坛所供之神不一，如姜太公，诸葛武侯，黎山老母，西楚霸王，梅山七弟兄，九天玄女……庚子四五月间，津民传习殆遍，有关帝降坛文，观音托梦词，济颠醉后文，皆言灭洋人。忽传玉帝敕令：关帝为先锋，灌口二郎神为后合，增福财神督粮，赵子龙、马孟起、黄汉升、尉迟敬德、秦叔宝、杨继业、李存孝、常遇春、胡大海皆来会”。[2] 通俗文学作品中的名将、神仙、武侠等成为了义和团胜利的保证，给予了他们以战斗的信心。反清的江湖秘密社团洪门，他们在山野招兵买马，“结义时效法古人烧三把半香：

---

① 王晓传：《元明清三代禁毁小说戏曲史料》第 15 页，作家出版社 1958 年版。

② 徐珂：《清稗类钞·宗教类》。

头把香效法羊角哀、左伯桃结成生死知交；二把香效法桃园三结义，不愿同年同月同日生，但愿同年同月同日死；三把香效法梁山一百零八将；半把香含不正常，单雄信不投唐，秦琼泣血哭留半把香。洪门的组织是仿效梁山的，但只留三十六天罡，不要七十二地煞”。[①] 民国初年包头地区兴起的流氓无产阶级江湖组织“梁山”，“是要把‘下九流’的人团结起来，像宋江等一百单八将那样坚强，好互相帮助，彼此关照，不受外人欺侮，能在包头寄生和鬼混下去”。[②] 受众对于通俗故事中的社会斗争经验的吸收，往往缺乏判断力。其中体现的原则非常符合他们的信念，因而可以增强凝聚力。

自宋代理学思想成为统治思想以来，人欲被否定了，人的生命意识模糊了。市民文学中那些反映市民现实生活的作品所具的反封建倾向，曾唤醒了受众们真正的生命意识。元人刘一清记述南宋末年戏文《王焕》所产生的影响说：“戊辰己巳间《王焕》戏文盛行都下。始自太学，有黄可道者为之。一仓官诸妾见之，至于群奔。”（《钱塘遗事》卷六）这仓官的诸妾为王焕与贺怜怜的风流故事所感动，终于逃出牢笼了。《红楼梦》第二十三回叙述林黛玉为《牡丹亭》戏文所感动：“林黛玉素习不大喜看戏文，偶不留心，只管往前走。偶尔两句吹到耳内，明明白白，一字不落，唱道是‘原来姹紫嫣红开遍，似这般都付与断井颓垣……’又侧耳时，只听唱道：‘则为你如花美春，似水流年……’林黛玉听了这两句，不觉心神摇动。又

① 樊崧甫：《我所知道的洪门史实》，《帮会奇观》，中国文史出版社 1989 年版。

② 刘映元：《包头流氓组织——梁山》，《帮会奇观》，中国文史出版社 1989 年版。

听道‘你在幽闺自怜’等句，亦发如醉如痴，站立不住。”这些思春的戏文，深深触动了林黛玉的心灵，使她萌发了青春的冲动。《牡丹亭》与《红楼梦》等戏曲小说，对于封建社会的青年男女无疑是起到了情感的启蒙教育作用。清人乐钧说：

昔有读汤临川《牡丹亭》死者，近时闻一痴女子以读《红楼梦》而死。初女子从其兄案头搜得《红楼梦》，废寝食读之。读至佳处，往往辍卷冥想，继之以泪。复自前读之，反复数十百遍，卒未尝终卷，乃病矣。父母觉之，急取书付火。女子乃呼曰：“奈何焚宝玉、黛玉？”自是啼笑失常，言语无伦次，梦寝之间未尝不呼宝玉也。延巫医杂治，百弗效。一夕瞪视床头灯，连语曰：“宝玉、宝玉在此耶？”遂饮泣而瞑。（《耳食录》二编）

女子真正的死因是封建制度，而《红楼梦》仅启发了她对爱情自由的向往。显然这女子是富贵人家闺秀，难以冲出封建礼教的禁锢。市井青年男女，他们的态度则是很大胆而坚决的。晚清封建文人余治谈到时调小曲对社会风气的影响时说：

近时又有一种山歌小唱摊簧时调，多系男女苟合之事，有识者不值一笑，而辗转刊板，各处风行，值价无多，货卖最易，几乎家有是书，少年子弟，略识数字，即能唱说。乡间男女杂处，狂荡之徒，即藉此为勾引之具，甚至闺门秀媛，亦乐闻之，廉耻尽丧，而其害不可问矣。（《得一录》卷十一）

为什么受众对圣贤之言与时调小曲的态度出现如此差异，这是封建卫道者永远不能理解的。受众们从通俗文学中懂得了生命的意义，表现出反封建礼教的意识，这应是人性的觉醒，是文明的进步。

中国市民文学自公元11世纪诞生以来，经过了近千年的发展，长期占据了大众文化市场。受众的心理在市民文学发展过程中有着非常重要的意义，它作为一种强大而顽固的势力潜在地支配着作者，也决定着作品的社会化。这里，受众心理即是文化消费者心理。市民文学受众的兴趣十分广泛，他们不仅喜欢那些市民社会的现实故事，还喜欢其他种种历史的、神魔的、侠义的、世情的故事。他们从中以代表各类价值倾向的理想人物建构一个理想的世界，接受民间素朴的伦理道德观念，获得各种有用的文化知识。市民文学实质上是消遣文学，受众从文艺的表演与阅读欣赏中经验到某种美感，在一定程度上满足感官的刺激和好奇的心理，由此获得愉悦与快乐。这种消遣在中国封建社会后期和近代的文化条件下已是市民文化生活中一个必要的组成部分。从我们对市民文学社会影响的考察，可见其有助于市民阶层集体意识的形成，可以丰富其社会斗争经验，能启发其对生命意义的认识。这就是市民文学的社会效应了。

至此，我们关于中国市民文学所体现的文化精神有以下几点认识：

第一，市民文学的文化精神表现着与传统文化相异的特质，它在某种意义上是对传统文化——封建文化的破坏与否定；它不属于统治思想的范畴，而是具有反封建的市民意识。它是我们民族整个文化精神中生动、活泼、热烈、积极的部分。由于中国市民阶层的历史命运坎坷不幸，以致这种文化精神又缺乏独立的意义，而与统治思想、迷信思想、江湖意识等纠缠不清，仍保留着一定的封建性的色彩，没有发展为独立的近代意识。于是它最后被整合于传统文化之中，仅保留着其异质而已。

第二，由于中国市民阶层未能登上政治舞台，也由于这个阶层的成员的文化素质很差，于是缺乏对未来的远大理想与高尚目标的追求，致使市民文学的消遣性特别突出，甚至带着病态的特征。这样非常不利于市民文学的发展，例如初期文学中那种较为健康的人本思想和反封建礼教精神，在后来渐渐减弱，而荒诞怪异的演义、神魔、武侠、艳情等纯消遣的东西发展了，混杂着封建落后的和庸俗低级的东西。所以这种纯消遣的市民文学虽然曾经繁荣兴盛，却未能唤起中国近代的文艺复兴运动。

第三，中国市民文学精神具有文化上的后喻文化特征，其文化变迁是极为缓慢的。许多传统节目广泛为各种文艺形式移植，世代相传，很难增添新的内容。它造成一种强烈的文化认同与传统导向，所形成的价值观念极为稳固，造成落后保守的心理，遂为社会改革中的阻力。

如果我们进而去探究新时期以来通俗文学的受众心理，也许能发现它与历史上的市民文学受众心理会有某些酷似之处。从它们之中似乎可能见到时代文化精神的某种真相。

结　语

文学的大众化是指文学创作的读者对象是社会广大的民众，作品的内容是民众能理解的和感兴趣的，作品的形式是通俗的和民众喜闻乐见的，而它是适应广大民众的审美水平和消费水平的。文学大众化倾向自封建社会后期市民文学兴起之日即开始了。当封建制度为新的社会制度代替之后，市民社会分解，市民文学也趋于没落了。欧洲自 17 世纪兴起的新文学，中国自 20 世纪之初兴起的新文学，它们明白易晓，优美高尚，艺术造诣很深，却难以获得社会广大民众的赏识与喜爱。都市通俗文学在欧洲和中国又以新的态势出现了，似乎证实了文学大众化已是一种不可阻挡的潮流。西方在第二次世界大战之后，经济得以恢复并走向繁荣，进入了后工业社会。通俗文化的发展促使通俗文学很快夺取文化市场的重要地位。美国著名批评家莱斯金·菲德勒甚至认为：艺术小说研究在信息社会是一种过时的学科，因它既不能提供这时代的总体文学环境，也解决不了文学的性质、功用以及内在技巧等技术性问题。[①] 中国因特殊的社会文化环境，致使通俗文学迟至 20 世纪 80 年代之初才渐渐发展起来。这引起了中国新文学研究者的注意。关于其勃兴的原因，学者们认为：

> 通俗文学并非一种短期现象，它有着深刻的社会和文化背景，在整个文学发展史上始终存在着。只要人民群众中存在着不同文化层次和审美趣味，通俗文学就会继续存在下去，并将不断发展。问题是……为何 80 年代中期以后通俗文学却慢慢夺走了严肃文学的许多读者，使后者逐渐冷落起来？除了政治、法律和新闻媒介等方面的不断完善诸原因之外，改革开放以来，人们工作、生活节奏加快，没有更多时间看那些深刻的、理性色彩和探索性很强的文学作品，紧张的社会生活之余，需要调剂、休息，因此一些消遣性、娱乐性、一看而过的通俗文学就应运而生了。

关于通俗文学的现状与评价，学者们认为：

> 当代通俗文学还是能够继承民族的优良传统，同时也能借鉴外国的经验，多着眼于广大群众普遍关心的现实问题，立意具有普泛性、民众性，故事讲究生动曲折、引人入胜，人物富于传奇色彩，语言通俗晓畅，具有很强的娱乐性和消遣性……通俗文学应是具有中国特色的社会主义

① 参见彭晓丰：《后现代主义与通俗文学》，《浙江学刊》1991 年第 1 期。

文艺中的一个重要组成部分，任何歧视和贬低都是不应该的，在正宗的园地中应占有一席之地。①

当然，我们从中国近十余年来通俗文学的发展趋势来看，这样的分析与评价还是较为公允的，但其具体情形却很复杂。关于通俗文学的概念尚值得讨论，关于通俗文学现象尚待考察与认识，所以有学者感叹说："称为通俗文学或大众文学、传奇文学的读物大量出现，使理论界手足无措，无可奈何。同时，通俗文学又成为一切污秽文字的垃圾场，举凡色情的、淫秽的、凶杀的、迷信的、粗鄙的读物，都被包容到通俗文学这个范围之中。"② 我们这里不宜辩论通俗文学的是非功过，但可将此种文学现象与历史上的市民文学作一概略的比较。

当代通俗文学，其读者对象主要是城市的人民大众，它具有很强的商业性与消遣性；就此而言，它与历史上的市民文学有相似之处，或者说它继承发扬了市民文学的传统。然而当代通俗文学毕竟是中国新时期以来的社会文化条件下产生的，其服务对象不再是"封建性的小市民"，也不表现市民阶层的反封建主义意识，而且其文学形式、内容、表现技巧均有现代新的通俗文化特点；所以它并非历史上市民文学的复活，而应是中国新时期以来文学的一个组成部分，体现了当代文学大众化的必然趋势。

我们回顾中国市民文学走过的历程，不难见到它为中国文

① 刘嘉陵：《繁荣通俗文学座谈会述介》，《文学评论》1990 年第 5 期。

② 陈铭：《通俗文学：一个自我失落的文学概念》，《浙江学刊》1990 年第 3 期。

学史写下了辉煌的篇章，成为了近千年中国文学史的主流，产生了众多的体现中华文化精神的伟大与优秀的通俗作品，记下了我们民族近千年民众的思想和情感的真实。我们也会见到中国市民文学发展过程中因商业化而使文学创作走向庸俗与堕落，留下了深刻的历史教训让我们记取。

在笔者尽了个人微弱之力，将中国市民文学的历史尝试作了概略叙述后，但愿它能为通俗文学研究者、文学批评家、文学史家和文学爱好者提供关于中国当代通俗文学发展的历史借鉴，大家都来关心中国文学的命运。祝愿中国文学大众化健康地发展，也同中国市民文学一样产生出不愧于我们时代的伟大与优秀的作品。

后 记

20 世纪 50 年代后期我在西南师范学院中国语文系学习时即志于词学，因宋词本是雅俗共赏的文学样式，通俗歌词在市民文化娱乐场所瓦市甚为流行，具有市民文学性质，所以我在搜集词学资料时亦关注宋以来的通俗文学。当时对于话本、诸宫调、戏文、杂剧、散曲、白话小说、时调小曲等作品均有涉猎，谁知这竟成为我知识结构的一个重要部分。1980 年我参加中国社会科学院考试，以助理研究员被录取，次年初春到四川省社会科学院文学研究所从事中国古代文学专业研究工作，以词学为研究方向。1989 年 12 月，当《中国词学史》完稿后，关于词学研究暂告一段落，需要保持一段距离才可能有新的感受；又由于时值文学史的写作高潮，我遂决定写一部中国市民文学史。虽然我对自宋代以来的通俗文学曾有涉猎，但进入学术研究则感到在理论、史实、作品以及研究途径和论述方式等方面构成一个较为生疏的园地，而这却又激发了我的浓厚的兴趣与探究的精神。论证中国市民阶层的兴起、中国市民文学的出现，这便用去了许多的时日，而对每种市民文学样式的论述需要阅读浩繁的作品，对这些作品的综合分析与文化透视更需要改变我治词学的思维定式。为此我得攻克一个个的难关，断断续续，历时七载始得完稿。我认为文学史的写作应找出历史发展的主要线索，要体现出时代的价值观念与学术水平，努力去逼近文学的真实，不必求全求备，当以简明精要为尚。因此我仅对中国市民文学的发展过程描述其大致的趋势，对典型的文学样式作重点的论述，致力于新课题的开拓。这是一种尝试，也因外部学术条件的限制而采取的方式。然而在此著中最能表现我对中国传统文化的另一面的异质的认识，它应是中国文化中最具积极意义和最富生命活力的。我的许多友人和读者正因此而受到感动并喜爱这部著作。

1997年10月此著由四川人民出版社出版以来，于2003年再版，现为第三版。它是我治学过程中的一支插曲，自完稿后我便不再研究市民文学了。现在距初版已经十六年，我一直担心，关于中国市民阶层的形成和市民文学的定义是否在学理上能够成立。最近始获知一位年轻学者在比较学界关于中国市民阶层形成的意见之后，认为我的意见是较为合理的，而其他学者未提出批评意见，或许是默认了。我对中国市民文学的研究是留下一些遗憾的，以此有俟高明。我想，在人生的道路上如果出现一两支美好插曲，会使个体生命增加耀眼的光彩，令人难以忘却。治学亦是如此。我永远珍惜人生的插曲，也永远珍惜治学中的这支插曲。

谢桃坊

2013年11月12日于爽斋